为
纯
粹
的
乐
趣
而
读
。

盛夏光年

长江出版社
CHANGJIANGPRESS

陈隐　·　著

图书在版编目（CIP）数据

盛夏光年/ 陈隐著. —武汉：长江出版社，
2021.10
ISBN 978-7-5492-7874-9

Ⅰ．①盛… Ⅱ．①陈… Ⅲ．①长篇小说—中国—当代
Ⅳ．①I247.5

中国版本图书馆CIP数据核字（2021）第166681号

盛夏光年 / 陈隐 著

出　　版	长江出版社
	（武汉市解放大道1863号 邮政编码：430010）
策　　划	力潮文创-白鲸
市场发行	长江出版社发行部
网　　址	http://www.cjpress.com.cn
责任编辑	陈　辉
特约编辑	唐　婷
封面设计	@RECNS
题　　字	@RECNS
封面绘制	哆　多　夏　杪
插图绘制	千里黄沙　景　一
印　　刷	北京盛通印刷股份有限公司
版　　次	2021年10月第1版
印　　次	2021年10月第1次印刷
开　　本	880mm×1230mm　1/32
印　　张	10.5
字　　数	350千字
书　　号	ISBN 978-7-5492-7874-9
定　　价	45.00元

目录

CONTENTS

第一章 新教练

八月的南方，暑气正盛，蝉鸣聒噪，洁白的云飘浮得很慢，像是被定格在湛蓝的画布上，成了一幅漂亮的油彩画。

没有风，气温又高得离谱，原本熙熙攘攘的街道也比往常安静。

一辆颜色抢眼的出租车穿梭在车流中，从机场驶向B市大学城，速度飞快。

广播里正放着一档催眠效果极佳的男性健康养生类的节目。

明知道听众来电咨询是安排好的情节，司机听着听着还是乐出了声，他扭头瞅一眼副驾驶位置的男人。

还是没动静。

打从这人一上车，司机的目光就被他反复吸引。

这男人身高起码有一米九，身形修长，鸭舌帽顶到了车顶，身着一套深色的运动服，双臂的肌肉线条流畅紧绷。两条长腿略微分开，艰难地卡在副驾驶位，就连最难练的大腿都分布着紧密结实的肌肉，一看就是常年锻炼才能拥有的效果。

男人虽然闭着眼，但手机导航一直播放着路况信息，这让他无法判断这人究竟是睡着了还是醒着，不敢绕远路。

红绿灯口一个急刹，盛星河的身体随着惯性向前晃了一下，皱眉扫了一眼窗外的街景。

见他睁眼，司机忍不住攀谈打发时间，问他是不是来这边旅游的。

盛星河的注意力被街上几家新开的店铺吸引，挺敷衍地"嗯"了一声。

司机彻底打开话匣："那你是来对地方了，这里有很多好玩和好吃的，要不要我给你推荐几个？"

还没等盛星河接话，司机便自顾自地列举了好几个著名的景点。

"往左拐就是我们市最著名的 T 大，你应该知道的吧？"

"知道。"盛星河再次将脸偏向窗外，隔着一条长街就已经能看见标志性的教学楼。

此时正是下班高峰，车辆拥堵，等红灯的时候，司机又看了他一眼："你多大了？还在读书吗？"

"已经毕业了。"盛星河估摸他又会顺着这个话题问他从哪个学校毕业的，直接补充道，"就是从 T 大毕业的。"

司机意外地打量着他："我还以为你还在念大学呢。"

盛星河笑笑，按住按钮，车窗缓缓下降，空气里弥漫着一股手抓饼的香气。

店里熟悉的装修风格令他回忆起在学校读书时的那段时光，为了参加比赛，教练严格控制他们的饮食，他和队友饿得不行，半夜三更偷偷溜出去吃夜宵。

那时候觉得未来好远，望不到头，哪能想到毕业之后，身边的队友就分道扬镳，走向各自的人生。

到最后，这条路上还是只剩下他一个人。

过了一个红绿灯，盛星河叫司机靠边停车，跑进店里买了个手抓饼。

老板娘动作飞快，一分钟不到就把饼递到他手中。

东西的配方没变，闻着也很香，大概是没有教练管着的缘故，吃起来反而没有以前那么香了。

盛星河安静地吃着饼，司机也不说话，车内只剩下电台主持人和不知道真假的医师的对白。

这回连线的是一个男人，主持人和医师的情绪都被调动起来，聊得越来越激昂时，修长的手指扭了一下开关，声音戛然而止。

司机不解地看向副驾。

"太吵了。"盛星河顿了顿，扭头问，"还是说，您有这方面的困扰？"

司机猛烈地摇摇头。

几分钟后，车子驶到了海韵公寓大门口。

车身刚一停稳，盛星河便摘下墨镜卡在衣领的位置，轻轻一掷，手中纸团在空中划出一道漂亮的弧线，精准落入垃圾桶，保安大叔下意识地看了他一眼，没说什么。

盛星河扫了一眼计价器："微信付款可以吗？"

"可以可以。"司机忙不迭地递去二维码牌，"后备厢的东西别忘记拿。"

盛星河付完钱，把背包甩到肩上道了声谢。

B市的天气比他想象中还要热，真是一个恨不得脱光了裸奔的季节，他摘下帽子扇风，另一只手掏手机拨通了谢宇的电话。

谢宇是他的老同学，和他一样，当年也是T大田径队一员，都是练跳高的，拿过不少名次，只不过谢宇身高只有一米八三。

这身高在绝大部分人眼中都算高的了，但在跳高这行，连国家队的门槛都踏不进去，更别说参加国际级的比赛了。

毕业没多久，谢宇就放弃比赛，跟着父亲做点小生意，在学校旁边开了家书店形式的咖啡厅，二楼还有包厢可以撸猫，很受女孩子欢迎。

盛星河回B市之前，让谢宇帮忙看了看学校附近的房源。

谢宇替他联络房东在海韵公寓看了一间房子，两室一厅，一个人住绰绰有余。

"你到了吗？"谢宇在电话里问。

午后的阳光分外刺眼，盛星河抬手压低了鸭舌帽的帽檐："我在公寓楼下，你到哪儿了？"

"我就在门卫室里边。"

话音刚落，盛星河便看见一个略微偏胖的身影从门卫室里头晃出来，第一眼他都没认出来。

谢宇憨笑着迎上去拥抱他。

"你怎么发福了啊？"盛星河震惊地瞪着谢宇的啤酒肚，想当年这家伙才一百三十来斤，要胸肌有胸肌，要腹肌有腹肌，现在一巴掌拍上去都能听见回声了。

可见他小日子过得还不错。

"等你将来退役了，肯定也会发福。"谢宇趁机在盛星河的腹肌摸了一把，"可以啊，这身材保持得挺好。"

"那当然。"盛星河往他蹄子上扇了一掌，"最近怎么样啊？店里生意好吗？"

"还行，一直都那样，这阵放假了，学校人少，生意淡了些，你呢？"

谢宇问，"怎么不留在队里好好训练，跑回来当什么教练啊？"

盛星河这才意识到谢宇还不知道他被国家队禁赛的事情。

这本身也不是什么光彩的事情，他也懒得主动提起，笑笑说："想你了呗。"

谢宇毫不客气："你可拉倒吧，大半年没有消息，一上线就是找我帮忙，我俩的友谊就算是要分类也是属于不可回收的那种，连塑料都谈不上。"

盛星河哈哈大笑："我也要为我将来退役后的生活做打算啊，多掌握一些教学经验，等以后真的跳不动了就改行回来当教练。"

谢宇扶着他的肩膀："你这颜值就算是去娱乐圈都能打，当什么教练啊，吃力不讨好，薪资还那么低，运气好，能遇上个好苗子，运气不好，一辈子就这么混过去了，还不如自己出来闯一番事业。"

盛星河并没有反驳什么，体育竞技这行就是日复一日地吃苦受罪，赢不到奖杯就什么都不是，但他人生中的高光时刻都是在竞技场上获得的。

从十二岁到二十七岁，整整十五年，跳高就像是他吃过的米饭喝过的水一样，已经深深地融进身体，化成了血与肉，成为他生命里不可或缺的一部分。

跳高贯穿了他的整段青春岁月，他想象不出自己和竞技场告别的那天。

盛星河说："就算是退役了，我也还是想从事跟跳高有关的行业。"

谢宇笑着说："我记得当时教练最偏爱的就是你，他果然没看错人。走吧，带你去看下房子满不满意，房东说最迟明天决定，不然就带另一个人看房子了。"

盛星河点点头，同他并肩走在小区的林荫道下，落日虽然已经西沉，但阳光依旧有些刺眼。

行李箱的滚轮在地上摩擦，发出悠长的响声。

正聊着房子的事情，道路尽头忽然闪出一道身影，朝他们迎面走来。

那是个染了一头白毛的男生，白 T 恤和运动短裤衬得他身型修长，极具视觉冲击力的发型将他们的视线都吸引过去。盛星河视力不错，一眼就看见对方抱着沓传单，也正看向他们，大概是把他们当成下一个目标了。

谢宇很小声地"嚯"了一下，表示内心的惊奇，虽说大学里染发的学生挺多的，但这么张扬的很少见。

三人越走越近，盛星河毫不避讳地扫视着对方，发现那头银发微卷，被抓出蓬松的造型，男生的眉毛也被染成了很淡的颜色。右耳的耳钉在阳光下闪了一下，要不是拥有一副天赐的好皮相，根本扛不住这么狂野不羁的造型。

男生边走还边往路边的车把手上插传单，大太阳底下，人都晒得流油了，他的脚步轻盈，手速飞快，看起来十分娴熟，不像是第一天干这事儿。

跳高运动员对高度是格外敏感的。

盛星河目测这孩子的身高在一米九五左右，暴露在外的肌肉线条行云流水，下肢修长，没有一丝赘肉，如果不是运动生就是常年泡在健身房里的小青年。

前者的可能性要更高一些，因为除了学生党之外，很少有人会愿意在这种季节跑出来发传单。

有那么一瞬间，盛星河甚至想上前问问他在哪个学校上课，有没有兴趣加入田径队。

这身高，这比例，这体型，不练跳高实在太可惜了。

还没等他酝酿好台词，男孩倒是先一步走到他跟前，递上了手中的传单。

盛星河接过传单，视线仍然停留在对方的身上。

少年肩宽，T恤领口处露出两截微微凸起的锁骨，鼻梁高挺，一对剑眉透着几分英气，双眼皮深深的一道，撇开那一头杂毛不说，这人长相确实惊艳，找不到什么瑕疵。

"帅哥，别老盯着我看啊，看传单啊。"少年指着传单笑起来，他的眼尾略微上挑，是少见的、充满灵气的凤眼。

盛星河尴尬地收回视线，低头扫了一眼传单，双眼顿时瞪圆了。

A4纸大小的单页上印着一个半身赤裸的男人，边上绕着一圈充满视觉冲击力的艺术字体。

——男性专项整形，特价优惠，这个暑假，让您一次解决烦恼！凭学生证可享受30%的优惠，邀请好友享半价！

"有需要的话可以留个电话，到时候还可以享受折上折的优惠。"少年看着他说。

盛星河嘴角一抽，脸色发青，旁边的谢宇已经笑到肥肉乱颤。

而眼前的少年丝毫没有危机感地递上传单："叔叔，您有需要也可以拨打上面的热线电话。"

这话一出，谢宇彻底笑不出来了。

同样的年纪。

一个帅哥，一个叔叔。

"小朋友跟你说话呢。"盛星河不怀好意地捅了捅他胳膊，"叔叔。"

谢宇低头看了一眼，气到胸闷。

同样是男科医院的宣传单，侧重点居然是不同的。

左下角的男人坐在床尾，手肘撑着大腿呈便秘状，身后是背对着他睡觉的女人。

——××男性专科医院，专为广大男性朋友提供特色健康服务，专治前列腺疾病，在线挂号，一对一咨询，保障个人隐私。

节假日，医院给广大男性同胞们的重磅福利！七项男科检查套餐仅需98元！只要98！

盛星河把传单卷了起来，看着那位银发杀马特少年，咬牙切齿："我看起来像是需要做这种手术的人吗？"

少年瞅了他一眼，小声道："或许吧。"

盛星河："……"

少年热情洋溢地说："如果你有需要的话，带好学生证也可以享受优惠的。要不我现在带你去医院参观一下？"

"……"

参观个屁啊。

盛星河都快被他给气笑了。

谢宇捏着传单，一脸认真地咨询道："就一个人能优惠吗？"

"我可以帮你问问，应该也是可以优惠的，不过优惠力度不一样的。"

盛星河笑得捂脸，蹲到了地上。

等谢宇咨询完，盛星河还蹲在地上傻笑。

谢宇忍不住踹了他一脚："你笑什么，我就是替我表弟咨询一下。"

盛星河笑到五官扭曲："我又不歧视你。"

谢宇拔高嗓门："真的替我表弟咨询！"

天热，盛星河拔出背包里的脉动灌了两口，走了几步，又忍不住说："你觉得我会相信吗？"

"……拉黑了。"

小道尽头就是二单元，落地式玻璃门向外打开，外墙经历了十多年的风吹日晒，略显斑驳，但公寓里头看起来还是干净整洁的。

底楼除了快递柜之外，还有老式的收信箱，物业管理部门很尽责地在墙上贴上了一些防火防盗的告示。

谢宇帮忙看的房子在三楼，刚开始盛星河还担心采光会不会受影响，但好在和对面那栋楼房间距较宽，又没有树荫遮挡，光线很充足。

整个房屋是南北通透的，阳台朝南，屋里的电器家具看着虽旧了点，但都不影响使用。

谢宇拉开了阳台的窗帘，整个客厅瞬间都被阳光包裹，空气中飘浮着数不清的微尘。

谢宇："这房子的地理位置不错吧，我千挑万选才看中的。"

盛星河："是挺不错，价格也很不错。"

"这已经算很便宜了，房东是我家亲戚的朋友，很好说话，要不然你就在网上挂个信息，找人合租也行，快开学了，很多学生崽都喜欢往外跑，特别边工作边考研的，应该挺好找的。"谢宇说。

盛星河这么多年都习惯了一个人住，并没有这个打算。

他在各个房间内参观了一圈，顺便把所有开关也检查了一边，下了决定："那就这儿吧，你把房东电话给我一下，我自己联系他吧。"

"成。"谢宇掏出手机，"对了，你什么时候开始上课？有空来我们咖啡厅坐坐啊，开业到现在你还没来过呢。"

"好啊。"盛星河说，"本来是等学校开学再去报到的，但孙主任前两天打电话跟我说，体育系的一帮小屁孩在准备接下来的省运会和大运会，这阵都在学校锻炼呢，让我过去多盯着点，我明天就得去学校报到了。"

"这么快？学校没别的教练了？"谢宇瞪圆了眼睛。

盛星河："原本带跳高组的王教练生病了，不然也轮不上我。"

王教练全名王涛，是盛星河还在 T 大田径队时的教练，前阵检查出来肾部有囊肿，直径过大，医生建议他休息一阵准备手术切除。

盛星河去王教练家里探病的时候，聊到了被国家队禁赛的事情，王教练便问他愿不愿意回 T 大带队。

盛星河感觉得出，教练有意将他往 T 大引荐，说白了就是为他退役后的将来做打算。

运动员的职业寿命很短，跳高运动员的爆发期通常都在二十二到二十八岁之间，过了这个岁数就要做好走下坡路的准备，所以大多数运动员都选择在三十岁左右退役。

盛星河今年二十七，腰肌、髋关节、关节囊韧带都有旧伤，髌骨劳损，踝关节滑囊炎反反复复地折磨着他。

伤病和年龄是两把斩断梦想的利刃。

就算过了禁赛期，重回赛场，他也不知道自己还能撑多久，还有没有可能取得更大的突破。

一切都是未知的。

T 大是一条很好的退路，他没理由不答应。

吃过晚饭，盛星河约房东签了下合同，房东太太很好说话，复印完身份证件边把钥匙和门禁卡一并交给他。

盛星河也很爽快地交了半年房租。

运动员的体能需要长期锻炼才能保持住，所以他平常有晨跑和夜跑的习惯，定下来之后的第一件事情就是在导航上找公园。

导航显示距离公寓不到一公里的地方就有一个开放式的体育公园。

盛星河去超市买东西之前顺道过去看了看，公园西侧靠山，风景很不错。沿途还看见不少运动俱乐部，攀岩、拳击、田径、野外求生都有。

往南是 T 大，往北是两所著名的体育学院，三所学校对体育资源的竞争非常激烈。

来来回回一折腾，盛星河回到家时太阳已经落山了，他把卧室简单清理了一下，换上崭新的床单被套，最后开始整理衣柜。

上一个租住在这儿的大概是个小女生，留下来的衣架全都是粉粉嫩嫩的颜色，布艺材质，还有蝴蝶结。

盛星河逛超市的时候忘记买衣架，只好先凑合用一下。

篮球背心配蝴蝶结。

简直绝了。

背包的夹层里是一本教育蓝皮书和高强度训练手册，是他的教练边瀚林留给他的。

抽出书本的时候，一张照片掉了出来。

那是去年在高原春训时的合影，上面是他和他的教练。

两人的感情一直亲如父子。

不，应该说比父子还深。

盛星河的父母在他不到四岁时就离异了，他的父亲好赌，当时法院把他判给了母亲，但很不幸的是，在他念小学的时候，他的母亲就出车祸去世了。

之后，他一直住在舅舅舅妈家，跟父亲没有任何联系。

一次偶然的机会，听说当运动员参赛可以拿到不少奖金，就加入了中学生田径队，开始了他的跳高生涯。

后来在全国大学生运动会上，边瀚林一眼相中他，把他带到国家队培训。

边瀚林带了他将近八年。

期间盛星河一直是学校、基地、赛场三头跑，一年三百六十五天，从来没有一天是休息的。

都说二十一天就能养成一个不容易改掉的习惯，他的习惯从十二岁开始养成，一停下来，就觉得浑身不舒服。

从禁赛令发布到现在将近一年，他没有一天是睡好觉的。

内心很浮躁，人也瘦了一圈。

照片的背景是训练基地的操场，边瀚林的身材有些微微发福，对着镜头竖起大拇指，盛星河单手勾着他的肩膀，笑得很灿烂。

时隔一年，物是人非。

盛星河小心翼翼地将照片擦拭干净，卡回了书本里。

可惜那些被抛在脑后的不堪回忆又一一涌现。

掌声和怒骂混杂在一起，彻底淹没了他。

手机倒数日上显示，距离他禁赛结束还有 179 天。

盛星河把手机一扔，四仰八叉地躺倒在床上，叹了口气。

想回赛场的心情很急切，可又不免担忧，怕自己再也跳不出更好的成绩，怕令那些一直关注着自己的人失望。

或许是因为白天太累了，或许是被那些零碎的记忆片段扰乱了心，又或许是担心自己无法胜任新工作。

当晚盛星河压力倍增，做了一个掉下悬崖的噩梦。

惊醒的时候脖颈和后背都湿透了。

匆匆洗漱过后，他戴上耳机下楼慢跑，顺带熟悉了一下周边环境。

公寓离 T 大很近，交通便利，坐公交也只需要十多分钟的时间。

上午八点，他准时抵达 T 大体育系报到，孙主任正在和一个较年轻的教练聊天。

在盛星河还在 T 大读书时，孙云平就是体育系主任了，他面向和善，为人正派，盛星河对他的印象很好。

几年不见，孙主任的变化还挺大，不光是肚子变大，眼镜片也更厚实了一些。

头顶的发量日渐稀少，额头有点反光，只有几缕发丝从右梳到左侧，每当有风吹过，他就会下意识地撸一下头发。

孙主任年轻的时候也是一名运动员，要身材有身材，要颜值有颜值，可如今这形象真是有点一言难尽。

盛星河不由得担心起自己退役后的生活。

真希望时间永驻，青春永驻。

孙主任和田径队的周教练和他简单聊了聊队里现在的情况。

跳高组一共十来个学生，都是精挑细选出来的高水平运动员。

盛星河边看资料边听领导介绍。

其中最瞩目的两个男生，一个叫秦沛，身高一米九二，纪录是 2.06 米。由于他和自己的身高一样，盛星河一下就记住了他。

另外一个叫贺琦年，今年大二，身高一米九六，上半学期在全国青年田径锦标赛刷新了自己个人纪录，以 2.16 米的优异成绩夺冠，是学校重点培养的对象，将来很有希望输送到国家队去。

盛星河的脑中忽然闪过昨天在公寓附近看到的那个银发少年。

毕竟个子那么高的男生真的很少见。

孙主任交代道："省运会的通知已经下来了，那边给了我们学校六个跳高名额，三男三女，具体怎么分配到时候你来决定吧。"

盛星河合上文件点点头。

T 大向来很重视学生的体能训练，体育场的规模庞大，内馆四千多平方米，分篮球、排球、体操、搏击、乒乓、游泳等多个竞赛项目的训练区域，前几年还增设了一个专门的健身场馆。

场馆附近就是 T 大最著名的情人湖，环境清幽，是情侣们约会散步首选之地，酷暑时节，仍有不少游客在景点周边游玩拍照。

盛星河跟着周教练四处转了一圈，穿过情人湖，来到室外田径场，视野一下开阔起来。

南边的体育场不对外开放，只有本校学生才能进行锻炼。

周教练吹了一声集合哨，一大堆脑袋齐刷刷地转向一个方向，定睛两秒后，又有不少脑袋转回去，只剩下一小批人朝赛道边跑过来。

周教练单手搭在盛星河的肩膀上："我给大家介绍一下，这位是新来的教练，以后带你们训练。"

棕红色的赛道被太阳炙烤出一股淡淡的塑胶味，少年们头顶烈日，身姿挺拔，看起来朝气蓬勃，里面有两个女孩被新教练的面貌惊艳，像是挖到了什么宝藏似的，相视一笑。

要知道他们之前的教练是个快退休的秃头，虽然脾气好有耐心，但如果可以，还是更想要一个养眼的。

有个留着小平头的男生一下就认出了盛星河，激动地嚷嚷："你就是盛星河对吧，之前是不是参加过室内跳高赛？如果我没记错的话，当时你跳了2.28 米夺冠。"

室内跳高赛电视上并不会直播，大都是新闻报道，盛星河有些意外，点了点头开始自我介绍："我姓盛，茂盛的盛，日月星河的那个星河，之前王教练的工作都交由我负责。大家先逐个自我介绍一下吧。"

刚刚大声嚷嚷的那个男生最先站出来："我姓张，张狂的张。"

排在他后边的一个男生接了一句："他叫张大器，器官的器。"

盛星河的唇角微微勾了一下，他就像台身高测量仪一样，将大家的身型特征和名字对应起来。

张大器的个子在跳高队里算矮的，只有一米八五左右，不过站在他边上的那位更矮一些。

"我叫刘宇晗。"

对方开口的一刹那，盛星河两眼一瞪，呆了两秒。

这个叫刘宇晗的四肢细长，长相俊俏，身着红白相间的篮球服，没有任何曲线。

在她没出声之前，盛星河完全没看出来她是个女生。

运动员里，女身男相的队员有很多，但这么帅气的还是头一个。

角落里一个满脸青春痘的男孩弱弱地发出声音："我叫宋遇。"

他看起来内向又腼腆，盛星河鼓励道："大声一点，我没听见。"

"教练好！我叫宋遇！"

盛星河满意地点点头。

下一个是寸头，有一点少年白。

"我叫秦沛。"

"张天庆。"一张马脸。

"李澈。"声音很粗。

"谷潇潇。"下巴上有颗痣。

盛星河几乎过目不忘地记住了每个人的特征。

等所有人全都介绍完毕，盛星河才想起来还没见到那个传说中的大高个，扭头问周教练："你刚跟我说的那个贺什么的今天没在？"

"你说贺琦年啊。"张大器是队里出了名的嘴碎，一有什么风吹草动准是第一个钻出来，"他每天晚上都要打工到凌晨，早上起不来，要晚点再来训练。"

周教练眉心一皱："大半夜的能打什么工，当陪酒去了啊？"

在众人的爆笑声中，盛星河的眉梢微微一挑。

打工。

一米九六。

这两条讯息重叠在一起，他忍不住问："他的头发什么颜色？"

还没等周教练开口，张大器就抢着说："很难形容，就那种乍一看十分'乡非'的冷灰色，但看久了还有点炫酷，总之骚得很，十里八乡，最骚包的那个……欸，他来了！"

张大器指向盛星河的背后。

骄阳如火，一道身影正迎着热浪飞奔而来，对方虽然换了衣服还戴着鸭舌帽，但盛星河几乎在一瞬间就确定了贺琦年就是他昨天在公寓楼下碰见的那个男生。

人总是会因为意外地重逢而感到惊喜。

这种奇妙的巧合令他的嘴角在无意识间勾起一点小小的弧度。

四目相接的那一刹那，贺琦年也愣住了，他记得教练说今年会有新生转进队里，上下打量了盛星河几秒后，略带疑惑地问："是你啊，今年的新生？"

盛星河笑而不语，没想到贺琦年又得寸进尺道："笑什么啊，还不快叫声哥，以后我罩着你。"

身后响起了窃笑声。

盛星河挑了挑眉："要是不呢？"

"会被我打。"贺琦年一副理直气壮的表情，"叫人那是最基本的礼貌，小时候大人没教过你吗？"

"嗯。"盛星河竖起大拇指，配合道，"我觉得你说得很有道理。"

"乖。"贺琦年拍拍他的肩膀，"叫声师哥也行。"

周教练见状，啧了一声："没大没小，他是队里新来的教练，论辈分你得喊人一声师哥。"

贺琦年瞪大双眼，不可置信地咆哮："不是吧？"

盛星河没吱声，抱着胳膊笑了起来，他拥有一对漂亮的桃花眼，眼尾微微下垂，笑起来温柔似水。

"快叫师哥！"所有人齐声起哄。

贺琦年顿时觉得一阵晕眩，耳朵尖像被画笔勾出一圈淡红。

贺琦年完全没料到自己有朝一日会翻车，还翻得这么彻底。

王教练临走的时候明明说让周教练代为训练，没说要有新教练过来。

"师"这个字的音节卡在嗓子眼儿里老半天，愣是没能发出来。

太丢脸。

"你真是我们组的新教练啊？"他试图转移话题。

盛星河眉梢一挑："不然呢？来做你的小学弟？"

人群中再次爆发出一阵爽朗的笑声，贺琦年摸了摸鼻尖："那我喊你一声师哥，你之后是不是会一直罩着我了？"

盛星河："什么罩不罩的，你当学校是黑社会啊？！"

"那我不叫，"贺琦年两眼朝天，"他们都没叫呢。"

孙主任拎着个透明水杯晃过来："叫什么啊？"

"没什么，我们开玩笑呢。"盛星河转头笑笑。

孙主任拍拍他的肩膀："你跟我过来一下。"

看到孙主任和盛星河站在树荫底下聊天，张大器也按捺不住内心的躁动，换上一副神秘莫测的小表情，和大家唠了起来。

"欸，你们知道这个新教练什么来头吗？"

一帮人呈弧形围坐在草地上，视线全都落在了张大器身上。

任谁都阻挡不住八卦的吸引力，包括帅哥。

贺琦年也坐到了草坪上听他吹牛。

"你刚不是说了吗，室内赛冠军，纪录 2.28 米，学校花大钱挖过来给我们培训的吧？"张天庆说。

"NONONO！"张大器晃了晃食指，"可不止这么简单噢，他可是国家队里出来的狠角色，去年还在田径锦标赛上拿过 2.31 米的成绩。"

一帮人都张大嘴巴"哇哦"了一声。

2.31 米大约是个什么概念呢？

就是一个身高一米八的人高高举起右臂也不一定能触碰到的高度，多半还得踮个脚。

跳高运动一般分为 5 个等级。

男子二级运动员需要达到 1.84 米的高度，一级运动员是 2 米，国家级运动健将需达到 2.20 米，国际级运动健将的标准是 2.28 米，达到这个程度的才能参加一些世界级的大赛。

最后一档就是奥运会参赛标准，2.31 米。

全国上下能跳过 2.30 米这个高度的，都屈指可数。

"好帅啊，我要找找看有没有他的比赛视频。"谷潇潇说着就掏出手机查资料。

贺琦年就坐在她旁边，歪头扫了一眼她的手机屏。

一直在角落里闷声不响的秦沛忽然冷笑一声："但是，在那次锦标赛上，他的尿检呈阳性，纪录取消，奖牌收回，国家队宣布他禁赛十八个月。"

"哎，你怎么抢我话茬呢。"张大器白了他一眼。

所有人顿住，眼里的崇拜瞬间消散。

尿检永远是赛场上最值得关注的话题，甚至比谁夺冠还要令人印象深刻。

就好比在牌桌上出老千一样，人人喊打。

"他赛前吃了药啊？"张天庆问。

"肯定是啊，不然怎么会呈阳性。"李澈说。

谷潇潇有些丧气："不是吧，看起来不像啊。"

李澈："正所谓人不可貌相嘛。"

张天庆八卦道："那他之前比赛会不会也吃药了？没查出来过？"

"以前没有。"张大器说，"而且我查过了，这是他第一次参加世界级锦标赛。"

"你怎么知道没有呢？"秦沛的声音再一次冒出来，"兴奋剂的发展远远超越了检测的进度，永远都是先有药，后发现，这个后，可能是后五年，可能是十年二十年，谁知道是不是以前没查出来呢。"

贺琦年并不是很赞同他的这通阴谋论。

"或许是误服了什么药品呢？很多退烧药、止痛药内都含有一些违禁成分，可能是他吃的时候没注意。"

刘宇晗点头表示赞同："就连猪肉里都含有瘦肉精，这种物质一旦被猪长期食用后会在内脏器官内残留，后来也被列入禁药名单，可这种东西本身就是防不胜防的，鬼知道自己吃的肉里有没有添加剂，一旦吃到，死得就很冤枉。"

秦沛说："不是瘦肉精，是一种违禁药品，明显是服送的。"

谷潇潇直接在网页搜索"盛星河"，关于这位新教练的词条很少，都是些赛后的文字报道，连完整的比赛视频都没有。

而这些标题内，多数都包含一条田协发布的禁赛公告。

"不对啊，报道说是盛星河的教练偷偷在他食物里放了药，盛星河完全不知情，边瀚林在那次比赛后就已经被国家队开除了，并且被罚终身不得带队参赛，盛教练应该是无辜的啊。"谷潇潇说。

"这种官方说法你也信？多半是他自己吃了药……"

话音未落，一道黑影忽然笼罩下来，投在绿油油的草地上。

那发型，那体型……

秦沛忽然感觉心尖一凉，僵硬地扭过脖子。

"继续说啊。"

盛星河的目光骇人，声音听起来凉飕飕的，完全没有了刚来时的那份和气，所有人都屏息凝神，不敢说话了。

"怎么不说了，多半是我自己吃了药，然后呢？"

事实证明，真的不能在背后说人坏话，秦沛咬着后槽牙，一言不发，表情僵硬得像是有人逼他吃屎。

草坪上的十来个人都静默无声，甚至连呼吸都放轻了。

盛星河的五官很立体，面部线条十分冷硬，剑眉上挑，眼型狭长，不说不笑的时候自带一种强烈的威慑力。

凶残得像是要逼人吃屎。

张大器默默后退，试图不动声色地转移出这个灾难现场。

贺琦年舔了舔唇，起身化解尴尬："教练，他开玩笑的，你别放心上。"

拿别人的名誉开玩笑。

盛星河冷笑一声，冲秦沛"欸"了一下："你起来。"

"干吗啊？"秦沛不明所以，可还是僵硬地照做了。

盛星河又冲着其他人说："来两个人帮我把杆子升高一些。"

张大器第一个从地上蹦起来跑到横杆前，准备看好戏："教练，要升多高啊？"

盛星河扫了一眼秦沛，说："2.30 米。"

秦沛已经猜到了他准备干吗，幽幽地盯着他："你的个人纪录是 2.28 米。"

盛星河回给他一个冰冷的眼神："你不是我，又怎么敢确定呢？"

这话显然是一语双关，秦沛的脸色有些难看，但他依旧坚持自己的想法。

2.30 米哪是普通人随随便便就能跳过去的。

他等着看好戏。

贺琦年和张大器一起把横杆调整到了 2.30 米的高度，所有人站在边上微微仰头。

盛星河在起跑点深吸一口气，默默地测算了一下每一步的距离，然后开始短暂的热身。

同样的场景，同样的横杆，同样的垫子，仿佛像是穿越回了大学时代。

其实秦沛说的没错，他在赛场上的纪录的确是 2.28 米，但他私下练习时的纪录早已超过了 2.30 米，只是这阵子忙着搬家，没能进行系统性的训练，他不确定自己是否还能一下就跳过这个高度。

跳高在很多时候也需要依赖一些运气。

操场上十来双眼睛都紧紧地凝视着他，增加了不少无形的压力。

他的助跑很慢，前八步助跑基本跑直线，后段四步大跨步跑弧线，身体重心逐渐向圆心倾斜，最后一个利落的冲刺，单腿蹬地，奋力一跳——

天空蔚蓝，云层很低，耳边还有蝉鸣的声音。

身体在腾空的刹那间完成转体动作，右臂过杆，肌肉在瞬间释放出无穷的力量，带动身体的重心迅速前移。

头、背、髋、大腿，依次越过横杆，双腿向内轻轻一收一抬。

他的身体轻盈得像是一条游龙，在空中划成一道优美的弧线。

所有人都不敢呼吸。

横杆轻微晃动了一下，没有落下。

"哇——"

盛星河落垫的那一刹那，屏息凝神的众人爆发出一声响彻天际的惊呼，把枝丫上的小鸟都吓飞了。

那是一个令所有人仰望的高度，就连径赛队伍里的人都被声音吸引，回头看了一眼他们。

秦沛惊呼了一声。

盛星河镇定从容地从垫子上走下来："现在是 2.30 米了。"

秦沛面如菜色。

盛星河走到他边上继续说："怎么样？需要做个兴奋剂检测吗？ 20 例兴奋剂检测费用 20000 元，如果没有问题的话，这个钱你负责，要是有问题，我从此退出跳高界，赌吗？"

秦沛到底还是个大二的学生，关键时刻就屁了。

站在边上的刘宇晗顶了顶他的胳膊："跟教练道歉。"

"我为什么要道歉？"秦沛瞪大眼睛，死要面子，"他的禁赛通知就在田径协会的官网上挂着，我说错什么了吗？搞不懂为什么要让一个禁赛的人来给我们上课！"

他的嗓门很大，情绪激动，额头上的青筋都格外明显，似乎只有这样才能证明他是对的。

刘宇晗一掌推开他："你能不能闭嘴！"

盛星河拧了拧眉，看向秦沛："也许你是因为那张禁赛公告认识的我，但我有句话要送给你，叫眼见不一定为真。这世界上多的是你不知道的事情，谁来带队这件事情是学校说了算不是你说了算，你要么配合要么滚蛋！"

秦沛怒视着他，胸口起起伏伏。

"瞪什么瞪！有本事你先跳过 2.30 米再跟我这儿说话！"

秦沛终究没再反驳什么。

贺琦年的眼睛一眨不眨地盯着阳光下那道挺拔的身影，直觉告诉他，禁赛这事情一定另有隐情。

张大器毫无形象地抱住盛星河的大腿："教练！我可以拜你为师吗！"

盛星河费劲地抽走大腿："干吗呢？你先松开。"

张大器抱住不放："你先答应了我再松开，你可是第一个在我眼前跳高2.30米的男人，从今天开始我就是你的小迷弟。"

众人爆笑。

"像什么话！"盛星河握起拳头，"你再这样我要揍人了啊！"

张大器扭头冲大家吐了吐舌头。

因为闹了这一出，秦沛和盛星河的关系有些僵硬，但其他人都认定了要拜他为师。

一上午，盛星河给这帮熊孩子测了体能和成绩，秦沛并不是很配合，动作懒懒散散，但盛星河还是把大家的问题都一一罗列出来，做针对性的辅导。

在他的耐心指正下，好几个队员都跳过了自己原先的高度，包括秦沛。

贺琦年的动作他看了好几遍，第一次助跑和弹跳动作都没有问题，但后边几次越杆时身体的角度有点歪了，导致收脚时脚后跟擦过横杆，同一个高度，有时能跳过有时跳不过去。

"还得多练练起跳动作，跳高也是讲究科学的，哪怕是0.01厘米的角度误差，也会影响到过杆率，你不是屁股擦到杆子就是脚后跟擦过，比赛时不能单靠运气，实力才是更重要的一项。"

盛星河把录下来的视频播放给贺琦年看。

"还有，你的腰腹收力时应该带动你的重心向上，后背反弓的弧度还要再大一些，不然臀部容易擦到横杆，平常锻炼的时候练腰吗？"

"练啊，当然练。"贺琦年撩起衣服展示自己傲人的腹肌。

谷潇潇刚好扭头看向他们，笑得花枝乱颤，还戳了戳边上的刘宇晗。

两人对视一眼，会心一笑。

盛星河完全没眼看了："平常都怎么练啊？"

"好多动作呢，你要看吗？"贺琦年说着就使唤上他了，"你先把胳膊打开。"

盛星河不明所以，刚一张开胳膊，前面的人就奋力一跳，强大的重力令盛星河一个趔趄，飙出脏话。

贺琦年的双臂抱住他后颈，小腿紧紧地缠住他后腰，跟只树袋熊似的挂在他身上。

贺琦年少说也有150斤，这一跳差点儿把盛星河带个狗啃屎，好在他腰腹力量爆棚，瞬间收力，堪堪稳住身体。

这糟糕的姿势令盛星河一阵晕眩。

刘宇晗在烈日下眯缝起眼睛，看着眉眼带笑的贺琦年一点一点地向后倒去，可怜的盛教练不得不配合。

就这样……在空中做起了仰卧起坐。

贺琦年从盛星河身上下来的时候，看见他脸色如辣椒，还厚颜无耻地"欸"了一声："你脸怎么这么红啊？"

"你太重了。"

盛星河清了清嗓子，恢复镇静："长时间做仰卧起坐会伤害到你的脊椎和腰椎，我建议你多做一些有氧的腹肌训练，比如平板支撑、俄罗斯卷腹、剪刀腿、V型对抗等等。"

盛星河找了个垫子铺在水泥地上开始向大家演示激活腹肌的几个训练方式。

"平板支撑这个动作虽然看着简单，但做标准了，是能够调动起全身的肌肉的，大家可以跟着我尝试一下。"

大家纷纷拖着垫子开始学习。

"很好，"盛星河将手托在李澈的小腹位置，"稍微再抬起来一些，收腹，不要憋气。"

见张大器撅着屁股，盛星河忍不住在他尾椎处拍了一掌，又将掌心贴在他小腹位置："腰腹要收紧，肌肉发力，感受到了吗？"

张大器憋得脸色铁青，嘴角抽搐："好像……好像感……感受到了……"

盛星河："那再坚持二十秒。"

"啊……"张大器立马哭丧着脸求饶，"我不行了。"

"男人的字典里不能有不行这两字，加油！"盛星河的手掌一直压在他的臀部，"屁股别老撅起来！"

人群中爆发出一阵哄笑，就连盛星河也忍不住翘了翘唇角。

"好了别笑了，"盛星河一手托着张大器的小腹，一手搭在他的尾椎处，"保持这个动作，坚持住，尝试挑战一下自己的极限。"

张大器满头大汗，咬牙坚持。

贺琦年就在他的旁边，看到这里，不动声色地抬了抬臀部。

盛星河纠正完张大器的动作，起身观察下一位，只见刚才还是所有人里动作最标准的那位也撅起了屁股，忍不住啧了一声。

他卷起手里的资料本在贺琦年的屁股上拍了拍："下去一点。"

贺琦年这下又干脆塌下了腰，姿势越来越不对劲。

盛星河无奈地伸手托住他的小腹："抬高，身体呈直线，感受腹部肌群发力。"

贺琦年垂下脑袋翘了翘唇角："我好累啊，你能不能稍微借点力给我。"

盛星河看了一眼手表，把手抵在他的小腹位置："加油，再坚持十秒。"

结果这一坚持，就足足撑够了三分钟……

"你这不是挺厉害的吗？"盛星河拍拍他的后背表扬道。

贺琦年起身擦了擦汗："教练教得好。"

秦沛翻了个白眼。

两小时的运动结束，盛星河带领大家做拉伸运动。

他竖起两根手指："听我指示，两人一组，互相配合，像这样高强度的运动结束之后一定要记得拉伸，不然乳酸堆积会影响到第二天的锻炼。如果是在家锻炼的话，可以买个滚筒按摩轴……"

队伍刚好是单数，到最后秦沛落了单。

盛星河正想过去帮他拉伸一下，贺琦年就从角落里钻出来："教练，要不然你帮我拉伸一下？"

盛星河求之不得："成，那你先躺垫子上吧。"

贺琦年一屁股坐下去："正面朝上还是反面朝上啊？"

盛星河："先正面再反面。"

等所有人都躺好之后，盛星河单膝跪到垫子上，一手握住贺琦年的右脚脚踝，一手顶住他的膝盖，用手臂的力量带动他的大腿往胸前压去。

这是一个拉伸大腿后侧肌肉的动作。

男生的柔韧性普遍都差，再加上刚才经历了高强度的训练，刚推到一个90度的直角就已经疼得不行，垫子上全都是吱哇乱叫的声音。

盛星河用力向下压的时候，能感受到一股很强烈的力量在与他做对抗。

"你大腿放松，别使劲啊。"盛星河拍拍他的膝盖，"放松。"

贺琦年十分僵硬地叹了口气："我好像放松不了。"

"怎么会呢？"盛星河干脆把他的脚掌扛到自己的肩上，利用身体的力量将他大腿向前压去。

"嗷——"贺琦年揪住垫子尖叫，因为撕裂一样的疼痛，他的额头青筋暴起，"疼疼疼疼疼！——真的疼！你饶了我吧！"

盛星河还是一本正经的表情："疼就对了，现在疼一下明天就松了。"

阳光穿透参差不齐的树叶，在地上投下斑驳的影子，一圈又一圈。

一束浅浅的光亮打在盛星河的眉眼和鼻梁上，他的皮肤顿时像发光了一样，贺琦年看得微微出神。

他忽然发现盛星河的眼珠不是纯黑色，而是浅浅的褐色，或许是光线的原因，让他的眼睛看起来格外明澈，像是被精心打磨过的宝石。

盛星河手掌贴在他的大腿根部不停按压，嘴上念念有词："这里是耻骨肌的起始位置，我们放松时需要找准穴位。"

……

身侧一帮人都盯着贺琦年大腿内侧，认真地寻找那个传说中的肌肉起始位置，看完再躺回去模仿按压。

贺琦年呼了口气。

盛星河脱手，原地转了一圈，捡起地上的帽子扇了两下风，又戴到头上，冲着张大器指指点点纠正动作。

最后他命令贺琦年坐在垫子上，将双腿尽量呈"一"字形分开。

贺琦年大概预感到了什么，后背一凉，可还没等他开口，一股强大的力量已经将他的上半身推向地面。

"啊——"撕心裂肺的尖叫划破空气，甚至还带了一点无可奈何的哭腔，"你这是谋杀！"

贺琦年的双掌猛拍垫子，盛星河用左臂抵住他的肩胛骨不允许他那么快起来："坚持十秒，十，九，八，七……"

贺琦年双眼通红地趴在垫子上，觉得新教练大概是个天蝎座。

相互配合的拉伸效果显然比自己拉伸要强，结束后有种畅快淋漓的感觉。

上午的训练结束，队伍如鸟兽散，张大器一路嚷嚷着腰酸背痛。

"这点强度就累了？"盛星河想说这只是职业运动员十分之一的强度，但又怕吓到他，只得委婉道，"好好加强体能训练，习惯了会越来越强。"

张大器点点头，一路挨着他走："你为什么会在茫茫大学之中，挑中我们学校来上课啊？"

盛星河说："这里是我的母校，孙主任请我过来辅导你们，希望你们能在接下来的省运会和大运会上拿到好成绩。"

贺琦年原本走在队伍最后，见两人交谈甚欢便加快了步伐跟上去。

张大器又问："那你禁赛期结束之后，是不是还会继续训练参加比赛？"

盛星河把帽檐扯了扯："当然。"

要是身体条件允许，他愿意一辈子都为新的高度努力。

贺琦年别的没听见，就听见了最后这两句，低头搜了一下田径协会官网发布的禁赛公告。

掐指一算。

还有六个多月解禁。

暑假教工食堂没开门，周教练带着盛星河就近找了家饭馆，却没想到孙主任也在。

三人在角落里坐着，饭菜很快上桌。

"这一上午练得怎么样啊？"孙主任推了推厚厚的眼镜片问。

盛星河老实说："很一般，基础动作都不太到位，耐力差，有几个还不如女生。"

"得靠你多教教他们。"孙主任说，"都是一帮小屁孩，不怎么懂事。就比方说秦沛吧，虽然成绩不错，但个性太倔，有时候不服管教，还有点个人英雄主义，总感觉自己了不得了，现在你来了，也能杀杀他们几个的威风。"

盛星河边吃边点头："有技术方面的问题我肯定治，但个性不一定是缺点，他好强也有好强的好处，视情况而定。"

"是是是。"孙主任点了点头。

周教练吃完有事先走了，盛星河没觉得饱，又要了一份饭菜。

孙主任吃完，依旧坐着喝茶剔牙。

"您是不是还有话要说啊？"盛星河有些敏感地问。

孙主任笑而不语，盛星河觉得一阵鸡皮疙瘩冒出，抬手摸了摸脸："我脸上脏了？"

"不是。"孙主任替他倒了杯大麦茶，"你觉得贺琦年这孩子怎么样啊？"

"挺好啊，他在跳高上有天赋，能力很强，只是技术还不够到位……"盛星河一通认真分析。

"是，他的确是个优秀的运动员，只不过……"说到这里，他欲言又止。

盛星河抬眸问："只不过什么？"

"我听说他一直在外边打工。"

"噢，"盛星河说，"您怕他影响学习和训练？"

"倒也不是……"

听孙主任的意思，之前有人向他反映过，贺琦年在外打工，而且是一家规模不小的地下酒吧。

王教练还在队里的时候委婉地提醒过他，但贺琦年没承认，只说在健身房做做销售，根本不是酒吧。

盛星河想起之前在小区碰见贺琦年发传单的事情。

这小子的业务涵盖范围也太广了，这能不影响学业吗？

"本来呢，学生利用假期时间体验体验生活是好事，但如果真是酒吧，那情况就不一样了。"孙主任面露难色。

盛星河完全能理解孙主任的心情，酒吧那种地方太杂，什么人都有，万一出了什么事情，不管是对学生还是对学校，影响都很不好。

如果确定，应该及时制止。

盛星河大致明白了，问："那他家里人知道这事儿吗，直接找他家里人说不就完事儿了。"

孙主任说："他没有家人。"

盛星河微微一怔。

孙主任喝了口茶："其实这孩子挺可怜的，从小父母走得早，据说是交给姑姑一手带大的，他姑姑是影视圈里挺著名的女艺人，叫那个什么……贺子馨，对，贺子馨。"

盛星河平常除了训练就是训练，对演艺圈的事情一概不知。

一查资料才知道，这位女士今年四十岁，前些年和一位知名导演结婚，育有一子，孩子今年三岁。

个人经验给盛星河的感觉是，贺子馨大概只是个挂牌姑姑，平常并不管这个侄子的死活。

果不其然，孙主任又说："但是艺人嘛，总归是很忙的，我估计也不怎么管孩子，我们这边没法联络上。贺琦年这几年的学杂费培训费都是他自己交的，他平常不住校，晚上要出去打工。"

同样是无依无靠的成长环境，让盛星河产生了一种同病相怜的感觉，但与此同时，他的脑海中忽然闪过周教练在操场上的那句玩笑话。

大半夜的能打什么工。

无风不起浪，这事儿是应该好好查查清楚。

下午的训练结束之后，盛星河就添加了所有人的微信，重点是想排查一下贺琦年同学的微信朋友圈，结果点进去一看，是一条糟心的横线。

空空荡荡，没有内容。

运动员普遍都是四肢发达头脑简单的动物，学不会旁敲侧击那一套，所以盛星河的调查方式十分简单粗暴，就是跟踪。

解散后，贺琦年和队友告别，独自一人前往车库方向，盛星河赶紧打电话问孙主任借了辆小电驴，准备在校门口堵着。

第一眼看到孙主任的小电驴时，他是拒绝的。

玫红色的淑女电动车，头盔上印有哆啦A梦的图案，顶端插着根竹蜻蜓。

且不说这玩意儿是不是侵权了……

"这也太不符合您的人设了吧！"

孙主任端着茶杯嘿嘿一笑："是我女儿的，她这阵减肥，改骑自行车了，我就借来用用，你别看它小，但是速度还挺快的，比开车方便。"

盛星河戴上头盔之后，敢百分百确定，就算是十个贺琦年站在他跟前都认不出来了。

活了二十七年，还是第一次玩这种跟踪游戏。

跟过家家似的，紧张神秘又刺激。

学校西门离自行车停放点最近，盛星河推测贺琦年会从那边出去，便躲在保卫室后边的一片树荫下。

果然过了没多久，一道熟悉的身影便钻入视线。

贺琦年骑的是一辆黑白相间的山地车，速度不快，一只手攥着手机打电话，距离隔得太远，盛星河听不清他在说些什么，但看他紧皱的眉头，估计不是什么高兴事。

车身越过校门，右拐驶向了延河路方向，盛星河拧了拧把手，不慌不忙地跟了上去。

贺琦年的电话挂断之后，车速立马提了上去，在一个交叉路口，盛星河差点撞到一辆 SUV。

司机按下车窗冲他破口大骂："赶着去投胎啊！碰瓷碰到我这里来了，不知死活。"

贺琦年回头看了一眼，盛星河立马垂下脑袋，等那辆 SUV 开过之后，他又跟了上去。

这种跟踪的感觉还挺奇妙的，像是在抽丝剥茧地卸下一个人伪装的外衣，探索他的真实面目。

而且奇怪的是，坏的，永远比好的更有吸引力。

所有人都会对别人故意隐藏起来的那一面感到好奇。

所以盛星河也对贺琦年的故事产生了好奇。

像台风过境似的，属于不可抗力。

贺琦年最终在一家名叫"RAIN"的酒吧门口停下了。

这个酒吧的门脸很小，只有一扇复古的木门，门上挂着个牌子，写着"休息中"。

贺琦年推门之后，盛星河便对着门口拍了张照。

看起来，打工这事儿是实锤了。

第一次跟踪没有经验，下一步该干什么是个问题，盛星河上网搜了一下这家酒吧。

还是一家网红店。

网上有不少关于这个酒吧的帖子，一般在晚上八点以后开始营业一直到凌晨四点。

帖子里还有许多顾客发布出来的照片，灯红酒绿的背景下是一张张迷醉享受的脸，烟雾缭绕。

盛星河没有再翻下去，退出了软件。

他无法想象这个二十岁的、青春洋溢的小孩会是他们当中的一员。

盛星河：你在哪儿呢？

他给贺琦年发了条信息，但是没有收到回复。

等了十分钟左右，盛星河发了个视频过去。

五秒后，被拒绝了。

？？？

他有理由怀疑某人是不是在做什么见不得人的勾当。

贺琦年：？

盛星河：你在哪儿？

贺琦年：干吗？

盛星河：不干吗，请你吃饭，聊聊天。

贺琦年：没空。

态度冷硬得像是中央空调，让人感觉很不爽。

贺琦年：下次吧。

语气稍有缓和，盛星河顿时觉得他也不是那么的不可救药。

盛星河：实话跟你说吧，我知道你现在在哪儿，你出来，我们聊聊。

这次没有回复。

盛星河猜想他或许是生气了，毕竟谁都不想被侵犯隐私，哪怕出发点是好的。

他急着想跟贺琦年解释清楚，便把主任的小电驴停在一边，敲了敲那扇木门。

说实在的，有些羞耻。

过去的那二十多年里，他的生活除了学习就是训练，根本不懂得娱乐消遣，甚至都没去KTV唱过歌，唯一的一次是朋友订婚，他待了几分钟就走了。

这扇木门后面的一切令他感到好奇又恐惧。

敲了好几次，没有人开门，他便尝试着推了一下。

门没锁。

里面是一条幽暗的、大约一米宽的通道，走了没几步便是台阶。

他点开手电筒照了一下两侧的墙壁，墙角位置有好几个监控摄像头。

"贺琦年？"他试着喊了一声。

由于注意力都在四周的墙面上，他的左腿差点踩空，身体向后仰了一下，好在他的柔韧性和反应速度都还不错，稳住了身子和手机。

台阶下面就是酒吧的舞池，此刻空空如也，只有几个穿制服的年轻人正坐在昏暗的角落里聊天。

天花板上亮着几盏白炽灯，盛星河关掉了手电筒。

有人听见声音，走了出来："不好意思，还没有营业……"

他的声音在看清盛星河的那一刹那，收住了，改问道："你是在找谁呀？"

盛星河看了他一眼，卷发，皮肤很白，看起来年纪很小，应该是这边的服务生。

"我找贺琦年。"

"哦，小贺啊……"那个头发卷卷的男生上下打量着他，"你是他的……"

盛星河舔了舔唇缝。

这个问题如果是在酒吧以外的任何一个地方提出来，他都会很坦然地说一句，是他的教练，但在这里就有些微妙的尴尬。

"哥哥。"他选择了一个不容易引起误会又特别自然的关系。

"噢。"卷发男看了一眼四周，"他被人叫去了，现在没在，我替你打个电话吧。"

盛星河微笑着点了点头。

"我可以冒昧地问一下，你找他干吗吗？"卷发男掏出手机问。

"……"盛星河想了想，"回家吃饭。"

卷发男笑了笑，显然并不相信他的这个理由。

盛星河又问："他在这儿打工是吗？"

"嗯……"卷发男犹豫了一会儿，"你还是自己问他吧。"

还没等卷毛拨通电话，舞池右侧的一条安全通道里忽然闪过一个高瘦的人影，他边走边吼了一句："你能不能别这么阴魂不散地跟着我！"

这个时间，整个地下酒吧里就放着一首慢摇的伴奏，这突兀吼声刺破空寂，显得有些撕心裂肺。

盛星河一下就听出了贺琦年的声音，很沉的低音炮。

他刚开始以为贺琦年是在吼他，但很快又有一个人影闪出来，跟在贺琦年身后，他就知道他是在对那个人说了。

这个酒吧有封闭式的包厢，盛星河眼看着两人前后脚走了进去，便也急忙跟了上去。

卷发男跟在他身后，拽了拽他胳膊："你找他干吗呀？他们有事儿要说。"

盛星河对突如其来的肢体触碰有些抗拒，皱着眉头推开了他的胳膊。

"我有更重要的事情要说！"

门一下被推开，最先映入眼帘的是满地的气球和一只巨大的蛋糕，上面插着两根数字蜡烛：20。

贺琦年愣住了。

盛星河看清了另外一个男人的长相。

寸头，单眼皮，面相不是什么好人，三十岁左右，穿着一身不知道真假的名牌，小腹微微凸起，脖子里挂着根同样无法分辨出真假的大金链子。

大白天的，他身上居然还有浓重的酒气，脸色很红，喝多了，但不像是喝醉了。

很显然，这蛋糕是买给贺琦年的，至于两人的关系，一时间无法判断。

"打扰到你们了？"盛星河问。

贺琦年完全没想到他会突然冒出来，踹飞了脚边的气球，走过去，小声嘟囔："没，你怎么找到这儿的？"

大金链子也扭头瞪着他，吊儿郎当地问："你谁啊？"

他沉了沉嗓子，仗义地挺身而出："我是他监护人！"

大金链扭头看向贺琦年，后者先是一愣，猛地点点头："对，我年轻的父亲。"

大金链和盛照临同时傻眼了。

第二章 新师哥

盛星河怀疑这孩子脑子先天畸形，否则这智商怎么跟颜值成反比呢！

贺琦年又自以为机智地补充道："他去医院拉过皮。"

盛星河搓了搓额头。

贺琦年也从他绝望的眼神中意识到了什么，又试探着弥补："他当年……可能，未婚生子，生我的时候还小。"

"……"越说越扯，大金链根本不相信。

他拽着贺琦年的胳膊："好了年年，别挣扎了，来我这儿当调酒师没坏处的。"

贺琦年一脸烦躁地甩开他的胳膊："你别碰我！"

盛星河心说这家伙挺洁身自好，说明还有得救。

"你跟他到底什么关系啊？"大金链子又问。

"关你屁事！"说罢便推开大金链子往外走。

"年年。"大金链拦在他面前，指了指盛星河，"你老实跟我说，他是不是也在挖你？"

这个"也"字就很微妙，完全印证了盛星河刚开始的推测。

大金链的指尖在空中抖了两下："他给你多少个点的提成？"

贺琦年有些无语："大哥，你知道你在说些什么吗？喝糊涂了吧？"

大金链一摆手："我没喝多少！我现在很清醒！你今天就给我一准话！嗝……嗯？"

"……"话都说不利索了。

"我辞职了，你以后别再动不动打我电话。"贺琦年说。

"你别这样。"大金链放软了语气央求道，"给一次机会好吧，试试吧。"

盛星河在一旁笑出了声。

"你笑什么笑，有你什么事儿？从哪来滚哪去。"大金链吼道。

盛星河也怒了："你以为我乐意杵这儿看你放屁啊？贺琦年，你出来跟我好好解释解释这胖子怎么回事。"

贺琦年"噢"了一声。

大金链咬牙切齿："你知道老子是谁吗？老子局里有人，信不信我现在把你砍了都没人敢动我。"

盛星河冷笑一声："不信。"

接下来的场面可谓是"盛况空前"，有些糟糕，不过是对于大金链而言的。

大金链气势汹汹地瞪着盛星河，扬手就是一巴掌，可惜太低估了盛星河的反应速度。几乎是在他出手的同一时间，盛星河抬手一挡，顺势握住他的手腕用力向下一折。

那毕竟是国际级运动健将的胳膊，日常就是举铁打拳甩大绳，拧断一条胳膊就跟玩似的。

大金链毫无招架之力，要不是盛星河收着七成的力度，那胳膊估计直接就折了。

"君子动口不动手，这话没听过吗？你再碰我一下，信不信我真把你胳膊拧折了？"盛星河皱着眉头，气势汹汹。

大金链五官扭曲地哀求道："好好好，你先放开我。"

盛星河松了胳膊，刚准备出门，只听后边尖利的一声响，待他转头时，看见一条高高举起的凳子，那角度是在向他脑门上砸过来。

电光石火之间，贺琦年和盛星河同时抬腿踹在了他的胸口，大金链子后退几步，摔倒在墙根处。

椅子哐当一声落地，砸在了他自己的大腿上。

大金链喝多了，毫无理智可言，抓起桌上的一把水果刀，张牙舞爪地刺向盛星河："去死吧。"

"小心！"贺琦年这话刚一出来，就见盛星河一把握住男人的手腕，向外用力拧了个180度，大金链面目狰狞地嘶吼一声。

刀具脱手落地。

盛星河一手握住男人的手臂，一手揪住他的衣领，身体一侧，扛起就是一个潇洒的过肩摔。

"嘭——"

茶几的玻璃碎了一地。

男人肥胖的身躯屈辱地卡在茶几里，蛋糕被他坐成一团烂泥巴，因为身体各部位传来的剧痛，他的五官僵硬扭曲，痛苦地呻吟着。

贺琦年震惊地望着眼前这片末日场景，倒抽一口凉气，与此同时，还不忘冲盛星河竖起大拇指。

大金链捂着胸口，身体扭成一团："有种你别跑，等我叫人过来。"

门口已经堵着好几个服务人员，见到这般场景，瞪着眼珠子惊叫。

"Oh my god！"有个外国小哥双掌捂着嘴巴靠在门边，瞪圆了眼睛看着盛星河，重复道，"Oh my god……"

"尬个毛，"盛星河一把将人拨开，"贺琦年你跟我出来。"

大金链子挣扎着从茶几底下爬出来："贺琦年！你的钱不想要了是吗！"

贺琦年的脚步顿了顿，盛星河扭头握住他的右臂往外拽："你才几岁，别犯浑了。"

贺琦年就知道他铁定会想歪，拧着眉毛说："不是你想的那样。"

盛星河拽着他刚走了没两步就听见大金链子声嘶力竭的吼声："给我拦住他们啊！"

盛星河扭头看了一眼，刚才还跟木乃伊似的杵在门口的服务生们各个像是开启丧尸副本，一窝蜂地拥了上来。

他准备原路返回，手臂却被另一股力量拽往另一个方向。

"走后门。"

"砰"地一下，盛星河的大腿撞在桌角上，疼得他龇牙咧嘴，骂了一声。

"你没事吧？"贺琦年关切道。

盛星河咬牙摇了摇头。

他觉得自己一定是被什么邪祟下了降头，不然第一天上班怎么就能碰上这档子倒霉事。

"丧尸们"越追越近，好几次都已经碰到了盛星河的后背，他反手将人胳膊一拧，接着就是凄厉的哀号。

贺琦年终于意识到这人有多能打了。

他推开安全通道的大门，等盛星河一钻进去，便飞快地跟进去，用力甩上大门，把那堆"丧尸"隔绝在外。

出了酒吧，是一片遮天蔽日的乔木，跟来时完全是不同的场景。

盛星河是路痴，四下看了一眼怀疑自己是穿越时空了，转头问："正门在哪儿？"

身后的脚步声越来越近。

"这边！"贺琦年边跑边说，"你跟踪我干吗啊？"

盛星河反问："你想听简单粗暴的实话还是虚伪的官方解释？"

"先听官方解释吧。"贺琦年说。

"有人担心你在酒吧打工影响学习，派我过来看一眼情况，顺便说服你改过自新弃暗投明。"

"是孙主任吧。"贺琦年问，"那实话呢？"

盛星河在承认自己有强烈的好奇心和装疯卖傻之间犹豫了两秒："你还是别听了吧。"

"那你还问！"贺琦年低吼道。

两人飞奔到正门口停下，后边的人还在追过来。

"赶紧上来！"盛星河发动小电驴。

贺琦年震惊地瞪着那辆玫红色小电驴："这你的坐骑啊？"

"你觉得有可能吗？"盛星河掉转车头。

"事实就摆在眼前啊。"贺琦年犹犹豫豫地不愿意上去。

且不说两个大男人骑着这红彤彤的玩意儿过于引人注目，这款式也太淑女了，后座贼低，一屁股下去跟坐地上有什么差别？

"你还愣着干吗啊？！"盛星河瞪大眼睛吼道。

贺琦年回头看了一眼，满脸屈辱地跨坐上去，拍拍他的后背："快快快！追上来了！"

"现在知道催了。"盛星河猛地一拧，车子蹿了出去。

贺琦年的上身因为惯性向后倒了一下，下意识地扶住了某人的肩膀才堪堪稳住身体。

"贺琦年你有种这辈子别回来！"大金链子喘息着吼了一句。

贺琦年没有回头。

"那胖子什么情况啊？"盛星河拧足油门。

"你不是都看到了吗。"贺琦年说。

盛星河叹了口气："你好好的怎么会跟那种人扯上关系？"

贺琦年无奈："说来话长。"

"那就长话短说啊。"盛星河说。

"……"贺琦年扁了扁嘴，"你怎么这么八卦。"

"什么话，我这叫关心你。"盛星河冠冕堂皇道。

贺琦年"喊"了一声："就是八卦。"

"……"

对面红灯突然跳起，盛星河猛地急刹，贺琦年的脑门直接撞在了他的后脊梁骨上，骂了一声："你会不会开啊？"

"骂什么骂，我还没骂呢！"盛星河骂道。

贺琦年的双掌都搭在他的肩上，闻到了一股不算浓烈的膏药味，白天训练的时候还没有。

"你怎么贴膏药了？扭伤了？"

"旧伤。"

"哪里受伤了啊？"贺琦年伸手摸了摸他后背，盛星河猛地一挺腰。

"你干吗啊？"

贺琦年松手，努了努嘴："咱们这是要上哪儿去啊？"

盛星河是没有导航会死星人，为了甩掉那帮人乱开一通，哪里人多往哪钻，结果莫名其妙来到了一个自己完全没见过的小巷子。

"你住在哪儿？我送你回去。"

"我自行车还没拿呢。"贺琦年说。

"自行车跑不了。"盛星河想了想说，"要是怕那人再纠缠你的话，晚点我再过来帮你取回去。"

"噢。"贺琦年说，"我住在海韵公寓那边，你认识吗？"

盛星河挑了挑眉："这么巧。"

"你也住那儿？"

盛星河应了一声。

等了好一会，车子也没有发动。

阳光挺烈，贺琦年抬手遮着额头问："你这是准备运功发电呢？"

"开导航。"盛星河说，"我手机只有百分之二的电了。"

"用不着导航，这片我都熟悉，"贺琦年拍拍他的左肩，"先往左拐。"

"你指挥就指挥，别乱动成吗？"盛星河说。

"我哪里乱动了？"贺琦年震惊了。

"手别拍我。"盛星河翻了个白眼。

贺琦年又捏了一把。

盛星河忍不住骂了一句，扭了扭肩："你别捏我，我怕痒的。"

"肩膀也有怕痒的？"贺琦年再次震惊。

"我这人比较敏感不行吗？"盛星河认真道。

贺琦年摊了摊手："那我抓哪儿啊？"

"抓你自己不行吗？"盛星河简直无语。

"成吧。"贺琦年的两条大长胳膊撑在了大腿上，左顾右盼，最后狐疑道，"或许……你其实……是个姑娘？"

话音刚落，盛星河一个急刹。

贺琦年的鼻梁差点撞塌。

盛星河咆哮道："你要干吗！"

贺琦年揉揉鼻梁笑着说："你自己骑车技术这么差，怪我吗？"

这叫什么话。

盛星河气得两眼冒星。

他拍了拍环在腰间的那条胳膊："撒手！"

"看不出来你这么结实，"贺琦年调侃道，"你上酒吧一定很受欢迎，怎么样，要不要考虑一下，打个零工赚点外快？"

盛星河咬牙切齿，把"滚"字念得跌宕起伏。

"开玩笑的。"贺琦年笑着说，"你以后可千万别再去那种地方了，不适合你这种正经人。"

这话说的，他去酒吧到底是因为谁？！

"那你为什么要去？"盛星河问。

贺琦年耸耸肩："来钱快呗。"

"你一小屁孩要那么多钱做什么？"

"笑话，挣钱当然是用来过日子的了，这世上除了空气是免费的，哪一样不要钱？"

这话说得倒也没错，盛星河想起孙主任说的那番话。

一个二十岁的小屁孩，孤苦无依，姑姑又生了个小孩子，估计也不再管他，出门在外什么都得自己来，这么一想，还挺可怜的，但这也不是堕落的理由。

"那里头一个月给你开多少钱啊？"

贺琦年撇了撇嘴："一个月底薪一千块。"

"才一千块？"盛星河顿时觉得这孩子的脑袋可能是被门夹过。

这也叫来钱快？

遂，豪气万丈地说道："师哥给你补上！你还是个学生，首要任务是学习和训练，挣钱的事情先放一边。你每天过来给我烧个饭搞搞卫生就行了，多么健康向上的业余生活，是不是？"

"提成三万左右。"贺琦年补充道。

盛星河差点儿被自己的口水呛到。

"算了，当我没说。"

一个月就挣三万多，别说学费了，就连日常的开销都足够了，也难怪贺琦年会陷进去。

"那你还打算继续做下去？"盛星河问。

"辞职了，你也看到那胖子有多烦人了。"贺琦年说。

"确实。"不仅烦人还有点恶心。

"那他说的钱是怎么回事，他欠你钱了？"盛星河又问。

贺琦年想到这里，不由得叹了口气："不是他欠我，是他朋友欠的。"

大金链原名郑高俊，可惜人不如其名，完全往反方向长了。

郑高俊的朋友就是那间地下酒吧的老板。

某晚，郑高俊来酒吧物色新的调酒师。

贺琦年吸引了他的注意。

可贺琦年哪会吃这一套，直接辞职不干。

大约是从朋友那要到了身份证号，郑高俊就整了生日惊喜这出戏，还让酒吧主管打电话联系贺琦年，说是上回盘点的那批酒的数量上有问题。

之后的事情，盛星河就都看见了。

郑高俊说的那些钱，就是贺琦年上个月的提成，加上底薪一共三万三，郑高俊让朋友压着先不发。

二十岁的他，第一次感受到了被金钱支配的无奈，烦躁得不行。

"那之前的工资呢？"盛星河问。

"郑高俊没出现之前的都发过了，不过那时候就实习期，没提成的，一晚上八十块。"贺琦年说。

合着巨款还没到手。

太惨了。

盛星河也不知道自己为什么听到这里会有种松了一口气的感觉。

"你刚才说，搞卫生就给钱那事儿是真的吗？"贺琦年盯着他的后脑勺，"你有钱吗？"

"……"

这话说的，太伤人了。

"我虽然没那胖子有钱，但起码吃喝不用愁，你空的时候可以过来给我打打零工，我会按小时计费给你零花钱的。"盛星河说。

"你一小时能给多少啊？"贺琦年问。

"你这小孩怎么就钻钱眼里了？"盛星河想了想说，"看我心情吧，一块到五块不等。"

贺琦年咆哮："你也太抠了吧！"

盛星河一挑眉："那我送你回去和那胖子聊聊天？"

贺琦年赶紧嚷嚷："别！"

两人七拐八绕地开了半天，感觉距离市中心越来越远，前方的路也越来越窄，像是到了郊区的某个小镇。

贺琦年指挥到一半忽然"欸"了一声，伸长了脖子东张西望："你慢点开。"

盛星河放慢车速，语气透着点小小的不耐烦："又怎么了？"

"好像不太对，"贺琦年抓抓脑袋，"我记得这边明明应该有座桥可以过去的。"

前方是一条十来米宽的河道，河面上漂浮着绿油油的水藻，河水浑浊。旁边就是工业园区，源源不断的污水正往河道里灌，水质很差，散发出一股怪异的味道。

"不太对就开导航啊。"盛星河一个头两个大，学着某人的调调，晃了晃脑袋，"用不着导航，这片我都熟悉……"

贺琦年被他的语气给气笑了。

"马有失蹄，这片我的确来过，大器家就在这附近，上回他开车带我的，这儿就是有座桥的！"贺琦年指着河道说。

"你别解释了，赶紧开导航！"盛星河拔高了嗓门。

贺琦年"噢"了一声，搜索公寓定位。

甜美的女声从手机里钻出来。

"现在为您规划导航——请沿当前路段直行 300 米，左拐——"

贺琦年猛拍大腿："看吧看吧！我就说这儿一定有座桥的！不然导航怎么让直行呢！"

盛星河有些无语："那桥呢！在线对我隐身了？"

贺琦年仰着脑袋大笑："你好幽默啊。"

"还有没别的路线啊？总不能往水里开吧！"盛星河扭头说。

贺琦年研究了一会路线，指着前方："那要不你再往前开一段，看看有没有能绕过去的路。"

盛星河瞅了一眼电驴剩余电量，还剩百分之三十。

贺琦年的身型也不瘦，两个大男人的体重加起来少说也得有 300 斤，撑死了还能开个四五公里，但学校到这个鸟不拉屎的地方，他们大约开了得有十来公里的路。

太阳渐渐落山，天边染上了一片橙红色的光，他隐隐有种回不去的预感。

盛星河说："电驴快撑不住了，我们不能再绕了，你再看看最近路线。"

"最近路线就是顺着河道开过去。"贺琦年认真道。

"啊——"盛星河恨不得把这个智商不在线的扔水里去。

后来还是绕了。

盛星河发现自己完全高估了这辆电瓶车的实力，到百分之二十之后，它的电量飞快流逝。

先是一辆自行车超过了他们。

后来是一辆三轮车。

"欸，没电了。"盛星河撞了撞身后的那位，"下去推。"

贺琦年："我不叫欸没电了。"

盛星河运了口气："贺琦年同学，下去推。"

贺琦年："语气过于勉强，在要求别人做什么事情之前难道不应该加'麻烦'两个字吗？"

盛星河强忍着怒意，再次运气，微笑道："贺琦年同学，麻烦你下去推一下。"

贺琦年："你就不能换个亲热点的称呼吗？"

"……"盛星河酝酿了好一会，试探道："弟弟？麻烦你下去推一下。"

"我不要。"

盛星河不可置信地瞪圆了双眼。

"帮你是情分又不是本分，我可以拒绝吧？"

贺琦年一脸的理所当然，盛星河按捺不住蠢蠢欲动的双手。

"你，去，死，吧！"他咬牙切齿地挤出这几个字，一转身，抬手用力勒住贺琦年的脖颈向后一抬。

"咔"的一声，贺琦年被迫看向天上的浮云，他感觉自己的脖子像是要被盛星河给扭断了，呼吸不畅，但他又觉得一个教练，手上肯定会有分寸，不至于真的把他脖子拧断，于是两人就这么沉默地僵持了一会儿。

盛星河在他耳边问："疼不疼？还闹不闹了？"

他的声音很轻，贺琦年略微偏过一点头，看见盛星河的嘴角上翘了一点点弧度。

虽然以他目前的姿势只能斜着眼去看盛星河脸上的表情，但他认为自己不会看错。

盛星河在笑。

浅浅的。

就连眼睛也是弯弯的。

贺琦年第一次在他脸上看到这样的笑容，不是教练对学生的那种笑容，温和中带着一点疏离；也不是路人对待一个发传单的学生，短暂地牵起嘴角应付，这会儿的笑容很随性，还带着一点胜券在握的快感。

大概是真的很开心。

贺琦年忽然意识到自己的心情也跟着这个笑容变好了，电瓶车没电和这个地段的陌生都不再是困扰。

半晌，他才回过神，假装一副要死的表情，拍着盛星河的胳膊求饶："脖子，脖子要断了！"

盛星河松开了胳膊。

淑女车的好处就是有踏板，盛星河跟踩自行车似的，蹬了两圈，某人则在后边吭哧吭哧地推。

"用点力啊！"盛星河在前边嚷嚷。

贺琦年跑得气喘吁吁，满头大汗："我用力了啊！拜托你也使使劲好吧！你腿都没在动！"

啊，被发现了。

盛星河象征性地踩了两圈，迎面而来的微风让他感受到了夏天的温柔。

幸运的是街边有一家电动车维修店，店面很破，只有一只老狗蹲坐在门口。

墙上挂着一台老旧的快速充电设备。

一块钱十分钟。

这种时候就犹如在沙漠里看见了水源。

尴尬的是盛星河出门没带零钱，这玩意儿显然不支持微信和支付宝付款。

"你有零钱吗？"盛星河问。

贺琦年拍拍空荡荡的裤兜，耸了耸肩："这年头谁还带钱包啊。"

盛星河感到头疼。

"前边有饭馆，我们可以上饭馆兑点零钱。"贺琦年边走边说。

也只能这样了。

盛星河把车停在维修店门口，跟着贺琦年一路向前走。

少年手长腿长，步伐很大，盛星河看人总是习惯性地观察他的双腿。

他喜欢通过观察来判断一个人适不适合练跳高。

跳高运动员的跟腱是最重要的部位，就像弹簧一样，跟腱越是细长有力，就越利于弹跳。

贺琦年的跟腱就比一般人的长一些，踝骨微微凸起，小腿肌肉练得恰到好处。

他的步伐轻盈矫健，一看就是一双从来没受过伤的腿。

说实在的，盛星河有些羡慕。

如果现在再年轻个五岁，就真的什么都不怕了。

可惜青春一去不回头。

贺琦年找的是一家北方饭馆，还没进门就闻到了一股浓郁的肉香。

盛星河肚子叫了一路，闻见这味道就走不动道了，唾液疯狂分泌，可惜手机自动关机了。

"你微信里有多少钱？先借我五十，我回去转你。"盛星河说。

贺琦年勾着嘴角笑笑："可以是可以，不过，有什么好处吗？"

"还你五十一。"盛星河说。

贺琦年嗤笑一声："我要你那一块钱干吗？"

"你别得寸进尺啊，多了没有，从这儿到家，最多一个小时，有利息给你就不错了。"盛星河白了他一眼。

"我才不要你那点利息呢。"贺琦年挨过去问，"你是不是练过跆拳道？"

"是柔道。"盛星河纠正道。

"都差不多，你能不能教我几招？"贺琦年说，"你要是答应我，这顿饭就当是我请你的。"

盛星河意外地挑了挑眉："才五十块钱就想买我的私教课？"

贺琦年拧了拧眉："那你说要多少？"

盛星河估计他是想学着防身，想了想说："你要能好好努力，在省运会上拿个冠军，一切都好说。"

贺琦年的眉毛都扬了起来："真的？只要我拿冠军你就教我练柔道？"

"那当然。"

贺琦年伸出小手指："那拉钩。"

盛星河嫌弃道："你几岁啊？还拉钩，我这人一向说话算话，用不着拉。"

贺琦年不由分说地握住他的小指钩了两下："就这么说定了，你一定要教我！"

"是拿冠军之后。"盛星河补充道。

"迟早的事情！你可以准备起来了！"贺琦年信心满满。

恍惚间，盛星河看到了许多年前的自己。

无伤无病，精力充沛，满怀希望，总觉得自己只要努力努力，就一定能不断地超越极限。

他的个性签名还是中二时期写下的——纪录就是用来打破的。

可现在他有点不确定了……

他隐约能感觉到身体的各项机能在不断下滑，可是一点办法都没有。

2.30米或许真的是他在这条路上的极限。

"发什么呆？"贺琦年抬手在他眼前晃了晃，"鱼香肉丝盖饭吃吗？"

"噢，都行。"盛星河点点头，"我不挑食。"

"唔。"贺琦年望着墙上的菜单，"那我可就随便点了。"

盛星河换了几枚硬币就去充电了，回来时，浇头都已经炒好了。

贺琦年点了一大盘凉拌牛肉和牛杂外加六碗盖饭。

服务生以为还有人没进来，给了六双筷子，贺琦年只要了两双，服务生惊讶地看着他们。

"吃吧，要是不够一会我再点，闻着味道感觉应该还不错。"贺琦年把饭菜一一端上桌。

"太多了，我吃两碗就够了。"盛星河搓了搓筷子说。

"那不够了。"贺琦年说，"我要吃五碗。"

"……"

运动员的饭量普遍都大，这也就是为什么退役后会发胖的原因，胃口撑大了一时半会收不住。

盛星河在国外训练期间胃口和贺琦年差不多，一顿少说也能吃下四五碗面条，但禁赛后训练强度就没有之前那么猛了，胃口明显下降。

他需要保持住现在的体型，以便将来更快地进入比赛状态。

两人刚一开动，贺琦年的手机就响了。

未知号码。

他锁屏挂断之后，电话又来了。

"应该不是推销。"盛星河提醒道。

贺琦年还是挂断了电话，"熟悉的人都会发微信给我。"

"也是。"盛星河想了想又说，"可能是有什么急事借了别人的电话呢？"

电话第四次响起的时候，贺琦年调成了静音模式。

"这荒郊野地的，有急事也帮不上忙。"

"你是怕那大金链打过来的？"盛星河问。

贺琦年笑笑没说话，盛星河就当他默认了。

对面的人吭哧吭哧，狼吞虎咽，五碗盖饭很快下肚，吃完还不忘把一旁的汤底给喝完，边上的服务生看得一愣一愣，最后冲他竖起一根大拇指。

盛星河忍不住问："你平常饭量就这么大吗？"

贺琦年抽纸巾抹抹嘴："比这个大，微信里没多少钱，我已经很克制了。"

"……好吧。"

这得是什么样的家庭条件才能养得起的娃啊！

电瓶车还在充电，两大男人蹲在马路牙子上看风景，每当有人骑车经过都会扭头看一眼，为他们的身高和体型感到震惊。

杨柳低垂，微风拂面，温度湿度刚刚好，盛星河产生了和这孩子谈谈心的想法，于是主动找话题。

"酒吧那个胖子要是再为难你的话，可以打电话叫我，我来收拾他。"

贺琦年转头看了他一眼："谢谢，不过我一个人也可以搞定的。"

"我没有恶意的。"盛星河说，"孙主任也没有恶意，只是希望你能把重心放在学习和训练上。"

"嗯，我知道。"贺琦年耸耸肩，"可我还是得挣钱，不然活不下去。"

盛星河略微震惊："怎么会呢，你家里人一分钱都不给你吗？"

贺琦年摇摇头，表情有些无辜，还有些无奈。

盛星河虽然是个大男人，但也有同情心泛滥的时候。

比如现在。

"我听孙主任说……你有个姑姑？"他说完就有些后悔了，这样小屁孩就知道他们在背地里聊过他的事情了。

不过贺琦年年纪小心眼儿大，压根就不会在意这些。

"她不支持我练跳高，用生活费威胁我，我一气之下就跟她闹翻了呗，平常跟她也没什么联系。"

"啊？"盛星河很意外，"那你平常就一个人生活？放假也不回去？"

"嗯，回去干吗啊，她还要带孩子呢，又没空理我。"贺琦年捡起地上的一片枯叶捏在手里，转了一圈，吹走了。

聊到这种话题，气氛总有些尴尬。

盛星河花了三秒钟时间做了个草率的决定。

"这样，你以后缺钱可以跟我说，我借你，前提是不能去那些乱七八糟的地方打工。"

太阳落山，天色渐黑，云层一点一点被染上颜色，黑压压的一片，最后融入巨大的幕布之中。

电动车电量满格，街上的商户都亮起了灯，之前那种被陌生环境捆住的无助感烟消云散。

贺琦年还是坐在电动车的后座，低头玩手机，刷到一条秀恩爱的朋友圈时，蓦然来了一句："你有女朋友吗？"

"你猜。"

贺琦年笑了笑："肯定没有。"

"为什么那么肯定？"盛星河问。

"看得出来啊！"贺琦年分析道，"有对象的聊天时总会不经意地带出一句，'我女朋友怎么怎么样'……"

"那你还问。"

"我就是确定一下。"

"确定了干吗？"

"……"贺琦年顿住了，怕他乱想，赶紧又接着说，"不干吗，要是有漂亮妹子我第一个给你介绍。"

"谢谢，不过我退役之前并不准备谈恋爱，影响锻炼。"盛星河说。

贺琦年笑了起来："你能这么说是因为没遇上真正喜欢的，要真遇上了，你肯定一分一秒都把持不住，就想把她占为己有。"

"你好像很有经验。"

"那是。"贺琦年挑了挑眉说，"不过都是别人妄想把我占为己有。"

盛星河干呕一声，贺琦年低低地笑了起来："真的。"

"看出来了。"

"So？你谈过恋爱吗？"盛星河有点好奇。

贺琦年哼一声："老子放荡不羁爱自由，是不会被爱情这种小事牵绊住脚步的。"

盛星河解读道："那就是没谈过了。"

"……"贺琦年有样学样，"是我想把重心放在学业上。"

说话间，电驴已经开到了海韵公寓的大门口。

盛星河放慢车速问："你住几栋？"

"12栋，你认得路吗？第二排最靠右那栋。"贺琦年伸手指了指方位。

还挺巧，盛星河租住的房间在18栋，正巧位于12栋的正北面，中间只隔着一条小道。

贺琦年就住在二楼，两人推开窗户就能看见彼此。

"明天训练别再迟到了。"盛星河提醒道。

"知道了。"贺琦年拐进屋，探出一个脑袋，"你要进来参观参观吗？"

"不了，"盛星河摆摆手，"我一会还要出去跑个步消化消化。"

"你上哪儿跑步啊？"贺琦年扒着门框问。

"你管那么多呢。"盛星河头也不回地转去车库停车了。

贺琦年望着他的背影笑了笑，喊道："师哥——"

盛星河一扭脸："干吗？"

"不干吗，就喊喊你。"

"有病。"

等人停完车，贺琦年又大声喊："教练！"

某人一脸不耐烦地转头。

"拜拜。"贺琦年挥挥手。

"……"病得不轻。

白天训练出一身汗，贺琦年到家第一件事情就是冲澡。

温热的水流冲走了困倦与疲惫，紧绷的肌肉慢慢松弛下来。

他眯眼挤了一坨沐浴液，淡淡的奶香，擦到大腿时，他忽然想起今天压腿时的场景。

洗完澡出来，发现手机上有十二通未接来电和三条短信。

全都来自同一个号码。

没有备注，但他知道是贺子馨。

你接一下电话成吗？妈妈有事跟你商量。

留学中介那儿我都已经问好了，以你的条件是完全没问题的，等过几天这部戏杀青了我就过去找你，到时候我们一起详谈好吧。

你要明白，妈妈做一切决定的出发点都是为你好的，跳高能跳一时，但不能跳一辈子，趁现在你还小，把该学的都学起来，不然你将来一定后悔的。

贺琦年讪笑，把手机扔到了一遍。

后悔。

还没开始呢，就已经知道他会后悔了。

经历与成就总是让大人变得十分自信，自信到可以指手画脚地规划别人的人生，自信到将自己的三观完完全全地复制粘贴到别人身上，如果不按照他们的规划好的路线去走，不成为众人眼中那颗闪亮的星，就是没有出息。

他搞不懂这种擅自替人决定的行为哪里算得上是"商量"，也不明白她为什么还有脸说一切都为他好。

屋里的窗户没关，能闻见隔壁那户人家的饭菜香味，今天是红烧肉，还有一股洋葱的味道，每天晚上都是不一样的饭菜。

隔壁住着的是一个念高中的小女生，她妈妈每天一下班就会拎着一大袋东西回家，贺琦年撞到过好几次。

今年过元宵节的时候，那阿姨还很温柔地问他吃没吃饭，要不要一起吃一顿。

贺琦年没好意思进门。

更主要的是，他特别害怕看见那些其乐融融的场面，因为每当喧闹的仪式结束，他会发现自己还是孤孤单单一个人，那种落差感才是真正让人感觉孤独的东西。

这么多年了，他一直觉得贺子馨根本称不上是他的家人。

她从来没有为他做过一顿饭，送他上过一次学，讲过一故事，就连见面都得悄悄地，并且每次相处不会超过一个小时。

从小到大他们见面的时间加起来说不定还不超过十天，可就是这样一个女人，妄图把自己的决定强加到他的身上，替他决定未来。

挺好笑的。

从他出生的那一刻开始，他的人生就已经被安排好了，而所有费尽心机的背后，都是为了要圆一个谎，一个天大的谎言。

对此，他厌烦到了极点。

一阵有序的敲门声扰乱了他的思绪。

贺琦年起身走到门口，弯腰盯着猫眼看了一下，开门时微微一笑："怎么了？想约我一起跑步？"

"美得你。"盛星河手上转着钥匙圈，"陪我一起到物业那儿搬两箱东西。"

"给钱吗？"贺琦年笑着问。

盛星河翻了个白眼："明天请你吃早饭。"

"妥！"贺琦年打了个响指，抓起鞋柜上的钥匙，反手带上门。

住户的快递一般都会存在快递柜，不过大件会统一收放在物业办公室。

值班的是个上了年纪的老头，眼神不好，指着墙角跟说："东西都在那片了，你们自己找吧。"

公寓住户很多，大件也多，囤在一起像座大山似的。

盛星河抱开几个大箱放到一边。

贺琦年视力很好，一眼就看见有张物流面单上写着"星河"。

寄件人是边瀚林。

他隐约记得白天张大器他们聊天的时候提过一嘴，如果他没记错的话，应该是盛星河的教练。

那个偷偷往队员食物里下药而被国家队开除的教练。

盛星河翻到快递时一脸欣喜，这哪是收到仇人的包裹时该有的表情？

贺琦年可以百分百确定，禁赛这件事情没有表面上那么简单。

"什么玩意儿啊这么重？"贺琦年问。

"就一些衣服和书，带来带去太麻烦就寄快递了。"盛星河找到了另外一个。

贺琦年颠了颠两个快递箱的重量，挑了个更重的抱了起来："你刚搬来啊？"

"嗯，昨天咱俩不是还在公寓门口见过吗，那会儿刚下飞机。"

贺琦年帮着把东西搬到屋里，四下环视一圈，惊讶道："你这儿居然有两个房间，比我那屋大多了。"

盛星河的卧室门都还开着，一间主卧一间次卧，次卧压根没收拾，乱糟糟的，床上连被罩都没有，看起来应该是一个人住。

盛星河问："你那儿房型跟我这边不一样吗？"

"我那边就一开放式的卧室和小厨房，连着客厅都是一起的。"贺琦年双手在空中比画，"很小，每次我想锻炼都施展不开。"

盛星河的脑海中浮现出了一间单身公寓的构造。

"需要我帮你收拾收拾屋子吗？"贺琦年伸出手指往茶几上一抹，抬起来，"上面都一层灰。"

"你会收拾吗？"盛星河狐疑道。

"你别小看我。"贺琦年拍拍胸脯，"我很能干的！"

"喔，"盛星河点点头，"那你干吧。"

"那从哪里开始干呢？"贺琦年问。

"你自己决定。"盛星河边说边拆开快递。

他被禁赛之后在边瀚林家里住过一段时间，留了不少东西，看来是一样不少，全都给他寄过来了。

他翻到下面才发现，不仅不少，还多了好几件当季的新衣服。

贺琦年从厨房找了块抹布，出来就看见盛星河站在阳台外边跟人打电话。

"你给我买的衣服我都看到了，谢谢。"说到这里，他的眉眼一弯。

"你放心吧，我这边一切都挺好的，住的地方离学校很近，很方便。"

"都一帮小屁孩，我还能应付不了吗？"

"怎么咳嗽了？你还是少抽点烟吧，对身体不好。"

贺琦年一边干活，眼睛仍然直勾勾地盯着他。

不知道是不是自己的错觉，他总觉得盛星河和那教练说话的时候，语气格外温柔，跟头小绵羊似的，和在学校里的样子截然不同。

几套衣服散乱地扔在主卧的大床上，贺琦年拎起来闻了闻，是香喷喷的，应该刚洗过，正准备给他挂起来。

一打开卧室的衣柜，映入眼帘的便是一排粉色布艺小衣架，上面还带蝴蝶结，衣架上挂着各种背心和 T 恤。

漫长又精彩的一声："哇——"

"干吗啊？看见蟑螂了？"盛星河在外边喊了一声。

"比蟑螂刺激多了，"贺琦年说罢，立马掏出手机拍照留念，"真想不到我们盛教练还有这么闷骚的一面。"

"这个事情可以解释。"盛星河望着那一排衣架，有点头疼，"是上一个租客留下来的，我昨天没买衣架，就顺便用了。"

"那这又是什么？"贺琦年拉开最底下的一排抽屉，里面躺着各式各样的丝袜和蕾丝内裤。

盛星河自己也吓一跳，"这什么玩意儿啊？"他昨天收拾得比较仓促，压根没留意里面还有东西。

明明跟自己一点关系都没有的东西，但不知道为什么，在某人的注视下，就莫名其妙地脸红了一下。

贺琦年拎起丝袜啧啧两声，又狐疑地打量起身旁那位："或许……其实，你真的是个女孩儿？"

盛星河把垃圾袋套在他头上："傻子。"

"哎，跟你开玩笑呢。"贺琦年摘下袋子，笑着追了出去。

盛星河发现贺琦年这人也就长得高冷，其实话不少，一会好奇这个一会好奇那个，就连他体重多少都要打听。

话题能从一颗尘埃扯到宇宙大爆炸。

不过有人在旁边叽叽喳喳，劳动的时光似乎也没有那么难熬，不出三个钟头，屋里头彻底焕然一新。

盛星河挺了挺腰，觉得肚子有点饿，忽然想起在酒吧看见的那个蛋糕。

"对了，今天是你生日吗？"

"嗯。"贺琦年在厨房洗完手，甩着胳膊出来，"你要替我过生日吗？趁还没过十二点。"

盛星河的生日在春天，比赛旺季，每年生日几乎都是在队里过的，教练亲自给他煮碗面条，有时候是大排面有时候是鸡汤面。

但盛星河不怎么会煮东西。

"不如……我给你煮碗泡面怎么样？"

家里没有热水壶，盛星河又跑去厨房，试了好几次都打不上火，打电话问了房东，说得重新安装下液化气，但是面条都已经拆开了……

贫穷的生活条件不允许他浪费粮食。

"你小时候吃过干脆面吗？"盛星河若无其事地走回餐厅，"其实方便面有好几种吃法，其中就属干吃最好吃。"

贺琦年斜眼看他。

"你那是什么表情。"盛星河把调料包撒进去，晃了晃，"喏，尝尝看，我亲自调配的，一定能够点燃你的味蕾，让你吃得酣畅淋漓，欲罢不能。"

贺琦年："……"

过了一会儿，两个男人攥着面饼吭哧吭哧啃了起来。

餐桌中央点着一盏乳白色的小蜡烛，是上一任房客留下的，硬币大那么一小块，隐约能闻见一股淡淡的椰香味。

盛星河不是个会聊天的人，贺琦年啃面饼的时候，他也就干坐着，时而盯着暖黄色的烛光，时而抬眸看看边上的人。

他隐隐地感觉到了一丝小尴尬，但这份尴尬并不会让人觉得难受，也没有产生希望对方快点离开的念头。

当他看到贺琦年试图借着烛光阅读方便面包装上的配料表时，就知道这份尴尬一定是传染过去了。

他忍不住笑了笑："生日快乐啊。"

贺琦年啃面饼的动作顿了顿，含含糊糊地应了一声："谢谢，同乐同乐。"

"许个愿吧，然后把蜡烛吹了。"盛星河说。

贺琦年没想到这个钢铁直男还有这么少女心的一面，微微一笑，颇具仪式感地闭上眼睛，可是想了好一会儿也不知道自己该许什么愿望。

他从小到大没什么机会给自己过生日，因为没人会记得他的生日。

贺子馨不记得，他自己也不记得。

印象最深的是自己升高一那年，贺子馨意外地说要陪他一起过生日，家里的用人准备好了一桌饭菜，结果她第二天晚上才打电话道歉，说是临时有事。

他猜想她大概是忘记了，但贺子馨没承认，只说剧组太忙，拍摄地又远，实在赶不回去，后来从外地寄了礼物回去。

是一箱参考书。

贺琦年对生日没什么太大的感觉，不过今晚很不一样。

"许个愿许这么久？"盛星河支着腮帮子看他，"别太贪心了，老天爷来不及帮你实现。"

"我正酝酿着呢。"贺琦年笑着说，"你平常生日都许什么愿啊？我参考参考。"

盛星河老实说："身体健康，比赛顺利。"

贺琦年心说这两样恐怕一样都没实现，这还许个屁。

窗外星辰璀璨，屋内烛光摇曳。

盛星河透过幽幽的烛光看着对面的那位。

他忽然发现这家伙的眼睫毛还挺长，皮肤细腻，左眼的眼尾下边有一颗很小的痣。

据说长在这个位置的是泪痣。

长了泪痣的小朋友都很爱哭。

不过看贺琦年的样子，不太像是爱哭的小孩，倒像是爱闯祸的熊孩子。

头发应该染了有一段时间了，从根部开始冒出一点点黑色。

很多长相俊俏的帅哥看多了也就那样，但贺琦年的容貌居然还挺耐看，特别是嘴角微微翘起的时候，充满了青春气息。

他不可抑制地想起贺琦年在操场上奔跑运动的场景，鲜活阳光，朝气蓬勃，笑起来又带着很强的亲和力，还没等他细细琢磨，贺琦年忽然睁开眼睛，他赶紧别开视线。

"许了什么愿望啊？"盛星河随口道。

"大吉大利发大财。"贺琦年说罢就把蜡烛给吹灭了。

简陋的场地，寒酸的面条，捡漏的蜡烛，辛酸的生日……不过贺琦年还是挺高兴的。

第一次过生日，对面坐着的还是个养眼的教练。

没过几秒，他的微信上就弹出一个新消息。

是盛星河发来的红包。

祝小师弟生日快乐！

贺琦年满怀期待地点开红包。

8.88 元。

笑容顿时凝固。

"不是我说，放眼整个国家队，不，整个体育圈都找不到比你更抠门的教练了吧？ 8 块钱？你打发叫花子呢？"

盛星河理直气壮："纠正一下，是八块八毛八。"

贺琦年拉高了嗓门："你好意思发得出手？我这替你忙活两个多小时！"

盛星河伸手去夺他手机："不要就算了，你发还给我。"

"……"

苍蝇肉也是肉。

贺琦年收完红包就给人备注改成了"抠门精"。

夏天的夜晚，蝉鸣阵阵，它们似乎不知疲倦，窗外偶尔还会传进来几声清晰的蛙叫，盛星河忽然意识到自己已经很久没有聆听大自然的声音了。

小时候会觉得这声音聒噪，但此刻竟然觉得很舒适。

两人有一搭没一搭地闲聊了几句，话题又扯回了跳高上。

"你是几岁的时候开始练跳高的？"贺琦年问。

"十二岁。"盛星河说。

贺琦年估算了一下，感到惊讶："好早，那你练了有十多年了啊。"

盛星河点点头："十五年。"

为一件不可预估的事情坚持了十五年，光听着就足够震撼。

"那你后来究竟为什么会被禁赛？"贺琦年追问道。

盛星河的瞳孔微微一缩。

自从那份尿检报告出来之后，几乎所有人都将矛头指向了他和他的教练，恶意的解读和谴责的报道铺天盖地。

大家更愿意相信他们所认定的真相。

很少有人会凝视着他的眼睛，问一句，究竟为什么会被禁赛？

贺琦年问这话时小心翼翼地关注着盛星河的表情，生怕自己的一句话踩到对方的雷区，经营了一晚上的感情就此破裂，到学校可能还会被针对，好在盛星河的神色并没有太大的变化。

于是他又试探道："跟边教练没关系，对吧？"

盛星河感到一丝意外，"嗯"了一声："为什么会觉得跟他没关系？"

"直觉，而且我知道真正热爱那项运动的人，是不会去碰那些东西的。一碰，就已经输了。"

的确。

真正热爱哪舍得去破坏规则，但就是这样简单的道理，绝大部分的人都不会理解。

这件事情已经过去一年，盛星河一直努力地想要将那些负面的情绪压制下去。

不去想，不去看，不去听。

他觉得自己做得很好，起码能坦然地面对秦沛的质疑，能嚣张地放出狠话，能从容地越过横杆，但再次回想起那场比赛，还是被一阵巨大的失落和无助感包裹了。

"我被利用了。"他的声音很轻，像是在极力地克制着某种情绪。

贺琦年皱了皱眉，盛星河并不能直接判断出他是相信或是不信，但这并不妨碍他把埋藏在心底的秘密，那个没有人愿意相信的真相说出来。

盛星河进入国家队后的道路走得并不算顺利，早在三年前就因为跟腱受伤，不得不停赛治疗，期间许多费用都是边瀚林出的，关系就像亲人。

因为伤病和经济上的双重压力，盛星河患过焦虑症，教练一直在旁边鼓励照顾。

幸运的是，他的腿伤恢复良好，回到赛场后不断刷新个人最好成绩，去年还拿到了室内跳高总决赛冠军。

他的身体状态正处于运动生涯的黄金期，前途可谓是一片光明。

盛星河的最终目标就是冲击世锦赛，可就在八月的田径锦标赛上，他的尿检报告结果呈阳性。

这就意味着，他服用的食物或药品中，含有违禁药品成分，他的比赛成绩当场取消，无法进入总决赛。

在事情还未水落石出之前，媒体就已经争相跳出来谴责，八卦报道满天飞，导致盛星河的形象和精神都大受影响。

其实兴奋剂丑闻不管在田径界还是整个运动界都是层出不穷，很多国家的运动员都因为种种原因陷入过兴奋剂风波。

有些是主动的，有些则是被动的。

被动的原因分很多种，被陷害，或是误服了某种含有违禁药成分的药品，不小心吃到了含激素的肉类，但以上这些都不足以让田协开出特赦令，因为谁都无法证明自己是无辜的。

反兴奋剂组织开出的结果出来没多久，队里就对盛星河开出了禁赛四年的惩罚。

运动员的职业生涯是十分短暂的，跳高运动员的爆发期就那么几年，在二十六岁时被宣布禁赛四年，就意味着彻底断了他的后路，跟终身禁赛没有什么区别。

眼看着徒弟被逼到绝境，边瀚林愤愤不平，一次又一次找上级理论，申请再次检验。

尿检样本一般分 AB 瓶储存，结果 B 瓶检测结果依旧是阳性。

"证据确凿"，这口锅扣得死死的。

盛星河在赛前半年，从未服用过任何药品，平常吃东西都是谨慎谨慎再谨慎，鸡肉、猪肉、火腿肠之类的东西从来不敢乱碰，唯一值得怀疑的就是在更衣室里喝的那瓶矿泉水。

盛星河喝矿泉水时有个习惯，就是顺手撕掉外包装，以便和队友们一起的时候，能迅速分清自己喝过的水瓶。

那天他换完衣服之后拿起凳子上的水瓶，感觉水位线高了一点，但整个更衣室里就放着那一瓶水，当时满脑子都是比赛的事情，下意识地认为是自己记错了，根本没想太多，出事之后才想起不对劲。

更衣室没有监控，走道里来往的人那么多，根本无从查起。

每个人都值得怀疑，可每个人看起来都是无辜的。

万分无奈之际，边瀚林背着盛照临向队里承认了自己的"罪行"，说是在他的营养品里加了点东西，目的就是让他拿奖金。

盛星河当然不希望教练因为这件事情丢了工作，那是他第一次和边瀚林吵架，但最后还是被教练一顿教训给堵了回去。

"你的两份报告都呈阳性！你觉得你现在说什么别人会相信吗？一万句解释不如一块金牌有说服力，只有实力能够证明你自己的清白，只有跳过了那个高度，你才可以大大方方地向大家宣布，你根本不屑服用那些东西！"

"当你赢得最后的胜利，曾经的污点会变得不值一提，但要是现在放弃，你这一辈子也就这样了！"

盛星河无言以对。

跳高对于他而言，是刻在骨子里的信仰，就像生命一样重要。

他当然不甘心放弃。

这件事情的最终判定结果就是边瀚林严重违反职业守则，被逐出教练队且终身不得带队参赛。

盛星河禁赛期缩减为十八个月，同时禁止参加任何国家队集训。

边瀚林放弃了原本光彩的未来换回了盛星河的第二次机会。

贺琦年全程都是惊诧状态，好一会才回过神来："既然边教练都背锅了，你为什么还会被罚？"

盛星河无奈地笑了笑："班上 A 同学的钱包丢了，老师在 B 同学的书桌里发现了，他说'我不知道，我真的什么都不知道'，你觉得班上会有多少人愿意相信他是无辜的呢？"

比赛有比赛的规则，还有无数双眼睛盯着。

很多事情不是一句话就能解释得清的。

惩罚的最终意义就是保证赛制的公平，同时也警告其他运动员，不要投机取巧。

相比这件事情背后的真相，更令贺琦年感到不可思议的是边瀚林的牺牲。

这世界上有多少个人愿意牺牲自己一辈子的名誉和前程去为另一个人铺路？

很显然，盛星河遇见边瀚林是幸运的，但这份牺牲最终会换回些什么又是不可预估的。

谁敢保证自己能顶住四面八方的压力，一次又一次地超越过去的成绩？

想到这些，他都替盛星河感到喘不过气，这十八个月，他一定是活在煎熬之中。

贺琦年到家时已经十一点了。

他坐到床边时下意识地望了一眼窗外。

这是他第一次留意对面的这栋楼房，有五户还亮着灯。

公寓楼的设计都一样，最底下一层就摆着收信箱，从第二层开始亮灯。

盛星河住在三楼，主卧在南面，正巧在他的视野范围之内，窗户没拉，屋里家具的摆放都能看得一清二楚。

灯光是暖融融的色调，书桌前的那个男人正低头翻看着什么，时不时地转一下笔。

笔掉了，他弯腰捡起来，继续转。

贺琦年低头发了条微信。

N：你睡了吗？

抠门精：睡了。

N：睡了还回我消息？

抠门精：有屁快放。

嚯！这态度！

贺琦年抬手拍了张照片发过去，只见盛星河低头看了一眼，立马扭头望向窗外。

路灯也是暖黄色的，让整个夏夜显得平静温和。

两人隔着一条宽宽的走道相视一笑。

抠门精：你偷窥我。

N：明窥，你在看什么呢？

盛星河将书本高高举起贴在窗户上，贺琦年整个身子探了出去也没能看清楚书本上的名字。

　　N：什么玩意儿啊？

　　抠门精：教育蓝皮书，上面写着如何对付你们这帮不听话的坏小孩。

　　N：我什么时候不听话了？

　　抠门精：听话？那现在赶紧上床睡觉。

　　贺琦年努了努嘴，躺到床上，抬脚将窗帘拉上了。

　　抠门精：晚安，明天见。

　　下面跟着一个两百块钱的大红包。

　　抠门精：忘了说了，打扫得挺干净，五星好评，下回还找你。

　　贺琦年蹬了蹬脚，心满意足地闭上了眼睛。

　　贺琦年的睡眠状况一直很不错，加上白天那番高强度的体能训练，隔天睡到很晚才醒过来。

　　大腿、手臂和腰背还是有点泛酸，不过程度不高，比他想象中的要好一些。

　　他想起盛星河一本正经地说："疼就对了，现在疼一下明天就松了。"又忍不住笑了出来。

　　窗外阳光炎热耀眼，又是一个高温大晴天。

　　微信上有好几条未读信息，都是盛星河发过来的。

　　抠门精：醒了没？

　　抠门精：自行车放在地下车库了。

　　抠门精：你卡号多少，我把钱打到你卡里，或者支付宝有吗？

　　没有等到他的回复，盛星河直接在微信上转了他一万二，之后就没消息了。

　　N：这是什么钱？

　　抠门精：你的工资，三万，不过我只帮你拿到一万二，酒吧昨晚被警察一窝端了，老板好像跑路了。

　　N：啊？？？

　　贺琦年觉得自己一定是还没清醒，他狠狠地在自己的脸颊上拍了拍。

　　疼的。

　　他迫不及待地弹了个视频过去，入目是一张疲惫而又困倦的脸。

　　盛星河的身体侧躺着，半眯着眼，看起来并不是很想说话，贺琦年意外地发现他下颌和眼角有一点瘀青。

背景是卧室衣柜。

"你脸怎么受伤了？"贺琦年问。

"还不是因为你那点破事。"盛星河现在想想都觉得头大，"晚点再跟你细说吧，我再眯十分钟。"

盛星河困得不行，挂了视频通话，可不出五分钟，门外就响起了一阵急促的敲门声。

用脚指头都能猜到是哪头畜生，盛星河把被子一掀，叹了口气。

门刚打开一条缝隙，贺琦年就挤了进来，盯着他的下巴看："你脸怎么回事啊？被人打了？"

盛星河知道自己这回笼觉是没法睡了，径直走向浴室洗漱了。

"昨晚你睡了之后，我去了趟酒吧……"

盛星河不是个爱多管闲事的人，本意就是想替贺琦年把车取回来，但一想到那三万块提成，想到郑高俊那张目中无人的嘴脸，还是折了回去。

三万块不算多，但对于一个还在上学的小朋友来说，绝对是一笔巨款了，他不希望贺琦年再卷进这些乱七八糟的事情里去，只有解决了钱的问题，贺琦年才能真正跟对方断干净。

身份和职责是会带给人使命感的，教练这个身份给了他直捣黄龙的勇气。

盛星河找到了酒吧负责人说明来意，但不幸地遇上了郑高俊。

郑高俊当然是不乐意给钱，说是要贺琦年亲自来拿，两人一见面直接掐了起来，郑高俊还叫了两个喽啰一起上。

有了白天的经历和贺琦年的描述，盛星河对这个人的奸诈也有所了解，一拉一扯，郑高俊的右臂就脱臼了。

虽说暴力不是解决问题最好的方式，但解决某些蛮不讲理的人，威胁才是最快捷最有效的方式。

最后酒吧的负责人命令经理把账对一对，该给多少就是多少，经理说只有一万多的提成，没有三万。

有点耍无赖的嫌疑。

盛星河并不了解他们的提成结算规则，也不想花那么多时间了解，直接问人要钱。

负责人怕惹事，连声说好。

由于前两个月都是现金支付，经理并不知道贺琦年的卡号，于是让盛星河签了张收条，盛星河收到钱后，当场转到了贺琦年的微信上。

不过事情并没有因此了结，因为盛星河一出门就报警了。

理由是《娱乐场所管理条例》第二十八条规定：每日凌晨二点至上午八点，娱乐场所不得营业。

当时刚好是凌晨两点半。

他刚报完警不出三分钟，好几辆警车就停在了酒吧门口。

剩下的事情无从得知，只是他一早在群里无意间看到了一条消息，B市某地下酒吧停业整顿，里面的东西几乎快被搬空了，警方介入调查发现一罐成本为七毛钱的冰红茶倒到杯子里加片柠檬，竟然卖到了九十八块！

有人说是老板恶意拖欠工资连夜跑路，也有人说是警方整治黑恶势力，把人给赶走了。

总之这个吧没了。

"你怎么想到要报警啊？"贺琦年问。

"'积极检举揭发黑恶霸痞犯罪，警民联手促进社会和谐'，小区楼底下的横幅你没留意过吗？上边有举报电话。"

盛星河挤上牙膏："这种地方多多少少都会有些问题，而且我留意过酒吧的灭火器材箱，其中有两个是空的，消防通道还被杂物堵着，有安全隐患。"

贺琦年一直站在浴室门口，双眼牢牢地盯着镜子里那张脸，不知不觉就发愣了。

打架的那部分，盛星河描述得并不详细，但他见过这人的身手，郑高俊要在他脸上画花，起码得叫上好几个帮手，除了脸上之外，不知道身上还有没有受伤。

他和盛星河认识的时间还没超过七十二小时，这人就义无反顾帮了他两次，意外之余，更多的是不好意思。

没有人有义务去帮他的，这是他从小到大悟出来的道理，况且这已经超过了一个教练的职责范围。

贺琦年想说谢谢，但这两个字又不足以表达他此刻的心情，话到嘴边，不知怎么就变成了："你为什么要这么帮我啊？"

盛星河抬眸看了一眼镜子里的小朋友，回答简单明确："我是你教练，还是你学长，我不帮你谁帮你？"

我不帮你谁帮你？

这份善意简单又直白。

贺琦年的胸口涌过一阵暖意，眼眶也有些发热，盯着他看了很久，说道："我请你吃饭吧。"

盛星河捧起凉水扑在脸上搓了搓："举手之劳，别太放在心上了。你的先天条件很好，是无数人可望不可即的，我希望你以后能把重心放在训练上，那些场所容易影响你的价值观……"

他起身甩了甩水："算了，说了你也不懂。"

"我懂！"贺琦年瞪大眼睛，"你说的我都懂！影响我的价值观，把我变成虚荣的人是吗？"

盛星河微微一点头："是，但也不完全是这样，能挣钱是好事，但也要看这件事情带给你的影响是什么，有的时候，你努力去做一件事情，它会带给你成就感、荣耀感、使命感，但还有一些事情，却会在不经意之间消磨掉你对生活的热情和对未来的憧憬，我这么说你能明白吗？"

贺琦年若有所思，点点头："明白。"

"明白就好。"盛星河一手抽下毛巾擦了擦脸，右手在他脑门上弹了一下，"走了，今天八点半有训练。"

贺琦年摸摸脑门："那你除了脸上还受伤了没？"

"没，我看起来是那么不经打的人吗？"

话虽如此，但贺琦年还是在他换衣服时瞥见了他后背的瘀青，分布在各个位置，一看就是暴力造成的伤害。

过了一夜，那些瘀痕已经开始变色，颜色很深，盛星河的皮肤偏白，显得格外触目惊心。

盛星河从衣柜的镜子里看见杵在门口的某位，双手搭在裤腰带的位置："我要脱裤子了，麻烦您回避一下成吗？怪尴尬的。"

"噢。"贺琦年转身走出去之后，又忽然想到什么，折了回去，"你难道连内裤都换吗？"

"……"

盛星河完全没想到这兔崽子居然还能折回来，他听见动静的那一刹那猛地扭过头，对上了漆黑的瞳孔，而此时此刻他的裤脚刚脱到一半，左腿还是金鸡独立的姿势，因为惊吓，一脚踏了下去……

宽松的裤腰从指尖逃离，瞬间落地。

幸运的是裤子裆部没有撕裂，不幸的是，他昨晚没穿内裤睡觉的秘密被发现了。

盛星河是侧对着大门的状态，看见贺琦年的视线从上到下扫了一遍，他红着耳朵吼了一声："你有病啊？！"

场面过于震撼，导致贺琦年愣在原地足足两秒才眨巴了一下眼睛。

"你有的我都有，有什么可害羞的。"

"……"

"是不够自信吗？"

"……"

人在紧张和尴尬的时刻反应是差不多的，那就是没有反应，大脑空白一片，甚至还有点缺氧。

盛星河扶了一下衣柜，回过神来的第一件事就是欲盖弥彰地把裤子给提了起来，再次吼道："还杵那干吗啊？"

房间还开着空调，温度并不高，可盛星河却觉得有一把火从脚底板烧起来，脑门都快着火了。

内裤的事情是个意外，昨晚他进浴室洗澡的时候明明记得带内裤了，但洗完才发现没拿，从浴室到房间需要经过客厅，当时又没拉窗帘，他直接套上裤子回屋了。

躺到床上之后他又懒得动弹，心想反正也没人看见，隔天一早再穿好了……

但这种事情要怎么解释？

谁会相信这种解释？

要不然就是内裤洗了没干？被偷了？如果知道这兔崽子会出现他一定不会偷那半分钟的懒。

走向客厅的途中，他想了 N 种华丽的借口，却没料到，迎接他的只有贺琦年的萨摩耶式微笑，并没有关于内裤的任何疑问。

这就好像是确定了他平常不爱穿内裤一样。

所有的解释都成了多余。

千言万语，最后汇成了咬牙切齿的四个字："你近视吗？"

贺琦年毫无危机感地摇摇头："不啊，双眼 5.2，羡慕吗？"

下一秒，他的脖子就被一条横着的胳膊死死地勒住向后一拽："你小子是有偷窥癖吗？啊？"

"当然不是，我又不是故意的……"贺琦年被勒得两眼一翻。

盛星河转身拎住贺琦年的衣领，后者只感觉眼前一黑，一阵天旋地转，一声巨响在耳边炸开。

——他被盛星河的过肩摔抡到了地上。

第三章 新钉鞋

省运会开赛在即，盛星河给队员的训练强度也在不断增加，每天的五公里长跑改为负重跑，深蹲从一百个增加至一百五十个，俯卧撑也从两组增加到三组。

女生的运动量也上调了不少。

这次比赛给了跳高组六个名额，三男三女，女生那边不用考虑，因为跳高组女生正好三个，而男生组一共九名，淘汰六名。

选人也是个苦差事，弄不好小朋友们就不高兴了，选上的还要担心他们的心理素质不够硬。

头疼。

盛星河结合大家在日常训练中的表现挑选出了最出色的三个：贺琦年、秦沛、李澈，外加一个替补张天庆。

为了不影响大家日常训练的积极性，名单压着没有公布，但张大器不允许这世界上有他打听不到的消息。

一到休息时间，就往盛星河身边挤："教练，你就跟我透个小小的口风，我保证不告诉他们。"

操场的跑道被烈日晒得火辣辣，盛星河坐在草坪上，灌了口饮料，扭头装没听见。

张大器抬起屁股挪到他跟前："教练，那你就跟我说，名单里有姓张的吗？你也不用说话，你直接点头或者摇头就成。"

盛星河想了想："可以说有，也可以说没有。"

张大器"啧"了一声："你这个答案也太模糊了，说了跟没说一样。"

盛星河大笑："好好训练，省运会只是个小比赛，不用太放心上。"

张大器已经从字里行间读到了一些信息，有些委屈："可我连小比赛都没轮上过……"

其实不光张大器，在场是所有人，除了秦沛和贺琦年，其他人基本上都没参加过出省的运动会。

体育竞技太现实，太残酷，它不像考高中读大学那样，愿意花时间花心思，总能看见进步，并且那些进步是肉眼可见的。

知识点反复的记忆，巩固，下次遇到同类题型的时候心里就有底了。

可跳高不同。

训练的强度增大只能让耐力和爆发力变得更好，并不能保证越过横杆，越往上就越难，很容易就到平台期。

一次又一次失败，那不光是对身体的折磨，更是对内心的一种折磨。

说句不好听的，跳高就是依赖先天优势。

在同等强度的训练之下，要一个身高一米八五的同学跳过一个身高两米的，实在太难，甚至可以说是奇迹。

盛星河之所以还带领大家日复一日的训练，是因为看见过奇迹。

这个奇迹就是瑞典的田径运动员——霍尔姆。

他以一米八一的身高，跳出过 2.36 米的惊人高度，在雅典奥运会上拿到了金牌。

就像是一颗希望的种子，埋在了无数跳高运动员的心底。

或许有那么一天，中国田径队会出现下一个奇迹。

"既然选择了这条路，最重要的就是相信自己。"盛星河轻轻拍了拍张大器的后脑勺，"别泄气，就算省运会轮不上，还有校运会和市里的运动会呢，期待你的好表现！"

"嗯！"张大器在阳光下笑了起来。

不出三分钟，所有人都挨过来问盛星河要名单了。

"……"盛星河低吼道，"张大器！你嘴巴里安了扩音喇叭是吗！"

"教练！你就跟我们说一下呗，就算知道了，也不耽误训练的。"张天庆用自己的电动小风扇给盛星河扇风，"我敢保证，比不比赛，我心态照常！"

那就有鬼了。

盛星河捏住小风扇对着自己满脸吹，转移话题："今天咱们稍稍放松一下，到野外锻炼锻炼，呼吸一下新鲜空气。"

"野外？！"谷潇潇顿时就来了精神，两眼放光，"是野外生存训练吗？"

"好啊！"张大器乐得直拍大腿，"我最爱生存考验了！"

"或者玩真人CS？"贺琦年提议。

"攀岩？我听说新开了家攀岩俱乐部，我还没去过呢。"

贫穷的盛教练无情地打断了他们的幻想："就野外散个步。"

"……"贺琦年支着下巴，"咱们去哪里啊？"

盛星河想了想："秋山吧。"

秋山是B市的著名景点之一，以各种历史古迹为名，海拔一千多米，山下有古镇，山上有民宿，山高水长，连绵不绝，是四季皆宜的游玩好去处。

这阵是淡季，游客不算多。

不过盛星河选择这里最大的理由是免票。

通往山顶的道路有好几条，最快捷的就是坐缆车，能俯瞰整座城市的面貌，接着就是坐观光大巴环山而上，可以充分领略自然风光。

不过既然是锻炼，当然是要爬上去了。

最重要的还是免票。

下了公交，盛星河带领大家前往西侧的入口，一路上的游客和路人都看向这支平均身高在一米九的队伍。

一个个就跟电线杆子似的，放哪儿都很扎眼，更重要的是运动员身上自带的那种强大气场……以及颜值。

谷潇潇远远地就看见有人抬起手机对着人群拍照，虽然看不到屏幕，但从拍摄角度以及妹子嘴角上扬的弧度，大概可以确定入镜的是盛星河和贺琦年。

有个大叔一直盯着雌雄莫辨的刘宇晗，"砰"的一声，直接撞公交站牌上去了。

众人爆笑。

到达山下之后，盛星河指着山路说："一会我们就沿着这条山路上去，先是经过一座山庄，然后往右一直向上，山中央有个清风亭，到那里集合就行，先到的先休息。"

"没问题！"

毕竟还是一帮学生，教练一声令下，队伍开始躁动起来。

秋山地形有些复杂，大巴暂时只有单向通行，从西面上去，东面下山，登山也一样。

步行的道路更为狭窄，刚开始走的是青石板路，越往上越崎岖，且坡度很大，不过好处就是风光旖旎，随便站在哪个位置，都能拍出油画一般的山景。

队伍里叽叽喳喳，一路上超过了不少游客和登山爱好者。

徒步登山的好处就是可以抄近路，有些地方虽然很陡，但是可以省下很多时间。

盛星河走着走着忽然发现前后都没什么人了，只剩下贺琦年跟在他屁股后头拍照。

"你看到大器他们了吗？"他一路上都在看风景，总听见身后有吵吵闹闹的声音，完全没留意这帮人是什么时候消失的。

"好像说是要抄小路，"贺琦年冲他挥挥手，"教练，我跟你照一张吧，咱俩好像还没合照。"

盛星河撇了撇嘴："又不是孔雀开屏，照什么照啊。"

"你笑起来和孔雀开屏差不多。"贺琦年大步上前招呼他，"来嘛。"

盛星河心想贺琦年既然这么大胆地邀请他合照，拍摄水平肯定不错，再加上他那一头嚣张的发色，给人的第一感觉就是爱自拍，结果是两人的鼻孔强势入镜。

贺琦年为了将身后的景物和蔚蓝的天空一并留在镜头里，采用了从下往上的死亡拍摄角度。

盛星河甚至看见了自己下颌线位置的痣。

头疼。

"你到底行不行啊？"盛星河暴躁地夺过手机，"赶紧删了删了！这什么玩意儿！我五岁小侄女拍得都比这个好。"

"刚刚没准备好，再来一次再来一次。"贺琦年抬手搭在盛星河肩上。

微微一歪头，两人的耳朵碰了碰。

这次丑得没有那么突兀，但盛星河的十分颜值成功被拉低到三分，勉强能看得出一个轮廓。

"你站那棵树那儿，我给你拍一张吧。"贺琦年指了指盛星河身后的大松树，"你看上边好多人挂彩带祈福，肯定是棵好树，等我拍完你再给我拍。"

盛星河无奈："你是中老年旅行团的吗？"

"那还差了条彩色的丝巾。"贺琦年举手歪头，摆了个老年人常用姿势。

盛星河扑哧一笑。

"教练，你别站得那么僵硬，动一动啊，比个手势什么的，你这样很像我们公寓保安老大爷的微信头像。"

"……"

盛星河想找个地方坐着，但环视一周，只有一块巨石，边上就是垃圾桶。

"比个什么手势啊？"盛星河很少拍照，四肢僵硬地站在石头边上，两秒后，竖起了大拇指，"这样吗？"

"太土了，比个心吧。"贺琦年高高抬起双臂在脑门上比了个爱心，"就这个，会吗？"

"……"这个有时髦到哪里去吗？

盛星河犹豫半天，最后选择蹲在石头上，眼看着对面那位笑成了智障，他猛地蹦回地面："不拍了不拍了。"

"欸别别别，别啊，"贺琦年阻拦道，"要不然这样，你蹦起来，我抓拍一个吧。"

盛星河狐疑地看着他："抓拍？你行吗？"

"不要老对一个成年男人产生这种疑问好吗？"贺琦年原地起跳，抬手做了个很帅气的动作，"就这样，你试试看，我开连拍，再怎么着也能拍到一张好看的。"

盛星河勉强点了点头："成吧，你努力努力，就一次机会，再不行就算了。"

贺琦年比了个 OK 的手势，然后蹲到地上："我数到三你就跳啊。"

盛星河退到大石头旁边站直了，听见"三"字时，奋力一跳——

"抓拍到了吗？"

"好了好了……"贺琦年咬牙点头。

盛星河走到小朋友边上，点开照片预览，一口气差点没回上来。

贺琦年用的是全景模式，十来个脑袋和张开的双臂悬挂在半空，整个人就像条蜈蚣似的在空中放肆舞动，面目狰狞。

空气凝固了两秒，两道射线扫向贺琦年："你想死是不是？"

贺琦年大笑着拔腿狂奔，盛星河很快就追上去揪住了他的衣服："往哪儿跑你，把照片给我删了！"

贺琦年一扭头，指着他的胳膊吱哇乱叫："哎，你不要对我动手动脚的，我很敏感的啊。"

盛星河往他脑门上扇了一巴掌。

山上蚊虫很多，贺琦年出门时穿的是运动短裤，走了没多远，小腿就好几个包，痒得难受，走几步就抬脚抓两下。

他看了一眼盛星河光洁的小腿："蚊子怎么光咬我不咬你啊？"

盛星河笑着说："他们就跟苍蝇似的，特别喜欢臭的东西。"

"……"

盛星河看见他把脚踝和小腿抓得红通通的，有些可怜，后来碰见一个老年旅行团的大妈，就厚着脸皮问人借了瓶风油精。

贺琦年乐颠颠地坐在石墩子上倒风油精，突然感觉脖子里有什么东西在爬，抬手一摸，摸到了一块硬硬的东西，他吓了一跳，眉心立马皱了起来。

那虫子也受到了惊吓，直勾勾地往他衣服里钻，贺琦年鸡皮疙瘩直冒，吓得原地蹦起来，猛抖衣服。

"啊！！！"他拼命拍打后背，但那东西就跟粘在他后背似的，不动了，任他怎么跳都不管用。

"教练！"他急得声调都变了，"过来帮我看看！有虫！有虫！有虫！"

"哪儿啊？"盛星河被他跳脚的样子给逗乐了，"你一个大老爷们还怕小虫子啊？"

"它顺着我脖子爬下去了。"贺琦年僵硬地挺着后背，"你伸进去摸一下看，好像往肩胛骨那边去了！"

盛星河拉开他的衣领往里一看，果然有只丑陋的椿象趴在他皮肤上。

椿象俗称臭屁虫，体后有臭腺开口，遇到危险时会放出难闻的气体。

盛星河小的时候抓过一次，手上的味道洗了好几遍才去掉，这荒郊野地的，抓一下估计得熏死。

见他犹豫不决，贺琦年扭头问："怎么啦？你也不敢抓？是不是很大？是蟑螂吗？"他刚刚摸到的时候都吓得心惊肉跳。

"不是。"盛星河说，"你把照片删了我替你抓下来。"

"行行行，你赶紧的吧。"贺琦年都快哭出来了。

盛星河怕它释放毒气，并没有直接伸手去抓，而是将贺琦年的衣服慢慢推到上边，准备用弹的。

贺琦年捂住胸口："哎，我小太阳都露出来了。"

一旁都是大爷大妈，贺琦年有些羞耻地转过身，背对着人群。

盛星河反应过来小太阳是什么意思之后，也乐得不行："你不是不害臊的吗？"

贺琦年偏了一下脑袋，说："能相提并论吗？"

盛星河一勾手，弹走了那只椿象。

队伍沿途经过了许多民宿和茶叶田，山上许多人家都是靠种茶采茶和提供住宿为生。

盛星河不禁想象自己退休以后的生活，要是能隐居山林养养狗种种田倒也不错，但前提得要有钱买房。

这地段的房价并不比市区便宜。

路过的游客也是念念有词："这里风光好啊，退休了在这儿养老很不错。"

盛星河忽然想到了什么，转过头问："对了，你是哪里人啊，听你口音好像不是本地人。"

贺琦年报了个地名。

"北方人啊，难怪后鼻音那么明显。"盛星河又问，"那你是什么时候来这边的？"

"中学就来这边了，跟我……"贺琦年短暂地停顿了一下，"跟我姑姑，她在这边工作，就把我一起带过来了。"

这个姑姑之前听贺琦年提过，盛星河对她的印象并不是很好。

"之后就没怎么管你了？"

"嗯。"贺琦年问，"那你老家是哪里的，你应该也不是本地人吧。"

"我是厦城的，离这不算远，坐飞机两个小时吧。"盛星河说。

厦城是比较有名的沿海城市，贺琦年念初中的时候去那边旅游过，准确地说是去找贺子馨。

当时贺子馨正在当地录制一档真人秀节目，他以侄子的身份去酒店找人，贺子馨身边的一个小助理带着他在厦城玩了两天。

那会儿他一直在埋怨贺子馨没时间陪他，每个景点都是走马观花，玩得并不尽兴，不过现在回想起来，厦城的确是个好地方，临近大海，风光旖旎。

"有机会带我过海边旅旅游吧。"贺琦年说。

"行啊，"盛星河点点头，"等寒假那会儿就可以，那边最低温度也就十来度，很舒服。"

"好啊。"

两人到达山庄的时候已经快十一点了，烈日当头，晒得人双腿发软。

山庄周围都是纳凉喝茶的地方，还有很多农家乐，沿途看见好几个大妈正蹲在门口择菜刮鱼鳞，见到有人经过，她们都会乐呵呵地招呼一声。

"你饿吗？"贺琦年问。

以盛星河的自身经验总结，通常问出这个问题的人，自己已经有点饿了。

"我们先把大部队找到，然后一起吃饭。"盛星河说着就往群里发了条消息。

盛星河：你们过山庄了吗？

张大器：还没。

盛星河：怎么还没到，不是说抄小路了吗？

刘宇晗：别提了，那就是个地下防空洞，一边通了一边没通，我们在里头走半天都没出去，又绕了回去。

谷潇潇：都怪大器，害我们白走了一公里多。

张大器：怎么就怪我了，我早说要出去了，不是你们非要挑战一下么。

秦沛：是你第一个提出来走小路的，不怪你怪谁？

张大器：你们可以不听啊。

人多就是这点不好，容易闹小矛盾，盛星河赶紧打断他们。

盛星河：那我先在山庄等你们，过来一起吃饭，我请客。

张大器：哇！那怎么好意思啊！

张大器：我们吃什么？

盛星河环视一周，看见好几个农家乐还有一家面馆，看起来都挺干净，但他一想到让这帮小鬼选择指不定又能吵起来，就直接做了决定。

盛星河：吃面吧，山庄这边有家叫李府面馆的，我在里面等你们。

张大器：啊！那家我知道，你先点起来吧，我们马上就到了！

盛星河走进李府面馆拍了张菜单发到群里，让他们自己选择。

小屁孩各个都是选择障碍症患者，点个菜费半天劲，等待结果的工夫，盛星河在面馆里溜达了一圈，找到卫生间洗了个手。

　　这间面馆一共两层，生意比农家乐好多了，老板是个十分健谈的中年男人。

　　两人聊得正起劲，忽然听见贺琦年在门外喊："教练，你想吃臭豆腐吗？"

　　盛星河摇摇头，"不吃，你吃吧。"

　　贺琦年抠着门框："我手机没电了。"

　　"……"

　　山上有一些推着摊车卖点心的阿公阿婆，盛星河猜想他们都是这附近的住户，退休了在家闲着也是闲着，就给自己找点活干，说的都是当地话。

　　景区摊车生意一向都好，卖臭豆腐的摊车排着长长的队伍。

　　空气里弥漫着一股怪异的味道，盛星河一想到臭豆腐的制作流程，就不是很想吃了。

　　等到走近了，他才发现阿公卖的不光是臭豆腐，还有各种炸串，可以用煎饼包起来吃。

　　这玩意儿盛星河在读书时经常买，炸串蘸点调制后的酱油汁，再刷点甜酱，味道很不错。

　　后来因为要参加国家级比赛，就不敢乱吃肉制品了。

　　贺琦年闻着味道就已经不停地吞口水了。

　　南方人听北方话还能勉强听懂一些，但北方人听南方话像在听鸟语。

　　贺琦年一直寻求翻译："他在说啥？"

　　"肉串两块一根。"

　　"他刚说啥了？"

　　"说你长得特别像他家的哈士奇。"

　　"你骗人！"

　　盛星河咧嘴笑起来。

　　他发自内心想笑的时候，会露出一小排整齐的牙齿，眼睛也是弯弯的。

　　贺琦年也跟着嘿嘿傻乐："我要两根哈士……不是，两根肉串！"

　　前边的小姑娘刚一点完，贺琦年就迫不及待地看着阿公说："我要一盒臭豆腐，这些东西每样都要一串，刷辣酱，越辣越好。"

"吃辣容易长痘。"盛星河说。

贺琦年撩起刘海显摆："你看我长痘了吗？"

不仅没有，皮肤还相当细腻。

一碰辣椒就疯狂冒痘的盛星河感到一丝凄凉。

这世界太不公平了。

阿公乐呵呵地问道："甜酱要不要？"

"不要，有孜然吗？"贺琦年问。

盛星河在一旁说："这些都要刷甜酱才好吃，放孜然是什么鬼，你当这是烧烤吗？"

贺琦年："孜然才是灵魂。"

盛星河："你不觉得孜然味道怪怪的吗？"

贺琦年："女孩子才爱吃甜的。"

"……"

没有比赛，盛星河难得放肆一把，点了很多肉制品："刷甜酱，再要一串豆腐干。"

"好嘞！"阿公的笑容很热情。

炸串出锅，香气四溢，阿公把东西全都摆进一个圆形的铁盘子里开始刷酱。

"打包还是在这儿吃啊？"阿公问。

"在这吃吧。"

贺琦年端着盘子尝了一口，感觉不够味，又动手往上边撒了点辣椒粉。

他这一撒，阿公那一瓶辣椒粉就剩下半瓶了。

盛星河端着盘子站到了阴凉的地方，贺琦年追过去，眼神牢牢地锁定那根火腿肠，像是盯着鱼缸的猫咪。

"你的火腿肠好吃吗？"

盛星河感觉自己的肉串被盯上了，扭过身子说："你想吃自个儿再买一根，一会我帮你付钱。"

"我懒得排队了，你给我尝一口吧，我还没吃过甜的。"贺琦年说。

"我都咬过了啊。"盛星河说。

"我看得出来，我又不嫌弃你。"贺琦年说着就凑过去咬了一大口，"唔"了一声，挑起眉毛，竖起大拇指。

盛星河看见他下唇上沾着的酱汁，忍不住笑了："那刚是谁说甜的都是女孩爱吃的？"

"我现在撤回了！"说着又凑上去咬了一口。

火腿肠只剩下指甲盖那么长的一小截。

盛星河干脆递过去："你吃吧。"

贺琦年摇摇头："你吃吧，我特意留给你的。"

"……"

还特意。

盛星河还是把火腿肠放进他盘子里："我不要吃了，你吃吧。"

贺琦年盯着那截东西两秒，扭头瞪大双眼："你是在嫌弃我咬过的东西吗？"

盛星河毫不犹豫："对啊。"

贺琦年捏着火腿肠放到他盘子里："我又没留下口水，你看这个横切面，多整齐，吃吧，别浪费，你不是最爱吃甜的吗。"

盛星河简直哭笑不得："上面都留下你的牙印了好不好？"

贺琦年梗着脖子："我的口水是杧果味的。"

盛星河无语，把火腿肠拨到一边，啃起了鸡翅："被你说得我都没胃口了。"

贺琦年："我都没嫌弃过你呢！"

盛星河："这跟我嫌弃你有什么关联吗？"

"……"

"教练！你们偷吃什么呢！"张大器的声音从遥远的地方传了过来。

两人同时回头。

贺琦年捏着那一截火腿肠小跑过去："大器，你来得正好，我特意给你留了个好东西！"

盛星河："……"

分享完炸串，一帮人声势浩大地走进面馆，原本安安静静的空间瞬间喧闹起来。

面条已经上桌，每个人都找到了自己点的面条，不过令人疑惑的是，除了大家点的那些，还多出来五碗。

谷潇潇扭头大喊："教练，你是不是点多了啊？"

"没，"盛星河找到位置坐下，"贺琦年饭量大，多的他解决。"

点单的时候，贺琦年并没有参与，听见这话，意外又惊喜。

他大口地咬下一块排骨，嘴角勾起了好看的弧度。

张大器咬断面条，含糊不清地说："教练！那我的饭量也大，也要多加点料！"

众人听后纷纷附和："对啊，我们饭量也大啊！"

盛星河搓了搓额头，觉得无奈又好笑，冲着柜台喊了一声："老板，这面条能续不？"

老板点头："可以可以，面汤面条都能续。"

"哎——"张大器再次带头抗议，"教练好偏心啊对不对？"

下一秒，面馆里响起了整齐划一的"抱怨"，"就是，教练！你好偏心啊！"

老板坐在柜台后大笑，女生们开始表演撒娇。

盛星河也被大家给逗乐了："成成成，你们要加什么自己点，一会我埋单。"

贺琦年埋头猛塞了好几口面条，不过嘴角的笑意仍然肆意蔓延，攀上了眼尾。

吃完面条，谷潇潇拿出手机给大家拍照，她坐到贺琦年的旁边，找了个能够把所有人都拉近镜头的角度。

张大器龇牙冲着镜头傻笑，左手比剪刀右手捞面，大家纷纷停下筷子配合，贺琦年也歪着脑袋钻进画面。

盛星河就坐在贺琦年的对面，两人不好同时入镜，谷潇潇冲盛星河挥挥手，"教练，你身体再靠过来一点，都看不见你脸。"

盛星河摇摇头，"我就不拍了，你们拍吧。"

刘宇晗"哎"了一声："不行，一起拍嘛，留个纪念。"

好儿个人都跟着附和："就是，难得出来一次，一起一起！"

贺琦年拍拍自己边上的位置："要不你坐过来。"

面馆老板见状，忙起身走了过去："我来给你们拍吧。"

"好啊，那太感谢了。"谷潇潇笑着把手机摄像头调好递过去，"这个左右滑动是换滤镜的，你看拍的我们脸白一些就用哪个。"

秦沛："又不是遗像，照那么白干吗。"

刘宇晗："你少说两句真没人把你当哑巴。"

秦沛闭了嘴。

老板笑眯眯地说："放心，一定把你们拍得美美的。"

谷潇潇和刘宇晗默契地抬手举过头顶，比出一个大爱心。

张大器也跟着抬起左手，只可惜他边上的秦沛显然不怎么乐意。

张大器啧了一声："大爷，您配合一点啊。"

秦沛嗤笑："幼不幼稚。"

张大器干脆比了个手枪的动作，对准秦沛的太阳穴。

后边的人自动组队，在空中画成了一个又一个胖乎乎的爱心。

贺琦年和盛星河互看一眼，发现对方都没有比画什么造型。

老板开始倒数，贺琦年抬手举过头顶，盛星河见状，只好配合地伸手。

老板端着相机看了好一会说："大家笑一笑来。"

前面几排龇牙咧嘴，盛星河只是微微勾了勾唇角。

老板怕中间有人眨眼，连拍了好几张，然后收起手机，递还给谷潇潇："好了。"

"谢谢老板！"

谷潇潇坐回位置，开始翻看相册。

众人七嘴八舌地要她分享到群里，谷潇潇应了一声："知道啦！我先修一下图！"

张大器凑过去说："麻烦帮我把眼睛 p 大点，腮帮子 p 小一点。"

秦沛："干脆换个头。"

众人爆笑。

"啧！"张大器在桌底下踹了他一脚。

谷潇潇点开照片放大，却意外地发现他们之中，有人没有认真看镜头。

贺琦年的眼睛里像是盛满了黑夜里闪烁的星光，嘴角的笑意肆意蔓延。

谷潇潇将修好照片后分享到群里，又把第一张单独发给贺琦年。

谷潇潇：你的眼神真蠢。

N：哈哈哈哈哈哈哈哈哈哈哈。

谷潇潇：你老盯着教练干吗？

N：崇拜。

山上绿荫如盖，倒是比山下舒服不少，一行人吃过午饭后继续向上前行，路过了一家攀岩馆。

几个男生都跃跃欲试，问道："要不我们进去看看价格吧？"

盛星河很喜欢攀岩，抬手看了一下时间，才下午一点半，他转头询问几个小女生的意见："有兴趣玩这个吗？"

他原本还担心女孩子可能不爱这类运动，结果出乎意料，她们表现得比男生还积极。

这个攀岩馆面积还挺大，场地分室内和室外两种，室内的墙面平坦，比较适合初学者玩耍，户外的难度较高，再加上气候的缘故，只有两个穿着工作服的人在玩，应该是场馆里的攀岩教练。

考虑到小朋友们的安全问题，盛星河买的都是室内票，一共加起来六百多。

真贵。

"梦羽。"盛星河把全队最像女孩子的拎到一边，小声说，"撒娇会吗？让那大叔给咱算便宜点。"

顾梦羽愣了愣，点点头。

小姑娘一出马，对方果然给抹了个不小的零头。

"这么管用？！"张大器很震惊。

盛星河："主要得看人，长得好看撒娇肯定管用，你去就不一定了。"

贺琦年幽幽道："对付你也管用吗？"

盛星河"啧"了一声："怎么又扯我身上了？"

贺琦年："你先回答我。"

"看具体情况。"

盛星河付完钱，几个工作人员这才站起身来，递上安全绳索等设备。

盛星河像只壁虎似的爬到墙上，向大家讲解攀岩时要注意的一些小细节。

"上来之后，双手双脚蹬抓岩面上突起的支点或裂缝，移动四点中的一点，注意是，三点不动一点动，意思就是抬起右手的时候，你的另外一只手和双腿不要动，能明白我意思吗？"

"明白！"

队员们精力充沛，洪亮的嗓音把正在玩手机的工作人员吓了一跳，随即又笑了出来。

"等会大家爬的时候不要往下看，视线向上的时候就不会害怕了。"

盛星河的攀爬速度很快，且很有技巧，双臂的肌肉紧实饱满，不光是队员，就连现场的工作人员都将视线投在他身上。

"他上辈子就是只猴吧，也太快了吧。"张大器佩服道。

"是猴那也一定是美猴王。"谷潇潇说。

大家仰着头，一脸认真地听盛星河分析攀爬动作。

盛星河松开双手，慢慢落回地面："大家上去玩的时候注意安全，绳索扣都仔细检查一下。"

贺琦年张开双臂，一副接受检阅的表情："教练，你看我这个算好的吗？"

盛星河走过去拎了拎他腰间的安全绳："OK，没问题啊。"

"你要跟我比一场吗？看谁先到上面。"贺琦年看着他问。

"你要跟我比吗？"盛星河忍不住笑了，"你之前玩过？"

"玩过两次。"贺琦年说。

"成啊。"盛星河重新走回岩壁前，"要让让你吗？"

"不用。"贺琦年问，"赌点什么吗？"

"你想赌什么？"

大家听见对话，纷纷转过头看着他俩。

"输了裸奔呗！"张大器兴致盎然地号了一嗓子。

"…………"

攀岩这个项目，盛星河是练过的，结果毫无悬念，贺琦年惨败，不过他这人心态贼好，输了也是乐呵呵的。

"说吧，怎么惩罚，只要不违法，我都可以。"说这话时，语调散漫，甚至还有点轻浮，看起来倒像是赢比赛的那个。

"等我想好了再说。"盛星河说。

贺琦年笑笑："好的，不着急，你慢慢想。"

玩了一个多钟头，盛星河召集大家，准备下山。

这个点是太阳最毒辣的时候，女生们开始补防晒，张大器热得不行，远远地喊了一声："教练！你那还有水吗？我口好渴啊，秦沛那个自私鬼不给我喝。"

盛星河晃了晃手里的矿泉水瓶："就剩个底了，要不你再撑一段，再下去一点有小卖铺。"

“一点点也没事，”张大器边走边伸手，“你给我吧，替你解决一个垃圾。”

盛星河刚一抬手，贺琦年中途截和，拧开盖子一口闷。

张大器呆若木鸡：“贺琦年你有毛病吧？我先问教练要的！”

贺琦年舔了舔嘴说：“急什么，我下去再给你买一瓶。”

“哼。”张大器又扭头寻找新目标，“潇潇，能赏口水吗？”

“滚。”

盛星河看了贺琦年一眼：“你不是刚喝完一瓶水吗，还渴？”

“啊。”贺琦年若无其事地晃了晃手里瓶子，“中午的面条味精放多了。”

重新回到山脚下已经四点了，夏日昼长夜短，太阳还没有要落下去的意思。

队伍解散之后，盛星河忽然叫住贺琦年。

这个时间太阳光照得人睁不开眼，贺琦年扭过头，眼睛都眯成了一道小缝：“干吗啊？”

“我想到惩罚了。”盛星河指着他的脑袋说，“把你那一头杂毛的颜色给我染回来，整得跟只白孔雀一样，不知道的还以为你上什么选秀节目，明天让别的学校同学和记者看到了像什么样子，你的形象就是田径队和学校的形象知道吗？”

贺琦年就知道他审美和孙主任一样老派，小嘴一噘，“噢”了一声：“就这事儿啊？”

盛星河想了想：“还有明天早上五点就要集合，晚上早点睡。”

“遵旨。”

夜色温柔，盛星河坐在书桌前搜索关于田径队的新闻。

跳高队的秦鹤轩在前几天的亚洲室内跳高赛上以 2.31 米的成绩夺冠，接下去要准备钻石联赛。

田径队的各大官微齐齐送上了祝福。

秦鹤轩和盛星河是在国家队的训练基地认识的，宿舍就在对门，关系一直很不错。

秦鹤轩的个人最佳成绩是 2.30 米，这两年一直保持得挺好，盛星河发自内心地祝福他，期待他能创造出更好的成绩，因为秦鹤轩还比他大两岁。

他经常在想，如果秦鹤轩可以在二十七岁之后，越过更高的高度，那他一定也可以，秦鹤轩可以撑到二十九岁不退役，那他也一定可以。

人总是喜欢给自己树立一个标杆，这样就显得不那么孤单。

秦鹤轩和他是同一类人，走的是同样的路。

没有太多天赐的祝福，只有后天的努力。

盛星河点进秦鹤轩的朋友圈后看到了一些老照片。

他不可抑制地想念起基地的横杆、垫子、跑道，甚至是食堂伙食。

那些曾经吃腻了的东西，成了他此时此刻最想念的味道。

要是拨动指针就能让时间变快就好了。

八月二十号是省运会开赛日，天还没有亮的时候，盛星河就已经来到学校，和田径队的其他教练一起忙前忙后。

赛场就在本市，开车过去一个小时，参赛人数不少，体育部包了两辆校车。

上车前，盛星河和周教练一起核对人数。

T大田径队有统一定制的队服，T恤加短裤，红艳艳的国旗色，胸前和背后都有一排显眼的刺绣，绣着的是学校的名字。

平日里大家都嫌土，懒得穿，但在这么隆重的场合，就都换上了。

贺琦年是最后一个到场的，他上身穿着队里的T恤，下半身配的是一条黑色运动裤，露出修长的双腿。

最引人瞩目的还是他的新造型。

干净利落的寸头，平日里亮闪闪的耳钉也不见了。

贺琦年的脸小，任何一个角度都找不到什么瑕疵，额头还带一点点美人尖，推成寸头依旧帅气。

大家都习惯了他嚣张狂野的银发，忽然变回黑色更让人眼前一亮。

杀马特终于变回邻家小弟弟，盛星河感到十分欣慰。

跑跳类运动员和投掷类的身型对比是非常鲜明的，贺琦年穿过铅球队的时候，把所有女生的目光全都吸引了过去。

"好想摸摸他脑袋。"

"像大狗子。"

贺琦年嘿嘿一笑，站在老远就开始喊："早啊盛教练！"

盛星河的目光在他身上扫了两遍，点点头："早。"

贺琦年赶紧钻过去，低下头："你想摸摸我的头发吗？"

"神经病啊！"

清晨五点半，路灯都还没有熄灭，运动员们依次排队上车，心情犹如去春游。

贺琦年是队里最高的，排在末尾，上车时只剩下两个空位，一个在前排，一个在倒数第二排。

李澈坐在倒数第二排的位置，看见他，热情地挥手，拍拍坐垫："年哥！这里这里！"

贺琦年瞟了一眼还在门口和周教练聊天的盛星河，犹豫了两秒，戳了戳前排一个跳远队的同学。

"能不能跟你换换位置，你到后边那个空位去坐？"

那个同学也没问为什么，"噢"了一声，拎起背包向后挪去，坐在了李澈边上。

李澈皱了皱眉，小声嘟囔："搞什么啊……这都看不见。"

走道右侧就是秦沛的位置，他勾了勾嘴角说："你没看到前边坐着的都是美女吗？他才懒得搭理你。"

李澈昂着下巴定睛一看。

确实。

跳远队里有个出了名的校花级美女，肤白貌美大长腿，据说家庭条件还不错，她总是扎着高高的马尾，露出光洁饱满的额头，此刻和贺琦年聊上了。

"你怎么忽然换造型啦？"

"我们教练让剃的。"

"你这么听话啊？"

"嗯，你别看他长得斯文，其实很凶的……"

盛星河上车的时候已经没有位置可选了，他环视一周，坐在了贺琦年边上，接下他们的话茬："我让你染回黑的，谁让你剃了，你别瞎造谣啊。"

对面的女生笑了起来。

"那你觉得我新造型帅吗？"贺琦年摸了摸自己的脑袋。

"还行吧。"

"还行是什么鬼，一到十分，十分最帅，你打个分。"

盛星河想了想:"九分吧。"

贺琦年扭头看他:"那还有一分扣哪儿了?"

"话太多了,你看人电视剧里的帅哥,都是很高冷的,说话一个字一个字往外蹦,哪有你这样叽叽叽停不下嘴的。"

"……"

边上的女孩们笑得更欢了。

盛星河准备吃早饭的时候,顺口一问:"你早饭吃过了吗?"

"还没,昨晚看书看到三点,早上能爬起来就已经不错了。"

"哟,看什么书看那么认真?"

"当然是不正经的书了。"

"你还好意思说。"

盛星河叹了口气,从包里挖出一袋肉松面包和一罐脱脂奶:"赶紧先垫垫肚子,八点就开始预赛了,不出意外的话,百米和跳高应该是同时进行的。"

"谢谢。"贺琦年惊喜地扯开包装,大口地塞着面包,就连脱脂奶喝起来都是甜甜的味道。

等他吃得差不多了,才听见盛星河的肚子叫了一声,他猛地反应过来,那些面包并不是专门为他准备的。

车上的人都是一起吃过早点的,贺琦年可怜巴巴地问了一圈才要到一袋豆浆。

"真不好意思啊,只有这个了,"贺琦年把豆浆塞到盛星河手里,"你没吃早饭怎么不和我说呢?"

"还好,我不是很饿。"盛星河拧开豆浆嘬了两口。

"我刚都听见你肚子叫了。"

"哦,没事,你一会还要比赛,填饱你的肚子比填饱我的重要。"

盛星河喝完豆浆把椅背稍稍放下去了一些,戴上耳机,闭目养神。

"你在听什么?"贺琦年靠过去问。

盛星河摘下一枚递给他,贺琦年欢快地接过。

里面正播放着一首舒缓的英文歌。

校车晃晃悠悠,盛星河抱着胳膊,很快就睡着了。

贺琦年悄悄挖出包里的手机,关掉音量,对着他的睡颜偷拍了好几张照片。

窗外的天色渐渐亮了起来，不知不觉地，车子就驶进了体育馆。

清晨的空气里带着晨露与花香，穿透肺腑，提神醒脑。

跳远的教练高烧不退，没有一起跟来，盛星河一个人带两支队伍，下车后带大家熟悉了一下场地，交代各项细节。

"一会儿步伐要注意，该怎么跳怎么跳，一定不要紧张，就当是平常训练。"

"教练，一会儿您过来看我们比赛吗？"跳远队的小姑娘鼓起勇气问道。

"看，肯定看，"盛星河点头道，"你们好好表现！"

等他把跳远队的成员全都安顿好之后，再一扭头，发现自己带的队伍里少了个人。

距离检录结束还有不到十分钟，他急得原地打转："贺琦年人呢？！"

"不知道啊，"张天庆四下张望，"刚才好像就没看到他了。"

"可能去厕所了吧。"李澈说。

盛星河摸出兜里的手机给贺琦年发消息，没人回，电话也打不通。

紧要关头，他急出一头冷汗，迈开长腿往跳高场地最近的男厕所飞奔。

他边跑边打电话，手机一直没有人接。

他往群里发了最后通牒。

盛星河：贺琦年你再不出来就干脆别比了！

男厕所空空如也，盛星河无奈之下，又飞奔回田赛场地。

盛星河心急如焚。

张天庆的手里捏着贺琦年的号码牌："教练，怎么办啊？"

怎么办。

只能你上呗。

可他却没有立即开口，而是皱着眉头环顾四周，试图借着这最后半分钟时间，寻找到那道熟悉的身影。

在这个紧要关头，盛星河的脑海中忽然闪过张大器在面馆里说过的那句话——教练好偏心。

如果此时此刻，是张天庆不见了，贺琦年做替补，他大概就不会像这样犹豫不决。

"你……"他正准备宣布张天庆上场的那一刹那，背后响起了某人清亮的嗓音。

"教练——"

盛星河浑身一颤，心脏瞬间落回原位。

他怒气冲冲地转过头，正准备破口大骂，却清楚地看见小朋友的手上拎着一袋冒着热气的早点。

贺琦年一路狂奔，脑门上汗涔涔的。

"我不知道你爱吃什么，各种都买了一点，小笼包，蒸饺，还有煎饼果子……"

盛星河忽然想起体育馆里似乎是没有卖早点的地方，从内场跑出去起码要十来分钟，更何况还是一片完全不认识的场地买这么多东西。

灯光下，他鼻尖上的细汗格外明显。

还没开始比赛，却像个刚跑完马拉松的。

盛星河哪里还骂得出口，接过早点，横了他一眼："赶紧准备比赛了，一天到晚就知道吃吃吃，还有没有一点时间观念？出去之前不会跟人打声招呼吗？"

"我说了你肯定不让我去了。"贺琦年撇了撇嘴，挨到他耳边，小声嘟囔，"对不起教练，我错了，你别不高兴。"

"我不高兴了吗？"

贺琦年抹了抹一脑门的汗，咧嘴笑了："那你快吃吧。"

田径赛的各个项目需要决出十二名运动员进入总决赛。

全省有不少体育院校，竞争十分激烈且残酷。

T大的运动员水准一直处于比上不足比下有余的状态，在普通高等院校中算拔尖的，但相比专业体校还是有些差距。

最先出成绩的男子100米，T大只有一名运动员进了明天的决赛，但水平和前三名相差太远，一看就出不了什么成绩。

周教练下场之后径直走向二楼的卫生间，碰巧撞见了盛星河，两人点头打了个招呼。

"结果出了吗，怎么样啊？"盛星河问。

"不怎么样，这批都不行。"

都不行。

听起来只是对这场赛事结果产生的客观评价，但盛星河觉得这三个字相当刺耳。

冷漠又伤人。

他望着不远处的棕红色赛道，皱了皱眉。

不管赛前有多少人给予你鼓励，告诉你不要有太大压力，他们最终所希望看见的还是两个字——成绩。

有时候听见这些话，他会感到压抑和痛苦。

因为他会忍不住设想自己归队后要是跳不过原来的高度，拿不到成绩，原本支持他的人会怎么看他？

你曾经可以的，现在为什么不行了？

你一定没有像以前那样努力。

就像当年百米飞人退役时，骂声连连，却很少有人站出来替他解释韧带断裂其实是无法逆转的伤病，就算进行手术和一系列康复训练，术后的跟腱也恢复不到原来的状态，也很难达到原有的韧度。

大家看到的，只是你达不到原来的水准了。

"没有人想输的。"他几不可闻地说了一句，但场馆人声鼎沸，完全将他的声音给淹没了。

"抽烟吗？"

盛星河摇摇头："我不会。"

周教练叼着一根还没点上的香烟，笑了笑："男人哪有不会抽烟的，抽两口就会了。"

"会影响心肺功能。"盛星河说。

"都快三十了吧，还准备回去跳高啊？"

盛星河纠正道："今年二十七，还没到三十呢，不过也没什么，就算到了七十二也能跳啊。"

周教练笑着点了点头："是能跳，不过挺难有突破了吧，图什么呢？你在这儿教教这帮孩子不是挺好，也没有那么大压力。"

盛星河想了想说："我可以用我退役后所有的时光去带学生，去做其他任何事情，可是参加世锦赛，或许只有明年那最后一次机会了，我不想到了七八十岁的时候，还在后悔二十七岁的时候没有奋力拼一把。"

"没有成绩难道就不会觉得浪费时间吗？"

"做自己喜欢的事情，就算最后结果不那么理想，也不会觉得后悔，只是有些遗憾罢了。"盛星河说，"人总要对未来，对自己的梦想抱有信念。既然认定了这条路，就勇往直前地走下去，很多人都是在别人否定的声音里成长起来的，就看你能不能坚持下去。"

"能留在赛场上的时间也不多了，肯定要好好珍惜，万一成了呢，你说对不对？"

周教练看着他，眯缝起眼睛："难怪那帮小屁孩都那么喜欢你。"

中午休息时间，跳高队里一帮人簇拥在一块聊天。刘宇晗将录制好的视频加了个特效，上传到短视频平台。

"教练！你上去帮我点个赞呗。"

"我不怎么会玩这些东西。"

"这都不会，我教你啊。"刘宇晗拿了盛星河的手机下了软件，"这边是我的作品，然后这边可以看到我点过赞的视频，很简单的。"

盛星河随手滑了两下，觉得没什么意思，正准备退出，忽然瞥见一抹熟悉的白毛。

是贺琦年在操场训练时的视频，点赞量还挺高。

盛星河点了一下右侧的头像："这是贺琦年的号吗？"

刘宇晗偏过头看了一眼："对啊。"

贺琦年的账号上就发过一条动态，蓝天、白云，一道身影在阳光下轻松越过横杆，看背景应该是他参加校运会的时候拍的，周围全都是鼓掌呐喊的学生。

虽然听不见原声，但也能感觉到当时的气氛有多热烈。

剩下的动态都是点赞，猫猫狗狗的，看起来应该是很喜欢小动物。

刘宇晗指了指他屏幕说："这边是关注，你点一下就能看到他动态了。"

"那他也能看到我关注他了？"

"那当然了。"

"那算了。"

盛星河又退了出去。

T大女子跳高组这次超常发挥，刘宇晗和谷潇潇成功入围决赛，男子甲组这边也有贺琦年和秦沛杀进决赛。

这成绩和去年相比是相当可以了。

孙主任春风满面地拍了拍盛星河肩膀："到底还是国家队里出来的，就是不一样，我记得去年就一个挺进决赛的，今年四个呢。"

"最重要的是他们肯踏踏实实地训练，不然我教再多遍他们也只是当成耳旁风过去了。"盛星河说。

"挺好的。"孙主任点头道，"你有没有打算继续教下去？"

盛星河一愣："王教练不回来了吗？"

"他做完手术之后还需要静心疗养一段时间，都快退休的年纪了，估计也不会回来了。"

能被主任赞赏和信任是值得高兴的事情，但盛星河心里一直有道坎迈不过去，一时之间不知道该怎么回复，呆了两秒。

"谢谢您这么看得起我。"

孙主任是个会看脸色的人，他笑笑说："没事，你慢慢考虑，回去比赛也好，带队也好，我尊重你的意愿。"

"好。"盛星河点点头。

带队确实比训练轻松，但真要他放下一切，哪是那么容易的事情。

"教练！"

肩膀忽然被人拍了一下，盛星河吓了一跳，他刚准备回头，冰凉的物体贴上了他的脸颊。

冻得一哆嗦。

"在想什么呢？"贺琦年递上一听快乐肥宅水。

盛星河接过饮料，满脸忧愁地叹了口气："人生大事。"

贺琦年立马顺着他的视线望出去："你，你不会是看上哪个姑娘了吧？"

"……"盛星河横了他一眼，"你以为谁都像你，满脑子情情爱爱。"

贺琦年不自觉地拉高了嗓门："哪有！我哪有！我满脑子都是比赛的事情。"

盛星河懒得搭理他。

贺琦年过了好一会才问道："你真的没有喜欢的人啊？"

"没。"盛星河的回答很干脆。

第一天的预赛结束，两车人被淘汰了一大半，回程的路上大伙还是挺颓丧的，但一下车就又恢复了平日里的精神气，叽叽喳喳地开始聊晚餐吃什么。

盛星河很是羡慕这帮小麻雀。

"一起回去吗教练？"贺琦年穿过人堆绕到盛星河的身侧。

"回啊，你怎么回，骑自行车吗？"盛星河问。

"嗯。"贺琦年点点头。

"那你先走吧，我跑回去。"盛星河说。

"一起啊，我载你。"

盛星河记得贺琦年那辆山地车是没后座的。

怎么载人？难不成让他坐前边？

他边走边说："你那车不是没后座吗，载个屁。"

"有啊！我装好了。"贺琦年说。

"装好了？"盛星河有些惊讶，脚步一顿，"你什么时候装的？"

"它买来的时候就有后座，只不过我觉得它有点笨重就给拆了。"贺琦年老实说。

"那现在又不嫌它重了？"

"啊……"贺琦年双手插兜，保持着平静的语调，但邀请教练坐自己的车，难免还是有一点小紧张，"那东西放在家里比较碍事，太占地方了。"

盛星河"噢"了一声，没想太多。

贺琦年的自行车停在图书馆附近，离体育部有一段距离，他急匆匆地飞奔过去，嘴里还一直念叨着："你在这等我一下，我很快的！"

等贺琦年的背影消失不见之后，盛星河才想到自己以教练的身份坐着徒弟的车，在校园里大摇大摆地穿行很不合适。

身为教练，最不应该厚此薄彼。

关系再好也应该有个限度，这个限度能够保证他将正事和私事完全割裂开来，不然让别的同学看在眼里，那就是偏袒。这对学生的心理会造成一种无形的压力。

很不公平。

贺琦年骑着车，再次回到体育部门口时，没见到盛星河，只有微信上的一个小红点。

我先回去了，你路上慢点。

盛星河没有收到任何回复，只是隔天清早起床，发现门把上挂着一袋早点。

是蒸饺和蟹黄小笼。

他忽然想起昨天在体育馆里，自己只说过这两样东西很好吃。

男女子跳高决赛安排在第三天上午。

阴天。

赛程没有预赛那么紧密，校车六点出发，七点抵达体育场，馆内稀稀拉拉地坐着一些观众。

像省运会这样的小比赛观赛的人并不多，大都是参赛选手的校友或家属。

张大器虽然没轮上比赛，但硬是挤到了前排观众席上给大家拍照鼓劲。

贺琦年单手搭在盛星河的肩上："给我俩照一张吧，照潇洒点。"

"你的潇洒还用照吗，不是由内而外释放出来了吗？"

贺琦年大笑一声，将某人的肩膀搂得更紧了："也是，那你就自由发挥！"

盛星河把肩膀上的爪子扒拉下去："瞎凑什么热闹，赶紧到场地那边热个身。"

贺琦年耷拉下脑袋"噢"了一声，走了几米又折回来问："你不去看我比赛吗？"

"我看不看你不是都一样比吗？"

"那怎么能一样？"贺琦年自信满满道，"你在的时候，我或许会超常发挥哦！"

盛星河身为跳高队教练自然是会去观看决赛，但被贺琦年这么一说，倒像是专门为了他而去的。

进入决赛的一共十二名运动员，其中有九名都是体育学校的学生，最高的一个男生将近两米，小眼睛，看人都是用瞟的。

运动员的身高也会给对手增加压迫感，特别是跳高这样的项目，秦沛在T大的田径队里算高的，但在决赛场上，成了倒数第二。

心理压力巨大，还没上场心跳就疯狂加速，坐在休息区域灌了好几口水。

盛星河就站在距离跳高场地最近的看台边，一看着状态就知道怎么回事，大声地提醒他："秦沛，鞋带松了，再检查一下。"

秦沛弯腰将鞋带重新系紧了。

"专注就行，不要去想其他的事情，把结果放一边。"

秦沛点点头。

轮到贺琦年的时候，盛星河没有任何指示，只是用口型说："加油。"

贺琦年下巴微扬，冲他竖起一根食指。

盛星河接收到了他的信号，想起在面馆的那个约定，轻轻地笑了一声："口气倒是不小。"

周教练坐在盛星河的边上，看见两人的互动之后，评价道："这家伙倒是挺自信。"

"确实。"

运动员上场比赛就像学生高考差不多，不管前期备战多认真，一进入到比赛氛围中去，就一定会有从容和紧张的，从每个人的赛前状态就可以轻松分辨出来。

贺琦年之前在全国青年田径锦标赛上拿过冠军，再加上这阵训练成绩很稳定，所以整个人的心态很放松。

身为教练不光要关心队员的身体情况，更要关注他们的心理状态，针对不同性格的队员就连说话方式也需要相应的调整。

像贺琦年这种很自信的就不需要太操心。

比赛开始前，裁判宣布了横杆的上升高度，分别为 1.95 米，2 米，2.05 米，2.10 米，2.13 米。

越往上，高度的增幅就越小，但不得低于 2 厘米，具体看赛委会怎么规定，如果有选手越过 2.13 米，高度还会继续增加，直到运动员跳不过去为止。

2.13 米这个高度对于贺琦年来说并不困难，毕竟他的日常训练水平都能稳定在 2.13 米到 2.16 米之间，但因为昨晚下过一场大雨的缘故，场地还有些湿滑。

环境、身体和心理的状态都会影响到队员的比赛成绩。

盛星河在赛前对队员们的成绩都有一个大概的预估，贺琦年只要发挥正常，拿前三名总是稳的。

按照大赛规则，参赛选手都可以选择在其中任何一个高度开始试跳，一共三次机会，连续三次失败，即失去继续比赛的资格。

这也就是说，只要你有足够的实力，哪怕从 2.13 米这个高度开始试跳都没问题，一共三次机会，杆子落地就算输。

这样一是可以节省体力，二是在心理上碾压对手。

许多心理素质较好且有一定比赛经验的老运动员都会选择较高一点的起跳高度。

不过在赛前，盛星河并不建议贺琦年从太高的高度起跳，毕竟这片场地并不是很熟悉，再加上天气的原因，赛道湿滑，容易影响发挥。

前几次试跳可以让运动员进入竞技状态，就算助跑和起跳有问题也可以有机会做出相应的调整，缺点就是费体力。

所以起跳高度怎么选，也是一门学问，这点全凭个人经验。

十二名运动员中，包括秦沛在内的，一共有九名选择了从 1.95 米这个高度开始起跳。

南方体校的一名运动员选择在 2 米的高度起跳，贺琦年和 C 市体校的赵天煜选择了 2.05 米。

从高度的选择也可以看出一个运动员的水平在哪里，你的对手在哪里。

三位裁判将横杆升到 1.95 米，运动员自动起身排成了一条长队。

时限员发出指令之后，第一名运动员举手示意。

比赛正式开始。

助跑、起跳、过杆，轻轻松松，一气呵成。

那位运动员轻盈地走到休息区。

但凡有人过杆，就增加了后边运动员们的心理压力。

在 1.95 米这个高度上，有一名运动员三次试跳全都失败，第一个被淘汰。

不过他没有因此伤心难过，而是笑着回到休息区，给自己的朋友加油打气。

对于有些人来说，参加比赛并不是想要拿奖，而是一个难得的机遇，一次经验的积累，一次失败的沉淀。

一个运动员的内心必定是怀揣着坚定信念的——下一次会更好。

运动员们试跳完毕，三位裁判将横杆上升到 2 米，这轮依旧是九名运动员进行试跳，每人三次机会。

贺琦年和赵天煜坐在一旁静静地看着。

他们两个在之前的青年锦标赛上就碰见过，当时贺琦年以 2 厘米的高度险胜赵天煜，拿了冠军。

跳高比赛总是有运气的占比，还记得那场比赛的最后一轮，高度上升到 2.16 米，贺琦年和赵天煜都有三次试跳机会。

赵天煜在前，贺琦年在后，两人轮流进行试跳。

赵天煜第三次失败之后，贺琦年的心理压力其实减少许多，因为迎接他的就只有两种可能，跳过去，赢了，跳不过去，两人打成平手，然后降低高度再比一次。

他的心理状态一放松，最后一跳就出现了奇迹——2.16 米，成功越过，打破了他的个人最好成绩纪录。

"你最近的纪录是多少？"赵天煜问。

"差点就 3 米了。"

"……"赵天煜看了他一眼，"没跟你开玩笑。"

"2.16 米左右。"贺琦年说。

赵天煜"哦"了一声，低下头，若有所思。

"那你呢？"贺琦年问。

赵天煜："不告诉你。"

"……"

真是垃圾对手。

不过贺琦年并不在意，知道对方的高度又不能把自己的能力提上去，只有训练才可以。

赵天煜的这种行为在贺琦年眼中就是考试前问同学昨晚有没有复习的心理。

忐忑不安，想给自己找点自信，不过看他那一脸便秘样，估计是受打击了。

2 米的高度试跳结束，一下子刷下去了一半的人，包括秦沛在内。

这让盛星河感到有些意外。

他在平常训练中成绩都在 2.08 米左右。

"怎么回事儿啊？昨晚没休息好？还是热身的时候没拉开？"盛星河问。

秦沛抬手捏了捏小腿："不知道怎么回事，肌肉有点痛，没发挥好。"

"没事儿，能进决赛就已经很不错了，一会给你贴下肌内效看看能不能缓解，实在不行明天我陪你上医院拍个片。"

秦沛愣了愣："还需要拍片吗？"

"当然！如果有问题需要尽快治疗，千万不能抱有侥幸心理，有些小问题将来也会演变成大问题。"

以盛星河对秦沛的了解，这人多半会回嘴，说他是小题大做，但秦沛今天竟然意外地点头"嗯"了一声。

贺琦年一听明天两人要单独上医院，扭了扭脚踝说："教练，我这踝关节好像也有点不太对劲。"

"什么不对劲？你又怎么不对劲了？刚刚在场地上活蹦乱跳的人是谁？我看你是脑子不对劲。"

"……"贺琦年简直要气晕了，"你太偏心了！一点都不关心……队员的心理健康！"

他特意把"我"换成了"队员"。

盛星河趴在栏杆上笑了起来："行，那回头我带你上精神科看看脑子。"

贺琦年哼了一声，继续关注比赛。

此刻赛场上还剩下七位选手，横杆再一次升高到 2.05 米。

超过了在场所有人的身高。

视觉上的效果也会在一定程度上影响运动员的心态，往往都是个子越矮，压力越大。有些运动员在还没有助跑的时候，就已经觉得自己很难越过这道坎。

心理上先输了，那身体自然也无法突破极限。

第一次试跳，只有贺琦年和赵天煜一次过杆。

剩下的是来自体育大学的周韬，这人是在第三次试跳后才勉强过杆的，看情况应该撑不过下一个高度。

果不其然，在 2.10 米的时候，他两次试跳都失败了。

周韬向裁判申请免跳资格。

"这个时候免跳？那他下一轮肯定死啊。"坐在观众席上的谷潇潇震惊地拍了一下大腿。

周围还有不少体育大学的学生在观赛，盛星河回头看了她一眼，比了个噤声的手势。

谷潇潇立马抿唇。

在跳高赛中，运动员可以在一次或两次试跳后申请免跳，直接进入下一个高度，但在下一个高度上他试跳次数，得减去前面的失败次数。

也就是说，周韬在 2.13 米的高度上，只有一次试跳机会，而贺琦年和赵天煜分别都有三次机会。

按照之前的抽签顺序，赵天煜排在第一。

只见他站在起跑点，深深地吸了口气，大概是紧张，他助跑的节奏明显慢了，腾空角度也有问题，盛星河一看就知道他肯定过不去。

果不其然。

胳膊打到横杆，横杆落垫。

观众席里都是惋惜的叹气声。

裁判员示意后，贺琦年站到了起跑线上。

助跑，起跳！

杆子轻轻晃动了一下，停留在原位。

真争气！

盛星河顿时松一口气。

看台上立即爆发出响亮的欢呼，T 大的所有学生都站起来了，就连隔壁体校的女同学都在笑着议论。

"这男的好帅哦……"

"腿好长，比例好好。"

"叫什么来着？"

"我哪知道，要不然你过去问问他同学有没有他联系方式。"

害羞后的红晕爬上了女孩的脸颊。

"你不敢的话一会儿我帮你要！"

盛星河所在的位置刚好能看清贺琦年的整套动作，起跳慢了，导致过杆角度出现问题，臀部是在横杆上擦过去的。

贺琦年回到休息区的时候，盛星河就把问题告诉了他："下轮可以放松一些，注意把髋部送上去。"

在他们对话的时候，体校队伍忽然爆发出一声惊呼。

贺琦年猛地回头——周韬那破釜沉舟的一跳竟然过了！

简直是戏剧性的反转。

张大器直拍大腿："这家伙有点水平啊，心理素质也太好了吧！"

盛星河回头分析道："这种一看就是比赛型选手，平常的训练成绩应该一般，你看他选的是 1.95 米这样的起跳高度，但一到关键时刻那爆发力就很强。"

"太可怕了。"张天庆摇头感叹，"我本来还以为他跳不过 2.10 米的。"

"这就是赛场黑马。"盛星河笑道，"但愿你们也可以成为一匹漂亮的黑马。"

周韬一越过去，所有的压力就全都转到赵天煜身上了。

他成了赛场上唯一一个没有蹦过 2.13 米的。

还剩两次机会。

他摸了摸自己的眉毛，嘴里一直默念着些什么。

他的教练也在看台边大喊："赵天煜你助跑步伐能不能大点？我怎么教你的？啊？"他的声音像是菜市场的扩音喇叭似的，极具穿透力，吼得周围一圈小女孩都不敢说话了。

赵天煜倍感压力，两次试跳全部失败。

"啊——"体校的学生们扼腕叹息。

赵天煜虽然拿到了第三名，但下场时仍垂着脑袋，完全不敢往教练的方向看。

相比之下，贺琦年觉得他们的盛教练简直就是菩萨转世，温柔得一塌糊涂。

裁判员将横杆高度上升到 2.16 米。

周韬和贺琦年分别都有三次试跳机会，不过贺琦年的压力比周韬小很多。

因为他的起跳高度是 2.05 米，周韬则是 1.95 米，如果两人在这一轮都不过杆，起跳高度较高者获胜，另外他前几轮的过杆率是百分百，周韬失败了好几次。

贺琦年的第一跳没有成功——他的钉鞋坏了，刚跑了两步就开胶了。

"质量也太差了。"

盛星河纵横赛场这么多年，也是第一次遇到这种情况，震惊了三秒，赶紧向主裁判申请再给一次机会。

主裁判权思考了几秒钟，命令道："赶紧换鞋。"

贺琦年扶着脑门，陷入绝望——他这次没有带备用钉鞋。

跳高运动员的钉鞋都是有特殊规定的，前掌七钉后掌四钉，因为钉鞋的抓地力极强，脚底不易打滑，运动员在起跳时，还可以借助登地的反作用力积蓄更大力量，增强一瞬间的爆发力。

一般运动鞋根本没办法代替。

盛星河心口一紧："你鞋子没带？"

贺琦年无力地点了点头。

"试试看我的吧。"秦沛的声音从他背后冒出来。

贺琦年感觉眼前一亮，心脏已经落回了一大半："你可真是我的好兄弟！"

比较可惜的是，秦沛的鞋码比贺琦年大了一号。

贺琦年边系鞋带还不忘开玩笑："你有脚气不？"

观众席里爆发出一阵哄笑。

"你有多自恋，我的脚气就有多严重。"秦沛说。

"……"

鞋子穿着并不合脚，贺琦年的前两次试跳都没有过杆。

轮到周韬第二次试跳时，T大的同学们全都跟念经似的诅咒："过不去过不去过不去……"

周韬纵身一跃，果然没过去。

"哇哦——"T大集体欢呼。

盛星河忍不住笑了，回头说："你们低调一点行不行？"

这种时候，为学校争光的集体荣誉感就充分显现出来了，体校的学生们也不管对手有多帅，自然是帮着自己学校的同学。

于是，在贺琦年第三次试跳时，体校那边传来了邪恶的诅咒："掉下去！掉下去！掉下去！……"

T大的同学们听后相当气愤，吼声震天："贺琦年！加油！贺琦年！加油！"

在张大器的带领之下，整齐划一的呐喊声响彻天际，完全盖过了体校同学的音量。

贺琦年回过头，冲观众席上抛了个飞吻。

他看见盛教练回过头向大家比画起嘘声的手势。

运动员需要士气，但更需要一个平稳放松的心态。

阳光穿透云层，洒向苍茫大地，贺琦年感觉眼前的世界更清晰了一些。

他回过身，望着不远处的横杆，凝神静气了两秒，逐渐忘记了脚下的不适感。

在盛星河的指示下，观赛席位置立刻安静下来。

所有的目光都汇聚在同一个点。

贺琦年的助跑节奏和角度控制得非常好，前八步助跑在放松自然的情况下略微加速，身体轻盈而稳健，后半段步伐逐渐增大。

助跑到最后一步，起跳腿屈膝缓冲……

看台上的所有人都屏住了呼吸，就连盛星河也紧紧地揪住了身前的围栏，他的双眼半眯着，心底不断默念：过过过过过……

贺琦年的左腿猛地一蹬，柔韧的身体腾空而起！

他的大腿紧实而有力度，后背反弓，整套动作流畅又舒展，在空中划过一道完美的弧线。

那背弓高度十分惊人，髋部，大腿也运了上去，盛星河敢保证哪怕是2.18米的高度，这一跳也绝对能过去。

横杆稳稳地停留在原位。

"哇！"观众席里爆发出暴风雨般热烈的掌声和欢呼声。

裁判高举白旗，表示试跳成功，成绩有效。

周韬失望地闭了闭眼，心态已经崩了。

贺琦年起身后的反射性动作就是望向看台，这一次，盛星河正好也看着他。

四目相接，盛星河冲他竖起了大拇指。

头顶的阳光有些耀眼，少年清澈的眼眸轻轻眨动，唇角上扬，他终于把最好的自己呈现在了教练面前。

盛星河的心跳逐渐缓了下来，耳畔再次响起了小朋友清亮的嗓音。

你在的时候，我或许会超常发挥哦！

每个项目的前三名分别能拿到五百到两千元不等的奖金，另外学校也会颁发额外的奖励金，对于学生来说，是笔不小的收入。

张大器本想带头撺掇贺琦年请客吃饭的，正和同学议论着呢，就被盛星河打断了。

"人家攒点零花钱不容易，你们想吃什么我请客。"

大家一听这话，纷纷摆手："不用了不用了，闹着玩呢。"

"真不用了？"盛星河问。

"真的不用……"一帮人的脑袋甩得跟拨浪鼓似的。

"什么不用啊？"贺琦年刚领完奖，手里抱着热乎的证书和一个牛皮信封。

张大器挨到他边上，小声解释了来龙去脉，贺琦年笑笑说："没事啊，请客就请客，要不然我们一起去唱歌吧？"

"成啊！"大伙顿时又来了精神。

"去哪里唱歌？"谷潇潇说，"我听说南街那边新开了一家KTV，最近在打折，好像是半价。"

"行啊，你帮我搜搜看吧。"贺琦年说完，一脸期待地看向盛星河，"教练，一起吗？"

盛星河天生五音不全，再加上对这种小屁孩的活动不是很感兴趣，摇摇头说："我就算了，你们去放松吧，玩得开心点。"

"一起去嘛！"刘宇晗说，"马上快开学了，这么难得的机会。"

"就是，"顾梦羽说，"你不是老说要讲究团队精神吗？"

"团队精神是这么用的吗？"盛星河都快被他们给气笑了，"要是能拿出去玩儿的劲放在训练上，怎么着也能多拿几块奖牌吧？"

几个小姑娘被说得脸颊微红，谷潇潇反驳道："人生又不止比赛而已，不然我的青春岂不是白白度过了，等老了回想起来多枯燥啊？"

盛星河心想，可是职业运动员的青春就注定是献给赛道和热泪的。

这话他想说，但没有说。

青春一去不复返，大家都有权利决定它的样子。

每个人真正需要的东西不一样，所以没有人能够随意左右他人的决定。

但愿人生无悔就好。

盛星河没有参与聚会，贺琦年对唱歌的热情减少了一大半，他手握麦克风却没有哼歌，在想教练这会儿在干吗。

包厢门忽然被推开，贺琦年猛地抬头，有那么一刹那，他甚至幻想出了盛星河出现在门口的画面，可惜只是张大器拎着一堆零食进门。

"乖乖！服务台那边一包薯片十块钱！我直接上隔壁超市买了！累死

我了。"

谷潇潇抬眸看他："服务员没拦住你不让进啊？"

"我趁服务员低头玩手机的时候跑进来的，有个男的看见吼了一声，但只要我跑得快他就追不到我哈哈哈……"张大器添油加醋地和大家聊着自己虎口脱险的过程。

有人打开了 K 歌模式，绚烂的灯光在房间的各个角落来回旋转。

所有人忙着吃喝闲聊和高歌，角落里的少年却是脸色阴沉。

很快，就有人发现了他的不对劲。

顾梦羽把一听刚打开的饮料递过去问："喝吗？"

"嗯。"贺琦年接过饮料，道了声谢。

"你怎么啦？好像不太开心。"

"没事，就是有点累了。"

"是不是白天比赛太费劲了，腿酸，还是什么？"

"腿倒是还好……"贺琦年仰头长叹一声，靠在沙发上小声嘟囔，"就是觉得盛教练没来有点可惜。"

歌声太吵，后边这几个字顾梦羽没太听清，她挨坐在贺琦年的身侧问："那你想唱歌吗？我帮你点？"

"唱啊，帮我来首《温柔》吧。"

在一首荡气回肠的《怒放的生命》过后，忽然来了首抒情的曲目，所有人的视线都汇聚到了一起。

其实在包厢点歌，有时候也能看出一个人的感情状态和心情，比方说女孩子引吭高歌《最炫民族风》，那就说明在场的男士里面没有她的暗恋对象；

一男一女情歌对唱，那多半是对对方有点那个意思，从两者互动的小眼神里就可以感受出来；

再比如唱《说散就散》，估计就是和对象吹了；

当然，最典型的就是张大器这种唱《青藏高原》的，那就纯粹是在吊嗓子找乐子。

最难以捉摸的，就是贺琦年这种一个人攥着话筒唱的。

他的眼神专注地望着宽大的电视屏幕，蓝色的小圆点缓慢滚动。

"天边风光，身边的我，都不在你眼中，你的眼中藏着什么我从来都不懂……"

贺琦年的变声期虽然已经过了，但还是拥有年少时那种干净通透的嗓音，像山间清泉，温温润润。

每个音节都踩得很准，听起来饱含深情。

动人的歌声会让人有种眼前一亮的感觉，原本喧闹的包厢此刻变得十分安静。

歌词温柔，他的声音更是。

刘宇晗嗑着可乐，毫不客气地评价："他这是在发什么骚？"

谷潇潇大笑："估计是唱给谁听的吧。"

张大器的顺风耳动了动，立马凑过去问："唱给谁听的啊？"

谷潇潇白了他一眼："我哪知道，你自己问他。"

问就是没有答案。

贺琦年只说自己瞎唱的："我会唱的歌本来就不多。"

男人的嘴，骗人的鬼。

谷潇潇眼珠一转，提议玩游戏。

"真心话大冒险怎么样？"

一帮人立马附和："成啊成啊！"

贺琦年被迫加入阵营。

张大器调低电视音量，用力旋转桌上的可乐瓶。

瓶口准确无误地指向了他自己。

"啊——"他从沙发上蹦了起来。

众人爆笑。

"真心话还是大冒险？"有人问。

"大冒险吧！"张大器说。

谷潇潇想了想，不怀好意地笑了起来："对着外边喊一声，'啊！我竟然尿裤子了！'注意感情要饱满一点！"

张大器指着她咆哮："你这个女人也太歹毒了吧！"

张大器申请换成真心话，全场人都不同意，他只好扭扭捏捏地趴在窗口："啊——"

微凉的夜风送走他的声音。

底楼有人抬头。

张大器脸色辣红。

谷潇潇踹了踹他的屁股："快啊！抓紧时间！"

"我竟然，竟然……"他的声音越来越低，几不可闻地念道，"尿裤子了。"

"声音太轻啦——"大家表示不满。

贺琦年也被他们逗得哈哈大笑。

第二轮指到的人是秦沛，他选了真心话。

又玩了几轮，瓶口终于指向了贺琦年。

"真心话还是大冒险？"

贺琦年想到张大器那个残酷的惩罚，毫不犹豫地选择了真心话。

至少还能耍赖。

谷潇潇抢在张大器之前发问："你有喜欢的人吗？"

"有啊，"贺琦年毫不犹豫地回答，"我很喜欢盛教练。"

"喊——"

"喊什么喊，难道你们不喜欢吗？"

"当然喜欢。"谷潇潇说，"但你不能用教练来敷衍我们！快，老实回答！"

贺琦年耸耸肩："那就没了。"

同一时间里，盛星河正在商场里晃悠，他刚吃过晚餐，准备下楼散步消失，路过一家运动鞋专柜，想起了些什么，鬼使神差地倒退回去。

"你好，请问你们这儿有跳高专用的钉鞋吗？"

"钉鞋有呀，"美女导购指向一排货柜，温柔道，"这边都是钉鞋，您喜欢可以试穿一下哦。"

"有没有前掌七钉后掌四钉的？"

导购员刚上任没多久，还是第一次知道钉鞋竟然还分种类，愣了愣，开始翻看鞋子的底部。

"这个前掌有七颗钉子。"

盛星河看了看，后掌没钉，那个是跳远专用的。

导购员继续在货柜上翻找，过了一会，又问："这个行吗？"

盛星河扫了一眼，前掌八颗尖钉。

"那个是短跑专用的，而且我需要的是平钉，不是尖钉。"

"……"导购员彻底蒙了，她还以为钉子越多越好来着。

最后店里的三名导购一起在货柜上数鞋钉。

鞋子是找到了好几款，不过盛星河忘记了贺琦年的鞋码，直接问不太好，于是相当迂回地咨询秦沛。

你脚多少号来着？

干吗？你要给我买鞋吗？

盛星河十分娴熟地找理由。

有份普查表我这边要登记一下。

哦，47。

你脚那么大啊。

对啊，鞋超难买。

上万能的淘宝。

盛星河挑好鞋子，看了一眼标签，觉得价格在心理预期范围之内，便麻烦店员打包。

"您好，现金、微信，还是支付宝？"收银台的小姑娘问道。

"支付宝。"盛星河看了一下账户余额，愣住了。

还剩两百多，就够买个鞋头。

他平常一个人独来独往惯了，花钱的地方并不多，很少关心账户里还剩多少钱，这一个月感觉还没怎么花钱，怎么就没了？

第一反应是账号被盗刷了。

他查了下现金流水，才慢慢回忆起了这阵的琐碎事。

机票、房租、押金、水电、煤气、逛超市、请客吃饭、攀岩、水果……

杂七杂八竟然花了两万多。

这几年他参加比赛挣了点小钱，刨去之前的治疗费用，零零散散加起来还有四十来万，不过大部分都存在理财账户里，到期后才能取出来，最快的一笔两万要到下个月初才到期。

工资也得下月中旬才到账。

"支持花呗吗？"

店员摇摇头。

盛星河挖出钱包里所有的现金数了数，觉得应该差不多："现金加支付宝一起付可以吗？"

"可以的。"

盛星河松了口气。

到家时已经八点多，盛星河躺在卧推凳上做了一会力量训练，看见对面楼层的灯亮了起来。

小朋友回家了。

人影在窗户边晃悠了一圈。

像是有心电感应一般，下一秒，贺琦年的视线就投了过来，盛星河立马把窗帘拉成一条窄小的缝隙，看见贺琦年四仰八叉地躺在床上看书。

盛星河躲在窗帘后笑了一声，把手里的阻力带扔在一边，休息了十分钟左右，起身去浴室冲澡。

回来时微信上多了两个小红点，都是贺琦年的消息。

你在干吗呢？

晚点一起吃夜宵吗？

盛星河边出门边低头打字。

晚点还有事情要办，没空，你去吃吧。

贺琦年退出聊天框，在床上滚了两圈，喃喃自语："这个没空那个没空，永远都是没空，哪儿那么多事情呢？"

思绪还没来得及飘远，屋外响起了沉而有序的敲门声。

"谁啊？"

"外卖。"

这声音太过熟悉，前一秒还闷闷不乐的小脸立马变了，他几乎是从床上蹦起来的："来了来了来了——"

"你不是说没空吃吗？"贺琦年的嘴角挂着笑，欢脱的像是只迎接主人回家的大型犬。

盛星河刚洗过头，脖子里挂着条淡色的毛巾，他的头发只是稍稍擦了一下，并没有吹干，水珠顺着他的两鬓缓缓滚落，整个人看起来湿漉漉的。

贺琦年呆了两秒，看见他手上提着个牛皮纸袋。

"这什么东西啊？"

盛星河抬手把袋子递过去："打开看看。"

贺琦年早就看见了袋子上的 LOGO，嘴角不自觉地向上扬起，就连眼睛都亮了起来。

"是送我的吗？"

盛星河淡淡地"嗯"了一声。

贺琦年侧身让出了一条道，"先进来吧。"

盛星河还在犹豫，胳膊被一股庞大的力量拽进屋里，他忽然发现这小东西的力气贼大。

两人认识这么久以来，盛星河第一次踏进这间小屋，有种眼前一亮的感觉。

贺琦年的房间虽小但五脏俱全，而且收拾得非常干净，厨房是开放式的，和客厅连在一起，靠窗的位置是一张单人床，一进门就是全貌。

简欧风格的装修，看着明亮又舒适，空气中还透着一股橘子皮的清香，淡淡的，闻着很舒服。

米白色的瓷砖纤尘不染，鞋柜上的鞋子码得整整齐齐，就连床头柜上的数据线都用一个收纳扣卡在一起防止缠线。

整个屋子的细节都在告诉别人，它的主子很爱干净。

盛星河自愧不如。

贺琦年坐在客厅的小沙发上，惊喜地打开鞋盒，里面躺着一双黑白相间的钉鞋。

出乎意料的好看。

之前他的钉鞋都是学校统一定的，要么绿油油，要么黄澄澄，要么是诡异的阿凡达蓝……

配色离奇，审美坍塌，总之跟这双完全不能比。

"你为什么突然送我鞋子啊？"

"也不是突然啊……"盛星河没想到这小屁孩问题这么多，怕他多想，于是挠了挠耳朵说，"就我之前买的，还没怎么穿，不是被禁赛了吗，然后……"

他越扯越觉得离谱，越扯越心虚，但还是硬着头皮继续圆："反正还没机会穿呢，你那双不是坏了吗，就先拿去穿吧。"

贺琦年听完他的一连串屁话后，感觉脑子没转过弯来，疑惑道："那穿完还要还吗？"

盛星河被他的思维逻辑给逗乐了："送你的，不用还。"

贺琦年内心再次雀跃，弯腰换鞋："太谢谢了！这双比我之前那双强多了。"

"合脚吗？"盛星河问。

贺琦年起身原地转了两圈："完全合适，没想到咱俩的鞋码居然是一样的。"

"你喜欢吗？"盛星河又问。

"喜欢！当然喜欢！"他的眼睛像小动物一般亮闪闪的，心情多好，不言而明。

"喜欢就好。"盛星河想了想，又说，"不过你到学校的时候，千万别说这是我送给你的，就说你自己买的。"

贺琦年眼眸一抬，电光石火之间，领会到了盛星河话里暗含的意思，顿时觉得浑身上下的毛孔都撑开了。

偷偷地，不能说，因为别的小朋友都没有。

他一眨不眨地盯着盛星河的眼睛，感觉有人在他的脑子里放烟花，噼里啪啦炸开了绚烂的花。

"教练。"

"嗯？"

贺琦年嘴角一翘："你这算不算偏心了啊？"

"……"盛星河伸手去夺钉鞋，"还我！"

贺琦年一把护在怀里："给了我就是我的了！"

前一秒刚答应不在学校乱说，下一秒就拍照发朋友圈炫耀了。

盛星河觉得太阳穴突突突地疼。

"快点删掉。"

"我就放了张照片，又没说是你给的。"贺琦年把手机一锁，"你老心虚什么啊？"

"……"他心虚了吗？

"你又不是真的偏心对不对？"

"嗯。"

"所以嘛，没什么好心虚的。"贺琦年笑着拍了拍盛星河的肩膀，"没人会猜到是你送的。"

话是这么说没错，但是……

盛星河感觉有点头疼："我先回去了。"

"哎等等！"贺琦年拦在他跟前，"你上回答应过我要教我练柔道的。"

盛星河一愣。

"你不会忘记了吧？"贺琦年瞪大眼睛，拔高嗓门，"迷路到了一家饭馆里的时候，你说过我只要拿下省运会冠军就教我的！"

"啊……"盛星河恢复记忆，"是我说的吗？明明是你自己说的好吧？"

"那你也答应了啊！"贺琦年看着他，"你不会是想要耍赖吧？"

"这有什么可耍赖的，教你没问题啊，不过你为什么想练这个？防身？还是纯属兴趣？"

"有什么区别吗？"贺琦年问。

"当然有区别了。"盛星河说，"只是感兴趣的话我会挑一些比较有趣味性的教法。想要提升自己的身体协调能力心肺功能，我就换一种比较严谨的方式。如果想要防身，我可以教你专门的防身术。"

贺琦年惊讶道："你还会防身术啊？"

"中二时期练过一阵，后来训练太忙就没怎么练了。"盛星河说。

贺琦年忍不住笑了："你还知道中二这个词啊？"

盛星河眯缝起眼睛："我也是 90 后好吧？"

"哎，我不是嫌你老的意思。"贺琦年抓了抓下颌，"只是你平常给我的感觉比较成熟，跟我身边的同学不太一样，我想象不出你中二时期是什么样子的。"

"你以为我打娘胎出来就二十七岁吗？"盛星河看着他，"我也是从你这个年纪过来的，你们心里什么小九九我全都知道。"

贺琦年撇撇嘴："你看着教吧，我都挺感兴趣。"

"那就从防身术开始吧，防身术的训练分好几个阶段，刚开始就是基础动作的掌握，然后训练四肢的协调能力,心理素质,还有……"盛星河掰着手指，忽然出拳挥向贺琦年的鼻梁。

贺琦年反射性地闭眼后仰。

"反应速度。"盛星河说，"希望我下次出拳的时候，你能截住我的拳头，而不是躲开。"

贺琦年拧了拧眉："你刚还没跟我说开始呢。"

"别人打你之前会提醒你吗？"

贺琦年很不服气："那再来一次！"

"好啊。"盛星河笑了笑，迅速出拳击向他的眼睛，就当贺琦年抬手准备截住的那一刹那，他又立刻转向腹部，结结实实地击中了目标。

快碰到时，盛星河收着力度，所以根本算不上疼，但贺琦年还是叹了口气，评价道："你真的很坏啊。"

盛星河本想抬手弹他脑门，却不料被贺琦年一把攥住了手指："我不客气了啊。"

盛星河笑了："那你不客气一个我看看。"

贺琦年出拳挥向他的小腹，盛星河立即截住了他的手腕，向外一拧："就这速度啊？"

贺琦年换手刮了一下他的鼻梁。

盛星河愣住。

贺琦年嘿嘿一笑："偷袭成功！"

"白痴。"

那晚之后，盛星河就成了贺琦年的免费私人教练，他刚开始以为贺琦年只是闹着玩玩，上两节课就腻了，结果出乎意料。

贺琦年每天一有时间就缠着他训练，如果是白天还好，最可怕的有一天在凌晨四点被床头的手机震醒。

——教练，我醒了！你要是睡醒了记得来找我！

积极到令人发指。

凌晨的都市是寂静无声的，整座城市都被巨幕包裹着，看不清什么东西，只有天边的圆月泛着清冷的光。

盛星河洗漱完毕，敲响了贺琦年的房门。

在千万家灯火还未亮起之时，两道挺拔的身影就已经出现在了体育公园的塑胶跑道上。

年轻的身体，浸泡在了朝露里，等待着晨曦的降临。

假期时光转瞬即逝。

开学的前几天，盛星河再次接到了边教练的电话，说是有点事情要请他帮忙。

边瀚林有个小外甥叫吕炀，马上升大一了，考上的正巧是盛星河所在的 T 大，想提前几天来 B 市旅个游，顺便熟悉熟悉校园环境。

盛星河一直把边瀚林当恩人，边教练开口，自然是义不容辞。

"那有什么问题，您把他微信推送给我，顺便发一下手机号，我来跟他联系。"

边瀚林又交代道："这孩子爸妈从小就离婚了，基本上没人管，性格有点野，要是方便的话，你在学校多留意着一些，我怕他闯祸。"

"成，没问题，我到时候定期给您汇报工作。"盛星河说。

"行行行，"边瀚林笑着说，"交给你我放心。"

盛星河把活儿揽下之后，就加了吕炀好友。

头像是一块黑色，没有任何东西，就连朋友圈也是空的。

很多时候，头像和朋友圈都能反映出一个人的生活状态甚至是性格，这一片空白的也不知道从何聊起。

盛星河直接问吕炀买的是几号的动车。

对方发来一张订单截图，上面有明确的时间和火车站地址。

比学校报到日早了三天。

现在有挺多小孩儿都喜欢提前报到，可以到大城市周围旅个游，还能提早完成报名手续，省得在报到日那天人挤人，不过提前这么多天，新生宿舍肯定还没开放，得先在外头住两天才行。

盛星河：你定酒店了吗?

吕炀：你帮我安排吧，我又不认识。

后面跟了一个一千元的转账。

吕炀：多退少补。

嚯，这出手阔绰的，哪里像是个刚成年的小毛孩。

盛星河出于好心，提醒他检查一下录取通知书、学籍档案之类的东西千万别忘带。

吕炀：啰唆，你说话好像我妈。

"……"

他要再跟这小兔崽子客气他就是乌龟。

吕炀：你有照片吗? 给我瞅瞅长啥样啊。

盛星河：很快你就能见到了。

吕炀：我提前预览一下不行吗?

盛星河：不行。

吕炀：你这服务态度也太烂了。

盛星河：有种就到你舅舅那告我吧。

吕炀弹了个视频，盛星河挂断。

再弹，再挂。

吕炀：那到时候到车站我怎么认得出你啊？我被人骗到山沟里卖了怎么办？

盛星河：就你这样的，扔山里估计也没人要。

吕炀：那你跟我形容一下你的长相行了吧？

盛星河：明天你放眼火车站，长最帅的那个就是我。

吕炀：放屁，长最帅的那个一定是我。

盛星河仰头笑了。

聊到"帅"这个字眼，他的脑海里不自觉地浮现出某人的笑脸。

操场上，赛场上，不管走到哪儿都有一帮小蜜蜂围着转。

此时，屋外的门铃响了。

"教练！"

真是想曹操曹操就到，盛星河锁了手机应道："来了来了，又干吗啊？"语气听起来挺不耐烦，但自始至终，他的眉眼都是弯弯的。

"一起吃午饭啊，我一个人吃很寂寞。"贺琦年站在门口说。

盛星河开门问："那还没认识我的时候呢？你怎么吃的？"

贺琦年理直气壮："那会儿我还在打工，可以跟大家一起吃。"

"好吧。"盛星河拿上钥匙锁了门，"去吃什么？"

"你想吃什么？"贺琦年问。

"我随便啊，炒菜，盖浇饭什么的都行。"盛星河想了想说，"你们北方人是不是不怎么爱吃米饭？主食都以面食为主吧？"

"嗯，米饭吃得比较少，但也不是不吃，我觉得米饭也挺好吃的，你喜欢什么就吃什么呗，我都行。"贺琦年说。

盛星河乐了："你是觉得什么都好吃吧。"

贺琦年哼了一声，斜着眼睛瞄他："我跟别人在一起的时候很少吃米饭的。"

"为啥呢？"

贺琦年眼眸低垂："因为我愿意迁就你呗。"

"嗐，用不着迁就，哥一会给你买二十个馒头，让你好好回味回味你们家乡的味道。"

"……"

第四章 新目标

两人在公寓附近溜达一圈，找了间干净的小饭馆，吃东西的时候，吕炀的信息又来了。

这次发来的是一张全身照，看背景应该是在某个展览馆内，灰白色的墙面上挂着一些油画。

少年站在一幅画像边，只露出上半截身子。

吕炀头发微卷，不长也不短，刘海稍稍遮住了一点眉毛，一看就是特意抓过定了型，还挺有造型感的。

他的鼻梁很高，戴着一副细框眼镜，隐藏在镜片后的眼睛又黑又亮，穿着也不朴素。

在这个大都是寸头青春痘的年纪里，这长相很具有辨识度。

吕炀：这个是我。

盛星河放下筷子回道：好的，我会认出来的。

贺琦年坐在盛星河的对面，脖子伸得像长颈鹿一样，"这人谁啊？"

"噢，我教练的小外甥。"盛星河说。

"哪个教练？你之前跟我提起过的那个吗？"贺琦年问。

"嗯对，"盛星河点点头，"他外甥也考上了我们学校，马上开学了，让我多看着点。"

"又不是幼儿园了，还用看着啊？"

"他提前过来熟悉一下环境，反正能照顾就照顾着点呗，我又不会少块肉。"盛星河说。

"噢。"贺琦年顺口一问，"他学什么专业啊？"

盛星河抓了抓了头发："好像是金融的吧，我没怎么在意。"

贺琦年努了努嘴："看着不像啊……去卖保险有人买吗？"

盛星河笑了："谁跟你说学金融就是卖保险了。"

"证券业银行业的那就更不像了……"

"你别以貌取人啊，"盛星河抬眸看他，"再说了，你长得也不像是个搞传媒的。"

贺琦年"喊"了一声："怎么不像了？我的形象气质这么好。"

　　T大田径队里的都是体育专业的学生，但贺琦年是个例外，他当年报考的是播音与主持专业，打算往体育评论解说员那个方向发展。

结果在学校的秋季运动会上被王教练一眼看中，带到了队里训练，之后陆陆续续参加了不少比赛，拿到的奖项和证书并不比专业运动员少。

有些时候都不得不感慨一下命运的神奇，一切都好像是被安排好的一样。

盛星河到现在还清楚地记得孙主任跟他提过一句话，"天赋这种东西是与生俱来，一下就跟普通人拉开了距离，很多人花一辈子都追赶不到那个高度。"

听起来是一个可怕又无奈的现实，但在他眼里，天赋也并不意味着全部。

天赋或许决定了一个人的起点在哪，但成功绝非偶然，在天赋的背后，更多的还是汗水、付出和坚持。

想到这里，盛星河又有点担心贺琦年之后的时间规划问题，如果说想要往职业选手的方向发展，那他之后必定得参加各种集训和比赛，会耽误到他的学业，甚至有可能因为比赛而延迟毕业。

要是不往职业方向发展，又是相当可惜的一件事情。

看似只是一个小小的选择题，关乎的却是他未来所面临的一切，一步走偏，人生就彻底拐向另一个方向了。

"你开学就大三了吧。"盛星河看着他，语气是少见的温和，"有没有想过今后具体往哪方面发展？毕竟主持和比赛是不可能同时进行的。"

"当然是比赛了！"

贺琦年的回答简单决绝，令盛星河眼前一亮。

这的确是他希望听到的回答。

哪怕心里再怎么不愿意承认，贺琦年确实是他最看好的一名队员，就像老师会喜欢聪明的小孩那样，当教练的也一样。

自信勇敢，积极乐观，拥有惊人的爆发力和潜力，这每一样特性都非常可贵，更何况它们凝聚在了同一个人身上。

简直是稀有物种。

贺琦年放下筷子，认真道："我本来就很喜欢运动，当时报考这个专业就是想着能接触到体育赛事相关的东西，其他方面的我不是很感兴趣。"

"你确定想好了吗？"盛星河又问。

贺琦年用力地点点头："百分百确定，我真的很喜欢跳高，这两年它带给我很多成长和收获，每越过一个高度，每拿到一个奖牌，那种成就感和荣耀感是任何东西都没办法代替的。从来没有哪件事情能让我产生这种感觉。"

都是一条路上走过来的，贺琦年形容的这种感觉盛星河深有体会。

热爱是坚持的原动力。

"不过我也要告诉你，这一行一定比你想象中的要困难。"

"我知道。"贺琦年抬眸看他，"你不是也坚持下来了吗？如果你可以，那我一定也可以。"

如果说在遇见盛星河之前，这个选择还有被动摇的可能，在遇见他之后，就变得坚定不移了。

他不光是因为想要和前辈一起训练、比赛，还希望自己能在最喜欢的事业上创造出价值。

贺琦年的眼睛灼灼发亮，盛星河心满意足地点了下头："好好记住你今天说过的话。"

下午的时间全都留给了训练。

盛星河家里搁着一些方便携带的运动器械，哑铃、弹力带、药球、健腹轮等等，贺琦年经常借着用。

刚开始，盛星河担心他因为动作不到位而拉伤肌肉，所以都是全程陪同，慢慢地就放他一个人练了。

其实只要掌握训练技巧，一根弹力带也能练到全身的肌肉。

晚上吃饭时，盛星河把家里的备用钥匙留给了贺琦年。

"我明天上午要去火车站接人，就不陪你锻炼了，你要想玩什么就自己拿着玩，我都搁在客厅了。"

"哇……"贺琦年转了转手上的钥匙圈，"这么信任我啊？"

"家里最值钱的就在这儿呢。"盛星河指了指自己的鼻梁。

少年掌心的温度很快就把钥匙焐热了。

吕炀定的是晚上的动车，早上七点抵达 B 市，盛星河怕迟到，特意起了个大早。

可惜天公不作美，从凌晨就开始下雨，一直没停过。

盛星河翻了一圈都没有找到雨伞，就去对面楼敲贺琦年的房门。

"你一会准备打车过去吗？"贺琦年在鞋柜边找到了一把长柄伞递过去。

"嗯，"盛星河说，"他带了那么多行李坐公交肯定不方便。"

"那我也去吧。"贺琦年说。

盛星河被瓢泼大雨淋得皱起了眉头："大下雨天的，你去凑什么热闹？"

贺琦年回答时正好在弯腰拿鞋，加上他说话声音本来就不大，雨声完全覆盖住了他的话语声。

盛星河歪头"啊"了一声，问道："你说什么？"

"我说，凑热闹是中国人民最热衷的一件事情。"贺琦年把鞋带系紧，拿上钥匙，带上房门，不容许对方有一丝一毫的犹豫。

"瞎说，你刚才那句话分明很短。"盛星河撑开雨伞。

"我就爱凑热闹。"贺琦年说。

贺琦年带的虽然是把长柄伞，但因为两人个子太高的缘故，下半身很快就湿透了，双脚浸泡在湿漉漉的鞋袜之中，难受得要命。

"还爱凑热闹吗？"盛星河说，"在家玩玩手机看看书多好，真是闲的。"

贺琦年低头叹了口气："早知道应该穿拖鞋了。"

盛星河翘了翘大脚趾，得意道："你看我多有先见之明。"

贺琦年开玩笑道："那跟你换换。"

盛星河脱口而出："我脚跟你又不一样大。"

"啊？"贺琦年愣了愣，转过头看他。

盛星河从他惊讶的目光中忽然意识到什么，后悔万分，猛地咬了下嘴唇，可话都已经说出来了，怎么解释也于事无补，只是闭了闭眼，心道：完蛋。

贺琦年的双眼牢牢地锁定在他的脸上，问道："那双钉鞋不是你的对吗？"

盛星河没说话。

这反应基本上证实了他的猜想，一股油然而生的喜悦立刻就反馈到了脸上，贺琦年的眉毛抬了起来。

"你是特意买给我的对吗？"他不依不饶地追问着。

"……"盛星河感觉有点头大，艰难地挽回尊严，"就是去商场吃饭的时候路过鞋店，顺便买了，也不是特意。"

贺琦年已经完全沉浸在"教练特意为我买鞋子"的惊喜之中无法自拔，听不见他说话了。

"你对我真好。"

"………"年轻人的表达方式相当直白，盛星河老脸一红，词穷了。

"我很感动。"贺琦年看着他。

盛星河吓得赶别开视线："就一双鞋而已，别太放心上了。"

"是你特意为我买的，我当然要放心上了。"

"……"怎么又绕回来了！

天色阴沉，雨越下越大，丝毫没有变小的趋势。

盛星河站在路口好半天，终于拦到了一辆出租，赶紧拍了拍他："快点，你先进去。"

贺琦年把伞撑过他的头顶："你先进去吧。"

盛星河个高，贺琦年怕他撞到，用手遮着门框条，果不其然，下一秒某人的脑袋就砸在他掌心里了。

"嗷……"贺琦年疼得倒抽一口凉气，"很疼吗？"

"你说呢。"盛星河半眯起了眼睛。

贺琦年推了推他的后背："快快快，再淋下去我内裤都要湿透了！"

盛星河扫了一眼他那变了色的裤腿，扑哧一笑。

两人个高腿长，车厢显得十分拥挤，空气里弥漫着一股浓重的烟草味。

盛星河将车窗打开了一道细缝，回过头时，看见贺琦年手背的皮肤泛红了。

"撞疼你了？"

"还好……"贺琦年差点脱口而出不疼，但及时咬住，点头"嗯"了一声，"有点。"

随后他又装模作样地摸了摸手背："这么一摸好像还挺疼的。"

盛星河忍不住笑了："到底疼不疼啊？！你这三秒三个答案。"

贺琦年点点头，表情都变得狰狞起来："疼，特别疼，可能需要吹一下才能好起来。"

"吹一下？"盛星河震惊大笑，"你几岁了啊？"

"谁规定二十就不能吹一下了？"贺琦年理直气壮地把手背递过去，"你撞的，你得负责。"

"幼稚。"嘴上这么说着，但盛星河还是十分敷衍地吹了两下，"还疼吗？"

贺琦年夸张地"哇"了一声，甩了甩手掌："果然好多了。"

司机师傅在前排笑出了声。

盛星河翻了个白眼骂道："白痴。"

雨天路堵，车流比往常慢了许多，从车窗望出去都是一片红色的灯光。

盛星河抱着胳膊想事情，忽然感觉右肩一沉，贺琦年的脑袋歪倒在他肩膀上。

盛星河微微偏头看了他一眼，贺琦年双目紧闭，手中握着的手机也滑到了坐垫上。

这状态明显是睡着了。

盛星河担心万一司机急刹手机会滑下去，就顺手攥在手里。

手机锁屏是一只美短，躺在猫窝里慵懒地晒着太阳，白色的肚皮看着就忍不住想挠一下。

贺琦年刚剪完寸头没多久，还有点扎人，他的耳郭好几次碰到小朋友的头发，觉得有点痒。

想躲开又怕把人吵醒，就只能一直僵着脖子。

车子发动，贺琦年的脑袋轻轻地晃了晃，盛星河立马抬手遮在他的额头防止滚下去。

盛星河刚到火车站就接到了吕炀的电话。

"我到出站口了，你到哪了啊？"

"马上。"

火车站外堵着很多私家车和出租车，盛星河在大雨中眯缝起眼睛，他的视力不太好，特别是这种暴雨天气，看出去都是雾蒙蒙的。

"穿什么衣服来着，我帮你一起找。"贺琦年把手里的大伞撑过盛星河的头顶，自己的半边肩膀已经完全湿透。

"不知道。"盛星河的指尖在屏幕上滑了两下，"就长这样。"

贺琦年抬眸道："我看到了。"

吕炀的长相和照片里一模一样，很好辨认，身高在一米八左右，浅灰色的 T 恤配着一条卡其色中裤，双肩包就挂在巨大的行李箱上，这会儿正戴着耳机听歌。

他转头时也看见了盛星河，不过他有些犹豫，并没有上前。

"吕炀是吧？"盛星河站到他身前说，"我是盛星河，之前微信上聊过的。"

吕炀怔愣地看着他："你也太高了吧，你这样搞得我很有压力啊。"

盛星河笑了："你又不跟我处对象，为什么要有压力？"

贺琦年斜眼瞅他。

吕炀摘下了耳机挂在脖子上："这不是处不处对象的问题，跟你站在一起，我感觉我的魅力都无法释放了。"

贺琦年扑哧一笑。

"你笑什么啊？"吕炀指着贺琦年，"这人谁啊？你朋友？怎么一个赛一个高？"

"练跳高的能不高吗。"盛星河说。

吕炀瞪大了双眼："练跳高还能长个吗？"

盛星河笑了："练跳高能不能长个儿我不太确定，但我俩最初都是因为长得高才开始跳高的。"

出站的路上，吕炀像汉堡的肉饼似的被两人夹在中间，一脸怨念："能不能稍微离我远一点？你们这么站着我像是犯罪分子。"

盛星河满足了他的要求，跟他保持五米以外的距离，远程操控："前边右拐打车。"

打到车，放好行李，吕炀一个箭步抢坐在了前排。

他转过头问："你旁边这哥们谁啊？怎么也这么热情地跑过来接我？"

"我可不是为了接你才出来的。"贺琦年说。

"那是为啥？"

"他就是瞎凑热闹，"盛星河介绍道，"他叫贺琦年，也是 T 大的学生，比你大两届，你可以叫他师哥。"

"贺什么玩意儿？"吕炀眯了眯眼，没太听清。

"贺琦年，琦年玉岁的那个琦年。"贺琦年说。

"哦。"吕炀转回身去，过了好一会，又转回来问，"齐年玉碎是什么意思啊？齐年把玉给打碎了？"

"……"

雨天出行不便，吕炀对商场电影院之类的地方又没什么兴趣，盛星河只好先把他领回公寓再作商议。

"嚯，你这地方不错啊。"吕炀把行李箱搁在门口，正准备进屋参观，就被贺琦年给叫住了。

"换鞋，我昨晚上刚拖的地！"

吕炀"噢"了一声："你俩住一块儿啊？"

"不是，他住对面那栋楼，不过经常会过来帮我搞搞卫生什么的。"盛星河说。

吕炀顺嘴接了一句："这么好啊。"

"好个屁，他就是过来蹭晚饭的。"

贺琦年冷哼一声："好心当成驴肝肺。"

盛星河立马改口："贤惠，你真的是我见过最贤惠的男生了。"

盛星河家里没有多余的拖鞋，把自己的给吕炀递了过去："你穿我的吧。"

"没事儿，我光脚也行。"吕炀四下参观了一下，评价道，"这儿环境不错啊。"

"嗯，主要是离学校近，走过去也要不了多长时间，前后都有商业街，买东西很方便。"

"那你一会有时间不？陪我四处转一转吧，我有点路痴。"吕炀说。

"成啊。"盛星河点点头。

角落里冒出一个凉飕飕的声音："什么年代了，导航不会用吗？路痴是怎么跑到 B 市来的？"

"坐动车啊。"吕炀理直气壮道。

"那不就好了，"贺琦年指着阳台的窗户说，"想去学校啊，出门左拐坐 104，想去步行街就坐 216，下个攻略哪哪都能玩，这么大个人了……"

"贺琦年。"盛星河按住了他的肩膀，"他第一次过来。"

"……"贺琦年想了想说，"那一会我一起去吧。"

"你好好训练。"

这话一出来，贺琦年的心里多少有点不平衡了。

盛星河好几次都推掉他的聚会邀请，这小破孩一过来就连他的训练都不管不顾了。

多大脸啊。

吕炀并没有察觉到什么，还乐呵呵地拍了一下盛星河的肩膀："下回你到我们南城旅游的时候我也带你到处潇潇洒洒，我们老家有很多好吃好玩的。"

盛星河点点头："好啊。"

贺琦年的白眼都快翻到天上去了。

雨停之后，盛星河带吕炀坐车到学校熟悉了一下环境，T大分两个校区，只是粗略的一圈绕下来就耗掉了一下午的时间。

盛星河看见天色不怎么好，就带着吕炀到附近超市采购点生活必需品。

等他们从超市出来时，天色已经完全暗透了，而且又下起了大雨。

"我们现在去酒店？"吕炀问。

"啊！"盛星河一拍大腿，"我忘记给你定酒店了，我中午吃饭的时候还想起来着。"

果然年纪一大，记忆力就不行了。

盛星河昨晚在网上搜过几家价格还算公道的快捷酒店，都保存在了收藏夹里，不过吕炀一看环境就拒绝了。

"这房间也太小了，我们家狗窝都比这儿大。"

"少爷，你一个人住要多大啊？！三室一厅吗？"

吕炀对着屏幕指指点点："你看这浴室连个门都没有！全透明的！"

盛星河忍不住笑了："你一个人住要门干吗？又没人看你。"

"……"

吕炀冷哼一声："反正我不住，找不到好的我就住你那儿了。"

盛星河扭头看他："住我那就不嫌小了？我那次卧也就十来个平方，容纳不下你这尊大佛吧？"

吕炀笑了："起码卫生间有门啊！你还能二十四小时照顾我。"

盛星河横了他一眼："敢情真把我当保姆了是吧？"

吕炀勾住他的肩膀拍了拍："也就这两天嘛！你不是答应我舅舅好好照

116

顾我的吗？我今天淋了两场雨，又赶了这么多路，万一晚上发烧感冒了怎么办？没人知道死在酒店里了你怎么跟我家里人交代？"

盛星河嗤笑一声："就冲你这嘚吧嘚吧嘚的状态，我死了你都死不了。"

扯皮了半天，最后他还是答应吕炀先借住两天。

下雨天出租车不太好打，盛星河正准备叫辆滴滴，贺琦年的电话过来了。

"你什么时候回来啊？我刚才出门买到了凉皮和肉夹馍，给你带了一份，真的超好吃，我恨不得连碗底都舔干净。"

"马上，我们已经在回去的路上了。"盛星河说。

"我们？"贺琦年皱了皱眉，"那小子还跟你在一块儿呢？"

"嗯，"盛星河手里东西太多不方便接电话，就开了个免提捏在手里，"我们现在在路口打车。"

"噢，那你要先送他去酒店吗？"贺琦年问。

盛星河扫了一眼吕炀："不是，直接去我那住了。"

"他要住你那啊？！"贺琦年震惊了。

盛星河差点儿被他的声音震聋："对啊，怎么了，我那屋不是还有一个房间吗，一会你过来帮着收拾收拾，回头我再请你吃饭。"

贺琦年胸闷气急，半晌，怒骂一句："你！做！梦！"

盛星河看了一眼手机屏，感觉莫名其妙："不帮就不帮，你凶什么啊？"

贺琦年挂了电话，一个鲤鱼打挺从床上蹦了起来。

一起住？

凭什么？

凭这小子长得矮还是脑子缺根弦？

他和盛星河认识这么久，明示暗示那么多次都没轮上进屋休息，这就要让给别人住了？

还帮忙收拾……

同一时间，吕炀看着盛星河的手机屏问："他是你弟弟？"

"不是，"盛星河边打车边说，"我带的学生。"

"噢，那他还管你那么多。"

盛星河偏过头看了他一眼，没说话。

吕炀不经意间冒出来的这句话倒是提醒他了，自己这阵和贺琦年确实走得太近了，在别人眼里都成兄弟了。

教练和学生之间应该保持距离。

可再转念一想，现在又不是在学校，有必要分那么清吗？

之前在 T 大念书的时候，王教练知道他家庭条件不好，也经常带他回家吃饭的。

这行为很过分吗？

不！

这只能说明王教练正直善良，对待家境不好的学生就像是对待自家孩子一样，没有任何偏见。

贺琦年现在的情况和他当年也差不多，没爹疼没妈爱，什么都得自力更生，他帮着照顾一下怎么了？

不就是送了双鞋吗？

不就是让蹭了几顿饭吗？

不就是私下陪着训练了几天吗？

不就是把家门钥匙给人送过去了吗？

哎——

他的自我安慰终于无法进行下去了。

"你怎么了啊？愁眉苦脸的。"吕炀看着他，"不就是借住你两天吗，大不了我给你住宿费和伙食费嘛。"

盛星河叹了口气："你想多了，我没不高兴。"

吕炀指着他的眉心："你那眉毛都快拧成'川'字了，还没不高兴啊，你要真不乐意我搬过去就实话实说嘛，我又不是那么小心眼儿的人。"

"你屁话真多。"

刚巧滴滴车停在他们跟前，盛星河一巴掌把他推了进去。

十多分钟后，两只落汤鸡抵达公寓。

吕炀一进屋就赶紧把湿透的鞋袜给脱了，光脚踩在地板上，他冲进卫生间，身后留下一长串的脚印。

"我先冲个脚，难受死了，一来就下雨，老天爷存心跟我作对。"

盛星河"噢"了一声，正准备发信息给贺琦年，后者倒是主动找上门来了。

"给你买的凉皮。"贺琦年进屋以后，把塑料袋往茶几上一搁，"他人呢？"

盛星河反手一指："洗脚呢。"

贺琦年抽了几张纸巾盖在他头发上擦了擦："你也赶紧冲个澡吧，都淋湿了。"

"噢。"盛星河抓过纸巾擦了一下脸，"你晚饭吃过了吗？"

贺琦年看见吕炀从浴室出来，撇撇嘴："没胃口，不想吃了。"

他寻思着自己都这么个状态了，盛星河怎么着也该关心一下他吧，谁知道某人竟然眉开眼笑地"嚯"了一声："你还有没胃口的时候啊？"

"……"贺琦年瞟了他一眼，转身道："我回去了。"

"那个……"盛星河伸出尔康手，"你等等。"他抓了抓后脑勺，"我那个备用钥匙是不是还在你那儿啊？"

贺琦年缓缓地吸了口气，防止自己因为气血逆流而当场暴毙。

"在啊，怎么了？要给他吗？"他的双眼恶狠狠地盯着吕炀。

吕炀坐在沙发上，完全游离在状况外，一脸迷茫地摆摆手说："我不用，我和盛哥一起出门就行了。"

贺琦年把钥匙拍在凉皮旁："还是还你吧，反正我也用不着。"

"你干吗啊，火气那么大，心情不好？"盛星河看着他。

贺琦年轻哼一声："你先把他管好再说吧。"

吕炀感觉到这屋里的气氛有一丝丝异样，抱着一堆东西往次卧里挪。

盛星河"欸"了一声："那个被罩我屋里有条干净的，我还没用，你那条新的就先别拆了，回头装装卸卸的太麻烦了。"

教练的精力已经完全转移，贺琦年默默叹了口气。

盛星河在屋里听见房门自动上锁的声音，回头一看，客厅里的人不见了。

他感觉到贺琦年今天的情绪确实不对，连个最起码的招呼都没打。

还没等他细想，吕炀的声音再次冒了出来。

"我没枕头怎么睡啊？！"

盛星河从衣柜里翻出一个枕头和枕头罩丢给他："大少爷，枕头套会套吧？拉链在侧边。"

吕炀："你当我傻子呀？"

"反正智商不高的样子。"

雨点拍打在阳台的窗户上，发出噼里啪啦的声响，雨势又在逐渐变大，分叉状的闪电犹如一根根弯曲的银丝劈向地面，沉闷厚重的声响震得人心头一颤。

天色阴沉沉的，就犹如某人现在的脸色。

贺琦年情绪不佳，坐在公寓的阶梯上发愣。

他出门的时候忘记拿伞，这会儿冲出去恐怕会淋成落汤鸡，不过盛星河怕是没工夫管他了。

夜晚的风将人吹得头脑清醒，多大的不满也随着这雨声逐渐沉静下来了。

他开始逐渐意识到自己今天的种种行为和言语有些过分了。

吕炀是边瀚林的侄子，边瀚林又是盛星河的恩师，如果当年不是边瀚林愿意站出来，盛星河面临的将是四年的禁赛，整个体育生涯就断送在那儿了。

这么大的恩情，帮忙照顾一下也是应该的。

更何况，不就是这两天吗？

从牛角尖里钻出来以后，贺琦年的思维方式终于往正常的方向运转了。

他的盛教练，温暖又富有责任心，既然是答应了边教练，那肯定要把那小破孩照顾好的，一时半会儿没顾得上他罢了。

仔细回想，贺琦年脸色越来越红。

他刚刚竟然就这么把钥匙拍在了茶几上，还用那种态度跟盛星河说话……

真的很没礼貌啊。

他真是被嫉妒蒙蔽了心。

贺琦年飞奔上楼，重新站到 301 的门口，来来回回抬了好几次手也没好意思按下门铃。

说什么呢？

道歉吗？

要是只有盛星河在，道个歉无所谓，可毕竟有外人在场呢，这么兴师动众地跑上楼道个歉，也太丢人了。

房门忽然从里面打开，吓得贺琦年原地蹦起，连连后退，差点儿崴了脚。

盛星河也被他惊得后退了两步，拍了拍自己的胸口说：“你怎么还没走啊？”

“雨下大了，我刚在楼梯间躲了一会。”贺琦年的心脏还在剧烈地跳动着，

"你干吗啊？"

盛星河晃了一下手上的雨伞："我刚看你屋子灯没亮，就想着是不是雨伞忘拿了，等半天你人也没上来，想下去看看你走了没。你没伞就上来拿啊，待楼梯间干吗？"

贺琦年没办法跟他解释自己躲在楼梯间里的愚蠢行为是出于什么，但看到雨伞的那一刹那，心口就像是被小猫爪子挠了一下，绒绒的，痒痒的。

整个人都豁然开朗起来。

不需要解释也不需要道歉，因为他的盛教练从来都不会生气。

"谢谢。"他接过雨伞，转身下楼，盛星河在后边喊了一声，"地上很滑，你别跑。"

"嗯！"

贺琦年神清气爽地下楼梯，脑袋忽然灵光一闪，闪过一个不得了的念头——既然盛星河都松口让别人住了，多一个人有差吗？

他被自己的这个邪恶念头震撼了三秒，脚步顿住。

对啊，为什么他早点没想到呢！

不不不，现在也不晚。

准确地说，现在才是更好的时机——

盛星河能答应吕炀暂住在这儿，就更没理由拒绝一个无家可归的他了。

就像是高考时解开了试卷上的最后一道大题，他忽然感觉头皮发麻，浑身的毛孔都舒张开了。

盛星河回到屋里，刚拆开筷子准备享用这份传说中好吃到舔碗底的凉皮，门铃声又响了。

他一开门，笑了："又怎么了啊？"

"我忘带家门钥匙了。"贺琦年皱着眉毛，一副愁苦又懊恼的表情，连连叹气。

怕盛星河不相信，他还抽出了裤兜向外一翻："哎，你看我这个记性……"

"我真服了你了，这都能忘？"盛星河抽出兜里的手机，"要不然我叫锁匠帮你开个锁吧，你等下，我找找看这附近有没有开锁公司。"

"哎哎哎！"贺琦年连忙拦住他，"不用不用，房东那儿有备用钥匙，我回头问他拿就行了，找开锁师傅一次一百多，太贵了，更何况这下雨天呢，肯定宰我一顿。"

"那你现在能联系上房东吗？"盛星河问。

"能，能联系上，不过他现在人在外地，说得过两天才回来，"贺琦年轻柔地试探道，"哥，今晚我能在你这儿借住一宿吗？住酒店太贵了，更何况还下雨呢。"

"啊。"盛星河抓了抓后脑勺，面露难色，"可以是可以，不过……"

吕炀跟头长颈鹿似的伸长了脖子，替他把问题说出来了："他住这儿我住哪儿啊？我可是先来的啊！"

贺琦年"喊"了一声："我又不跟你一个屋，你急什么啊？"

他望着盛星河时怀揣着万分的期待，小声询问道："师哥，我能跟你一个屋吗？我睡相很好的！保证半夜不说梦话不磨牙也不会踢你！"

"哟，真是稀奇啊。"吕炀打趣道，"磨不磨牙你自己还能知道？"

"现在很多软件都能测睡眠质量了。"贺琦年趁机挤进屋子，反手带上了门，"苍天可鉴，我真的从来不说梦话，也不打呼。"

盛星河望着客厅里这一大一小，无奈地叹了口气，敢情都把他这儿当收容所了。

"行吧。"

盛教练这一声令下，贺琦年的心里"YES"一声。他擦了擦满掌心的汗，嘴上的语气却是淡淡的，甚至还透出一股深深的懊悔。

"哎，下回我一定把钥匙挂脖子里，这样就不会忘了。"

盛星河想象着他把钥匙挂脖子里的画面，扑哧一笑："蠢货。"

贺琦年这会儿乐得都恨不得出去跑两圈，顺嘴就接上了："对啊，我就是蠢货。"

吕炀惊恐地望着他，觉得这孩子可能病得不轻。

盛星河坐回茶几边吃凉皮，恰巧吕炀的外卖也到了，唯独贺琦年半空着肚子蜷缩在沙发里看他俩吃。

之所以说半空着是因为回来之前已经吃过一顿了，大份的凉面凉皮，还让老板娘续了点面条，但这会儿看着盛星河吃东西，又勾起了一点食欲。

盛星河的吃相算不上优雅，但也不是狼吞虎咽的类型，就算嘴巴塞得鼓鼓的也挺可爱，像是一只小仓鼠。

很多人吃东西时都喜欢看视频刷微博，但他总是会盯着饭碗里的东西，吃得十分专注。

贺琦年把沙发上的小靠枕抱在胸前，问："凉皮好吃吗？"

"你不是吃过吗，"盛星河撩起眼皮看他，"好吃到舔碗底啊。"

贺琦年嘿嘿笑了起来："这个阿姨是每天傍晚五点以后才出摊的，你要想吃我下次再帮你带，除了凉皮还有鸡丝凉面什么的，都挺好吃的。"

盛星河嘴里还塞着东西，含糊地应道："好啊。"

"能帮我也带一份吗？"吕炀瞅了一眼盛星河碗里的凉皮，"看起来很好吃的样子。"

"可以啊，一份五十。"贺琦年摊开了掌心。

吕炀的眼睛撑得滚圆："金箔凉皮啊这么贵？！"

贺琦年耸耸肩："爱吃不吃，又没人逼你，好歹是学金融的，中间商赚差价这个道理不懂吗？"

"那为什么他不要钱？"吕炀指着盛星河。

"他是我教练！你是吗？"

盛星河把塑料碗推向吕炀："你想吃吗？这半边我还没动，你自己捞点过去尝尝，还挺好吃的。"

"谢啦！"吕炀得意扬扬地冲贺琦年轻哼一声。

贺琦年翻了个白眼："吃着碗里的还看着锅里的。"

吕炀："我还在发育期呢，多吃点怎么了？"

贺琦年仰头哈哈大笑："你这可是绝了育的身材啊。"

吕炀看着他，僵硬地扯了扯嘴角："就你身材好，往路边一杵，不知道的还以为是电线杆子呢。"

贺琦年撩起T恤，往小腹位置一指："你见过长八块腹肌的电线杆子吗？"

吕炀："现在见到了。"

贺琦年扬手用力一挥，靠枕飞了出去，吕炀身手敏捷，往后一仰，靠枕正中盛星河的后脑勺。

"哈哈！"吕炀拍手狂笑。

盛星河捡起靠枕扇在他脸上："你俩幼不幼稚？"

晚餐过后，吕炀率先霸占浴室冲澡。

盛星河从冰箱翻出半个哈密瓜和一个凤梨，扭头问道："贺琦年，你想吃哈密瓜还是凤梨？"

"我们成年人当然是两个都要了。"

"……"

盛星河一手托着一样，用胳膊肘把冰箱门给带上了。

水果是昨晚上在楼下摊车上买的，他看大爷岁数大了，怪可怜的，就随手称了两样，没让切开。

盛星河从不做饭，家里只有一把原房客留下的十分袖珍的水果刀，十厘米左右，刀口还有点钝了，平常削个苹果还成，怎么切凤梨是个难题。

贺琦年跟进厨房："需要我帮忙吗？"

"你行吗？"盛星河松开手，扭头看他，"这刀只有头上一点点是锋利的，下边都太钝了。"

"你不要老质疑我的能力行吗？"贺琦年左手擒住凤梨，一刀刺下去，凤梨头掉了。

"厉害啊。"盛星河扶着他的肩膀笑了。

"那是。"贺琦年又使出蛮力把凤梨的屁股给切了。

盛星河指挥道："切大块一点，吃起来比较爽。"

这夸奖的话才出去没过半分钟，某人就被啪啪打脸——他的手指不小心被划破了。

口子不大，但血流不止。

贺琦年吓了一跳，还用手按压了一下出血口，温热的液体顺着他的指缝流淌出来。

盛星河赶紧抽纸巾包住了他的手指："真是不经夸，过来我给你擦点药水消个毒。"

贺琦年虽然经常来盛星河家里蹭饭，但卧室是第二次进。

桌上散乱地堆着一些书籍，专业书和闲书都有，最近在看的是一本双语名著，因为就搁在床头上，中间还卡着一枚金属质地的书签。

"你还看名著啊？"贺琦年问。

"嗯，随便看看。"

"为啥买双语的？"

"我英文不好，看书的时候顺便学几个单词。"盛星河说到这里笑了，"以前念书的时候老觉得学外语没什么用，直到之前出国比赛，老外在那儿叭叭叭一堆我都听不懂才意识到英文不好的坏处。"

"没事儿，中国文化博大精深，我想老外也肯定听不懂你和你的队友在说些啥。"

盛星河仰头哈哈大笑："有道理。"

"你看书学肯定很慢，而且还很枯燥，我家里人之前帮我买过好多网课，有专门针对日常口语这块的……"

"你家里人？"盛星河转过头看他。

贺琦年很少跟别人提起贺子馨，这还是他第一次说漏嘴，短暂地愣了两秒："我姑姑。"

"那你之前还说她从来不管你，也不给你钱。"盛星河终于在抽屉的最底层翻到了一个小药箱。

"我说过吗？"贺琦年眨了一下眼，完全忘记了这件事情。

"我当时问你为什么打工，你说没钱，我又问是不是你里人不给你钱，你还摇了摇头，我印象特别深刻。"盛星河说。

"对啊，你都说我是摇头又不是点头了！"

"……"

合着就是一小骗子。

亏他还以为贺琦年穷困潦倒揭不开锅成天跑过去送温暖来着。

盛星河缓慢掀开纸巾，发现血还是在持续不断地流出来。

被染色的纸巾显得触目惊心。

受伤的是贺琦年的食指，侧面划开了个挺深的口子。

其实刀子并不锋利但贺琦年使得劲太大，一刀下去，指甲盖连同皮肉一起被强行割开。

"要不上医院看看吧，可能需要缝一下。"盛星河说。

"不至于！"贺琦年又抽了张纸巾按住伤口，"不怎么疼，一会就好了，不用那么麻烦。"

盛星河没接话，两人坐在床沿边沉默对视了一会，贺琦年完全扛不住他的目光，率先垂下脑袋盯着自己的手指。

"真不用那么麻烦。"

盛星河乐了："你不会是怕缝针吧？"

"当然不是。"贺琦年撇了一下嘴，"切个水果切到医院里去了，多丢人啊。"

"这有什么可丢人的。"盛星河忽然发现自己无法理解小朋友的思维了。

"反正我不去。" 贺琦年的声音又轻又软，还带着几分倔强的少年气。

"好吧。"

盛星河继续道："那你跟你姑姑的关系到底怎么样啊？你之前不说没来往吗？"

贺琦年摸了摸眉毛："就那样呗，她工作很忙，没怎么带过我，当初因为选专业还有家里的一些事情，闹得有点僵，所以我从大一开始我就不管她要钱了，等我将来挣钱了都会还给她的。"

"哦——"盛星河恍然大悟状，"原来如此。"

贺琦年并不想聊贺子馨的事情，于是把话题扯开了："你要学英语的话，我回去把网址和账号密码发你？"

"好啊，太感谢了。"

"这有什么可谢的。"

过了一会，盛星河再次揭开纸巾，血还没有完全被止住，但出血速度明显慢了很多。

多次按压和擦拭之后，伤口终于不再流血，盛星河一手捏着贺琦年的手指，一手替他上碘酒。

骨骼和人的身高有着密切的关系，贺琦年的身型挺拔修长，手指也比一般人的要长很多，指甲修得干净圆润，透着健康的粉色，还有弯弯的小月牙。

"你手指好长。"盛星河顺嘴夸了一句。

"是吗？"贺琦年勾了勾嘴角，"我腿更长。"

盛星河涂完药水，往他伤口上吹了吹，抬眸问："还疼吗？"

贺琦年不太敢直视盛星河的目光，像个幼稚园小朋友一样，盯着指尖说："有点刺痛，要不你再吹一下，可能会好很多。"

就冲这状态，明显是不疼了。

盛星河火速抽出一卷纱布往他伤口上一缠，再用胶布给粘住了。

重新站到砧板边时，又换成了盛星河秀操作。

贺琦年站在他身侧，小声提醒道："你当心一点啊。"

盛星河没接话，视线扫到他翘起的食指，倏地笑了起来。

"你笑什么啊。"贺琦年的右手轻轻地搭在台面，侧过身看他，"刚刚要不是因为你在边上捣乱，我能切开吗？"

欲加之罪何患无辞，盛星河简直惊呆了："我什么时候捣乱了？"

"哎……"贺琦年觉得自己解释不清，催促道，"你快点切，我想吃凤梨。"

盛星河随手用刀子戳了一块给他。

"甜吗？"盛星河问。

贺琦年猛点头，抬手勾着他的肩膀，被盛星河一掌拍在了手腕上："撒手，别影响我发挥。"

贺琦年笑了起来："我站在旁边会影响到你吗？"

"废话，"盛星河用刀柄顶了顶他小腹，"这么大的个头心里没点数？把亮光都遮住了。"

"噢。"贺琦年撇了撇嘴，让开了。

等吕炀从浴室里出来的时候，茶几上已经摆好了两盘色泽诱人的水果，看着就很甜。

无意间瞥见贺琦年食指上的纱布，揶揄道："切个水果把手切开了？你也太牛了。"

"那也比某些人光吃不干强啊。"贺琦年淡淡道。

"我是客人嘛，当然不一样了。"吕炀贱兮兮地插了三块，仰头一股脑地塞进嘴里。

客人……

贺琦年的心头像是被什么东西触了一下，猛然醒悟过来。

对于盛星河而言，自己已经不再是需要招待的客人，也不是保持距离的学生，而是更亲密一点的朋友关系。

转念这么一想，他又开始心潮澎湃了。

盛星河斜眼睨他："你又傻笑什么啊？"

"没。"贺琦年清了清嗓子，转移话题，"我们看会儿电视吧，我都好久没看电视了。"

开学前难得放松一下，盛星河没什么意见："看什么啊？"

"要不然看部电影吧。"吕炀看了一眼时间，"看完刚好可以睡觉了。"

"妥。"

这是盛星河入住以来，第一次打开墙上的电视机。

他平常没有追电视剧的习惯，就连电影也很少看，一般打开电视都是为了看赛事直播。

他一直觉得用电脑和手机看视频更方便一些，但家里人多的话，看电视又有种别样的温馨感。

电视机的款式是近几年出来的，功能齐全，连上 WiFi 之后可以直接用手机投影。

当然，这功能还是吕炀发现的。

盛星河对此一窍不通，宛如一个进入了古稀之年的高龄老人，全程都是"啊""我不知道啊"的状态，遭两个学生一通嫌弃。

"我们看部鬼片吧。"吕炀在 APP 首页搜索一通之后，给出了提议。

"啊——"贺琦年的尾音拖得很长，听起来有点嫌弃，从他的表情也可以看出，他对这个提议并不满意。

"怎么？你害怕啊？"吕炀勾着嘴角笑了。

贺琦年嗤笑一声："这有什么可怕的，只不过我觉得很多鬼片都没什么内涵，看完也不知道拍的是什么东西，评分也很低。"

吕炀握着手机，坚持道："鬼片你要什么内涵，够恐怖就行了。"

"……"贺琦年心里一万字的脏话飘过。

就在吕炀点击投影之前，他又看向盛星河，试图做最后的挣扎。

"哥，你害怕吗？怕我们就不看了。"

盛星河摇摇头："看啊，我好久没看恐怖片了。"

"……"

贺琦年一脸凝重地揪紧了胸前的小抱枕，在投影成功之后，悄无声息地往盛星河边上缩了缩。

看恐怖电影，最讲究的就是一个氛围。

吕炀起身将整个屋子的所有窗帘统统拉上，完了还命令盛星河把客厅所有的灯都关了。

"我去屋里拿点吃的！幸好我带了点薯片和爆米花出来，你们喜欢吃什么口味的？"

盛星河摆摆手："我不吃零食。"

"不可能，我就没见过不爱吃零食的年轻人，你别跟我客气啊。"

盛星河想说自己并不是跟他客气，爆米花糖分高热量也高，外加这些含有添加剂的东西对身体没好处，所以他都尽量避免，但吕炀已经转身进屋，他就懒得解释了。

盛星河伸手关灯，贺琦年几乎是扔下了男人的尊严在申请："要不留一盏小夜灯吧，不然一会吃东西都看不见。"

吕炀拎着个大袋子出来，揶揄道："你的手还能把东西往鼻孔里送吗？"

贺琦年心里又是一万句脏话。

好好做个人不好吗？

盛星河笑了笑，把灯全关上了。

屋子里的窗帘是全遮光的，大白天拉上之后整个客厅都是黑漆漆的，更别说晚上了。

整个就是伸手不见五指的效果。

此时此刻，窗外正下着瓢泼大雨，强风把树叶刮得猎猎作响，将屋内的气氛渲染得格外诡谲。

贺琦年在心底默念：这世上没鬼，没鬼，没鬼……

电影开始了。

这是一部十年前的美国电影，评分挺高，投屏之前贺琦年特意看了一眼简介和评价，是关于诅咒和玩偶。

距离他上一次看恐怖片已经是很多年前的事情了，当时还小，不懂事，闲着无聊一个人躲在房间里看了部《咒怨》，吓得他一个月都不敢半夜爬起来上厕所，之后就再也没看过恐怖片了。

他怕鬼这事儿还没人知道。

影片的开头是一个人正在设计和制作木偶娃娃，铅笔在纸上画着线稿，那娃娃的瞳孔撑得很大，嘴角微微勾起，狰狞而诡异，要多吓人有多吓人，看一眼就无法忘记的表情。

贺琦年不由自主地往沙发里靠，这种时候，只有后背贴着东西才能给他一点小小的安全感。

吕炀试着按了好几下遥控器："这电视怎么没声呢？"

"怎么会呢。"盛星河接过遥控器反复按了两下，确实没声。

吕炀故意压低声音，阴恻恻地说道："这电视机不会是被诅咒了吧？"

！！！

贺琦年在黑暗中彻底呆住，脑海中闪现无数个惊悚镜头。

"不不，不会吧？"他都不敢相信自己竟然结巴了。

"嗐，电池没放……"盛星河用手机灯光照着，从抽屉里翻出两节电池卡进凹槽。

贺琦年低头捂了一下脸，真的太丢人了。

鬼片的灵魂就在于背景音，就算是做足了心理建设，这声音一出来贺琦年的鸡皮疙瘩顿时冒了出来，他小声咒骂了一句。

盛星河和他离得很近，一下就从这颤抖的声音里听出了一点端倪，但为了留住贺琦年的面子，特意贴到他的耳根边调笑道："你不会是怕鬼吧小朋友？"

这还是盛星河头一回用全名之外的称呼叫他，贺琦年惊喜万分，不过这万分的惊喜很快就被万吨的惊吓给压制下去了。

电影里的女主收到一个笑容诡异的木偶娃娃，她把它放在沙发上，凝视两秒，木偶的嘴巴忽然"咔"地一下张开了！

"啊！"贺琦年吓得双肩一耸，灵魂颤抖。

吕炀手里的爆米花被他这一嗓子吼得撒了一地，拧着眉毛扭头："吓我一大跳，你别跟个小姑娘似的一惊一乍的行不行？"

贺琦年感觉体温越来越高，所幸黑暗掩盖掉了他刚才惊慌失措的神情，他心虚地拔高了一点嗓门："我就是吓吓你怎么了？"

盛星河在黑暗中乐得不行，贴在他的耳朵边轻声说："这就害怕了？"

这笑声里带出了几分戏弄的味道，贺琦年轻轻地哼了一声："我这是在渲染那种紧张刺激的气氛你懂不懂？"

神之渲染气氛。

盛星河越笑越大声。

电影里女人把那个诡异的娃娃放到了自己的床上，准备吓吓她的爱人。

画面里的窗外也是瓢泼大雨，背景音乐越来越幽怨诡异，木偶娃娃露出一个令人惊悚的笑容。

"这女的简直有病啊，把这种东西放床头，半夜看到不得吓出心脏病。"吕炀嚼着爆米花说。

贺琦年把双腿收到沙发上，眼睛眯成一道细缝，尽量减少画面带来的冲击感。

那女人似乎感觉到了一点异样，又从客厅走回卧室，想再看一眼那个娃娃。

"哎哎哎，别进去啊！"吕炀大喊。

贺琦年骂了一句，道："你喊了她就不进去了吗？"

比起电影画面，更恐怖的往往是人类的想象力，结合那古怪诡秘的背景音，很容易联想到一些寒毛直竖的画面。

贺琦年猜测那女人多半是活不了了。

女人回到房间门口，背景声在毫无预兆的情况下突然拔高，震得人胸口一紧。

伴随着一声巨响，贺琦年惊叫出声，整个人像是受到惊吓的猫咪从沙发上弹跳起来，扑到盛星河身上，毛孔都吓得闭合了。

惊恐的情绪是会传染的，房间里顿时被高亢的尖叫声填满，三个男人的高强度音浪完全盖住了电视里那女人的尖叫声。

盛星河完全是被贺琦年的嗓门给吓的，反应过来以后，最先收声，揉了揉耳朵根说："我耳膜都要被震碎了。"

"就是，"吕炀回头骂了一声，"你喊个屁啊？"

贺琦年拿抱枕扔他："就你喊得最起劲。"

"我那还不是被你吓的，我爆米花都快撒没了。"

明明都害怕，但谁都不愿意承认。

吕炀在若隐若现的光亮中伸出右手，指向贺琦年的头顶后方，露出一个惊恐的表情："你看你后边是什么东西。"

贺琦年吓得头皮发麻，硬是撑着没喊出来，单手勾住盛星河的脖子："什么东西啊？"

吕炀眼神空洞地盯着那个位置一动不动："你自己回头看啊。"

我不敢！

贺琦年内心疯狂咆哮，表面还是平静地冷笑："你怎么不看看你身后呢？"

盛星河被勒得头昏眼花，脖子都快拧断了，他边笑边挣扎："放开我啊。"

他不断挣扎，脑袋越来越偏，一不小心，鼻梁骨和大腿内侧就来了个亲密接触。

贺琦年骤然松手，轻轻地"哎"了一声。

盛星河揉了揉鼻梁骨，没好气地说道："还闹吗？！"

贺琦年双眼通红，咬牙摇摇头。

电影在一片鬼叫声中结束。

盛星河的胳膊和脖子都留下了清晰的手掌印——被贺琦年勒的。

大男人怕鬼怕成这副样子他还是第一次见，重点是还能厚着脸皮说"我根本不害怕"。

吕炀留在客厅清扫一地的爆米花和打翻的可乐罐，贺琦年跟着盛星河的脚步进屋。

贺琦年背着身往床上一倒，床板发出了不小的响动。

"欸，你悠着点，这么大个头心里没点数吗？床塌了你赔吗？"

"塌不了。"贺琦年在床上滚了一圈，又缓缓蠕动到床头，睡在盛星河的枕头上。

那是一股淡淡的、熟悉的香味。

和盛星河靠近时总能闻到，凭他的经验判断，这不是香水，而是某种衣物柔顺剂泡过后的清香。

这味道弄得他有点犯困。

盛星河拉开衣柜捞了套换洗的衣服挂在手臂上："我的衣服你自己挑，我洗好了换你。"

贺琦年走到衣柜前，里面基本上都是运动风的 T 恤和卫衣，不知道是懒得挑还是觉得那款式经典百搭，好几套衣服的样式都是一模一样的，就是换了一下颜色，大概是怕人觉得他从来不换衣服。

贺琦年忽然想到第一次进盛星河卧室打扫时发现的丝袜和蕾丝内裤，便抽出抽屉看了一眼。

那些前房客的东西已经不见了，换成了各种颜色的男士内裤和袜子，新的旧的，全都混在一起了。

感觉似乎小了一点。

盛星河夏天的冲澡速度非常快，十分钟不到就回到卧室，贺琦年依旧懒洋洋地躺在床上看手机，床沿边多了件白色的 T 恤和短裤。

"我内裤有新的，在底下那层，你要不要？我帮你拿。"盛星河问。

"我刚才看过了，"贺琦年放下手机看他，"我应该穿不了。"

盛星河有些意外，毕竟他俩身高差不多。

"太大了？"

贺琦年笑而不语，意思却显而易见。

盛星河立马反应过来，嘴角一抽："那你的腰也太粗了。"

贺琦年还是埋在枕头里傻笑，被盛星河一脚踹到了地板上。

贺琦年本来想裸睡的，但盛星河说不穿不能上床，硬是塞了他一条新的。

水池边准备好了一支新的牙刷，但是没有毛巾。

贺琦年趴着门框问："哥，我用哪块毛巾啊？"

"没你的份儿，洗完了用自己的脏衣服擦擦干净身子就行了。"

"……"

房间里开着空调，贺琦年正准备往毯子里钻，只见盛星河把毛毯往边上一拉。

"柜子里还有被子，你自己拿去，这条我的。"

贺琦年震惊了："咱俩还分两个被窝啊？"

盛星河反问："不然呢？"

贺琦年撇了撇嘴："你跟我怎么还这么见外。"

"这不是见外，"盛星河说，"我的睡相不好，这开着空调回头我把被子抢了你晚上冻感冒怎么办？"

贺琦年："我不怕啊！我体质好！从小学到现在我都没进过医院。"

"那也不行。"盛星河把毯子压到身下。

贺琦年板着脸，得出结论："就是见外。"

"你住别人家也这样？"盛星河问。

"啊？"贺琦年顿住，"我没住过别人家。"

虽然盛星河的表情看起来并不是很相信，但他说的确实是实话，他从来没去别人家住过，更别说一个被窝了。

盛星河把毯子让给他，自己起身到柜子里取了一条薄被子。

贺琦年看着中间那条清晰的分界线，小心翼翼地问道："你是不是不习惯跟人挤一张床睡觉啊？"

盛星河"嗯"了一声。

"那你为什么还那么迁就我，不让我跟吕炀挤一挤？"贺琦年问。

盛星河扭头看他："可以吗？"

贺琦年："不行，我跟他不熟，不想跟他睡。"

盛星河笑了笑："那你就过来祸害我。"

贺琦年稍稍往他跟前挪了挪："其实你可以不用管我的，但你还是选择了帮我，你是我见过的最温柔的教练了。"

盛星河现在已经有点适应小朋友这种直白的夸赞，心里感觉暖融融的，不过口头还是得稍稍谦虚一下。

"是吗？"

"嗯。"

夜深了，贺琦年鼓起勇气，一脸认真地说道："我一直觉得认识你很幸运，你总是无条件地帮我，陪我训练，教会我很多东西。"

盛星河偏过头看了他一眼，微微一笑："因为你还小嘛。"

其实年龄的差距会带给人很多错觉。

特别是二十五到三十这个年龄段，不断接受现实残忍的冲击，吃很多亏走很多冤枉路，也做出了很多能改变人生轨迹的重大选择，这些经历会让人变得越来越理性，越来越成熟，越来越冷漠。

再回头去看那些刚成年的学生，主观上会认为他们还小，并不懂事，这种"懂事"并不是说他不明事理，不分黑白，而是接触到的事情还太少，所看到的恶意也太少，所以他总把贺琦年当作弟弟，或者说是过去的自己一样看待。

二十岁的年纪，拥有一颗最真诚炽热的心，他不忍心破坏贺琦年对这个世界的期待。

保护他，就像保护小动物一样。

他也希望贺琦年的记忆里能多留下些美好的东西。

"我的下一个目标就是进入国家队，你千万要等我，到时候你还是我师哥。"贺琦年的眼睛里满是光亮。

盛星河笑了笑："好啊，我等你。"

贺琦年伸出小手指，盛星河这次十分配合地勾了勾。

"在我还没进国家队之前，你不准退役。"

"那可说不准。"

"啊！"贺琦年急了，"不行不行！那不行！你一定不能退役！你走了我一个人多寂寞啊！"

"队里很多运动员和教练啊，他们都很好相处。"

"可他们又不是你。"

盛星河的嘴角微微一勾："行，那你要快点，我再过两年估计就蹦不动了。"

"遵命！我一定好好努力！"

盛星河抬手关掉电灯，开始刷体育新闻。

边上的脑袋不动声色地拱过来："哥，你当初为什么会选择跳高啊？"

盛星河翻了个身，正对着天花板，难得地回忆起了小时候的事情。

他的父母亲很早离异，因为父亲沉迷赌博，法院才把他判给母亲，自从母亲车祸去世之后，就跟着舅舅一家一起生活。

那时候太小，并也不知道自己的出现给舅舅一家带去了多大的负担，只记得舅舅和舅妈经常因为钱的事情吵架，他和妹妹躲在房间里不敢出声。

"最初是因为听人说参加跳高比赛拿奖就有钱……"

虽然这个理由听起来很肤浅，但事实确实如此。

"我记得我第一次比赛拿到了一百块奖金，乐得一晚上没合眼。"

盛星河说着说着就笑了起来："我想要买很多很多从前不舍得买的零食和玩具，但到了小店又不舍得买了。"

贺琦年凝视着他的侧脸："那你舅舅舅妈对你好吗？"

"挺好的，所以我才会希望能早点挣钱，减轻一点他们的负担。"

盛星河转过头说："我感觉命运真的是很神奇的东西，如果不是那一句话，我可能会想其他办法挣钱，或许一辈子都不会碰跳高。"

贺琦年欣然道："对啊，真的很神奇，不然我们就不会相遇了。"

窗外的雨不知道在什么时候变小了，声音变得很轻很远。

滴答滴答。

像是要停了。

盛星河眨了两下眼睛，想再撑一会，但眼皮变得越发沉重，耳边是贺琦年的轻声细语，聊着念小学时发生的有趣事儿。

　　笑声越来越轻，贺琦年转过头看他："你困了啊？"

　　盛星河"嗯"了一声。

　　"那你睡吧，我不说话了。"

　　一夜好梦。

第五章　新技能

隔天一早，吕炀是被自己的一泡尿给憋醒的，他上完厕所想看一眼盛星河醒了没有。

刚一推开房门，镜片后的双眼就瞪圆了。

"哇哦。"他惊讶地感叹一句。

屋里开着空调，和客厅有着很明显的温差。

或许是因为温度太低的缘故，两个人挤在一起。

半边床铺完全空着，被子滑到了地上，只有一条薄薄的毯子盖在腰间。

吕炀蹑手蹑脚地走到床沿边，把地上的被子捡起来往他两身上一盖，又把空调温度调高了两度。

遥控器一按就有声音，这动静倒是把盛星河给弄醒了。

整个人瞬间清醒。

吕炀溜得很快，等盛星河睁开双眼，只看见贺琦年。

他半仰着脑袋，想抬手揉一下眼睛，却发现肌肉里像是有千百只蚂蚁在啃噬，完全动弹不了，五官都痛苦地拧在了一起。

"欸。"盛星河踢了一下贺琦年。

"嗷。"贺琦年猛地惊醒，睁眼就咋咋呼呼地大喊，"怎么了？"

"怎么了，"盛星河凉飕飕地看着他，"你看看你自己的睡相，我都快被你挤到地上去了。"

贺琦年眨了一下眼睛，头脑也慢慢清醒过来。

他下意识地抹了抹嘴角解释道："昨晚你老踢被子，我就只好这么把你捆住了。"

他说着还摆造型，被盛星河拧了一把后再次拔高了嗓门尖叫。

"我错了——"

虽然他不知道自己错哪儿了，但整个早上都追在盛星河屁股后边道歉。

盛星河洗完脸，顺手拉了条白色的毛巾盖在脸上擦了两下，忽然听见贺琦年在边上说："你那条毛巾还蛮好用的。"

盛星河意识到什么，猛地睁眼扭过头。

两人对视一秒，贺琦年像兔子见了狼似的拔腿就跑。

"贺琦年！你给我站住！"盛星河扔下毛巾追过去，"你到底用我毛巾擦过什么了？！"

"不告诉你！"

"你今天死定了我告诉你！"

两人从公寓一直打到了楼下早餐铺。

等到开学以后，贺琦年的生活一下变得繁忙起来。

他每天早上五点就要起床，匆匆洗漱过后先热身锻炼两小时，接着去赶八点钟的课。

专业课的教学楼和体育部相距挺远，白天很少有时间能赶过去训练，一般都是在下午的课程全部结束之后和大家练两小时。

夜晚的时间大多都泡在图书馆和自习室。

上课、训练、写作业、睡觉……

日复一日地忙碌着。

生活节奏紧张而充实的时候，是不怎么容易感觉到时间的流逝的，经常是抬手看表，发现两个小时过去了。

好像只是一眨眼的工夫，就迎来了开学后的第一个周末，又是一眨眼的时间，大一新生的军训都结束了。

贺琦年再次见到吕炀的时候是在九月末。

那天是周五，下午只有一节新闻采访课，他很早就赶到学校的室内体育馆锻炼，发现盛星河边上站着个人。

吕炀遭了将近一个月的罪，整个人瘦了一大圈，且成功晒成了一块黑炭，整张面孔最显眼的就是眼白部位，他转过头时，贺琦年盯着看了好几秒，差点儿没认出来。

"嚯！你怎么晒成这样了啊？"贺琦年一脸惊讶地靠过去，"鼻子上还掉皮了。"

吕炀将挂在下巴上的口罩向上一拉："废话，你去太阳底下晒一整天试试看，我这已经够好的，前两周都用了防晒，我们舍长就跟蛇一样在换皮，我帮他把脖子里的皮撕下来的时候能看见小血珠子。我给你看照片啊，我都拍下来了……"

"哎哎哎……"贺琦年的脑内已经出现了画面，一脸嫌恶地打断他，"够了够了，我才不要看呢，你来这儿干吗啊？"

吕炀挑了挑眉："你来干吗我就来干吗啊。"

贺琦年嘿嘿笑："我是来练跳高的，你也练吗？"

吕炀自然不可能是来练跳高的，他前几天在刷盛星河的朋友圈时，无意间看到了一张在面馆的合影，觉得里头有个妹子长得特对他胃口，于是想来看看真人。

盛星河瞅见刘宇晗进来，撞了撞他胳膊："你喜欢的人来了。"

"哎，就是看得很顺眼，还没上升到喜欢的程度呢。"吕炀纠正道。

通常，年轻人在聊到"喜欢"这样的字眼和喜欢的人时总是会流露出羞赧的表情来，吕炀这种厚脸皮物种也不例外。

贺琦年顺着他的视线，看见了他的"顺眼"对象——刘宇晗。

那个乍一看不知是男是女的神奇物种，大家都称她为体育系系草。

平时女生缘特好，和田径队里的体育生们也是称兄道弟，所以阿猫阿狗都不敢轻易招惹她。

贺琦年轻轻摇了摇头，右手搭在他肩上："这你就想不开了吧，喜欢她跟喜欢男生有什么区别？"

"你不懂。"吕炀推了推眼镜片，"你不觉得她很酷吗？有着许多女孩儿身上没有的特性。"

贺琦年仔细打量着不远处的刘宇晗，皱眉道："什么特性？阳刚之气？"

盛星河没忍住，扑哧一笑。

张大器像个幽灵似的飘到他们身后，问："你们在聊什么呢？笑这么开心。"

"聊一聊青春期常见的情感问题。"盛星河抱着胳膊淡淡道。

"噢？"张大器对这种情感纠葛很感兴趣，眉眼一抬，好奇道，"谁呀谁呀？谁分手了？"

吕炀回头横了他一眼，看向盛星河："这人谁啊？"

盛星河给两人做了下介绍。

"你对跳高也有兴趣？"张大器上下打量着他，"你这身材比例跳高是肯定不行的，要不然到隔壁练全能吧，对身高没那么大限制，一米八左右也成。"

贺琦年说："他不是对跳高有兴趣，是对我们跳高组的女同学有兴趣。"

"谁啊谁啊？"

"最帅的那个咯。"贺琦年说。

"我们晗哥啊？"张大器一下就反应过来了，"你可真够胆的。"

"她多大了啊？"吕炀问。

张大器掐指一算："她比你大三岁，不过没事，女大三抱金砖嘛。"

被他这么一说，吕炀确实有点犹豫了，倒不是他不能接受姐弟恋，而是他知道很多女生都不喜欢比自己小的，觉得幼稚不成熟。

"那你知道她的择偶方向吗？能接受比自己小的吗？"吕炀问。

"这我哪知道啊，"张大器笑道。

吕炀转头看向盛星河："你能帮我咨询咨询吗？"

"我去咨询？"盛星河指着自己的鼻子，"太不合适了吧。"

吕炀有些丧气，张大器安慰道："没事儿，回头我给你旁敲侧击一下。"

贺琦年挪到盛星河边上，状似不经意地打探："教练，那你能接受比你大很多或者比你小很多的对象吗？"

"那要看大多少小多少了。"

贺琦年："大十岁或者是小……十岁呢？"

盛星河望着不远处的乒乓球桌，想了好一会："大十岁不怎么能接受，大个三岁左右还成，比我小十岁的话，还没成年呢，不能接受。"

"那小五岁左右呢？"贺琦年又问。

"看聊不聊得来吧，我喜欢理性成熟好沟通的，有时候我一个眼神，对方就能明白我的意思，生活上也能稍稍地照顾我，体谅我一些，而不是需要我一直去照顾他。"

盛星河起身道："抓紧时间热身吧，我还有事，今天没办法陪你们训练了。"

"你去哪儿啊？"贺琦年扔下张大器，很敏感地问。

"去趟中心医院，我脚踝要去拍个片子。"盛星河说。

贺琦年紧张道："你受伤了？"

"不是，定期复查而已。"

"噢……那你路上注意安全。"

在南方，似乎只有夏天和冬天这两个季节，明明临近十月，可夜晚的气温却依旧高得离谱。

贺琦年从体育馆走出去时，被热浪糊了一脸，身体里的热量迅速蒸发，皮肤变得黏糊糊的。

去了一趟食堂，但饭菜都已经卖得差不多了，他只好出去觅食。

买了一份拌面一份凉皮还有一碗绿豆汤，想起盛星河可能还没吃晚饭，低头发了条信息过去。

N：你回家了吗？晚饭吃没？

盛星河：在吃。

N：在吃什么？就你一个人吗？

盛星河：不是，还有吕炀，我们在吃小龙虾。

又是吕炀。

贺琦年撇撇嘴，内心五味杂陈。

"小伙子，还要啥不？"老板娘热情地问道。

贺琦年摇摇头："就这些吧。"

好像有一种定律，人在难受的时候，总有更丧的事情接踵而至。

贺子馨打电话给他了。

聊一些他不想聊的事情。

其实从他念大一开始，贺子馨就已经念叨过好几次留学的事情，一直被他用各种理由推脱，现在变成了出国读研。

国外的研究生学制一般是一到两年，课程紧凑，比国内提前毕业，另外也可以开阔视野，接触多元文化，更可以当作是一场漫长的旅行。

贺子馨在电话里说着许多诱人的好处。

"上回新年一起吃饭的那个赵叔叔你记得吗？他儿子学的是编导专业，前年出国的，你要是过去的话，两人也可以有个照应。"

贺琦年都无语了："赵叔叔谁啊？我没印象，他儿子我又没见过，照应个屁。"

"你怎么说话呢？"

贺琦年倔强道："我不想出国。"

"为什么？"贺子馨皱眉，"你之前不是答应过我好好准备的吗？"

其实在没练跳高之前，他确实考虑过出国留学的事情，因为他根本没有一个确定的人生目标，只能顺着眼前的这条道一直走下去，别人都在做什么，他就也跟着做什么。

但自从在跳高上尝到很多甜头之后，他逐渐确定了自己的人生方向，他想继续跳高，想和盛星河一样进入国家队，如果有机会一起比赛就更好了。

从小到大，虽然学了很多东西，但真正让他品尝到兴奋感和满足感的只有跳高。

为了跳高，他可以顶着烈日在赛场上挥汗如雨，也能熬过在寂静的深夜独自一人在操场上奔跑的寂寞。

他眼看着自己的成绩一点一点地上去，现在让他放弃，还不如给他一刀得了。

"我雅思成绩上不去。"他觉得自己的这个理由似乎没什么说服力，又补充道，"我找到了更有意义的事情，所以不想出国了。"

"跳高吗？"

"嗯。"

"贺琦年！你真是疯了你！"贺子馨的声音原本就比较尖利，突然拔高之后，很明显的怒意通过手机传了过来。

"你当初说你喜欢播音主持，死活要去报这个专业，我拦不住你，只能帮你想办法多学点东西，现在学了两年，你又跟我说想要跳高了？你做什么都是三分钟热度，能有什么出息啊你？"

贺琦年沉默地望着桌上的一次性餐盒，忽然没了胃口。

"你说你喜欢跳高，你能跳三年五年，能跳一辈子吗？你看看电视上那些运动员，哪个不是伤痕累累地退役，你看得见的出名的还好，至少他们的付出有了回报，可看不见的呢？我现在很认真地告诉你，体育圈可比娱乐圈残酷多了，千军万马过独木桥，全国顶尖的，能让人记住的就那么几个。"

"我跳高又不是为了让人记住。"

贺子馨像是听到了什么不得了笑话似的，笑了出来，而那笑声里，充满了讽刺。

"你不想拿冠军还参加什么比赛？"

不想拿冠军还参加什么比赛……

从贺子馨嘴里说出来的每一个字都化成了细密的针，刺进了他的胸腔。

贺琦年疲惫地搓了搓脸："我现在明确地告诉你，我就是喜欢跳高，就像你喜欢演戏那样不行吗？"

"那我也可以很明确地跟你说，跳高这件事情是不可能的。"

"我都成年了！你凭什么替我做这样那样的决定？"

贺琦年怒气冲冲地挂了电话将手机往茶几上一扔。

屏幕上的钢化膜碎了。

过了几秒，贺子馨的电话再次戳了过来，贺琦年把手机调成静音搁在桌上，转身进屋洗澡。

一闭上眼，贺子馨的那番话依旧在他脑海中反复回响。

其实贺子馨说的也没错，体育圈确实可比娱乐圈残酷多了，除了上世锦和奥运拿奖牌的，很少有被记住的，但人活着就是为了让别人记住吗？

自己觉得有意义才更重要吧。

他有些羡慕盛教练，家里人都那么支持他练跳高。

当晚，贺琦年带着无比复杂的心情入眠。

隔天一早醒来，看到微信上有个小红点，他的脑海里瞬间闪过盛星河的头像，欣喜地点进去，却只有张大器发来的一条消息。

大器：帮我砍一刀！这是多多官方回馈用户提供的福利，砍价看到 0 元就能免费领取，链接……

N：滚，我没有多多。

大器：那正好，新人肯定砍得多，你现在就下一个。

N：……

大器：好了吗？砍了多少？

N：八毛一。

大器：那你这手气不行啊，晗哥砍到两块钱呢。

N：滚！

贺琦年拉开窗帘，看到盛星河卧室里的灯已经亮了，就随便点了个砍价链接分享过去。

盛星河并没有给回复，甚至连敷衍的推脱都没有。

贺琦年的委屈持续膨胀。他把所有的负面情绪都宣泄在了训练上。

睡不着就出门跑步，直到整个人累瘫再也无暇顾及其他为止。

周五吃午饭的时候，张大器在食堂找到盛星河。

"教练，今天我生日，我爸妈资助了我一点小钱，晚上一起出去吃饭吗？"

"噢，一共哪些人？"盛星河问。

"就我们队里这些人，还有我舍友，李澈和天庆晚上有事儿不去，算下来应该刚好能凑一桌人吧。"张大器说。

"贺琦年也去？"盛星河又问。

"那肯定啊，要是不叫他他明天绝对跟我绝交。"

盛星河想了想，点点头："行啊，晚上几点？"

"应该六点半左右吧，到时再约，我先回宿舍休息了。"

"好。"

待张大器离开后，盛星河摸出手机给贺琦年发了条消息。

今天晚上大器生日，一起过去？

嗯，你准备礼物了吗？

还没，我刚刚才知道。

我下午就一节大课，上完课一起出去买礼物？

我下午要开会，不知道几点结束，完了打你电话。

好。

盛星河回到办公室，重新投入到工作当中去。

下午开会的主要内容是关于接下来的校运会和一场全国田径大奖赛。

校运会定在十月中旬，大奖赛则在十月底，两场比赛相隔时间挺近的，就注定又是忙碌的一个月。

校运会自然是鼓励同学们踊跃报名，而田径大奖赛的门槛定得很高。

孙主任推了推厚厚的眼镜片："大家可以看看手里的资料，今年我们学校拿到的名额不多，基本都是一到两名，还有些项目的最好成绩离人家选拔赛的标准都差得远，也没必要申请了。"

大家纷纷点头应声。

盛星河搓了搓额，在长长的表格里翻到了跳高的参赛资格线。

2.15 米。

这是省运会的冠军高度。

根据这段时间的专项训练，贺琦年的个人纪录是拔高了 2 厘米，但要是带着 2.18 米的成绩去参赛，撑死了也就能过两次杆，很难在这个项目上拿奖。

但如果要他去问贺琦年愿不愿意参加，答案一定是肯定的。

因为体育竞技的魅力就在于一切皆有可能，哪怕是输了，也获得了一次宝贵的比赛经验。

会议结束，盛星河如约拨通了贺琦年的电话。

"你开完会了？"贺琦年的声音清亮，听起来心情不错。

"嗯，"盛星河说，"你在几号楼？我过去找你。"

"我在超市买酸奶，"贺琦年拉开冰柜，单手拎了两罐奶出来，"你在西门那边等我吧，我骑车过去很快。"

"行。"

盛星河正打算挂电话，又听见贺琦年问："你喜欢什么口味的酸奶？百香果、杧果、西柚，还是草莓？"

"鲜奶有吗？"盛星河说。

贺琦年笑了："你怎么不按套路来呢？鲜奶有什么好喝的，都没什么味道。"

盛星河："那你以为酸奶里的水果味是哪来的？都是些食品添加剂罢了。"

"就是要添加剂才香嘛。"嘴上虽这么说着，但贺琦年的身体还是十分诚实地把酸奶放回冰柜，换了两袋保质期很短的纯奶。

盛星河说："你要想喝水果味的酸奶我可以给你弄，保证零添加还好喝。"

贺琦年眼前一亮："好啊。"

学校里的桂花树开了，到处都能闻到香味。

在阵阵沁人心脾的芳香之中，盛星河瞅见一辆眼熟的自行车正向校门口驶过来。

下午的阳光很毒，贺琦年戴着一顶鸭舌帽，微微眯缝起眼睛，看到盛星河的那一刻，嘴角漾起了热情洋溢的笑容。

"是不是等很久了？"贺琦年一个急刹，车子稳稳地停在盛星河跟前，"上来吧。"

盛星河个高，连跨都不需要跨，走过去，双腿微微一曲就坐下了："你以前有过载人经验吗？"

贺琦年扭过头："怎么，载你还要经验？你在招聘司机？还是说……你是在变相打探我谈没谈对象？"

"你想太多了吧。"盛星河笑了笑，"我是怕你没经验摔到我。"

贺琦年双脚点地："那要不然你载我。"

盛星河立马摇头，扶住了坐垫："我不要，你那么重。"

"那不就好了。"贺琦年用力蹬了一下，盛星河划拉着两条小腿替他助力。

红绿灯口，贺琦年一个急刹，盛星河完全没防备，向后一晃，随后整张脸直接砸在了他的后背。

沉闷的一声响。

盛星河揉着鼻子抬头："你这车技也太烂了，我的鼻梁都要撞塌了。"

贺琦年震惊脸："你鼻子隆过啊？"

盛星河一拳砸在他后背，贺琦年乐得仰头笑。

贺琦年的车头左右晃动，就是不肯好好骑，盛星河无奈之下扒住了他的肩膀。

少年的体温不断攀升。

头顶是被落日烧红了的云彩，层层叠叠，像是要吞掉不远处的楼宇，醉人的桂花香扑鼻而来。

贺琦年望着喧闹的街道，嘴角微微翘起。

自行车肆意地穿过街道上熙熙攘攘的人流，融进了这片暮色之中。

到达商场，时间已经不早了，两人直奔三楼的乐高门店。

这家店铺面积挺大，装修和布局都充满了设计感，亮黄和米白色的搭配撞出了一股童真的味道，玻璃展柜和货架擦拭得干干净净，几名穿着制服的店员笑脸相迎。

店里有不少家长带着小孩在闲逛。

盛星河长这么大还是第一次逛这种类型的店铺，感觉挺新鲜，边逛边感叹："我小时候都没有这种玩具，积木都是木质的，或者玩玩雪花片什么的。"

"我小时候被逼着练钢琴，参加各种绘画书法兴趣班，连雪花片都没怎么玩过。"贺琦年说。

盛星河惊了："你还会弹钢琴啊？"

"那是，想当年我可是走内向斯文路线的。"

一名留着寸头的跳高运动员脱下背心和短裤，换上衬衣西裤去弹钢琴是怎样的画面？

盛星河难以想象。

他对贺琦年一直有着一种比较刻板的印象，爱说爱笑，风趣幽默，浑身上下都充满了运动细胞。

弹钢琴那是非常艺术的一件事情，需要一颗内敛安静又柔软的内心，他印象中的钢琴家都是温文尔雅，仪态端庄，有着一种和风细雨般的温柔气息，跟贺琦年基本搭不上什么关系。

不过贺琦年的手指特别修长，估计跨 8 度都不是什么问题，也算是一种傲人的天赋。

"那你现在还会弹吗？"盛星河问。

"那要看你想听《小星星》还是《克罗地亚狂想曲》了。"

盛星河笑了："还有其他选项吗？"

"你想听什么我可以现学啊，只要有谱就能弹，顶多就是弹得不太流畅而已。"

"可以啊，你还有这种技能？"

贺琦年有点小小的得意："我会的东西多了呢，播音嗓听过吗？"

"听肯定是听过的，但也就在电视和广播里听过，没碰见过真人。"盛星河说。

"那我给你展示展示。"

贺琦年清了清嗓子，立马换上另一副面孔，认真道："各位学校领导，各位老师，各位同学们大家早上好。"

几个称呼刚一出来，盛星河的脸上立刻浮现出惊讶的神情来。

这嗓音配上这字正腔圆的调子，和贺琦年平日里的说话声调可以说是天差地别，要是蒙住眼睛，他一定不敢相信这两种嗓音来自同一个人。

贺琦年的声线才刚发育完没多久，清亮又温柔，平常说话总带着几分笑意，咬字也不那么标准，甚至有点逗趣，端起播音腔之后，声音变得低沉微哑，充满磁性。

这是他第一次看到不苟言笑的贺琦年。

简直令人大跌眼镜。

"在这个阳光充沛的清晨，我校迎来了第53届大学生运动会。在此我谨代表学校对本届运动会的召开表示热烈的祝贺……"

贺琦年说话的同时，大脑飞快运作着，视线不自觉地停留在盛星河的脸上。

他此时此刻想着的都是广播稿，脸上没有了往日的笑容，也忘记了害羞。

声音沉缓有力，字尾微微上扬，停顿和重度都控制得相当漂亮。

盛星河从来都不是什么声控，但这一刻确实觉得这低音炮很好听，到最后甚至避开了贺琦年的目光。

"怎么样？！我这段念得还行吧。"贺琦年像是幼儿园小朋友似的等待老师的夸奖。

"嗯……"盛星河眯缝起眼睛，"很特别。"

"哪里特别？"贺琦年笑了起来，"特别好听吗？"

盛星河摸摸鼻子："听着好像老了十岁。"

贺琦年："……"

"开玩笑的，你的音色真的很特别，听过一次就不会忘了。"盛星河老实道。

贺琦年心满意足地笑笑。

挑好礼物，贺琦年把一半的钱转给盛星河，刚巧看到张大器刚在群里发的时间和定位。

饭店和商场相聚半公里多。

"要不我们一会直接走过去吧，车子就先锁在这边，反正回来还会经过。"贺琦年扭头询问意见。

"行啊，走回来还能消消食。"盛星河点点头。

下电梯时路过一家礼品店。

贺琦年扭头瞥见了展示柜里琳琅满目的小水杯，忽然想起前两天打碎的那只玻璃杯，又倒退回去说道："哥，你等我一下，我进去买个杯子。"

盛星河应了一声，抱着礼物在门口等了几秒，还是跟进去了。

柜子一共五层，各式各样的杯子按颜色和种类码得整整齐齐。

贺琦年左右手各一个马克杯，看了一会，又放回去。

盛星河忍不住说："你选择性障碍吗，挑这么久？刚刚那蓝色的不是很好。"

"我也挺喜欢这个的，但把手这儿有点小瑕疵，"贺琦年特意戳了戳把手的位置，"可惜它就剩这一只了。"

盛星河感觉手机震了几下，点开微信。

"大器他们已经到了，在催我们，你赶紧的，要不然拿个保温杯，夏天装冰块冬天装热水，很实用。"

"有道理。"

保温杯的样式比较单一，简单形容就是丑，不过有一对水杯挺有创意，一黑一白，瓶身分别印着 Q 版的萨摩耶和哈士奇。

贺琦年想都没想就拿起那套去结账。

"你一个人要用两个？"盛星河说出这话的那一刹那，立马想到了贺琦年之前说要追人的事情，一脸恍然大悟状，"还是你要送人啊？"

"对啊。"

"哦。"盛星河撇了撇嘴，酸不溜丢地走了出去。

"麻烦帮我装两个袋子。"贺琦年边扫码边说。

"好的。"店员露出一个甜美的微笑。

盛星河趴在栏杆上玩手机，贺琦年的声音在他身后响了起来。

"哥，我好了。"

盛星河刚一转身，贺琦年便抬手把其中一个浅蓝色的礼品袋递给他。

盛星河愣住，眨了两下眼："送我的？"

"对啊。"

惊喜的情绪根本无法克制，盛星河的眼睛和嘴唇都笑得弯弯的，他接过袋子，道了声谢："为什么突然送我这个啊？"

贺琦年付款时就早已想好了理由，从容道："你上次不也送我运动鞋了，我回敬你一下，这样就不算故意偏心了。"

盛星河笑了笑，指着贺琦年的手说："那我要那个萨摩耶的。"

"你不喜欢哈士奇吗？"

"哈士奇太笨了，萨摩耶笑起来很治愈。"

贺琦年把袋子递过去的同时，毫不吝啬地夸赞道："你笑起来也很治愈。"

盛星河："你笑起来像哈士奇。"

"喂，找揍吗？"

张大器挑的是家当地人开的饭馆，中式仿古风格装修，两扇镂空木门向外打开，门旁摆着一座青石盆景，还没进门就已经有清秀的服务生迎了出来。

"请问几位？"

"朋友订过位置了。"贺琦年说。

这家店里生意不错，戴高帽的厨子忙得热火朝天，楼下坐满了人，服务生带着上楼进包间。

盛星河他们是最后到的，只剩下服务员端菜时有可能会不小心碰到的两个位置是空的。

没得挑，这正合了贺琦年的意。

寿星在对面发话："你俩上哪儿去了，怎么这么晚啊。"

"给您买贺礼啊，"贺琦年把东西放到玻璃台面上，再缓缓地转到张大器面前，"这是我和教练一起买的，祝您老人家福如东海寿比南山。"

一桌人笑得前仰后合。

张大器玩乐高玩得很勤，掂了一下重量又晃了晃包装盒就已经猜到是什么礼物了，笑得见牙不见眼："谢谢你们啊，太客气了，我一定会好好珍藏的。"

谷潇潇见对面那两人同时伸手拉开椅子，同时入座，又十分默契地去拆桌上的一次性餐具，打趣道："你俩好有默契啊，送礼物什么的还要一起准备。"

说者无心听者有意，盛星河的表情略微有些僵硬，谷潇潇这玩笑话好像在暗指他偏心贺琦年，别的同学看在眼里多不像话。

而贺琦年的心态却和他完全相反，乐不可支地拧开手边的椰汁，就差夸一句你可真有眼光。

他扭头看向盛星河，问道："兄弟，喝吗？"

下一秒，脚背就被人狠狠地踩了一脚，疼得他惊叫一声，五官扭曲："穷，主要是因为我太穷，买不起，然后逼迫盛教练凑了一份钱。"

张大器一拍桌子："本来这顿算我贿赂他的，你非得害他破费，又白请了。"

大家顿时又笑开了。

人齐了，服务生开始上热菜。

张大器家里条件还不错，父母都是做生意的，就是平常比较忙，没工夫陪他，所以每年生日都会给他点钱和同学一起过。

小金库充足，今晚的菜色相当丰盛。

一包厢全都是练体育的，饭量真不是一般人能比的，一盘菜端上桌，从造型精致变为空空如也仅需三秒不到的时间，但凡是肉类必须站起来抢，否则只能咂摸咂摸汤汁。

盛星河年龄大了，也算是半个长辈，站起来跟一帮学生疯抢这种事情做不出来，躲在角落边笑边给他们录像，有按人数分配的东西就吃点，没有就算了。

包厢里充满了欢声笑语和碗筷碰撞的声响。

几道菜下来，贺琦年终于掌握了抢菜技巧，就是在服务生还没把盘子放稳之前，率先出动。

"年哥你也太犯规了！"张大器指着他大吼，一桌人同时伸手夹菜。

贺琦年好不容易抢到了一块肉汁饱满的铁板牛肉，往盛星河的碗里一放："看起来很嫩，你尝尝看。"

"谢谢。"盛星河放下手机，夹了起来。

张大器再次吐槽："太阴险了，年哥竟然光明正大地讨好教练！"

贺琦年反驳："都光明正大了还叫阴险吗？"

"也是，"张大器站起身，把碗里的牛肉夹给盛星河，"教练，我的省给你吃了。"

"谢谢。"

这话一出，全桌人都配合地把肉送到盛星河碗里，还有人往他杯子里续饮料。

"教练你多吃点。"

盛星河盯着满满一碗牛肉，内心涌过一阵暖流，甚至有点自豪，他忽然觉得看着这帮小朋友慢慢成长起来也是一件充满意义的事情。

烤羊腿撤下之后，服务生端上了一盘黄灿灿的大闸蟹，这玩意儿按人数算，大家都没有哄抢。

这会儿正是大闸蟹开始上市的季节，个头大，肉质细嫩鲜甜，蟹黄厚实鲜美，就连几个女孩子也不顾形象地啃了起来。

刘宇晗嗦了两条蟹腿出来："这蟹腿肉还挺好取的，我之前吃的都很难弄出来。"

"那可能是不太新鲜了，这边都是现抓现煮的。"张大器说。

谷潇潇用筷子把蟹肉顶出来，蘸上一点调料，送进嘴里："好好吃，还有点甜甜的味道。"

"那我的也给你，"张大器拧下几根蟹腿搁到谷潇潇碗里，"我不怎么爱吃蟹腿。"

"谢谢。"谷潇潇抬眸，看见盘子里还有一只大闸蟹，环视一圈，"教练，你怎么不吃啊？"

盛星河从小不怎么喜欢吃带壳的东西，主要是觉得啃起来麻烦，又没有多少肉，还经常划破舌头。

他摇摇头说："吃蟹太麻烦了，你们吃吧。"

这话一出来，好几个人的眼神已经变得虎视眈眈。

"怎么样？来猜拳？"张大器提议。

还没等大家应声，贺琦年已经眼疾手快地拎起蟹腿搁到了自己的饭碗里。

"贺琦年你还是人吗！"秦沛大喊。

"成人的世界，谁先抢到就是谁的，"贺琦年扭头看向盛星河，"教练你说对吗？"

"……"盛星河迎着一群虎狼眼神，摆摆手，"我拒绝参与这个话题的讨论。"

"那就是默认了。"贺琦年掰开蟹壳。

好在下一个菜上得快，最后那只大闸蟹很快被大伙遗忘。

餐桌上的话题一直在变，女生爱聊男团聊电影，男生爱聊游戏和篮球，气氛热火朝天，大家的嘴都没停下。

盛星河从一片狼藉的餐桌上发现了一块糖醋小排，正准备伸手去夹，一只手不动声色地伸了过来，取走了他的空碗，紧接着又换过来一只。

换过来的那只小碗里装着剥好的蟹肉。

盛星河顿时觉得心尖一热，转过头看向贺琦年，他正低头处理剩下的蟹腿，看起来非常平静，仿佛一个没有感情的剥蟹机器。

"给我的？"盛星河轻声问。

"不然呢？"贺琦年轻声答。

贺琦年递碗的时间点挑得很好，大家都在等待张大器拆蛋糕，想看看那个传说中私人订制的蛋糕究竟长什么样，根本没有人注意到角落里的他们。

"啊！——好可爱啊！等等我要先拍照！"谷潇潇喊道。

贺琦年跟着大伙一起拍照，他以为教练会一本正经地拒绝他的好意，却意外地看见盛星河握起勺子，将满满的蟹肉往嘴里送。

没有一个词汇能准确形容出他当时的心情，就像是高考最后一门结束一样，浑身上下紧绷的肌肉和神经在瞬间松弛下来，雀跃的细胞在身体里上蹿下跳。

"大器！"他忽然大吼一声。

"噢哟，干吗啊，吓我一大跳。"张大器抚了一下胸口，"你害我蛋糕都切歪了！"

"祝你生日快乐！我今天特别开心！"

张大器撇了撇嘴："知道了知道了，我给你切大块一点。"

贺琦年瞄了边上的人一眼，刚好盛星河也在看他。他小声询问道："好吃吗？"

盛星河诚实地点点头："挺好吃的。"

贺琦年的头稍稍靠过去一些："我这儿还有一只，我帮你剥，很快就好。"

盛星河很想说不用了你吃就好，但不知道为什么，最终也没能说口。

贺琦年把蟹腿全部拔下来，拧下最肥硕的那截，推进嘴里咬开两个口，然后用力一嗫，再从嘴里把蟹肉拔出来。

盛星河惊得眼珠子差点儿弹出来："你，你，你刚刚就是这么给我剥肉的？！"

贺琦年嘿嘿一笑："你猜。"

人在心情好的时候容易吃多，贺琦年吃了两碗米饭之后又吃了块蛋糕。

盛星河看在眼里，都有点噎得慌。

"你那个胃是通了海吗？为什么能塞下那么多东西？"

"我从小饭量就比一般人大点，可能就是因为吃得多所以长得高。"贺琦年吃完最后一口蛋糕，觉得有一点点腻，又把果盘的西瓜和哈密瓜给清干净了。

谷潇潇："你都能当吃播 up 主了，粉丝肯定很多。"

贺琦年抽纸巾擦了擦嘴："跟他们那个饭量没法比的。"

刘宇晗："你可以走精致路线，比方说去吃某个比较有名的甜品、炸鸡什么的，现在很多都那种。"

贺琦年笑了笑："你赞助吗？"

张大器抢着说："我们可以替你众筹。"

大家乐得不行。

走出饭店时，天已经完全黑透了，大伙赶着去坐公交，贺琦年和盛星河则往反方向去商场取自行车。

路灯将两人的身影拉得细长，不一会儿，又变成了短短胖胖的一截。

贺琦年盯着地上的影子，稍稍放慢了一些脚步。

快到停车点的时候，盛星河忽然开口："一会还是你载我？"

贺琦年吓得缩回了手："随便啊，你想载我也行。"

"那就再走一段吧，"盛星河说，"吃得太饱，不太想骑车。"

贺琦年愣愣地点了一下头："好啊。"

取完车，盛星河把杯子挂在车把上，慢悠悠地推着："你的要不要也挂着，提着多麻烦。"

贺琦年依言照做："你今天吃饱了吗，我看你都没怎么吃东西。"

盛星河说："吃饱了啊，我又不像你，胃口那么大，更何况……"他想说更何况你不是给我夹了很多菜吗，但话到嘴边，硬是咽了回去。

他又想到了那一大勺蟹肉，最终也没能问出来究竟是怎么剥的。

"更何况什么啊？"

盛星河横了他一眼："我忘了。"

贺琦年惊了："什么啊，说话讲一半，我听了多难受啊。"

"那我就是忘了，你让我怎么办？我年纪大了记性差不行吗？"盛星河说。

贺琦年看着他："那你再努力回忆回忆啊，总能想起来的，或者我们可以来一次场景重现。"

盛星河略感迷茫："场景重现？"

贺琦年解释道："就是咱们把刚才的对话复述一遍，你到那个点自然就能想起来了，我想不起东西的时候，经常玩场景重现。"

盛星河笑了一声："白痴。"就算重现一百遍他也不会想起来的。

"真的啊！我不骗你！"贺琦年回忆道，"你刚才说，杯子提着多麻烦，让我挂车把上，然后我问你，今天吃饱了吗……"

他的视线扫向马路，一辆载着木料的红色货车正向前行驶，速度算不上多快，但也不算慢，而就在人行横道边，有两个小屁孩正晃晃悠悠地走向马路对面。

此刻人行道亮着的是红灯，小孩边上没有家长陪着。

他预感到货车有可能加速通过绿灯，心脏骤然一紧。

盛星河正低头笑着，忽然听见贺琦年"欸"了一声，那短促的叫声里透着少有的慌张，瞬间将人的心脏提到嗓子眼儿。

还没来得及等他反应过来怎么回事，就看见贺琦年猛地一跳，整个人像头猎豹似的飞越过半人高的灌木丛，冲向宽阔的机动车道。

和贺琦年预想的一样，货车司机确实带了点油门想要加速通过那个仅剩三秒的绿灯，两个小孩儿所在的位置刚好是他的视野盲区，他根本没有注意。

身体随着车载音乐前后晃动，根本不知道有两个小孩儿就快要钻到他的车轱辘底下了。

货车的速度明显变快，几乎快要碾过小孩的身子，路边的一位阿姨已经发现情况不妙，倒抽一口凉气，惊恐万分地捂嘴尖叫，她的双腿都被吓软了，除了惊叫没有任何反应。

就在千钧一发之际，一道黑影毫无预兆地从灌木丛里蹿出来，双手紧紧地揪住两个小孩儿的衣服，向后猛地一拉，货车疾驰而过，卷起了街边的落叶。

贺琦年死死地将两小孩护在怀里，倒退两步，栽倒在沥青路面上，胳膊肘着地，疼得他龇牙咧嘴。

小孩受到惊吓，先是瞪着眼睛看了一眼货车，然后一个接一个地崩溃大哭。

贺琦年刚从地狱的门口晃过，心脏跳得异常猛烈，喉咙干涩无比，仰头看了一眼两个小东西，松了口大气。

头还有点晕，感觉那货车的铁皮就在他眼前擦过，四肢都被吓得发抖，根本站不起来。

他这才后知后觉地想到，如果刚才自己的反应晚了那么 0.1 秒，身体的哪个部位被卷到车轱辘底下，他会是什么下场？这两个孩子又会是什么下场？

后背顿时浮起了一层冷汗。

盛星河急忙冲过去将小孩抱起来："你没事儿吧？摔伤了吗？骨头疼不疼？"

贺琦年动了动肩膀和手臂，感觉应该只是皮肉伤，摇摇头说："没事。"

"那就好。"盛星河伸手将他搀扶起来，"你吓死我了！"

"说实话，"贺琦年深深地吸了口气，声音还有些发抖，"我也快吓死了……"

人行横道对面的几个司机都看到了全过程，纷纷鸣笛提醒大货车司机，还有人从车窗里伸手指他，货车司机终于意识到了什么，刹住了车。

路边那位阿姨"哎呀"一声："吓死人了呀！这两个小孩谁家的啊！还是双胞胎！怎么都没人看好？"

马路的两侧都是商铺，有几个人是亲眼看见状况的发生，只是没来得及冲出去。

很快，人从四面八方涌过来，刚才还空荡荡的车道一下变得拥挤起来，录像的录像，聊天的聊天。

"要不是这个小伙子啊，这两小孩子今天肯定没了。"

"啊呀，我刚才在里面吃饭就看到了，我当时就心想这俩孩子会不会冲出去，结果还真跑出去了，我都来不及冲出来。"

"这司机开车怎么不看路啊。"

司机在听说事发经过之后，先是一脸蒙，紧接着开始冒冷汗，急于撇清关系。

"那个位置我根本就看不见，本来就有花圃挡着，我真的什么都没看见，我看见了怎么可能不刹车呢，我又不傻是不是？他们两个小的闯红灯啊，大人不看看好，怎么怪我呢？我直行方向是绿灯。"

有个大妈说："确实也不能怪他，我看到这俩小孩忽然间跑出去的。"

司机找到了证人，心里激动："对啊！"

"这俩双胞胎是衣服店老板娘的，平常都关在店里的，不知道怎么跑出来了。"大妈说这话时，牵起了两个孩子的手，小孩并没有反抗，只是哭哭啼啼地抹眼泪。

他们还没有意识到自己犯下了什么错，只是被突然冲出来的卡车和周围叫嚷的人们吓坏了。

就在这时，大妈忽然冲着马路中央喊了一声："啊呀，美玲！你孩子刚才差点被车撞了呀！"

只见那个拎着超市购物袋的女人急匆匆地冲了过来，一听原委，吓得心惊肉跳，抱住小孩，热泪盈眶地望着贺琦年。

因为激动，她说话有些无语伦次："谢谢你，谢谢，小伙子，真的太谢谢了……我小孩都不知道怎么回事，你是哪里人啊，我亲自上门感谢……"

"不用不用……"贺琦年怪不好意思地抓了抓后脑勺，"下回一定要当心，别让他们乱跑了，你孩子都还小吧。"

"今年两岁半，"女人蹲下身，看着两个小孩，"快跟大哥哥说谢谢。"

小孩似乎是被拥挤的人群给吓到了，缩在大人怀里，不敢开口。

贺琦年的手机被人捡起来送回，屏幕是彻底碎了，女人留下了他的联系方式，直接转了两千一。

"不好意思，我微信就这些了，等我老公回来了我们一家一定登门拜谢。"

贺琦年没有收钱："太多了，就一个屏幕而已，手机没坏。"

"衣服都脏了，就当是赔你的衣服吧。"女人说。

不知道是谁报了警，一辆警车停在了路边，下来两位民警，简单地询问了一下事情经过，又向距离马路最近的一家汉堡店调取监控录像，还原了整个事发过程。

女人是服装店老板娘，平常一直把小孩带在身边，婆婆帮忙看着小孩，今天婆婆病了，就她一个人在，本想上超市买点吃的就把俩孩子关在店里，谁知道俩小孩竟然学会了开门。

大概是想找妈妈，于是晃晃悠悠地跟到了马路上。

在监控画面中，能清楚地看见一道人影越过路边的灌木丛，身手敏捷地揪住小孩的衣服向后一扯摔倒在地……

"啊！吓死人了啊。"围观的汉堡店员工吓得倒抽凉气。

"真的是多亏你了——"女人百感交集地回过头，想说声谢谢，却发现刚才救人的高个子已经不见了踪影。

贺琦年摔倒时没有任何缓冲，而且还抱着两个孩子，手肘和后背擦伤严重。

右手有大半个巴掌那么大的区域都被磨出血来了，刚才在现场注意力被其他的事情吸引，只是感觉轻微刺痛，现在整个人的精神慢慢放松下来，深刻地体会着从身体各处传来的火辣辣的刺痛。

右脚脚踝也扭了，肿起来一个大包，走路都不方便。

盛星河载着他到最近的医院处理伤口。

急诊室的医生捏着他的小腿："这里疼不疼？"

贺琦年摇摇头。

医生又换了个地方："这里呢？"

贺琦年"嘶"的一声，反射性地缩了缩小腿："疼疼疼——"

医生松手道："先去拍个片子吧，我看下有没有其他情况。"

消毒、包扎、排队、拍片、等片，再回去看医生，一套流程走下来花了两个多小时，好在没伤到骨头，等外伤愈合就没问题了。

贺琦年的脚踝处缠上了多层绷带，没法穿鞋，下床时，盛星河立刻伸手扶了一把。

"我背你吧。"

"你背得动吗？"贺琦年略表怀疑。

盛星河托住了他，用力向上一抬。

"……你是不是又胖了？"

肌肉和肥肉的体积是完全不能比的，贺琦年看着修长没多少肉，但其实真的很重。

贺琦年小声回答："我不知道，我很久没称过重了。"

盛星河提醒道："如果到了国家队，教练一定会逼你减肥的。"

跳高不比其他田赛项目，它需要运动员保持较为轻盈的体态以便越过横杆，所以大部分运动员在健身的同时也会刻意地缩减体重，目前为止，各种跳高纪录保持者都是细长的麻秆，锁骨的轮廓清晰可见，看着十分骨感。

"规定多少斤吗？"贺琦年问。

"你这个身高的话，"盛星河想了想，"72 公斤左右。"

"哇……"贺琦年回忆了一下，"那大概是我高一时候的体重了。"

"你要能减的话，先试着减十斤，肯定能跳得更高。"

贺琦年眼睛一亮："真的吗？"

"那当然，都是前辈们的经验。"

天气热，楼道没有空调，盛星河刚背着走了一小段路已经开始喘粗气，急诊大楼比较老旧，整层就一部电梯，卡在五楼半天，一动不动。

"要不然你先放我下来吧。"贺琦年的脚趾都不好意思地蜷缩着。

"没事。"盛星河等得不耐烦了，直接走边上的楼梯。

盛星河的步伐不怎么稳，喘着粗气问："贺琦年，你，你自行车停哪来着了？"

"我不知道啊，刚不是你停的吗？"

"哦对，好像是我停的，"盛星河环视四周，感觉几栋建筑楼都一个样，再加上天黑，完全记不清方向，"我停哪了……你有印象吗？"

"我记得咱们是先进大门然后左拐。"

盛星河："大门在哪？"

贺琦年："往南。"

盛星河："你说前后左右，东西南北我分不清。"

贺琦年笑着指了指前边："那个方向，你们南方人好像都不怎么分东南西北，大器也老说前后左右。"

"那你是怎么一下就分出来方向的？"盛星河问。

"看太阳和月亮啊。"贺琦年说。

盛星河又问："那要是阴雨天呢？"

贺琦年笑了："不出门呗。"

"……"

回到公寓已经十二点多了，盛星河累得浑身乏力，就想躺床上睡觉。

他把自行车停好后，扶着贺琦年走上二楼。

"我先回去了啊，你早点休息，明天我送你去学校。"盛星河说。

"嗯，晚安，"贺琦年摸了一下裤兜，表情瞬间凝固，"完了完了完了，我钥匙放鞋架上忘拿了。"

盛星河简直无奈了："你怎么又来了？"

"不是，"贺琦年脱口而出，"这次是真的！我真忘拿了！"

盛星河顿了两秒，灵光一闪："那哪次是假的？"

贺琦年的心脏一紧。

第六章 新训练

　　贺琦年从来没想过自己有朝一日会在这件事情上翻车，只好倚着大门唉声叹气，试图转移话题。

　　"我脚好疼啊。"

　　盛星河眯缝起眼睛："你再装？"

　　"真的疼，嘶……"

　　"嘶你个鬼，"盛星河往他脑门上一拍，"解释一下，上回怎么回事？"

　　贺琦年梗着脖子装傻："什么怎么回事啊，上回也是忘带钥匙了呗。"

　　盛星河直勾勾地看着他，贺琦年心虚地拔高嗓门："真的！不骗你！不信你去问我房东！"

　　"你不是说要把钥匙挂脖子上的吗？"

　　"这不是忘了挂嘛。"

　　盛星河翻了个白眼："你人怎么不忘记出门？"

　　贺琦年瞅了他一眼，不敢吱声，生怕盛星河会再追问细节。

　　幸好没有。

　　门上倒是贴有一个开锁公司联系电话，盛星河拨了两次都无人接听，估计是休息了。

　　"有房东电话吗？"盛星河问。

　　"有是有，"贺琦年面露难色，"不过这会儿她肯定已经休息了。"

　　盛星河心想也是，这大半夜的打扰人家确实太招恨了。

　　"那你今天先上我那住一晚，钥匙的事情明天再说吧。"

　　贺琦年点头如捣蒜："我觉得我上辈子绝对是挽救了地球这辈子才能遇

160

见你。"

"那我绝对是害了地球的那个。"

两人乐了一路。

盛星河在训练时认真严谨，但在生活中真算不上是一个勤快的人，才几天没见，沙发上就堆满了衣服和书，茶几上有个吃剩的快餐盒还没收掉，苹果旁边竖着两个哑铃。

阳台上晾着三条内裤和 T 恤，一看就是存了几天一起洗的。

贺琦年自己弯腰从鞋柜上取了双拖鞋，接着进厨房洗手，熟悉得就跟回了自己家一样。

"对了哥，我那牙刷什么的你还留着吗？"

盛星河回道："还没来得及扔。"

贺琦年满足地笑了笑："太感谢了。"

贺琦年后背和手肘的伤口面积大，没法沾水，医生建议这几天暂时先用毛巾擦擦，等开始结痂以后再洗澡，以免伤口感染。

贺琦年刷完牙尝试了一下，发现连衣服都没办法脱，他的手肘裹着好几层纱布，没法自然弯曲，只能"委屈"地找盛星河帮忙。

"哥，我这胳膊抬不起来，你能帮我擦一下后背吗？"

"要收服务费的，一次一百。"盛星河说。

贺琦年笑了起来："能分期吗？"

盛星河："那我今天就替你擦一条胳膊。"他走过去，双手捏住衣摆，"手抬起来。"

"为什么要转过去，这样搞得我好像是犯罪分子。"贺琦年说。

盛星河往他后背扇了一掌，贺琦年疼得嗷嗷直叫："你又不是小姑娘，有什么可害羞的，你有的我没有吗？"

贺琦年的衣服在地上磨出了个洞，看起来是没法穿了，裤子也脏兮兮的，不知道能不能洗干净。

盛星河替他把上衣脱了，拧了块热毛巾。

这是他长这么大以来第一次伺候人，手忙脚乱的差点把盆给打翻了。

"力度可以吗？"盛星河避开伤口，小心擦拭。

"啊？你已经开始擦了吗？"贺琦年转过头，"我都没感觉。"

"……"

看着细皮嫩肉的，还挺耐磨。

盛星河加重了一点力道，擦完之后的皮肤像是刮了痧似的，红通通的，比伤口还鲜艳。

盛星河再次把毛巾浸湿："你冲出去救那俩小孩儿的时候，在想些什么？"

"没想什么啊，当时哪还来得及想事情啊……"贺琦年双掌撑在水池边，"我要是真想了就不一定能救到他们了，我肯定会犹豫，当时那车头都快碰我脸上了，晚半秒都来不及。"

很多时候，在旁边看的人往往比救人的人更心焦，盛星河现在想起来还心有余悸。

"当时没害怕？"

"没害怕，就是觉得心急，怕来不及抓住他们，"贺琦年垂下头，"不过，我救到人以后，反而觉得有点害怕了。"

盛星河看了一眼镜子的小朋友："为什么啊？"

"因为我想到了一些人和一些事，"贺琦年一直没有抬头，声音越来越轻，"万一我的腿被压伤不能跳高了要怎么办？瘸了要怎么办？而且我还没来得及谈恋爱呢。"

"小屁孩。"盛星河把毛巾扔回水盆里，"还有哪儿要擦的吗？"

贺琦年轻轻地摇摇头："没了，其他地方我自己来吧。"

盛星河回到房间关上门，四仰八叉地躺在床上看书，没过多久，贺琦年也回屋了，他身上就穿着条内裤，熟门熟路地走向衣柜。

盛星河："你上回把我衣服穿回去还没还呢。"

"急什么，我回头买两件新的给你。"贺琦年拎着 T 恤径直走到床边。

盛星河的脖子戒备地往后伸："你干吗？"

"替我穿上啊，"贺琦年把衣服扔到他腿上，"我手抬不起来。"

"噢。"

穿好衣服，贺琦年正准备上床，被盛星河踹了一脚。

"你上隔壁睡去。"

"Why？"贺琦年瞪圆了双眼。

"why 什么 why，这里是我屋，我说什么就是什么，没有 why。"

"……"

贺琦年抱起一个枕头，一脸憋屈"哼"了一声，一步三回头："真的不行吗？我怕鬼的。"

"厨房有大蒜，挂床头辟邪。"

"哼！"

盛星河笑得眼睛都弯了："晚安。"

说是说晚安了，但贺琦年躺在床上翻来覆去，根本睡不着，他给隔着一堵墙的那位发信息。

N：哥，你睡了吗？

盛星河：睡了。

N：那你在梦里陪我聊聊天吧，我睡不着。

盛星河：我给你讲个玩偶挖人眼珠子的故事？

N：闭嘴闭嘴闭嘴！

盛星河：我就要说，你现在拉开床头柜看一下，里面有一个少了一颗眼珠的布偶娃娃……

贺琦年连人带手机缩进了被窝，喘气儿都只敢掀开一个小洞洞。

无聊的对白，惊悚的故事，让夜色变得更加撩人。

贺琦年的腿受了伤，没法进行早锻炼，睡前把闹钟关了，却没想到隔天一早还是被群里的消息声给震醒了。

他迷迷瞪瞪地摸到了床头的手机，揉了揉眼睛，群里的消息还在刷。

大器：年哥也太猛了，那手速，不愧是单身二十年。

潇潇：好可怕啊！！！贺琦年你人没事吧？

晗哥：@N，贺琦年你也牛了，快上微博，有大 v 转发了这段视频，我 @ 你了。

大器：哪呢哪呢，也 @ 我一下。

贺琦年往上翻到了一段视频，是用手机拍摄的监控录像，镜头对着的正是昨晚出事的地方。

两个小孩一前一后走向马路，在车轮快碾过去的时候，他一把揪住两个小屁孩，滚到一边，接着稀里哗啦地涌过来一大群人。

整段视频三十多秒，从他跨过灌木丛去救俩小孩到被盛星河扶起，都被清晰地记录了下来。

他的第一反应是：这玩意儿谁拍的啊？

最后画面一切，变成了现场拍摄视频，镜头有些晃动，一会拍他，一会拍两个小孩，背景声特别嘈杂，有鸣笛声，还有路人和司机争论的声音，应该是当时的某个路人录下来提供给了当地警方。

当他登录微博时，一股奇异的感觉彻底席卷了他。

评论、粉丝全显示 99+。

评论区一水的"小哥哥好帅""这颜值太能打""是体育生啊！我可以！"。

贺琦年一脸蒙。

他查到最初放出监控视频的是一个本地的公安账号，标题名为少年跨栏式飞跃救下两名男童，每一帧都是"大片"

那条微博里简单地说明了一下事情的起因经过，最后以一句浮夸的彩虹屁收尾。

最令人羞耻的是，警察叔叔给配了一段气势磅礴中透着点土气的 BGM。

一个男人低哑的嘶吼："这一瞬间，有一百万个可能……"

"嗷……"贺琦年揪住头发，脚趾都因为羞耻而蜷缩起来。

他从未想到有一天自己会成为一段新闻视频中的主角，供无数人议论，那种感觉很难形容，耳朵尖涨得通红。

他在评论区里发现了刘宇晗的 ID。

晗哥带你吃鸡：这是我同学，欢迎参观 @ 小贺同学今天吃了几碗饭。

这条评论被顶到了最上边。

做好事被大家轮番夸赞是件值得高兴的事情，贺琦年感觉十分光荣，可他的微博里全都是奇葩日常，还有不少自拍照，和在现实完全两个画风。

太丢人了。

他现在有种想要杀人的冲动。

微信和 QQ 群还在不停地弹消息出来。

班长：@N，这个视频上的人是你吧？

同学 A：这发型和身型就已经很明显了啊。

班长：我刚在朋友圈里看到的，贺琦年，我目测你要火了。

同学 B：我刚看到东城日报也转发了，太给我们学校长脸了。

同学 C：我能说我是在我妈朋友圈里看到的吗？

东城日报贺琦年关注过，粉丝有上千万，他看到这条消息的时候，头皮一阵发麻。

点进去一看，关于他救人的那条视频是半小时前转发的，已经有上万条评论和点赞，有一个眼熟的 ID 再次被顶到了第一。

晗哥带你吃鸡：这是 T 大田径队里的跳高运动员，年龄 20，身高 196，心眼儿好，没脾气，今年大三，至今单身，欢迎围观 @ 小贺同学今天吃了几碗饭。

贺琦年："……"

一切都来得太快了，贺琦年简直怀疑自己在做梦，私信里的小红点数字一直在增加。

有些担心他受伤，有些夸他勇敢，有些则在打听他的个人信息，甚至发私信问他学什么专业，住哪个宿舍……

一夜之间，他的微博账号涨了好几万粉，心情难免有些激动，打字的手指都在微微颤抖，太多太多的留言，根本来不及回复，只是有针对性地回了一些。

不知不觉地，一小时就这么耗过去了。

盛星河晨跑回来，手里拎着好几袋早点，他一边换鞋一边冲屋里喊道："贺琦年，赶紧起来吃早饭，还要我喂到你嘴边吗？"

贺琦年也喊："也不是不行。"

盛星河："滚出来。"

"马上！"贺琦年放下手机应了一声。

摔倒的地方隔了一夜，冒出了比巴掌还大的瘀青，碰一下酸痛无比，起身都觉得费劲，他的动作不再利落，龇牙咧嘴地套上裤子，扶着墙壁一点一点往外挪，嘴里一直倒抽着凉气。

"怎么了？"盛星河走过去扶了他一把，"腿又疼了？"

贺琦年捏着裤腰向下一扯，示意他看一下那片瘀青，盛星河"哎"了一声，别开脸："你有病吧？辣眼睛，赶紧穿上。"

"明明是你自己要问的。"贺琦年一松手，裤腰带迅速滑了回去，他闻见了小笼包的香味，就顾不上其他，一瘸一拐地挪进浴室洗漱。

"哥，你买的是蟹粉小笼吗？"浴室里探出半个脑袋，贺琦年正含着牙刷。

"各种都有，我还买了两份馄饨。"盛星河说。

贺琦年比了个手枪："我太爱你了。"

盛星河刚喝进去的一口水从鼻孔里呛出来，咳得满脸通红，贺琦年露出一个得逞的笑容，缩回浴室。

盛星河出门晨跑没带手机，吃早点时才刷到群里的消息。

张大器：年哥，你真的火了。

刘宇晗：热搜了。

谷潇潇：我刚才看的时候第三十九。

刘宇晗：我收到好多私信要联系方式的，要给吗？

张大器：这么好的挣钱机会，你好好把握哈哈哈！

盛星河禁赛后就把微博给卸了，一直没登，看到大家的截图，感到不明所以。

他又下了个微博，但密码已经忘了，反复试了好几次，最后发了个验证码把密码改了。

热搜榜单五十条，但他一眼就知道了大家在聊什么。

＃运动员的反应速度能有多快＃这个标题已经被刷上了热搜榜第九位，点进去就是昨晚贺琦年飞身救人的监控视频，配上背景音效之后确实很燃。

在东城日报转发之后，又有不少营销号跟着转发。

评论区里少则三四百条，多则上万条，最热门的评论就是一条指路信息，ID名为晗哥带你吃鸡，头像就是刘宇晗本人。

盛星河也是才知道贺琦年的微博ID，顺手点了个关注。

贺琦年的微博一百多条，他随手一翻就看到了上回他们爬山时拍的合影。

以及，那张把他照得跟蜈蚣一样的照片竟然被放上了微博！

评论里都是哈哈哈哈哈我笑死了。

贺琦年最新发布的一条微博刚好是自拍，背景是学校操场，当时天色还没完全暗下，横杆边稀稀拉拉地站着几个人，应该是刚刚训练完，贺琦年的脸颊微微泛红，嘴唇微微分开像在喘息。镜头靠得很近，甚至拍到了他脖颈间淌出来的细汗和红晕。

文案就一句话：好想吃拌面啊。

评论区已经炸了。

呜呜呜呜呜呜，这是什么神仙颜值，这么帅气的小哥哥是真实存在的吗？

我也好想吃拌面。

小哥哥你真的太帅了！救了两家人啊！

我也是 T 大的，我竟然没留意到我们学校有这么帅气的小哥哥，从明天开始我要天天坚持跑步，求一个偶遇。

是体育系的吗？

跟着观光团来的，这腿真的好长啊！！我可以！

这是我男朋友。

？？？

盛星河点进这人的微博，发现是异地的一名高中生，才意识到她在开玩笑，莫名地松了口气。

盛星河随手划拉了几页，基本上都是类似的内容，他走到浴室门边，倚在门框上，调侃道："小贺同学今天吃了几碗饭？"

贺琦年正在漱口，一口凉水喷了出来："你也看到了？"

"都顶到前十名去了，能看不到吗？"盛星河笑了起来，"可以啊，昨晚这罪没白遭，都成学校名人了，一会上学校估计会被不少人围观。"

"不可能，哪有那么多人认得出我，"贺琦年捧起凉水搓了搓脸，"你别逗我了。"

盛星河的预感向来很准，他载着贺琦年，刚进学校门口就收到了许多不同寻常的视线，很多走过了的同学还会再回头看一眼。

虽然这种情况在平常也时有发生，但今天确实很不一样，因为除了女生，还有不少男生会在背后小声议论。

大概是怕打扰到他，大家并没有上前询问什么，只是友好地笑笑。

这样的情况一直持续到下午，贺琦年突然收到辅导员的消息，说是昨晚被救那两小孩的家属千方百计找到学校，要送面锦旗给他。

"锦旗？"贺琦年完全呆住。

辅导员点点头："对的，很大一面。"

"……"

贺琦年在同学的搀扶下前往办公室。

小孩家属一见到他，再次眼含热泪："不好意思，我又来打扰你了，昨晚上你跑得太快了，还好有网友帮忙一起找到你了。"

"啊，"贺琦年搓了搓手，感觉有些拘谨，"没打扰。"

"这面锦旗送给你，我代表我们全家感谢你挺身而出，救我孩子，要是没有你，我们的家都算是毁了。"

女人说着说着，泪水再次湿了眼眶，贺琦年都不知道该说什么好了，双手接过那面暗红色的锦旗。

拉开一看，上面贴着烫金色的，闪闪发亮的大字——

赠：当代活雷锋

助人为乐，品德高尚，胆识过人，国之栋梁。

"……"

这让他挂哪儿啊！

贺琦年抓了抓后脑勺："谢谢。"

在一旁的辅导员容光满面地介绍道："贺琦年，这位是东城日报的记者，今天过来是专门想要采访你一下。"

贺琦年收起锦旗转过头，这才留意到角落里还有人。

记者是一个戴眼镜的女人，化着精致的淡妆，看起来三十岁左右，皮肤白净，面相斯文，后面跟着一个扛摄影机的男人，镜头正对着他。

"你好，贺同学，我是东城日报的记者，想针对昨晚救人事件对你做个简单的小采访，不知道有没有打扰到你呢？"记者的嘴角微微上扬，露出友好的微笑。

"没没没……"贺琦年受宠若惊地摆摆手，"不打扰，我刚好下课。"

"那太好了，没问题的话我们就开始了。"

贺琦年点点头，摄影机正对着他。

短短几分钟，办公室外已经堵满了人，从门缝里可以看到叠起来的七八个脑袋。

贺琦年毕竟是播音主持专业的，面对镜头时没有太过紧张，平静且耐心地回答着的记者的提问。

"听说你是因为兴趣加入了学校田径队的？"

"对，"贺琦年点点头，"我是练跳高的。"

"那难怪身手那么敏捷，我们后来到现场看过，灌木丛还挺高的，大概有一米多宽，一般人还真跨不过去，你当时有想过自己会有危险呢？"

"来不及想那么多的，当时只有一个念头就是赶紧把小孩子拽回来，就跟条件反射一样，脑袋当时是空的，救完人以后才缓过来。"

"那缓过来之后想到了什么呢？"记者笑着问道。

贺琦年在镜头前想到了盛星河的笑容，不好意思地抿嘴笑了："幸好活着，不然就吃不到热气腾腾的小笼包了。"

记者被他逗得哈哈大笑："你还挺幽默的，那你的家人知道知道这件事情了吗？"

贺琦年没想到记者会扯到家里人，一时语塞，他不愿意在镜头前说谎，摇摇头："我没告诉他们。"并且立即转移话题，"当时我们教练在场，他把我送到医院，陪我拍片换药，又送我回去。"

"那看来教练还是很担心你的。"

"对。"

"那平常除了跳高之外，还有什么兴趣爱好吗？"

"吃东西。"

这段采访很快就被放上网，评论区再次充满尖叫。

我们有了共同爱好！！！

三分钟，我要这个小哥哥的联系方式。

目前查到的资料是 T 大大三学生，专业是播音主持，在学校田径队跳高，今年的省运会冠军，网上有过报道。

长得帅还这么牛！我哭了。

重点是，还没有对象啊！！！

我可以！！！

这些留言贺琦年并没有太过在意，在他看来，这不过就是生活里的一段小插曲，等国庆小长假一结束，大家应该都会忘了这件事情，毕竟网友们的记忆是很短的。

但事情的发展往往出人意料。

在假期里，有热心网友把前后两段视频剪在一起，放到了某短视频平台，点赞量冲破了四百多万，贺琦年的粉丝在假期里持续疯涨了四十多万。

常在他微博上出现的那个操场成了很多小学妹们的打卡圣地。

可惜贺琦年脚踝受伤，没去训练，被盯着当猴看的只有盛星河和田径队里的其他队员。

盛星河每天说的最多的话就是："贺琦年不在这儿""我没有他的联系方式""我跟他不熟"。

某天晚上的选修课结束，贺琦年给盛星河发了条信息，约在教学楼底见面。

自从脚踝扭伤之后，他俩基本同进同出，就算盛星河提前下班，也会在学校等他下课。

路灯下，一道修长的身影飞奔而来，衣服被风吹得鼓起一块，盛星河冲他招手。

贺琦年跛脚走了两步，也笑着冲他打招呼。

盛星河停下时，一撮头发还立着："等很久了吗？你下次早点发我消息，我从办公室过来要一会呢。"

"没事儿，又不着急。"贺琦年替他抓了抓头发，"你饿吗，我们去吃夜宵？"

"行啊。"盛星河瞥了一眼他的右脚，"都这么多天了，你腿还没好吗？老太太恢复得都比你快吧？"

"这几天上课太累了，没休息好，下午下楼梯时又不小心扭了一下。"

"这么不小心？没有小迷妹上来扶你一把吗？"

"小女生哪承受得了我这体重。"贺琦年顺手把胳膊往盛星河肩上一搭，当作自己的人形拐杖。

回去的路上，盛星河拐进一家超市称了点大棒骨，准备炖锅汤给小朋友补补身子。

这是贺琦年认识盛星河这么久以来，第一次见他买菜，惊讶道："你这是要做菜？"

盛星河嗤笑："不然呢，买来观赏吗？"

"你会做菜啊？"

"不会，"盛星河老实地耸耸肩，"但我可以学，炖个汤而已，应该不是什么难事。"

"那我一会能上你那蹭一顿吗？"贺琦年问。

"我说不行你就不来了吗？"盛星河反问。

贺琦年："当然不会。"

盛星河边笑边飙了句脏话。

"哦对了，"贺琦年说，"你那儿是不是还有点药水来着，晚点帮我换一下纱布吧，我今天出了很多汗，都黏住了，还有点痒。"

盛星河回头扫了他一眼："怎么不去校医室处理一下？"

贺琦年："我看见女的就害臊不行吗？"

天色已晚，超市里人不多，他们速战速决，去柜台结账，路过两排冰柜，贺琦年忽然想起来一件事情，指着牛奶说："你上回说要给我做酸奶来着，到现在还没做呢。"

"噢，"盛星河抓了两罐鲜奶，"你想吃什么口味的酸奶？"

"树莓、草莓、冰激凌。"

盛星河叹息一声："能挑点现在能买得到的水果吗？我上哪儿给你买树莓去啊？"

贺琦年大方迁就："那就原味吧。"

盛星河到水果摊位上称了串香蕉和一个凤梨。

这是盛星河入住以来，第一次开火做饭，架势十足，结果在厨门边折腾了半天，连燃气灶怎么打开都没研究出来。

"不会是坏了吧？"他小声嘀咕。

"应该有张卡的吧，插进去就能用了，房东给你卡了吗？"贺琦年半跪在地上，盯着阀门的位置，"就这儿，看到没，有个卡槽。"

盛星河狐疑地看了他一眼："你确定吗？"

贺琦年眯缝起眼睛："你不会一次都没做过饭吧？"

"我家以前都用那种灌装煤气，没研究过这种。"

燃气卡找到后，两人一起回到厨房煮夜宵。

买菜时，盛星河信誓旦旦地说要掌厨，但真正站到灶台前又不知道从何下手，除了淘米洗菜切葱之外，其他的活儿都是贺琦年在弄。

"你家有没有大点的砂锅，我先把大骨头放里面炖炖。"贺琦年问。

"我不知道，"盛星河弯腰拉开柜门，"我找找看。"

贺琦年震惊了："你不是都在这住了好几个月了吗？"

盛星河："所以呢？"

贺琦年叹了口气："没关系，有我在，你只需要负责享受美味就可以了。"

盛星河抬手掸开他的胳膊："没大没小。"

骨头和配料扔进锅子煮一会，捞干净血沫基本就不用管了。

下一道是比较简单的番茄鸡蛋，当然，这仅仅是对于贺琦年而言的简单。

油锅越烧越热，里面还有一点没有擦干的水渍，发出"滋啦滋啦"的声响。

盛星河举起了锅盖挡在身前，那眼神就像是看见了扛着 AK 的敌人。

就冲这么个防御架势，贺琦年可以想象他的做菜技术有多菜。

金灿灿的蛋液下锅，贺琦年转动锅子，然后用筷子搅和了几下，蛋液变成了蓬松的鸡蛋块。

闻着很香。

盛星河的喉结滚了滚。

贺琦年把鸡蛋捞起之后，又开始炒西红柿，直到将西红柿煸炒出汁，再次倒入炒好的鸡蛋块，放一点点水和调料，扣盖，收汁。

一气呵成。

整个过程中，盛星河做得最多的动作就是吞口水，贺琦年这一通行云流水的操作在他眼里简直就是厨神级别。

番茄鸡蛋出锅，贺琦年刷干净锅子，准备再弄个土豆牛腩。

锅里肉香四溢，盛星河实在没忍住，抽出筷子夹了点一旁的鸡蛋垫垫肚子。

"味道怎么样？"贺琦年转头问。

不知道是饿太久了还是怎么着，盛星河就感觉这味道简直绝了，饭店大厨也不过就这样的水准了。

他都顾不上说话，竖起了大拇指。

"给我尝一块。"贺琦年张了张嘴。

盛星河端着盘子，夹起一块鸡蛋过去。

贺琦年吃得心满意足，精神亢奋，身后似乎有条尾巴晃了晃。

做饭的事情盛星河完全帮不上忙，转身弄酸奶去了。

把鲜奶倒进酸奶机，倒点发酵粉，再加点热水，最后把盖子盖上插上电源就完事儿了。

"水果怎么不放进去？"贺琦年问。

"这要发酵一晚上的，明天拿出来还能吃就有鬼了，水果我准备用来拌坚果和麦片的。"

"以前怎么没见你弄过。"贺琦年说。

盛星河撩起眼皮看他："我懒不行吗？"

"没事儿，我现在学会了，以后你想吃我给你安排。"

盛星河心说这小子真会花言巧语啊。

电饭锅里的米饭溢出香味，大骨汤也炖得差不多了。

锅子的把手不是隔热材质，贺琦年抢在盛星河之前掀开盖子。

"这个太烫了，我来端吧，你去盛饭。"

贺琦年没给他任何犹豫的机会，用抹布垫着把手，飞快地端了出去。

盛星河纤细的神经在今晚一次又一次地被触动了。

这家伙看着人高马大，心思还是挺细腻的。

厨房的肉香全都转移到了餐桌。

贺琦年饿得狼吞虎咽，大口塞肉，一碗米饭没撑过三分钟就见底了。

盛星河需要严格地控制体重，吃得并不算多。

"对了，今天孙主任跟我聊了一下你的事情。"

"嗯？"贺琦年都快埋到汤碗里的脑袋终于抬了起来。

"关于要不要进省队事情，"盛星河说，"之前你不是跟我说想进国家队吗，那省队就是最大的跳板。"

盛星河在桌上比画了一个金字塔的形状："从业余，到专业，再到顶尖，需要一段筛选和输送的过程。各大体校、青训队，这些都是储备人才的地方，挑出最优的一批送进省队，参加各种全国性的大赛，例如全国室内跳高赛，全运会，全国田径锦标赛，再远一点的就是亚锦赛，你只有在这些大赛上拿成绩才有机会被选入国家队，参加国际级的钻石联赛、世锦赛、奥运会，到那时候，你代表的就是中国。"

你代表的就是中国。

这句话让贺琦年感到头皮发麻，一股热血直冲天灵盖。

盛星河从包里找出一份打印好的资料推给他："里面有很详细的入队条件，你可以看看，不过我也必须明确地告诉你，这条路很难走，至少比你想象的要难很多倍，看你自己怎么选择。"

既然是选择，那一定是一件有利也有弊的事情。

省队的训练基地离学校很远，来回起码四个小时车程，要做到当天来回是一件极其耗时、费钱且费精力的事情。

另外，每天的特训时间不会低于八小时，大部分集中在白天，也就是说，学校的课程根本来不及上。

这也是业余转职业要面临的最大难题，鱼和熊掌不可兼得，选择职业就意味着要暂时放弃学业。

贺琦年曾经考虑过这个问题，但没想到这变化来得如此之快。

他练跳高是近两年才开始的事情，刚开始只是跟着校队参加一些小比赛，根本不敢想象自己有朝一日真的会迈向职业运动员的道路。

盛星河的出现，似乎在无形间推动着他对自己的未来做出一份更清晰更具体的规划。

他能在盛星河眼中读到期待，但那种期待背后的含义尚不明确。

那更像是教练对学生的一种鼓励和信任。

"进省队训练是不是就不能回家了？"

"对，队里会给你们安排宿舍，月底的比赛一结束，你就能回来了，等着下次大赛，不过间隔的时间应该不长，你只能利用碎片时间看书复习，如果和考试时间有冲撞，就先跟老师请个假。"

"那除了我还有谁会一起去？"

"确定的是刘宇晗，短跑组也有两个，我记得这批一共是十一个吧。"盛星河拍拍他的肩膀，"放心，你肯定不是一个人战斗，况且你都有那么多小粉丝了，他们肯定特期待你的表现。"

贺琦年心尖尖发热，他如今走的这条道，是盛星河曾经踏过的路。

他们的未来通向同一个地方，向往的都是赛场。

他无比坚定地做了选择，并且暗暗发誓，总有一天，要去全国最顶尖的基地，和盛星河一起参加国际大赛。

盛星河并不清楚贺琦年此时此刻的心理活动，只知道他是个适应力比较强且非常好哄的小朋友，短短的几句鼓励就能过滤掉他对去省队特训的恐惧。

送往省队的运动员需要具备很多条件，校运会的事情一忙完，盛星河就把队员们的资料和证书细细地整理一番，寄送给省队领导，等待那边的审核确认。

开会的时候，主任说要安排一名教练带队，将他们平安地送过去，盛星河主动揽下了这个任务。

周六夜晚下了场小雨，周日的气温略有下降，南方进入了从夏天到冬天的短暂过渡期，出门能同时看见穿 T 恤和穿毛衣的人，互看时都觉得对方是傻子。

盛星河中午在外边吃饭，接到了主任的通知，说省队那边的审核全都下来了，明天一早就可以出发。

盛星河在新建的群里发布通知。

大家今晚回去把行李收拾一下，明早七点西侧的校门口集合，学校安排了一辆小巴车送你们过去，收到的回复，有没回复的相互转告一下。

信息刚发布没多久，就收到了贺琦年的私聊消息。

N：你那有大点儿的行李箱借我一个吗，我那个不小心磕坏了一个角，在网上新买了一个，不过看物流估计得后天才能到，你帮我到物业那取一下吧。

盛星河：行，没问题。

回到公寓，盛星河翻出了行李箱简单地擦了一下，准备去帮贺琦年一起收拾东西。

上二楼时，看见一个女人站在贺琦年家门口。

那女人身材高挑，烫着一头大卷，黑色的头发像是瀑布一样垂到腰际，头发一看就是精心打理过的，顺滑飘逸，在灯光下散发出柔亮的光泽。

她身穿一条深色刺绣连衣裙，戴着口罩和墨镜，脚踩细高跟，身型纤瘦，看穿着打扮应该挺年轻。

"小年，你开开门，我难得有时间过来，一会还得赶飞机。"

屋里传出了贺琦年的声音。

"您先忙您的去呗，您的时间我可耽误不起。"

"你赶紧给我开门！"女人又敲了几下门。

她听见了楼道里的脚步声，扭头看了一眼。

盛星河拎着行李箱走到门口，女人稍稍退后一步，眼神中透着几分戒备。

"贺琦年，行李箱我给你拿过来了，要帮忙收拾行李吗？"

贺琦年听见盛星河的声音，从沙发上惊坐起。

早不来晚不来偏偏这时候来。

他叹了口气，起身去开门。

盛星河转头看了一眼那位门口的女士："你也找贺琦年？"

贺子馨点点头，好奇道："你是？"

"我是他的教练，就住在对面。"

"教跳高的？"

"对。"

"那我找的就是你。"

"啊？"盛星河愣住。

贺琦年把两人一起请进屋，关上门。

女人摘下口罩墨镜，盛星河终于看清了她的脸。

五官十分精致，鼻梁高挺，嘴唇薄薄的，化着淡淡的妆容，保养得当，皮肤很白且细腻，很难看出来她的真实年纪。

精致的妆容、出挑的打扮、墨镜和口罩、难得有时间，还得赶飞机……

盛星河通过将这些零碎的信息汇总起来，猜出了个大概。

"您是贺琦年的姑姑吧？"他问。

贺子馨有些惊讶："你怎么知道？"

盛星河："我听贺琦年提过，说您平常飞来飞去比较忙，今天特意过来是有什么事情吗？"

贺琦年凉飕飕地接了一句："还能有什么好事情，就不让我进省队呗。"

贺子馨戳了戳他的肩膀："你还好意思说，这么大的事情一个字都没跟我提过，你是觉得你成年了，翅膀硬了，什么事情都能自己做决定了是吗？"

贺琦年反问："难道不是吗？"

这两人的对话盛星河听得是心惊胆战，总觉得下一秒就要吵起来了。

他作为一个外人，杵在这个地方感觉很窒息。

真是拿着卖白菜的钱操着卖白粉的心，他感觉自己都快成居委会大妈了。

"那个……"他实在不知道该喊阿姨还是喊姐姐，犹豫了半拍，"姑姑，您先坐下喝口茶，有什么事儿咱们慢慢聊。"

盛星河的态度让贺子馨激动的情绪稍稍平复了一些，坐到沙发上。

"我过来主要是为了小年进省队的事情，这事儿他从头到尾都没和我商量一下，我还没同意呢，你是他教练，这事儿你能管吗？"

盛星河略微皱了皱眉："我不是很明白您的意思，您是想让他放弃进省队这个机会吗？"

贺子馨点头："对。"

贺琦年拉高嗓门："你少来，不可能！这是我好不容易争取来的机会！你每次都这样剥夺我喜欢的权利，非得让所有人按着你的要求去做才行是吗？"

他年轻气盛，就像个炸药桶一样，一点就着，盛星河无奈地扯了扯他的衣角，递了个眼色："去烧点热水泡杯茶。"

贺琦年胸前的那团气还憋着，撇了撇嘴。

心里是不情愿的，但他看见盛星河皱着眉头，还是照做了。

盛星河的目光将贺琦年送走后，扭头看向贺子馨："贺琦年现阶段的成绩一直在进步，之前省运会拿了冠军才被选进去的，这样的机会非常难得，对于运动员来说很珍贵，每走一步，对他将来职业生涯的影响也很大。"

"我知道，但是说实话，我是不希望他从事跳高这个行业。"贺子馨看似纤瘦，声音却异常洪亮，字里行间都透着不容置疑的决绝。

盛星河原本以为贺子馨是打算让贺琦年大学毕业再做职业运动员，但现在看来不是。

"为什么呢？"

"就是没必要，当运动员那么辛苦还不赚钱，何必浪费时间呢，他的未来有很多条路可以走的。"

厨房是开放式的，贺琦年就站在水池边听他们聊天，水龙头里的水哗啦啦地灌进水壶。

他觉得贺子馨这话不仅伤了他，也间接地伤害到了教练，内心难免有些火气。

"难道只有挣钱的事情才算是有意义吗？你没尝试过，所以根本不会理解，我选择跳高是因为它能带给我很大的荣誉感和成就感，让我感到很充实。"

贺子馨的态度也很坚决："你现在是觉得跳高有意思，能让你拥有荣誉感，但你想过你能跳多久吗？过了黄金爆发期之后，等待着你的是不断下滑的成绩和充满伤病的身体，真正到了难过的时候你后悔都来不及了。"

"年龄大了身体状况本来就是一天不如一天，我既然选择了肯定不会后悔的。"贺琦年说。

贺子馨眼瞪如铜铃，视线牢牢地锁定他，声音也越来越高。

"你现在还没失去什么，当然不会后悔，但当你把你人生最好的光阴献给最枯燥的训练，放弃留学，放弃社交，放弃各种工作机会，换来的是一事无成，你再跟我说你不后悔？"

贺琦年垂下了眼眸，贺子馨口中的这些后果残忍地攻击着他的心理防线。

要说一点都不害怕，那是不可能的，踏入体育圈，就是拿整段青春做赌注，换一个概率极低的可能，但他现在还很年轻，没有切身体会到什么负面的东西，所以热血澎湃地忠于理想。

"你为什么就那么确定我会一事无成呢？"

贺子馨的工作接触过一些体育明星，所以对体育竞技圈也有所了解。

她微微扬起一点下巴，自信地分析："国家队里现役的，最顶尖的跳高运动员都未必能挺进奥运会，更别说拿冠军了，你明白体育圈里的利益链吗？我说穿了，挤不进大赛就没有人看，没有人看就没有代言没有广告没有收入，你赚的钱就只够日常温饱，但当你退役之后呢？你准备带着一身伤痛去做什么？"

贺子馨的阅历让这番话显得尤为真实，贺琦年是相信的，但嘴上很倔："哪有你说的那么恐怖。"

"你姑姑说的没错，跳高这行确实不赚钱。"盛星河说。

贺子馨："你看，人教练都这么说了。"

贺琦年皱着眉头看向盛星河。

"不过，成功的定义并不只是赚大钱吧？"盛星河心态平和，嘴角挂着淡淡的笑意，"或许大多数人眼中的成功是名利双收，但我还是觉得成功就是不断接近目标的一个过程，在过程中收获到的幸福感和满足感，远比一个结果重要得多。"

"这世上有太多太多不挣钱的职业，却依然有人愿意为它奋斗一生，每个人的梦想都应该被尊重，而不是去用金钱衡量它值不值。您刚刚说他练跳高就是浪费时间，那么让他去做一件他根本就不想做的事情，就是珍惜时间吗？他将来就一定不会后悔吗？"

贺子馨噎住，顿了好几秒才说道："那也可以选一个不那么辛苦的职业，他年纪小，眼界还不够宽阔，世界上有意思的事情多了去了。"

"您知道我们学校一共多少人吗？"盛星河问。

贺子馨不明所以，摇了摇头。

"我们学校一共分 16 个学院，48 个系，全校学生加起来超过 3 万，我们就按对半算，男生 1.5 万，而这些人里，身高过 1.96 米的您觉得会有几个？"

贺子馨拧着眉头，没说话，但她心里也有数。

那几乎是万分之一的概率。

"所以我想，或许不是他选择了跳高，而是跳高选择了他。这世上最可怕的，也是最幸运的，就是天赐的祝福，因为它就在那里，将人与人拉开差距，而你却奈何不了它。"

贺子馨再次怔住，被噎得哑口无言。

转头看向那个快顶到天花板的脑袋。

其实她以前有过让贺琦年进演艺圈的打算，但上中学之后，他的个子就跟野草似的，野蛮生长，每次见面都拔高了好几厘米，快得有些吓人。

个子高和女演员搭戏非常不便，很难接戏，就只好随他去了。

她经常说的一句话就是"长这么高有什么用"，从来没想过在某个行业里，这样的身高会是甩开千万人的优势。

"很多体育生花了好几年都跳不过的高度，他抽空练了一阵就能越过去，他都已经赢在起跑线上了，您真的确定要让他放弃吗？"

贺子馨眼中的气焰弱了下去："有这些优势又能保证什么呢？"

盛星河笑笑说："人如果看见自己三十年后的样子，那接下来的二十九年就变得没意思了。我就是国家田径队的，我从十二岁就开始练跳高，现在快三十了，但我从来没后悔过练跳高。"

贺子馨在他的眼神中，读到了骄傲与信仰，那些她曾经拥有却又失去的东西，在娱乐圈中随波逐流，她早已忘记自己的初心是什么了。

她忽然觉得这个人的眼睛像是单纯的动物，清澈又明亮。

或许只有心思单纯的人，望出去的世界才是美好的。

贺子馨轻轻地叹息一声："我真搞不懂了，练跳高有什么可骄傲的，一个个的，都那么拼命，就为了一枚奖牌？"

盛星河看了一眼小朋友，眼神中充满坚定和期待。

"跳高当然没什么可骄傲的，可他是贺琦年，如果有一天您愿意抽时间去看场比赛，我想，在赛场上发光发亮的他，一定会成为您的骄傲。"

练跳高当然没什么可骄傲的。

可他是贺琦年。

在某一刹那，贺子馨忽然意识到，自己给儿子的信任竟然还比不过一个外人。

她终究没再多反驳什么。

谈话结束，盛星河和贺琦年一起将贺子馨送出公寓。

一辆白色的商务车从路口掉头，缓缓向他们驶来。

"慢走。"盛星河说。

贺子馨点了一下头，看向贺琦年："不准不接我电话。"

"我知道啦——"听起来略微不耐烦的语气，但盛星河知道他会听话的。

贺子馨人虽然走了，但还是留下了两点要求，专业课不能就这么混过去，另外一年内进不了国家队，就得好好准备出国进修的事情。

"现在有没有觉得肩上压力很大啊小朋友？"盛星河捏了捏贺琦年的肩膀。

"相当大……"贺琦年还没有完全地从亢奋的状态里抽离出来，他都不敢相信他的教练竟然用一个多小时就摆平了他妈。

盛星河说："这就是成年人的世界，你要开始慢慢适应起来，将来会有更多更多的选择和挑战。"

贺琦年点点头，但比起这些，他眼下最关心的还是一个问题。

"你明早会送我去省队吗？"

"……嗯。"

盛星河从贺琦年家离开后，又去超市买了一大罐鲜奶，贺琦年上回夸他做的酸奶味道不错，他准备再做一杯让他带过去喝。

嘴甜就是好啊，到处占便宜。他心想。

隔天一早，大家在校门口集合。

田径队里的人经常在一起训练，就算不是一个项目不知道对方名字但总归是见过面的，年轻的少男少女们凑在一起就开始闲聊，队伍闹哄哄的，像一堆站在电线杆上的麻雀，总有说不完的话。

盛星河一过去，声音逐渐弱了下来，但没有完全消失。

"大家再仔细检查一下随身物品，看看有没有什么遗落的，检查好了我们就出发了。"

"都检查好了。"

"确定？"

"确定！"

"那上车吧。"

大家带着几分兴奋、期待和忐忑，陆陆续续地上了车。

车上空位很多，但贺琦年硬是跟盛星河挤在了一起，这大概是这个月里，他们最后的共处时光了。

昨晚分明想好了很多话要说，但真正见到了，又不知从何说起。

盛星河从包里拿出一本笔记本，和好几盒肌内效贴。

"省队的训练可比学校严苛多了，我估计你们刚过去的时候肯定扛不住，这个肌内效我自己买的，肯定比队里发的管用，各个部位应该怎么剪怎么贴我都记在本子上了，回头要是有队员不舒服，你给他们贴一下，以免受伤。"

贺琦年接过东西，高兴中掺杂着一点失落："我还以为你专门给我准备的呢。"

盛星河笑了笑："你不就是队员吗？"

内心的不舍，让这趟原本漫长的路程变得十分短暂，越是接近目的地，这种情绪就越是猛烈。为了分散情绪，于是贺琦年和大家聊起了宿舍分配的事情。

司机一停车，他就提起行李跟随队伍下车，盛星河走在最后，准备进去和省队的教练做交接。

省队的训练基地气势恢宏，运动场馆一片接着一片，各类运动项目都有，操场也比学校的大很多，每走过一个场馆，队伍里都会爆发出一阵惊叹声。

"哇！游泳馆好大啊！"

"这里的空气都和学校不太一样。"

这是一个充满运动氛围的地方，到处都能看见人高马大肌肉夸张的运动员。

省队的指导教练带领大家简单地参观了一下田径训练中心，接着就是运动员宿舍。

"房间怎么安排你们可以自己抽签决定。"指导员说。

宿舍是双人间，每个房间都有单独的盥洗室和阳台，环境还不错。

贺琦年和跳远队的于顺平一个房间。

于顺平简单地收拾了一下行李就去隔壁串门了。

盛星河站在宿舍门口看了一眼："还不错啊，之前我来省队的时候还没有这么好的条件，四个人一间，每次洗澡都得等半天。"

贺琦年把行李箱往房间一推，依依不舍地靠在门边："你要进来坐会儿吗？"

"不坐了，"盛星河抬手看了一下手表，"我得回去了，这会坐车回去还得两个多钟头。"

"噢。"

盛星河突然卸下肩上的背包说："哦对了，我还有个东西给你。"

贺琦年眼前一亮："什么？"

盛星河从包里抽出自己的保温杯递过去。

"我昨晚酸奶做多了喝不完，给你带了一杯，这里没冰箱，你还是赶紧喝掉吧，到明天可能就坏了。"

贺琦年欣喜地接过保温杯，说："谢谢，我会喝完的。"

盛星河抬手挥了挥："那我走了，你好好照顾自己。"

盛星河回去之后，贺琦年在床上瞪着天花板发呆，这里的宿舍比小区还安静，除了他的呼吸声，就只剩下走廊里偶尔出现的走动声。

训练场地离宿舍很远。

"贺琦年，你行李收拾好了吗？教练说一起去食堂吃饭。"

门外有人在喊，贺琦年立马从床上竖起来："来了！"

他快走出门的时候又折回去，把盛星河的保温杯给带上了。

刚出走廊，他就迫不及待地尝了一口酸奶，有点甜，里面还切了很多水果粒。

越喝越觉得味道不错，到楼下时，唇边已经沾了一层厚厚的酸奶。

"欸……"刘宇晗看见他手中的杯子，觉得有些眼熟，"你的杯子跟教练的好像啊。"

贺琦年舔了舔嘴唇，眼神中透着点小小的得意："就是他的，他给我做酸奶了，你喝过他做的酸奶吗？"

"没喝过。"

贺琦年嘿嘿一笑："超好喝的。"

"是吗？还有吗？"

"已经被我喝完了。"

刘宇晗翻了个白眼。

第一天进队，贺琦年以为只是熟悉一下环境，没想到下午就开始正式的魔鬼训练。

在学校里基本都是一个教练带一个组，盛星河的两只眼睛要盯十来个人，根本来不及管，大多数时候都是靠自觉，这也就意味着可以偷个小懒，就算被盛星河发现，也不过就是罚跑两圈。

而在这里，一切截然不同。

只要一进训练中心，就有教练专门盯着，带贺琦年的教练员姓孔，叫孔武。

"孔武有力的那个孔武。"他的自我介绍十分简单。

人如其名，这个孔教练看起来就很彪悍，他的皮肤晒得很黑，鼻梁很高，剃着快要贴到头皮的寸头，五官凶神恶煞也就算了，说话还特别大声，吼一嗓子五十米开外的人都会扭头看过来。

脾气躁，非常躁，仿佛全世界都欠他一个亿。

动作不标准直接开骂，冷嘲加热讽，口才绝对不输驾校教练。

在训练过程中，绝对不能喊累不能喊无聊，第一次警告，第二次直接收拾东西回家。

这是贺琦年随口喊了一句"好累啊"之后得到的警告。

来省队训练的不光有大学生，有些还是刚上中学的小屁孩也被送进来培训，有个小孩因为姿势不过关被冷面教练骂了一顿。

脸上还挂着鼻涕眼泪，边哭边深蹲。

贺琦年看那小孩可怜，想上去递张纸巾，被孔教练吼得头晕目眩。

除了吃饭上厕所，其余时间都在训练，休息可以，但必须完成任务之后才行。

盛星河说的一点都没错，训练量比在学校增加了一倍还不止，还不出一个小时，贺琦年的运动服已经完全被汗水浸透。

第二个小时，能从衣服上拧出水来。

……

第四个小时，胳膊和小腿肚不停地发抖，他开始感到头晕，喉咙苦涩，吸不上氧。

第五个小时，他累吐了。

是真吐。

他双眼赤红，扶着卫生间的水池吐了个昏天暗地，肠胃都在抽抽，与此同时小腿还在止不住地发抖，根本没力气站稳。

孔教练点了根烟，抱着胳膊冷眼旁观："你那纸巾用得上了。"

贺琦年把水龙头开到最大，凑着漱了漱口。

"吐完了？"

"嗯。"贺琦年关上了水阀，擦了擦脸，镜子里的自己逐渐恢复了一点血色。

"可以继续练了？"

"还要练？"说出这话时，他的嗓子已经哑到快听不清了。

孔教练吸了口烟，笑笑："你也可以选择回宿舍睡觉。"

这口气，根本就不是在给他选择。

贺琦年眼眶也热了。

这里的训练模式比他预想中的还要惨烈好几倍。

落差太大，一时间很难适应，他不可抑制地想念学校的操场，想念那个会陪着他们又跑又跳的教练。

那时候就算再苦再累，起码状态是好的，可现在连开口的欲望都没有了。

大概是觉得他体力跟不上，孔教练让他休息了半小时才说："再练三组核心。"

核心肌群是负责保护脊椎稳定的重要肌肉群，主要位于腹部，包括腹直肌、腹横肌、竖脊肌等等，核心没有力量，手臂双腿练得再漂亮也没用。

训练方式有许多种，常见的就是俯卧撑，引体向上。

孔教练要求的是难度系数较高的悬垂举腿，一次性可以练到前后多组肌肉。

练到的肌肉越多，消耗的体能也就越多。

双手握住龙门架的横杆，用力收缩腹肌，双腿缓慢抬高到水平位置，这时候腰腹的肌肉会感觉到强烈的酸痛感，坚持两秒，再缓慢地放下双腿。

一组是二十次，做完一组休息五分钟做第二组。

贺琦年被这套动作折磨到肌肉直抖。

吐过一次之后，身体变得非常虚，做完一组手臂已经快握不住架子了，但运动员的世界就是把做不到变成可以做到。

他从不敢轻言放弃。

一次都不敢。

因为盛星河说过一句话："有了一次的懈怠就一定会有第二次、第三次和第无数次……"

训练馆外的天空已经黑透了，馆内灯火通明，到处都是器材拿起放下的声音。

贺琦年的口腔中一直含着一股浓烈的血腥味，最后硬是把孔教练交代的训练任务给完成了。

这还不算完，所有训练结束之后还得承受拉伸的折磨。

如果说训练是往人身上抽鞭子，那拉伸就是在伤口上撒胡椒面。

每一次拉伸，就像是逼迫一个从未练过舞蹈的成年男人劈叉那么痛苦，所以每当要拉伸的时候，贺琦年就宛如一条脱水的鱼，拼命扑腾，青筋突显，泪水不受控地往外冒。

实在太疼，比训练疼一百倍。

贺琦年的个高，力气又非常大，需要两个陪练在旁边按住身子，主教才能顺利地完成拉伸动作。

在场馆外都能听见撕心裂肺的哭喊。

"啊——不要不要不要——"

"我不行了！——"

"真的不行了。"

……

第一天的训练结束是晚上九点。

下楼时还生龙活虎的一帮人，上楼时各个都宛如风烛残年的老人，扶着栏杆缓缓移动，就连抱怨的力气都没有了。

贺琦年回到房间的时候，于顺平已经冲过澡了，连头发都没顾得上擦，就趴在床上和一个女孩视频聊天，一听对话内容就知道是女朋友。

因为聊的全都是废话。

和亲近的，或者说是想要亲近的人才会聊废话。

于顺平从柜子里取出一盒方便面，倒了点热水，接着把手机支在小茶几上。等面条泡开的时间里，他又转过头问贺琦年需不需要来一桶。

贺琦年摆了摆手，过度的运动导致他根本没胃口吃东西。

浑身是汗，脱下来的运动服可以当成刚浸过水的毛巾拧，洗完澡之后他顺带把衣服给搓了晾起来。

整个人像是一摊烂泥似的铺在床上，一动不动，眼神空洞。

于顺平依旧在和女友聊训练的事情，女友一个劲地感叹："那么惨啊，好可怜，给你一个亲亲。"

于顺平一个一八八的汉子，对着镜头噘起嘴卖萌："么么哒！"

贺琦年："……"

其实他也攒了一肚子的委屈，可惜没地方发泄，他不想让盛星河看见他充满负能量的一面。

痛苦的时候，想到教练曾经也是这么一步步走过来的，就觉得明天也没那么可怕了。

贺琦年摸出手机想玩会儿游戏，看见绿色图标又没忍住点进去，给盛星河发了条消息。

N：酸奶我喝完了，手艺进步很多。

等了半分钟，又发过去。

N：你在干吗啊？

一整天的训练实在太累了，累到他还没得及等到盛星河的回复就跌进了梦乡。

十多分钟后，盛星河回复了一句刚洗完澡，准备休息了，又关切地询问了一下他在省队的训练情况。

问话时还十分讲究地在"你"字后面加了一个"们"字，可惜等半天也没收到回复。

他发了个信息给于顺平，于顺平成功将贺琦年出卖。

他今天被教练训到狂吐，身体不舒服，早就睡迷糊了。

大概是压力过大，贺琦年当晚做梦都在做跳跃的专项练习，百米跨栏用的栏架从操场的起点排到终点，他奋力抬腿，却怎么都跳不过去。

栏架碰倒一次，就得罚跑一圈，孔教练还威胁说要把他摔倒在地的丑态录下来发到网上去给粉丝看看。

他都快气疯了。

盛星河的一通电话打破了灰暗的梦境，贺琦年郁结的心情这才略有所好转。

"听说你昨天训练练吐了？严重吗？"盛星河问。

"谁说的啊？"贺琦年声音洪亮。

盛星河笑着说："我在你那安插了我的眼线，一举一动都在我的掌控之中，不过听你这声音，状态应该已经恢复了吧。"

贺琦年嘿嘿笑，用略带调侃的语气问道："我不在学校你有没有一点点不习惯啊？"

"少了个大麻烦，感觉特别轻松。"

盛星河的声音里带着笑，贺琦年"喊"了一声："月底的比赛你会去看的吧？"

"当然。"

"那就这么说定了。"

"好，期待你的超常发挥。"

贺琦年的适应能力很强，短短几天就进入了训练状态，并且规划好了学习时间。

白天训练，清晨和夜晚看书写作业，他和班上同学关系都还不错，每门课都会有人将老师所讲的重点内容整理下来发送给他。

细心一点的是思维导图，有些是在课堂上拍摄下来的 PPT，更懒一点的是直接录视频，他每天挤出碎片时间学习新的知识。

只有睡前会让自己紧绷的神经稍稍放松一下，例如听一段体育解说或是相声。

他的室友于顺平是体育特长生，报的是社会体育指导与管理专业，但专业课就是随便混混，就算在学校也很少认真听课。

有一晚，他凌晨两点多起来上厕所，看见贺琦年还趴在阳台的小书桌上翻看资料，感受到了前所未有的震撼。

"你还不睡吗？"他揉了揉惺忪的睡眼，声音略微有些沙哑，"这都两点多了。"

"等会，我还不困。"贺琦年说完这话就打了个哈欠。

"还说不困呢？"于顺平走过去，看了一眼他的电脑屏幕，是个文档，"你这是在弄什么呢？"

"老师让写一篇小论文还有新闻稿，下周就要交的作业。"

"作业"这两个字对于于顺平来说有些陌生，他甚至连专业课本全名都背不出。

"我是不是影响到你休息了？要不然把窗帘拉上吧，这样应该就没光了。"贺琦年说。

"没事没事，我是被尿憋醒的，起来上个厕所。"

于顺平上完厕所，感觉清醒了许多，蹑手蹑脚地走到了阳台边，又轻轻地搬了把椅子坐下。

贺琦年抬眸看他："怎么了？"

"我有点睡不着，我这样妨碍你写稿子吗？"

"不会，我写好了，在改错别字。"贺琦年说。

于顺平盯着他看了好一会，有些疑惑："你喜欢你现在的专业吗？"

"挺喜欢的啊，能学到很多东西。"

于顺平问："那你为什么还来跳高？"

"跳高是我最大的兴趣爱好，"贺琦年抿了抿唇，像个稚嫩的小孩，不动声色地炫耀，"我们教练就是国家田径队的，我也想进国家队。"

于顺平更疑惑了："那你以后到底是打算当主持人还是跳高啊？"

"往远了看，这两者其实并不矛盾，我可以先练跳高，积累专业知识，退役之后出国进个修什么的，再回来做主持解说，我以前就想往体育解说这方面发展的。"

于顺平看着他闪闪发亮的眼睛，忽然有些感慨："你都已经想到那么远了？"

"也就这么想想，具体怎么着还是得走一步看一步，我当年考大学的时候也没想过会跳高，更没想过进省队，搞不好将来会遇上比解说员更吸引我的职业。"

贺琦年把修改好的文档一一保存："你呢，有什么规划？"

"我只想快点毕业，找份安安稳稳的工作，然后跟我女朋友结婚。"

贺琦年："……"

大半夜的一口狗粮真是噎得慌。

贺琦年回到床上玩了会儿手机，随手点开相册，里面分出了一个独立的相簿专门存放着在学校田径队里的回忆。

他一张一张往后翻。

最后是一段视频，某个清晨录的。阳光还很微弱，盛星河盘腿坐在地毯上，茶几上摆着两只陶瓷小碗和一盒麦片。

麦片是带坚果仁的，贺琦年不爱吃核桃，盛星河倒出来后一粒一粒挑到自己碗里，加入切好的水果块，倒入酸奶搅和搅和。

像是感觉到了什么，盛星河忽然抬了抬眼，笑了："你在拍什么？"

"没有啊。"

"骗人，手机拿来我看看。"

"真的没有！"

长夜漫漫，梦里都是美好的回忆。

第七章 新一年

临近月末，天气逐渐转凉，不过十几度的气温不冷不热，正好适合比赛。

今年的全国田径大奖赛在 Z 市的中心体育场举办，持续三天，贺琦年跟随团队，提前一天坐高铁抵达酒店。

这天晴空万里，运动员们心情不错，士气高涨。

毕竟是全国性质的大赛，每个学校学校都派出不少领导和教练员一同观赛，给运动员们加油打气，但意外的是，盛星河居然没在队伍之中。

贺琦年还以为是自己看漏了，问了跳远队的周教练，这才确定盛星河确实没来。

校领导一来就是集合开会，贺琦年偷摸着给盛星河发了条消息，问什么时候能到。

盛星河只回复了一条"我这临时有点事情，你好好比赛"，却没明确说明什么时候到，这让贺琦年隐隐有了一种不太好的预感。

会议一结束，他立马就给盛星河打电话。

"你在忙什么呢？明天上午就开始比赛了，你赶得过来吗？"

盛星河那边停顿了很久也没有说话。

漫长的沉默让贺琦年心中的预感越发强烈。

"你怎么啦？"

"不好意思，"盛星河的声音很轻，"我可能没办法去看你的比赛了。"

虽说带了"可能"两个字，但贺琦年已经可以确定，他不会来了，盛星河是个比队员更期待比赛的人，所有事情都会提前安排得妥妥当当。

校领导和教练都来了，那就说明不是学校里的事情，是盛星河的私事。

贺琦年的脑子转得飞快，越是乱想就越是容易着急："你有事儿？身体不舒服还是怎么了？"

"不是，你先别管我，好好比赛就是了。"

"什么叫别管你啊？"贺琦年的嗓门都拉高了，"你到底怎么了？不说我现在就坐飞机回去了！"

盛星河震惊了："你还敢威胁我了？"

"说不说？不说我现在挂了订机票！"

盛星河气得头昏，他怀疑贺琦年这小子真有可能做出这种事情，无奈道："你那边忙吗？"

"不忙啊，刚开完会，准备回房间休息了。"贺琦年说了一个小谎，其实这会他正跟着大部队前往餐厅吃东西，但盛星河的事情，比吃饭重要多了。

他说完立刻推开了一道安全通道的门，坐在楼道的台阶上。

周围一下安静许多，盛星河的声音变得清晰起来。

"田径队的教练联系我了，明年二月份可以恢复比赛。"

"这是好事啊！"贺琦年一拍大腿说，"你吓我一跳，我还以为你身体不舒服了。"

盛星河说："还有三个多月，我得好好训练把比赛的感觉找回来。"

贺琦年听出了他话里的意思，心尖一颤："你，你不会要走了吧？"

"嗯。"

田协开出的是禁赛令，并不影响盛星河在基地的日常训练，之前是因为起跳脚进行过一次手术，他不得不静心休养，如今腿伤已经慢慢恢复过来，医生也说没什么大碍，他就想着差不多该回去了。

最初的打算是等大奖赛结束之后再飞回去，但教练说下个月跳高组有一场飞国外的特训，如果月底前赶回去把手续补完，就带他一起，所以盛星河立马就归心似箭了。这阵子忙着和新调过来的教练员交接以及收拾东西。

当然，盛星河没说得那么详细，只说教练员催着他回去，他得赶明天傍晚的飞机。

之所以没提前告诉贺琦年是怕影响他训练，但现在看来，估计是得影响到他比赛了。

盛星河有些后悔，自己应该早一点想好理由，比方说亲戚孩子办喜事参加婚礼之类的，好歹让贺琦年安心比赛，但话都已经说出口了，想什么也无济于事。

"你好好加油，到时候让同学录视频给我看看。"盛星河在说这些话时正在收拾行李，他拿的是贺琦年新买的行李箱，和他原先那个差不多大。

"对了，你那个行李箱我带走了，应该不介意吧。"

这回换成贺琦年沉默了。

他花了将近半分钟时间才勉强消化掉"自己就算比完赛回学校也见不到盛星河"的这个噩耗。

楼道里的窗户开着，外边有风，空气流通，可贺琦年依然感觉胸口发闷，呼吸不畅。

"随便吧，我去吃饭了。"

盛星河从他的语气中听出了不爽，放下了手头的衣服，坐在床沿边。

"你生气了？"

"没，我为什么要生气？"

这明显是闹别扭了。

"对不起，"盛星河再次递上真诚的歉意，"我答应你的事情没做到，下次一定补偿你行不行？"

听见"补偿"二字，贺琦年的心情才略有好转："那你为什么现在才告诉我，是不是今天我不问你就不准备说了？"

"前几天刚接到的通知，想着你快比赛了，就没打扰你。"盛星河说。

"这么大的事情怎么能算打扰呢？"贺琦年搓了搓自己的大腿，有些期待，"那你打算怎么补偿我啊？"

盛星河笑了一声："我还没想好呢，要不然给你买个礼物寄过去？"

"我不要礼物，"贺琦年抿了抿唇，说，"你到那边之后能跟我视频吗？我很想看看基地的环境，看你平常是怎么训练的。"

"当然可以。"

盛星河挂断电话，继续收拾行李，他挺烦搬家的，每次都要收拾一大堆东西，他把几个大箱打包好以后拉到了谢宇的咖啡厅里。

"等我安顿好之后你再帮我寄一下，运费我打你微信上。"

"这么快就要走了啊？才待了几个月？"谢宇掐指一算，"三个月？"

"才三个月吗？"盛星河觉得神奇。

大概是因为认识了很多学生，收获了太多东西，感觉像是经历了一段很漫长的岁月。

张大器他们张罗着举办一场欢送仪式，盛星河委婉地拒绝了，一是怕他们破费，二是不喜欢告别。

仪式越是盛大，离开的背影就越是显得寂寞。

机票是下午五点多的，他早早地跟房东打了个招呼，将一大串钥匙和门禁卡归还，房东太太很客气地送给他一些水果，祝他一路顺风。

盛星河背着个双肩包，拉着行李箱，像来的那天一样，打车前往机场，路上也没忘记关心一下比赛情况。

盛星河：比赛进行得怎么样了？还顺利吗？

等了很久，对话框也没有显示"正在输入"，一直到他快上飞机的时候，贺琦年才回复。

N：刚刚在场外热身，现在准备去检录了，你是不是快起飞了？到那儿了记得给我发个信息。

这口气倒像是他家里人，盛星河忍不住笑了起来。

盛星河：明白。

贺琦年的心态调整得很快，在预赛中发挥超常，最后一跳直接过了 2.20 米的高度——他在训练中的最好成绩一直都是 2.19 米。

对于跳高运动员而言，每一厘米都是一道大坎，贺琦年有了新突破，全队人都兴奋得不行，包括孔教练也出人意料地扔下了一句夸奖。

"臭小子，这次表现还可以啊，决赛上要保持，进前十没问题。"

这略微亲昵的称呼喊得贺琦年寒毛直竖，他已经习惯孔教练的大声嘶吼。

短短二十天的魔鬼训练，确实让他的体能有了明显的提升，之前跳个三次气息就变得不怎么平稳，现在第五跳和第一跳的状态差不多。

他已经学会节省体力留给下一跳。

男子跳高的预赛结束已经是晚上八点，他厚着脸皮问几位校领导要了自己比赛时的视频和照片。

他学过一点视频剪辑，等待盛星河发消息过来的间隙里，他回到房间剪视频。

他很喜欢记录这些东西，从大一到大三，从 2.02 米的高度到 2.20 米。

不管是助跑还是起跳，他的动作都有了相当大的改变，如果不是这些视频纪录下来，他可能都不会发现这些细小的进步。

简单的分割截取和调色用不了多长时间，他花半小时就搞定了视频，保存到云盘。

好几天没有登录微博，又攒了上万条的评论，私信里有不少广告商寻求合作，他没有那么多时间，只得委婉拒绝。

还在回消息的时候，顶端弹出了新信息。

盛星河：我到了。

N：那我开视频了。

盛星河：我现在在酒店呢，明天上午回去领门禁卡。

N：那我能看看你住的酒店啥样吗？

盛星河忍不住笑了，正想说你是不是就想看我，视频邀请就弹出来了。

A市的风很大，而且下雨了，他来的时候就穿了件薄薄的卫衣，一路上吹得鼻涕都快出来了，顶着湿漉漉的头发和衣服直接点击接受。

画面中央出现了一张熟悉的笑脸。

明明才两个多星期没见，盛星河发现他瘦了很多。

省队的训练任务枯燥又繁重，贺琦年被折磨死去活来，饭量没有增加，硬生生地练瘦了八斤，他是属于一瘦就瘦脸和腿的类型，所以变化特别明显。

但不得不说，下颌到下巴的线条变得更清晰也更硬朗了。

房间里开着一盏台灯，可光线并不充足，隐约能看到一点点胸肌的轮廓。

"你不冷吗？"盛星河忍不住发问。

"不啊，房间里还挺暖和的，"贺琦年靠近台灯的位置，捏着手机往下一照，"你有没有发现我的身材有什么变化？"

胳膊上的伤口已经完全愈合，腹部的肌肉轮廓更清晰了，或许是深夜的关系，盛星河隔着屏幕都能感受到一股浓浓的男性荷尔蒙在释放。

但他很平静地回道："没啥变化。"

贺琦年有些泄气，转移话题："我今天跳过2.20米了。"

这个消息倒是令盛星河眼前一亮，惊喜道："那很不错啊！都达到健将级标准了。"

贺琦年手头暂时握着的还是一级运动员证书，申领运动健将称号的条件是在大赛中拿到2.20米的成绩，从一级到健将，这看似简单的20厘米就像是一座又一座的高山，筛掉了无数的人。

盛星河打从心底替他高兴。

贺琦年还很年轻，没伤没病，力量还没有被完全激发出来就已经能达到这样的水准了，这说明他的未来还有无限潜能。

贺琦年得到赞美，笑着趴回床上："你刚洗完澡吗？"

盛星河："不是，这边下雨了，我一路淋回来的。"

"那还不赶紧去洗澡。"

"不是你要跟我聊天的吗。"

"那你先洗，洗完再聊。"

一般聊到洗澡这个步骤，基本上就等于空了再聊，不过在贺琦年这儿就不一样了。

盛星河走出浴室的时候，读到了五条信息。

洗好了吗？

还没洗好？

怎么洗这么慢？在泡澡？

我比你晚洗都洗完了。

你不会是睡着了吧？出来了记得给我回消息。

啰唆得跟个小老太太似的。

头发没有擦干，水滴顺着发根滴落在了屏幕上，盛星河抽了张纸巾擦干净之后，趴在床上打字。

我洗好了。

视频邀请立马弹了过来。

两人就着大奖赛的话题闲聊了半个多钟头。

夜深人静，盛星河一闭上眼，还是贺琦年那张朝气蓬勃的笑脸。

——我的下一个目标就是进入国家队，你千万要等我，到时候你还是我师哥！

男子跳高的决赛安排在第三天。

最低起跳高度为 1.90 米，之后每一轮的升杆高度为 5 厘米。

贺琦年选择从 2 米的高度起跳，全程发挥稳定，成功越过了 2.20 米的高度，但他是第三次越过的，体能消耗比较大，他知道自己今天在赛场上是不可能再挑战新高度了。

和他一样越过 2.20 米这个高度的还有两个人，分别是来自黑龙江队的李文龙和本市体校的赵天煜。

李文龙个子高高瘦瘦，大腿贼长，2 米的身高占据了绝对性的优势，但贺琦年能感觉出他平常的训练肯定不多，因为起跳姿势不够标准，送髋幅度时大时小，高度再往上他就没那么好的运气了。

至于体校的赵天煜是贺琦年的老对手了，之前在省运会上也见过，当时 2.13 米的高度就掉下去了。

才短短三个月不到的时间，这家伙居然能跳到 2.20 米，简直不可思议。

关键他只在学校训练，都没进省队特训。

等着裁判升杆的时间里，赵天煜下场换了双钉鞋，灌了好几口水，东张西望，明明跳过了新高度，可他的面色看起来格外的焦虑不安。

贺琦年的椅子就在他旁边，友好地笑笑："跳得很不错啊。"

赵天煜拧上瓶盖："你心里真的这么想吗？"

这阴阳怪气的话一出来，全场温度骤降，贺琦年略微皱了皱眉："当然，你的进步很大。"

赵天煜看着他："你到底想表达什么？"

贺琦年觉得有点蒙，赵天煜这人的思维方式还真跟一般人不太一样。

"我没想表达什么，就单纯地觉得你很厉害，"贺琦年顺嘴一问，"平常哪种专项练习会做得比较多？"

赵天煜勾起一边嘴角，笑容阴沉沉的。

"你觉得我会告诉你吗？"

贺琦年扁了扁嘴，继省运会之后，对这人的好感度再次拉低。

赛场上总是会遇见各个地方的，形形色色的人，并不是每个人都像盛星河那样愿意把自己的心得体会、宝贵经验毫无保留地传授给后辈。

见的人越多就越觉得并不是每个人都拥有善意和尊重，不过也要感谢像赵天煜这样的人出现，让他意识到身边那些无条件帮助自己的朋友都很珍贵。

最终，横杆升到了 2.23 米的高度。

贺琦年和李文龙三跳都没有过去，赵天煜第二跳时再次越过，夺得冠军。

从 2.13 米到 2.23 米……

这进步速度也太疯狂了。

贺琦年望着不远处那张略显阴沉的脸，结合他刚才那番阴阳怪气的话，内心隐隐冒出一个可怕的念头。

不过赛后还是要兴奋剂检查的，应该不至于吧？

贺琦年在 2.20 米上的落杆次数比李文龙多，只拿到季军。

下场后，他把这个消息分享给了盛星河。

盛星河：没事儿，胜败乃兵家常事，世界冠军都有输的时候，好好训练，下次上场再赢回去。

N：输赢倒是无所谓，我只是觉得赵天煜在短短两个多月的时间里进步 10 厘米是件很不可思议的事情，不知道平常是怎么练的。

盛星河：药检过了？

N：嗯，不是阳性。

盛星河：那就不必再想了，搞不好人家上次在省运会上是发挥失常了呢，就跟高考似的，有些学生就是这样，平常考得不错，一到考场就紧张，但如果能多给他们几次机会适应适应就好了。

贺琦年觉得也有道理，就没想太多。

全国田径大奖赛的旅程结束，贺琦年暂别省队，回到学校继续上课，盛星河则飞往了瑞士。

两边有七小时的时差，两人的休息时间完美地错开了。

盛星河在训练时又不能玩手机，贺琦年经常定凌晨三点的闹钟起来发消息，假装自己失眠睡不着。

连续两次以后，盛星河便不准他再熬夜了。

就算发消息过去也没有回信，贺琦年只好放弃，乖乖睡觉。

冬天夜长昼短，时间似乎也因此变快了许多，在忙碌的考试周结束之后，学校放假了。一批又一批的学生收拾行囊返回家乡，偌大的校园一下就空了。

枯叶落了满地，傍晚时分，整个城市都略显萧瑟。

贺琦年还是像往年一样，孤零零地留在了公寓。

所以他很讨厌过年。

没地方可去。

贺子馨在生他的时候不过十八岁，未婚怀孕，他连那个男人是什么身份什么样子都不知道，贺子馨也从来不愿意提，一提就哭。

怀他之后搬过好几次家，以至于没有几个人知道他的存在。

在他的记忆深处，有对奶奶的一点点印象，她的头发有一半都是白的，总是戴着一副老花镜坐在窗前低头缝缝补补。

奶奶也常抱着他在湖边看着小鱼，陪他搭积木，给他买巧克力，但那些画面经过漫长的岁月已经模糊不清。

印象最深的就是有一个傍晚，奶奶躺在医院的病床上，握着他的手说："她不是姑姑，是妈妈，叫妈妈。"

那年他上小学一年级，对"姑姑"和"妈妈"这两样称呼之间的差别还没多大概念，试着喊了一声妈妈。

贺子馨当时的反应他到现在还记得，双眼红通通的，含着热泪，抱住他就是一顿哭。

奶奶去世之后，贺子馨又不准他再喊妈妈了，他就继续喊姑姑。

小时候根本不明白大人这么做的意义是什么，只顾着吃手中的酒心巧克力。

随着年龄的增长，真相一点一点地靠近，才发现自己在不知不觉间活成了一个多余的人物。

贺子馨年轻的时候，也是有梦想的，只不过这个梦想需要牺牲掉很多东西，她必须撒谎才能活得重生的机会。

贺子馨撒的谎，爱慕她的人都相信了，但就像滚雪球似的，越滚越大。她当年肯定没想过自己会大火，更没想过自己要用一辈子的时间去圆一个谎。

等了小半辈子，贺子馨终于找到了一个愿意包容她一切的男人，那个男人知道有贺琦年的存在，还是和她结婚了，贺子馨为这个男人生了个儿子，在众人眼中，这个家庭是完美的。

而贺琦年彻彻底底地被钉在了过去，永远不能走出那道墙。

这么多年过去，他也渐渐悟透一个现实，自己已经不可能拥有一个完整的家庭了。

夜幕降临，城市里亮起了星星点点的光。

在大家正忙着走街串巷过新年的时候，贺琦年窝在公寓里录视频——为了赚生活费，他手头接了几家食品公司的广告。

还真是被谷潇潇的一句话给说中，当起了吃播 up 主。

一口气吃好几斤甜品的那种，好在他平常运动量大，吃完都能消耗。

今晚是一款自热火锅，商家给他寄了六种口味，他一款一款地介绍，品尝，评价。

录完视频，剪辑加字幕上传，同时分享到微博，任务就算完成了，商家会用两种方式计算他的广告费，一种是直接买断，先商量好给多少钱再拍视频，另外一种是看视频播放量，播放量越高给的费用就越高。

他一般都选后者。

看了会儿书，他开始刷网页上的留言。

手里的窝窝头忽然不香了。

这一顿大概是我三天的摄入量。

粉丝嚼了吗？为什么一下就没了？？

太粗暴了哈哈哈哈哈贺贺你能不能吃慢点！

为什么长不胖？

小哥哥是运动员啦！平常有健身！

每次看他吃东西都觉得好幸福哦，地主家的傻儿子。

杯子好可爱啊，每期视频都会出镜，想要同款。

评论不提，他都没注意，自己这阵用的都还是盛星河的保温杯。

他贱嗖嗖地回复：朋友的。

今年过年挺早，大年三十的那天夜里，贺琦年给盛星河发了个大红包过去。

N：新年快乐，要准备比赛了吗？

盛星河：对，快了。

N：比完就能回国了吗？

盛星河：对啊。

N：我们放假了，到时候我去找你玩吧。

盛星河没有拒绝，这让贺琦年对这个新年又有了期待。

他之所以那么爽快地决定去 A 市不光是因为盛星河在那儿，还因为他对这座城市有着一段很特殊的情感。他初中就是那里念的，一直到高中才考到别的地方。

贺琦年上小学时贺子馨还年轻，又有好几年的演艺经历，是圈里十分被看好的女艺人，手头宽裕，没学会投资，又想要保值，就在好几座城市购置了房产，有些空着有些转手卖了。

贺琦年成年之后，贺子馨就将 A 市东区的一套商品房转到了他的名下，算是对他的一种补偿。

有时候放假没地方住，贺琦年就会被接过去，但假期一般都会被安排学习各种东西，再加上年龄小，还真没怎么在附近玩过。

贺琦年搜了一下田径训练中心到家里的位置，坐地铁大约半小时，加上排队安检什么的，撑死了五十分钟，也不算太远。

他抽空在网上查了许多游玩攻略，把重点的吃喝游玩项目安排得明明白白，整理到备忘录里，生成图片后再发给盛星河询问意见。

盛星河很佛系地回了一个：O。

N：哦？！就一个哦啊？！你看没看我发给你的图？

盛星河：看了。

N：那你觉得怎么样，这个安排好不好？

盛星河：嗯，挺好。

N：你好敷衍，好像并不是很感兴趣。

盛星河：那你希望我怎么说啊？

N：就起码好的、好哒、好呀、好的呢之类的，让人听起来比较舒心愉悦，O 是什么鬼。

盛星河：好哒（乖巧表情）！

贺琦年捧着手机傻乐了好半天。

大年初五那天，张大器在微信上问他去不去烧香。

当地人一到新年就有去寺庙烧香拜佛的习惯，去年贺琦年就跟着张大器他们一家三口一起去山上拜佛来着。

去年是年初一去的，外地游客非常多，寺庙人满为患，各个路口都被堵得水泄不通，全城调派了大批警力维持现场的安保工作，他们从早上七点钟开始在门口排队，一直到中午才挤进去，下午挤出来，至于什么佛不佛的也没认清，就是跟着人流往里涌。

今年学乖了，大年初五才过去，来旅游的差不多该回去了，当地人该拜的也拜完了。

张大器上学期已经拿到驾照，开着他爸的那辆大切诺基来公寓接人。

"年哥——！贺崽——！贺琦年——！该起床啦——！"张大器双掌弯成喇叭状，站在楼底下喊人。

贺琦年嘴里还含着牙刷，拉开窗户扔了只拖鞋下去，正巧砸在他脑门上。

红灯笼高高挂起，树上的彩灯和祈福带都透着浓烈的节日氛围，山下的店铺热闹非凡。

寺庙周边的停车场已经满了，有很长一段山路得要用走的，张大器把车子靠边停在一家饭馆的门口，两人徒步上山。

寺庙的旅客依然很多，不过相比去年那个情况好很多，起码能停下来看一眼大佛究竟长什么样，贺琦年最后花了三十块钱买了条祈福丝带。

张大器感到震惊——去年他花三十块买了条带子，被贺琦年嘲笑了整整一个新年。

"欸，"张大器撞了撞他胳膊，"你不说买这玩意儿的都是傻子吗？"

"我什么时候说过了？"

张大器眼瞪瞪如铜铃，对他的不要脸程度有了一个新的认知："你要许什么愿啊？"

"说了就不灵了。"

贺琦年为了防止他偷看，还用左手遮着，偷偷摸摸地写下心愿，最后爬上大树，把带子系在最顶端的一根树枝上。

一阵风吹过，满树的丝带随风飘扬。

——赐我一点勇气和力量，让我可以站在他一抬眼就能看见的地方。

庙堂内青烟缭绕，庙外钟声悠扬。

贺琦年在路边的小推车上买了几个比拳头还胖的红薯，张大器捧着一个咬了一口，烫得龇牙咧嘴，但还是赞不绝口。

"超甜。"

贺琦年掰开红薯，挑了个最诱人的角度拍了段小视频发给盛星河。

N：想不想吃？

盛星河：想！我有一年没吃了。

贺琦年把咬过一口的红薯拍了张照片发过去。

N：甜不甜？

盛星河：很甜，就是有点烫。

N：哈哈哈。

贺琦年边吃边盯着屏幕傻乐。

张大器满脸复杂地看着他，大胆地猜测："你是不是谈恋爱了啊？和谁啊？上次操场上跟你告白的那个吗？"

贺琦年："有病，我在和教练聊天呢。"

两人沿原路返回，途经一家手作店，张大器手捧红薯拐了进去。

"老板，我爸的手串修好了吗？"

贺琦年跟了进去。

这家店铺的面积不大，进门就是全貌，两侧墙面上钉着一层深色绒布，上面挂满了各式各样的手串和项链，按木头的品类依次排序，台面上则摆着一些手工艺品。

最里面是一张小小的办公桌，老板是个中年男人，桌上摆着一套茶具和一些书籍。

"修好了，我还在想，你要再不来我就给你们寄过去了。"老板从抽屉里取出一串麒麟眼菩提。

贺琦年对古玩和手串一类的东西没有研究，倒是被墙上的一对手绳给吸引了。

黑色的细绳上分别挂着两颗半透明的小珠子，细看之下发现那并不是普通的玻璃珠，不知道是什么材质，摸着很硬，还是渐变的颜色，一些闪粉嵌在里头，星星点点，熠熠生辉。

手绳贴着标签，一颗名为深海，一颗名为星河。

"老板，这是什么珠子？"贺琦年问。

老板伸长了脖子："那是用滴胶磨出来的。"

"滴胶？"

张大器实在不敢相信他年哥这样一个浑身肌肉、铁骨铮铮的硬汉也会对这种小饰品感兴趣，并且买了下来。

"送谁的？"张大器问。

贺琦年把手绳揣进兜里："我一人戴两根不行吗？"

"喊。"

元宵节前夕，盛星河终于开启了第一个赛季的第一场室内比赛，比赛地点在意大利。

这场赛事在国内是没有直播的，贺琦年为此专门关注了一些体育界的新闻媒体，以便获取最新资讯。

在比赛日的第三天，终于有媒体放出了一段男子跳高的比赛视频。

贺琦年正在张大器家里蹭饭，无意间刷到这条动态，手里的面条都放下了。

盛星河的起跳动作在贺琦年眼中相当漂亮，可惜在 2.31 米这个高度上，横杆还是三次落地，他仅以 2.28 米的成绩拿到了第四。

冠军是一个加拿大人，成绩是 2.34 米。

足足相差六厘米的距离。

"好可惜啊，跳过去就能拿奖牌了，我记得他在学校跳过 2.31 米啊，怎么训了这么天，反而跳不过去了。"张大器说。

贺琦年掰着手指说："场地环境、风速、身体状态、心理状态，都会影响到最终成绩。你考试也不可能每回都考一模一样的分数啊。"

"那倒也是。"

运动员下场，国内的记者采访拿到了亚军的中国选手秦鹤轩。

"这次比赛你觉得自己发挥如何？"

秦鹤轩是田径队里的老将，曾多次上过国际大赛，贺琦年记得他的个人最好成绩是 2.31 米，这次发挥很稳，依旧保持在这个高度。

"发挥得还可以，我把我平常训练时最好的状态带到了赛场，接下来还是会努力寻找更大的突破。"秦鹤轩面带微笑，状态看起来很轻松。

盛星河走过时，记者快步走上前去，进行了同样的一轮采访。

贺琦年看得出他心情不太好，走路都是垂着脑袋，大概是压力太大了。

记者在最后又加了几个问题。

"经过这一年半的沉淀，感觉自己心态上或者是体能上有没有什么变化？"

盛星河："体能还好，心态上会有一点吧，太久没上场了，会有点紧张。"

记者："我听说你去年一整年都没有参加训练，是生活比较忙吗？"

也不知道这记者是不是故意挑刺，专往人心口上捅刀子。

贺琦年一拍桌子，筷子、勺子全都弹了起来："这问的都是什么鬼问题。"

张大器按住他的胳膊："息怒息怒。"

盛星河的眉头微微皱着，但语气还是挺平和的。

"去年左腿动了一次手术，到去年年底才逐渐地恢复过来，中间确实没有过多的训练，之后会尽快把状态调整回来。"

记者："那之后是准备回国参加室内田径锦标赛吗？"

"对。"

比赛结束，盛星河跟随团队一同飞往国内，本以为能好好休息几天，却接到了舅妈的电话，说外公忽然昏倒送医院了。

他还没来得及回到宿舍就立马订了回老家的高铁，和贺琦年的约定不得不延后了。

"真的真的真的不好意思了。"盛星河在电话里一个劲地道歉，"我现在还在回老家的高铁上。"

"没关系，你又不是故意的，这属于不可抗力。"贺琦年说，"等以后有空再说吧，希望你外公不要有事。"

"嗯，但愿吧。"盛星河并不想挂断电话，又问，"你今年过年出去玩了吗？"

"和大器到山上烧香去了，"贺琦年说，"我买了个好东西送你。"

"庙里买的？佛珠啊？不会是玉佩挂件之类的吧？"

"山下啦！"

"什么好东西，你寄快递给我吗？"

"不行！这个东西要亲手送才有意义！"

"什么？"

"不告诉你。"

"那你就不要这么快告诉我啊，吊胃口。"盛星河说这话时，嘴角翘着。

贺琦年嘿嘿一笑："让你在跟我出去玩这件事情上多点期待。"

笑声灌进耳朵，盛星河原本忧虑的心情好转了许多。

当感到孤单的时候，贺琦年的关心和鼓励能令他打起精神。

外公是中风昏倒，好在发现及时立马送医，人没大碍，只不过醒过来之后还是有点混混沌沌，脑子不太灵光。

盛星河还在老家帮忙照顾外公的时候，贺琦年这边就接到了省队的通知，说是让他参加三月份的全国室内田径锦标赛。

"之前不是说没有推荐名额了吗？"

孔教练说："王毅过年出门摔了一跤，把右腿给摔折了，伤筋动骨一百天，这次比赛没法参加，你补上吧。"

贺琦年怔住，他记得盛星河也会参加这场比赛。

孔教练见他没反应，还以为是没自信了："你怎么了？让你比赛还不高兴了？不高兴我换人了啊。"

"不不不！"贺琦年兴奋得无以复加，当场抱住了孔教练，还给拎起来了，"我太谢谢你了！"

孔教练虽然壮实，但个子不高，整个人完全腾空，被他勒得差点儿翻白眼："放我下来！"

今年的全国室内田径锦标赛分四个赛区比赛，每个赛区的每个项目都会决出 8 到 12 名运动员参加一场总决赛。

总决赛在 H 市举办。

贺琦年知道这种分赛区的比赛对于盛星河而言轻轻松松，所以整整一个月的时间都在加紧训练。

寂静的深夜，他独自一个人留在场馆内加练，器械落地的声音和喘息交错着，回荡在空旷的场地。

孔教练刚开始以为他坚持不了几天，也没放在心上，一个多星期之后，他开始担心这小孩会不会过劳死，就守在边上打着哈欠陪练，顺便感慨一下岁月的无情。

以前他也可以通宵不睡隔天精神抖擞，现如今少睡一个钟头脑子都是昏昏沉沉。

还是年轻好。

南方的冬季，冻得人牙齿打战，贺琦年依旧汗如雨下。

运动鞋坏了一双又一双，起跳的姿势一次比一次标准。

有天赋的人不可怕，可怕的是他比常人更努力。

分赛区的决赛中，贺琦年直接拿下冠军，晋级 H 市的总决赛。

贺琦年期盼总决赛到来的那天，但真正快到比赛日的时候，又觉得自己还没完全准备好。

出发前的那天，他跟孔教练请了个假准备出门剪个头。

自从元旦过后，他就没怎么捯饬过自己的头发，刘海都已经遮过眉毛了，被盛星河看见肯定又得笑他非主流。

他找了一家没什么人的理发店。

店里没有用人，老板亲自操刀。

一顿操作猛如虎，头发还剩一寸五，从椅子上下去的时候，他感觉自己的脑袋都轻了。

鬓边和耳后的头发被推得很短，几乎快贴到皮肤，再往上留了一些，碎发自然又蓬松地卷曲着，老板吹完之后横看竖看，似乎是很满意自己的作品，又给喷了点定型水。

贺琦年看时间还早，就又上商场买了套新衣服，下楼路过香水专柜，瞄了一眼，人都快走出商场门口了，最后又倒退回去。

第二天，队伍集合的时候，刘宇晗像是见了稀有保护动物似的一个劲儿地盯着看，还凑过去嗅了嗅："哟，你还喷香水了啊？"

"嗯，"贺琦年的眉梢微微一挑，"好闻吗？"

"好闻，"刘宇晗笑着点点头，"就是有点骚。"

边上一堆人都乐了。

两座城市距离较远，为节省经费，这次买的还是高铁票，贺琦年在高铁上补了一觉。

二等座位之间的间距狭窄，两条长腿卡在里边，几乎动弹不得，贺琦年睡得并不舒服，但心情依旧是愉快的。

出发之前他就发信息问过盛星河几号到酒店，盛星河说自己已经提前到达 S 市，就住在体育馆旁边的商务酒店。

他还旁敲侧击地要到了房间号。

广播里的女声一次又一次响起，他欣赏着沿途的风景，等待着目的地靠近。

省队田赛项目部一共 31 个人参加这次的决赛，包括运动员、队医和教练，出火车站之后，大家分批打车前往酒店。

贺琦年他们是最后一批到的，赛委会接待员正在给大家安排房间。

"这次都是双人间，大家自己组合组合。"孔教练说。

贺琦年找到了于顺平之后，问接待拿了房卡。

"哇，这儿的风景还不错欸。"于顺平把窗帘全都拉开，"贺琦年你过来看，这边居然还能看到江景，我第一次住江景房。"

贺琦年这会儿对江景压根没兴趣，含糊地敷衍了几句就迫不及待地出门。

刚巧在酒店的走廊里撞见孔教练。

孔教练一把拦住他："大半夜的，你上哪儿去啊？"

贺琦年愣了愣："买夜宵。"

孔教练看了一眼时间："这都十一点了，你上哪儿买夜宵去？"

贺琦年脸不红心不跳地说："我就随便买点，我饿了，高铁上的东西太难吃了。"

孔教练撇了撇嘴，嘱咐道："不准吃乱七八糟的东西听见没有，特别是烧烤，外边的肉不能碰。"

"放心吧，我就买点牛奶和面包。"

"去吧。"

贺琦年成功出逃，像是一只欢脱的小萨摩，一路蹦跶到盛星河所在的酒店，在电梯的镜子里反复检查自己的造型。

头发倒是没乱，只是他闻了闻自己的手腕没闻出什么味道，后悔自己太早喷香水了，味道都跑没了。

过了一会，盛星河的房门被敲响。

他以为又是队里的同事过来蹭吃的，毫不犹豫地拉开门，入目就是那张熟悉的笑脸。

盛星河愣住了。

不知道是不是太久没见面的关系，他感觉贺琦年变了很多，皮肤跟之前相比晒黑了一点，人也瘦了，不过五官倒显得更加立体了。

"好久不见啊盛教练！"

盛星河惊喜道："你怎么来了啊？！还剪头发了。"

"这都被你看出来了。"贺琦年进屋后反手带上了房门，很快接了一句，"你有没有很担心我？！"

盛星河的唇角勾了勾："还好吧，比赛太忙了，没怎么想。"

这回换成贺琦年愣住。

这个他想象中的对白不一样啊！

房间是"L"型的，两人都站在过道里，光线有点暗。

深夜带给少年无尽的勇气，贺琦年张开双臂一个飞扑死死地钳住了盛星河。

一股清爽的淡香扑面而来。盛星河只感觉眼前一黑就蒙了。

他一路倒退，无处安放地双臂停顿在空中，"欸欸欸"了好几声也没能阻止贺琦年的步伐。

这孩子的力气不知道什么时候变得这么大了。

贺琦年想往床边晃过去，不料两人的脚在向后挪动时意外地缠在了一块儿。贺琦年一个踉跄，身体不受控地朝前边栽了下去，最后扑通一声跪在地上，和盛星河摔成了一堆。

盛星河屋里还有五个凑在一块儿吃夜宵的同事。

看见这一幕，喷饭的喷饭，眯眼的眯眼，目瞪口呆，全部石化。

贺琦年完全没料到这屋里竟然还有人，尴尬得恨不得找个地缝钻一钻。

盛星河脸色辣红，拍了拍他的后背："起来！"

"你怎么没告诉我你屋里有人啊！"贺琦年神情慌乱地爬起来，"对不起对不起……"

手足无措。

"没人的话要准备干吗呢？"

贺琦年反射性地看了过去，说话的是个女的，估计三十岁左右，看体型应该是链球项目的选手，胳膊比他的还粗，面相和善，笑容爽朗，不像是那种带有攻击性的微笑。

他嘿嘿一笑："不干吗，太久没见了，我就来找我哥叙个旧。"

"那我们就不打扰你们叙旧了。"女人说。

"没事不打扰，"盛星河说，"他就是爱瞎胡闹。"

"这小弟弟谁啊？"女人问。

"之前在学校实习带的学生，也是练跳高的，叫贺琦年。"盛星河说。

"看出来了，这大长腿一看就是跳跃组的。"

盛星河给贺琦年做介绍。

刚才说话的那位是女子链球队的队长张玉茹，边上较矮的一个男人是短跑队的孙浩洋，微胖一点的是队医严政，戴眼镜的老头是盛星河的新教练林建洲，看着很慈祥，最后一个高个子是经常能在电视上刷到的跳高选手秦鹤轩。

贺琦年对这些人名记了个大概，基本都是按身型去区分他们擅长的领域，径赛的双腿粗壮，球类的上肢发达，跳跃类的最大特征就是腿长。

这里的所有人年纪都比他大，只用喊哥哥姐姐就行了。

桌上摆着一堆外卖盒子，以他对盛星河的了解，这大半夜还能聚在房间吃夜宵的同事，关系一定是特别要好的。

林建洲将贺琦年上下打量了一番："你起码有一米九六吧？"

"嗯，"贺琦年微微点了点头，"我前两天刚量了一下，一米九八了。"

盛星河震惊地瞪圆了双眼，仿佛见到外星生物："你又长高了？！你都大三了还能再长高？"

"对啊。"贺琦年挺了一下腰，抬手搭在盛星河的头上，后者刚巧到他眉毛的位置，"说不定有生之年我能长到两米。"

盛星河一屁股坐到了床边，彻底远离他。

这天赐的祝福怎么还没完没了了。

老天爷还能不能考虑一下他们这种不被祝福的心理健康！

"跳高练多久了？"林建洲又问。

"两年多点。"贺琦年说。

"PB（个人最好成绩）多少？"

"2.20 米。"

对于一个只练了两年多的运动员来说，2.20 米已经是非常优异的成绩了，每年达到这个健将级标准的跳高运动员也就一两个。

林建洲点点头，夸赞道："挺好的，星河在你这个年纪的时候也差不多这些高度，他练得可比你久多了。"

盛星河已经从林建洲的眼神中看到了期许，就像他在第一次看见贺琦年时的那种心情一样。

他觉得贺琦年离进入国家队的目标已经不远了。

"青出于蓝胜于蓝才好啊，"盛星河说，"如果后辈不能超越前辈，那我们中国队要怎么冲向国际？"

"说得对。"林建洲欣慰地笑了起来。

"但你永远都是我最敬佩的师哥，"贺琦年的双眼在灯光下亮闪闪的，看起来自信又真挚，"没有前辈们的指点，哪有后辈的进步。"

盛星河忍不住笑了起来，贺琦年就像是阴霾天里的一束光，知恩又上进，轻易地就能俘获人心。

"肚子饿吗？要不要在这儿跟我们一起吃点？"林建洲问。

"对，"盛星河接道，"有你喜欢的虾饺。"

贺琦年呆愣愣地点点头："你的是哪份？"

盛星河手里的那份饺子才刚吃了一个，他将自己那套餐具里的勺子递给贺琦年。

"你先吃吧，吃剩了给我就行。"

"要是没有剩的怎么办？"贺琦年捞了一个塞进嘴里。

"没有就没有呗，我还能拿你怎么办？"盛星河说。

"哟哟哟，"张玉茹笑了起来，"当哥哥了就是不一样，我以前怎么没见你这么谦让过？"

贺琦年低头笑了："那他平常在你们面前什么样啊？"

张玉茹大笑："反正跟这会儿不太一样。"

秦鹤轩抬眸道："基本没人样。"

盛星河踹了他一脚。

贺琦年以前只在新闻上见过顶尖运动员，一直觉得国家队的都跟艺人似的，各个地方飞来飞去，又是全封闭的训练，行踪诡秘，充满距离感，在镜头前大多都是比较高冷的，但今天一见，倒是觉得可爱又亲切。

大家也会讨论什么东西好吃，以及聊别的队员的八卦。

"小裴对象就是上回来基地看他那姑娘，他接综艺就是为了跟她搭档，压根就没收钱。"

"那女的挣得比他多吧，不会有压力吗？我看他平常还挺大男子主义的。"

"都什么年代了，女的挣得比男的多很正常，我女朋友要是比我挣得多我高兴还来不及呢。"

"那是你脸皮厚呀。"

贺琦年尚未踏入社会，只能听懂他们议论的东西，没有真正体会到他们口中所说的那种压力。

他目前的压力只源于如何跳得更高，好迈进职业队伍，和金钱无关，但被他们这么一提，倒是觉得自己接下来应该好好攒钱。

"小朋友，你有女朋友吗？"张玉茹问。

贺琦年摇摇头："还没有。"

"长这么帅居然没有女朋友？"张玉茹惊讶道，"学校没人追你吗？"

他疯狂地摇头。

"不是吧？"张玉茹说，"你肯定骗人。"

贺琦年啃着虾饺，老实道："追我的不是我喜欢的类型。"

张玉茹一拍大腿："我就知道！那你喜欢什么类型的？温柔型还是运动型？"

贺琦年抓抓腮帮子："两者结合吧，我喜欢年纪稍微大一点的。"

"啊……"张玉茹若有所悟，"小奶狗啊，哎现在果然都流行这种了，我们那会儿都喜欢年纪大的，会照顾人的。"

像是被戳中了某个点，贺琦年忽然反驳："我也会照顾人！谁说年纪小就不行了？"

张玉茹笑了："我没说你不行，就是感觉年龄太小了。"

贺琦年着急道："我不小，我都二十了，不是小屁孩，你们说的我都能听懂。"

"那还是我们这儿最小的呀，"张玉茹说，"只有小孩子才这么在乎别人有没有把他当成小屁孩。"

贺琦年越说越觉得憋屈，可又没办法反驳。

盛星河："说你年纪小还不乐意了？你知道我多想回到你这个年纪吗，没伤没病的，一切都才刚刚开始。"

贺琦年转过头看他："我还想跟你换呢。"

"为什么想跟我换？"

想多一点阅历，多一些成绩，想变得成熟一些，想成为其他人眼中那个值得信任、值得依赖的对象，而不是小学弟、小屁孩。

不过这些话说出来又有些羞耻，贺琦年说："想跳过 2.30 米。"

"你肯定会的，"盛星河笑着说，"你比我优秀多了。"

贺琦年把饺子咽下去，转头看他："你老这么说，万一我跳不过呢？岂不是丢你面子。"

"不会的。"

在心理学上有个词叫作期待效应，指的是教师对学生的殷切希望能戏剧性地收到预期效果的现象。

当一个人获得另一个人的信任、赞美时，他便会感觉获得了支持，从而获得一种积极向上的动力，心理得到满足，就会变得更加自信，会朝着对方所期待的那个方向努力，避免对方失望。

边瀚林从前说过，只要肯努力，一定会跳过 2.30 米，他就一直朝着这个方向迈进。

鼓励会带给人前进的动力，各个行业、各个年龄段都是如此。

"你肯定能跳过去的，"盛星河说，"我特别期待有人能超过我，我喜欢比我厉害的对手。"

贺琦年受到了巨大的鼓舞："那你等着！我肯定超你！"

林建洲大笑起来："那你可得好好加油了。"

吃完夜宵，大家一个接一个地回房间了，闹哄哄的房间一下安静下来。

酒店楼层很高，抬头仿佛能触碰到漫天星辰，贺琦年站在窗前，真的看到了长江，只不过楼层与楼层间的间距太窄，江景成了一条线。

盛星河把桌上的一次性餐盒都给收拾了："你不是说有东西要送我吗，东西呢？"

贺琦年拍了一下衣兜，想起自己临走时换了新外套："我走太急忘拿了，东西还在我另外一件外套里，明天拿给你吧。"

"什么好东西？"

"明天就知道了啊。"

盛星河从行李箱里翻出一套睡衣准备洗漱，看见贺琦年把手机架在茶几上，便走过去扫了一眼："你干吗呢？"

贺琦年开了个直播。

"我上次说我破百万粉的话会开个直播。"

"你这涨粉速度够快的啊，我出国之前好像才 80 来万吧。"

"搞了几次吃播，莫名其妙就涨了很多。"

"那你挑这时间看的人不多吧。"

"没关系，可以录下来的。"

这不是贺琦年第一次直播了，之前为了推广东西也弄过两次。

这个点是睡觉的时间，刚开始时进入直播间的粉丝并不多，但放了一会又陆陆续续涌进来几百个人，立马变得热闹起来。

贺琦年跟粉丝打过招呼之后，将镜头转向盛星河，大方介绍："这也是我们学校毕业的师哥，这次是我第一次跟他一起参加比赛，跳高项目放在后天下午两点，到时候我看能不能录一段现场的视频放微博上。"

好啊好啊好好啊！

我已经买好门票了，后天见哦！

为啥别人家学校搞体育的都这么帅！！！

这身材绝了。

啊啊啊啊啊，哥哥也好帅！神仙颜值！

一个真理：帅哥身边都是帅哥。

贺琦年笑了笑："很帅是吧，我也觉得他挺帅。"

盛星河正准备脱衣服，听见这话又不好意思地把手给放下了："白痴。"

"哎，"贺琦年回过头说，"我这正直播呢，你能不能给我点面子？"他说完又看向屏幕，"他老骂我。"

盛星河："那该喊你什么？小可爱？"

贺琦年扑哧笑了："那倒也不必。"

哈哈哈哈哈哈哈哈哈哈哈！

盛星河去浴室洗澡，贺琦年跟粉丝聊着聊着就往床上一瘫："我有点困了，你们还不睡觉吗？"

看你直播啊傻弟弟！

我本来都要睡觉了，但看到直播就炸起来了！

贺琦年揉了一下眼睛："那大家早点休息吧，我们也差不多要休息了。"

好的呢！晚安晚安！

好梦哦！

盛星河从浴室出来的时候，看见贺琦年躺在他的床上，盖着他的被子枕着他的枕头，双眼紧闭，完全像是睡着了的模样，而且似乎睡得很熟。

手机还握在手里，屏幕已经黑了。

"直播结束了？"

贺琦年没动弹。

盛星河走过去轻轻拍了拍他："你是准备赖在我这儿了吗？还不赶紧回

自己窝睡觉去。"

贺琦年是真睡着了，听见声音，微微皱眉，翻了个身往被窝里钻，呢喃："好冷，我不想回去了。"

"啥玩意儿？"盛星河捏住他耳朵向上一提，"接待没给你安排房间吗？"

"安排了，"贺琦年困了，嘴里嘟嘟嚷嚷，"于顺平睡觉打呼，影响我睡眠质量，我想睡你这儿。"

盛星河搓了一下脑门，觉得有些无奈。

南方的冬天没暖气，从一个被窝换到另一个被窝需要强大的勇气。

被窝都焐暖和了，换他他也不乐意冲回去，而且都这么晚了。

虽说这儿只有一张床，但却是双人房，本来是安排他和领队一起睡的。巧的是领队老家就在这附近，媳妇儿开车过来把人给接走了，这边就只剩下他一个人。

盛星河开启空调，掀开被子往被窝里一钻，他那侧的床单冰冷，冻得他直打哆嗦。

盛星河侧身正对着贺琦年。

是从什么时候开始的，这个人像阳光一样，渐渐渗透进他的生活里，夺走了很多的注意力。

他还清晰地记得去年夏天的某个暴雨夜，贺琦年的钥匙落在家里，具体是不是真遗忘还有待进一步考证。

当时这家伙十分窘迫地站在门口打申请，问能不能借住一晚，并且保证自己睡相很好，不说梦话不打呼不磨牙不踢人，乖顺得跟只小猫咪似的。

现在倒好，连声招呼都不打，直接赖这儿就呼呼大睡。

清早，盛星河是被浴室里的水声给吵醒的，他恍惚地皱了皱眉，转头看见枕边的手机和外套，都是贺琦年的。

"你醒了啊。"贺琦年擦着头发出来。

"嗯。"盛星河揉了一下眼睛，看见贺琦年的头发有点湿，"你刚才在洗澡？"刚刚睡醒的缘故，他的声音微哑。

"嗯，昨晚实在太困了没来得及洗。"

"睡得还好吗？"盛星河看了一眼快垂到地上的被子。

贺琦年一把抓起外套，嘴角微微一勾："特别好。我去买早饭。"他拿起床头的手机看了一眼剩余电量，正巧看到群里有消息，就噼里啪啦地打字，嘴上仍然不忘交代，"你快点起来洗脸刷牙。"

盛星河顶着鸡窝头发呆。

总决赛分两天进行，男子跳高安排在第二天下午两点，第一天就是适应一下环境，两人吃过早点，各自去找教练。

体育馆内场有其他项目的比赛，大家只能在室外热身训练。

盛星河到达场地时，贺琦年已经在了，正在跳栏架，这是跳跃的专项练习。

他正打算找地方放一下外套，发现座位上摆了两个保温杯。

"里面是鲜奶，不含防腐剂的。"贺琦年远远地喊了一声。

盛星河拧开盖子喝了一口，牛奶还是温温的。

喝完，他又将盖子拧好，放回原位。

也不知道是巧合还是什么，盛星河中途每一次抬头，几乎都能对上那双亮汪汪的眼睛，后来他才发现，贺琦年只要做完一组动作，都会往他这个方向看一眼。

休息时，贺琦年拎着两个保温杯到卫生间冲洗，隐约听见外头有人打电话，音色特别熟悉。

"确定没问题吗？"

"这不是信任不信任的问题，这关乎我的名誉，当然要确保万无一失。"

"太贵了，我这又没多少钱。"

"那行吧……不过我房间有人不方便，到时候我去找你吧。"

这对话不由得让人联想到一些带颜色的交易，贺琦年洗好杯子没有立刻关上水龙头。

外边的人推门进来。

是赵天煜。

贺琦年的视线追随着他，上下打量，赵天煜显然也认出他来，愣了愣，但没有打招呼。

一天的适应训练结束之后，盛星河如约来到了贺琦年所住的酒店，这兔崽子说有好东西要送他。

于顺平也在房间休息，见他来了打个招呼，随即，贺琦年便把盛星河带出了房间。

酒店整体呈一个半弧形的设计，走廊也带弧度，贺琦年把盛星河带到走廊尽头，背靠着墙。

"神神秘秘的，到底什么东西？"

"手伸出来。"贺琦年说。

盛星河摊开手掌，见他从兜里掏出一根黑色的细绳。

细绳落于掌心，他才发现绳子的中央串着一颗小指甲盖那么大的珠子。

圆润细腻，整体是由蓝到黑的渐变，两种颜色相互交融，像是纯天然的蓝晶石，在灯光下亮闪闪的，会让人情不自禁地联想到浩瀚星空。

"那天在山下的一家手工艺品店里看到的，老板给它取名叫'星河'，"贺琦年抬眸笑了笑，"我觉得有缘，就买下来了。"

"那真的挺巧的，"他捏住珠子转了一圈，脑子有点打结，想不出什么优美的词汇夸赞，最后撂下两个字，"不错。"

"喜欢吗？"贺琦年眼神里的期待都溢出来了。

东西是可以量产的，但如果一样东西如果被赐予了名字，意义就变得不一样了。

盛星河攥在手里说："喜欢。"

贺琦年嘿嘿笑了起来："我就知道你会喜欢，我第一眼就觉得挺好看，这个珠子是纯手工打磨的，世上仅此一颗。"

盛星河想直接戴起来，但是发现一只手不好操作。

贺琦年看着心急，直接上手："我来帮你戴吧。"

盛星河的体型偏瘦，骨架又大，所以腕骨特别明显，贺琦年系好后，将绳子绳结转了半个圈，珠子正巧卡在了腕骨边上。

"果然很适合你。"贺琦年说，"希望它可以给你带去好运气。"

盛星河低头拨动腕骨边的小珠子："谢谢。那我先回去了，明天赛场上再见。"

贺琦年点点头，又接着说："我送送你吧。"

"白痴，就那么点路，送个屁啊。"

"你管我，"贺琦年说，"我要下楼买两瓶矿泉水。"

盛星河走着走着忽然往边上一撞，贺琦年一下被顶到墙角，反应过来之后也往盛星河身上撞回去。

两人在走道里推推搡搡，笑声不断。

快走到电梯口时，迎面而来一个男人，他的手里捏着一个黑色塑料袋，路过垃圾桶时，飞快地扔了进去。

虽然那人戴着口罩，但贺琦年还是一眼就认出了他。

楼道是弧形的，赵天煜显然是没料到会有人出现，又或者说是，没料到有熟人出现，神情和动作都有瞬间的僵硬与慌张。紧接着，他双手揣兜，眼神就像老鹰一般牢牢地锁定他们。

赵天煜与他们擦身而过，贺琦年的视线全程都跟随着他，直到赵天煜斜了他一眼。

"看什么看？"

赵天煜那一刹那的惊慌没能逃过贺琦年的眼睛，莫名其妙的挑衅更令贺琦年产生了一种预感，虽然没有由来，但却特别强烈。

他望向不远处的垃圾桶，猜测赵天煜匆忙间扔掉的会是什么东西。

他们所处的位置在二十六楼，整层楼一共有四部客用电梯，而赵天煜却是从安全通道那个方向走上来的。

这本身就有些奇怪。

房间有垃圾桶为什么不扔？就算是在外边买的东西，可酒店四周都是商场、超市，没有小摊贩，什么商家会用黑色塑料袋装东西？

贺琦年没有接话，赵天煜头也不回地离开了。

大概过了两秒，电梯响了。

贺琦年看了一眼赵天煜的背影，双腿不受控地迈向了那个垃圾桶。

说实在的，他很希望是自己想多了。

真正热爱这个行业的人，都希望自己的对手是清清白白的，渴望这个赛场干干净净的。

盛星河走进电梯，不明所以地探出一个脑袋："你不是说要送我下楼吗？"

这话一出，赵天煜猛地回过头。

贺琦年也在同一瞬间回头，两人的视线猝不及防地撞上了，他的心脏剧烈地跳动起来，估摸着预感要成真。

贺琦年没说话，径直走向那个垃圾桶。

他每走一步，都牵动着赵天煜的神经和心跳，终于，在贺琦年掀开垃圾桶的盖子时，他忍不住大声呵斥道："你要干吗？！"

赵天煜过于激烈的反应在印证贺琦年之前的猜测。

"我捡个东西而已，你有必要这么紧张吗？"贺琦年用指尖挑开垃圾桶的盖子。

酒店楼道里的垃圾桶除了保洁人员之外，很少有人会用到，垃圾袋里只有一些碎屑烟蒂一个矿泉水瓶，以及那个满是褶皱，被人卷紧了的黑色塑料袋。

赵天煜伸手握住贺琦年的手腕，阻止了他接下来的动作："你有病吗？大半夜的掏垃圾？"

他的皮肤被太阳晒得黝黑，显得面相格外凶狠，动作粗鲁，声音又大，明明是疑问句，听起来却有种咄咄逼人的气势。

"你在心虚什么？"

贺琦年底气十足，直接无视了他的威胁，用盛星河之前教过他的招数挣脱他的钳制，伸手去捞那个塑料袋。

当指尖触碰到袋子的那一刹那，眉心皱紧了。

那是他最不想发现的东西。

第八章 新身份

　　盛星河刚开始觉得赵天煜有点眼熟，还以为是省队队友碰上了要叙旧，发现情况不对后，立马伸手挡了一下即将关上的电梯门，快步走到两人跟前。

　　"干吗呢？"

　　或许是二对一的缘故，赵天煜的眼神彻底变得慌乱起来。

　　贺琦年捏紧袋子，里面那些东西的形状凸显出来。

　　这是一个基本被当成观赏物的垃圾桶，不知道多久会处理一次，或许要等他们离开才会有人发现里面的垃圾，更大的可能性是直接扔掉。

　　证据销毁。

　　他紧紧地注视着眼前的人，觉得可笑又无奈："这就是你拿冠军的秘诀是吗？你就不怕被人查出来吗？"

　　盛星河看到东西，总算明白过来怎么回事。

　　除了惊讶，更多的还是憎恶。

　　他扫了一眼赵天煜，伸手去拿贺琦年手里的袋子。

　　赵天煜像头发狂的恶犬一样突然扑过去抢东西，贺琦年狠狠地推了他一把，赵天煜再次去夺，直接被贺琦年提着脖子按到墙上。

　　"靠这种方式赢冠军，你都不觉得亏心吗？"

　　心中的愤怒令他的气势翻了个倍，赵天煜没有说话，仓皇地盯着他手中的那袋东西。

　　东西从贺琦年手中转移到盛星河手里。

　　盛星河正准备叫领导处理，赵天煜猛地挣脱贺琦年的束缚，扑过去握住盛星河的手臂，态度也转了一百八十度的弯。

"你举报我能拿到什么好处呢？"赵天煜慌乱的眼神中涌动着几分光亮，最后，他压低了声音祈求，"误食，真的，我也是不小心的……"

贺琦年一听，停顿了两秒，饶有兴味地看着他，勾了勾嘴角："是吗？"

盛星河的视线立刻扫了过去，有疑惑，但没有出声。

赵天煜看到了一点希望，嘴角浮现出了然于心的微笑，神情也立刻变得真挚起来："当然，你难道不想拿冠军吗？"

贺琦年想到了上次田径大奖赛上赵天煜的惊人一跳。

就是这样的人，无耻地扰乱了比赛的公正性却扬扬自得。

他强迫自己冷静下来，面带微笑，像是很感兴趣似的问道："我要是也'不小心'，你岂不是多了一个竞争对手。"

"那有什么关系，"赵天煜揽过他的肩膀，"胜者为王，你要赢了，我心服口服，你的目标肯定是进国家队吧？我的目标是拿奖金，这并不冲突啊。"

"那倒也是，"贺琦年继续诈他，"除了我们，还有谁知道这事儿？"

"没了，"赵天煜换上高深莫测的表情，"我保证你的金牌拿得干干净净。"

"干干净净。"贺琦年冷笑一声，推开了搭在肩膀上的胳膊，"赵天煜，我之前还真是高看你了。"

赵天煜嘴角一抽。

"你不光是技术不行，就连脑子也不行。"

贺琦年的目光森冷，指着他的胸口，声调骤然拔高："滥服禁药，违背体育精神，扰乱比赛的公正性，让真正努力过的人失望而归，你还有脸跟我说干干净净？像你这种不尊重对手的人，压根就不配跟我站在一个赛场！"

赵天煜知道拉拢无望，目光便冷了下来，趁盛星河不注意，一把夺过他手里的塑料袋，拔腿就跑。

他没有等电梯，而是冲向走廊尽头的安全通道。他之前检查过四周的监控，垃圾桶那边是死角，只要把东西销毁就死无对证了。

贺琦年和盛星河紧随其后，好几次，贺琦年几乎快碰到他的衣服，但都没能抓住。

盛星河一个飞扑勾住了赵天煜的脖子，将人死死地压制在身下，另一只手试图去拿东西。

赵天煜把东西握紧藏于胸口处，忽然低头，像是疯狗似的狠狠咬住他的手臂。

即便是隔着厚厚的加绒卫衣，盛星河仍然疼得倒抽凉气，骂了句脏话。

"松口！"贺琦年踹了他一脚，"赵天煜！赶紧把东西拿出来！你别以为你躲得过初一就能躲得过十五，我照样举报你！"

赵天煜依旧死咬着盛星河的胳膊不放，他抬起胳膊肘，奋力顶向盛星河的肋骨。

这一顶彻底把贺琦年给惹毛了，他一把揪住赵天煜的头发，向后一扯，再用力掼回地面。

这是他生平第一次真真正正地跟人干架，气得满脸通红，牙齿直抖，因为震怒，他的力量没能准确掌控，砸得人眼歪口斜，一道鲜红的液体从赵天煜鼻子里缓缓流淌下来。

赵天煜摸了摸人中，彻底爆发，起身后，一记右勾拳先是回敬给了盛星河，但被盛星河敏锐地躲了过去，又砸向贺琦年的下颌。

骨头与骨头冲撞出沉闷的声响，贺琦年偏了偏头，闭眼捂住了下颌，下一秒，他的右腿就踹向了赵天煜的小腹。

两人你来我往，完全失去理智地扭打在了一块儿，盛星河本来还想拉架，刚一凑过去，就被贺琦年的一肘子顶在了鼻梁上。

"你没事吧？"贺琦年刚一分心，对面的拳头直直砸中了他的太阳穴，疼得他双膝一软。

接着是盛星河爆发。

走道里的打闹声惊动了楼层里的其他客人，有人探出了脑袋远远观战，有人试探着靠近。

三个都是运动员，打起架来不像普通人那样抡个巴掌挥一拳那么简单，况且他们个高健硕，围观的人都担心控制不住场面反而被误伤，愣是没人敢上前制止。

直到田径队里的运动员发现，好几个人一起冲上去把三个人拉开。

"怎么回事？！"孔教练怒气冲冲地大喊，"大晚上的不好好休息在这干吗呢？几岁啊，还打架？你看看你们还有一点运动员的样子吗？"

贺琦年的头发、衣服被扯得凌乱不堪，黑色的运动服在地上滚了一圈，蹭上一层灰。

他远远地指着赵天煜的鼻梁："就冲你今天这个态度我就要让你这种害群之马退出田径队！"

"贺琦年！"孔教练的吼声震慑住了众人，现场一下安静下来，"你先说到底怎么回事。"

"他用药！"

贺琦年这话刚一出来，赵天煜便接了一句："你放屁！那东西根本就是你自己的！——教练，我发现他用药之后他就诬陷我！"

贺琦年和盛星河都被这人的无耻程度给震惊了，同时瞪大双眼，脸上写满了难以置信。

"你再说一遍？"盛星河的尾音都打着拐，他简直怀疑自己耳朵有问题。

这世上怎么会有这种人？

"他们俩扔那东西被我发现，然后一起诬陷我！"赵天煜果真又重复了一遍，配上气急败坏又束手无策的表情，堪称影帝级表演。

"你真是令我大开眼界啊赵天煜，"贺琦年的气息不太平稳，看向孔教练，"这玩意儿要是我的我能从这楼上跳下去。"

赵天煜挑衅道："那你跳啊！"

盛星河跟教练解释了一下事情的来龙去脉，赵天煜一副泫然欲泣的表情："你们太不要脸了！联合起来栽赃我！盛星河他之前就有过前科！为了赢，他什么事做不出来？"

盛星河双拳紧握，骨节咔咔作响，一股寒意从脚底席卷全身。

这句话从谁嘴里说出来他都不意外，但从赵天煜嘴里冒出来彻底激怒了他。

简直是天大的笑话。

贺琦年已经找不到词汇来形容此刻的心情，脑袋里飘满脏话。

"赵天煜你恶人先告状！有种去做检查！"

在他扑上去揍人之前，孔教练一把将他推到一边："干什么！还嫌事情闹得不够大！是不是要把你参赛资格取消了才满意？！"

"好了贺琦年，"于顺平也一把将他拽回身后，"你跟条疯狗较个什么劲，我们都相信你不可能会用那种东西的。"

赵天煜嗤笑："你相信有个毛用。"

大多数时候，拥有理智的人都得忍受无知者的无理取闹。

贺琦年被迫冷静下来，双眼还是通红的状态，气血郁结，连呼吸都不畅快了。

他能忍受赵天煜栽赃他，但不能忍受盛星河的伤口被残忍地撕开。

围观的人越来越多。

双方各执一词，那么显然有一方在撒谎。

"都给我闭嘴！"孔教练说，"你们三个，通通给我去做检查！"

贺琦年冷哼一声，心脏还是气得直跳："检查就检查。"

一听要做检查，赵天煜立马就急了："凭什么你说检查就检查啊，我要找我教练！"

"找天王老子也没用！"孔教练瞪着他，一字一顿，言简意赅道，"你们三个，今晚一个都跑不掉。"

盛星河大方表示愿意接受检查，只不过要提前联系一下教练。

在此期间，赵天煜也已经拨通了主教练的电话。

竞赛场馆通常都设有兴奋剂检查站，孔教练先是联系上大赛领导和检查站的工作人员，将三人一起带到检查站。

过去时，赵天煜还试图联系其他人，被孔教练制止了。

很快，一个剃着光头、满脸横肉的男人和盛星河的主教林建洲同时出现。

贺琦年认得那个光头，是赵天煜的主教练。

解释完事情原委之后，赵天煜的主教王毅伟脸色变得有些难看，但形势所迫，他不得不同意赵天煜接受检查。

当然，他不接受也没用，不管在赛内还是赛外，所有运动员都有责任、有义务、随时随地接受兴奋剂检查，拒绝检查或阻碍采样同样接受禁赛处罚。

检查站由候检室、操作间、储藏室和卫生间组成，由于时间已晚，工作人员面色倦怠，打着哈欠。

最先接受采样的是盛星河，剩下的人坐在候检室。

检察人员让他先洗一下手，然后在备选尿杯中选取一组使用。

盛星河选好后，检察人员将他领至卫生间门口，交代道："这些东西你自己保管好，我的同事会跟你一起进去，留样时需要将上衣提至胸口以上，手腕至肘部保持裸露状态。"

"好的。"盛星河点点头。

赵天煜嘲讽道："你不用跟他说那么多，他有经验。"

"你……"贺琦年被好几个人按回椅子上。

盛星河与一名同性的检察人员进入卫生间采样。

样品分 AB 两瓶，A 瓶将被送至兴奋剂检测实验室进行检测分析，B 瓶则由实验室保存。

如果检测为阳性，反兴奋剂中心会立刻将结果通知运动员及其所在单位。运动员可以在五个工作日内决定是否对 B 瓶进行检测，如 B 瓶没有问题，翻案成功，超过时间则视为放弃，准备接受处罚。

样品封装完毕，盛星河回到候检室填写检查记录单，上面需要运动员提供最近七天内服用的营养品或药物信息。

赵天煜说的也没错，盛星河对整套流程十分熟悉，很快就完成采样。

贺琦年是第一次接受检查，一到提上衣脱裤子环节就扭捏起来，撩起衣服，遮了遮胸口的小太阳："你老盯着我看干吗啊？怪不好意思的。"

检察人员一脸冷漠："这个是规定，外套脱了，衣袖拉起来，裤子要脱到膝盖以下。"

"啊？"贺琦年有些惊讶，"你刚也是这么盯着人看的？"

"那当然，"检察人员催促道，"快点，还有下一个。"

贺琦年低头咬住衣服的下摆，露出胸膛，解裤子的同时又忍不住斜眼瞄他，嘴里含糊不清道："你这样看着我我尿不出来。"

"快点啊，不然我替你把着了！"

贺琦年吓得肩膀一耸："你真凶。"

在贺琦年采样的时候，孔教练已经把塑料袋交给检查站的负责人。

"这个是垃圾桶里捡到的注射器，你们应该能提取到里面的成分吧？"

负责人看了一眼："这个得送到实验室里做进一步的分析，我们这边只是负责采样和运输。"

证物全部被封存，赵天煜顿时有种无力回天的感觉，他扭头看向自己的教练，眼神像是在祈求着什么。

这一幕正巧被坐在对面的林建洲看在眼里。

光头起身出门，林建洲立马跟了上去："王教练上哪儿去啊？"

光头眼角一抽："我抽根烟。"

此时，候检室外边的天色已经黑透了。

刚点燃的烟头在黑暗中闪着忽明忽暗的光。

林建洲是三位教练员中年龄最大的，从业到现在已经二十多年了，他知道这个圈子里有很多不干净的现象存在。

"王教练对今晚的事情意外吗？"林建洲问。

光头点了根香烟："我不相信赵天煜会犯这种错误。"

"谁也没说他犯了错啊，报告还没出来呢。"林建洲笑了。

光头哑然。

贺琦年采完样，神态轻松地从卫生间里走出来。

赵天煜一直在说自己尿不出来，不想进卫生间，很明显在拖延时间，检察人员不耐烦地倒了一大杯水给他。

"一口气喝下去，尿不出就再喝一杯，直到你憋不住为止。"

赵天煜手中握着一杯温水，望向自己的主教练，精神一点一点地接近崩溃的边缘。

孔教练坐在他边上，冲着检察人员方向努了努嘴："你没有服药人家也不可能故意来诬陷你，好好配合，大家都急着回去睡觉呢，那么多人等你一个。"

贺琦年打了个哈欠，走过去补刀："刚才那嘴皮子不是挺厉害吗？这会儿又尿了？"

盛星河沉默着走向饮水机，倒上一杯温水递过去："喝吧，大家朋友一场，我只能帮你到这儿了，尿完就能证明你的清白了。"

贺琦年暗中憋笑。

等全部的采样流程走完，已经凌晨一点多了，外头下起了淅淅沥沥的小雨。

没有人带伞，大家只得淋着雨冲回去。

盛星河出门时没穿外套，贺琦年把自己的脱下递给他。

"我不用，你自己穿吧，就那么一点路。"

"穿上！"贺琦年强行把外套披在他肩膀上。

盛星河："……"这小屁孩怎么越来越喜欢用这种语气跟他说话了。

林建洲走在两人后头，轻轻地咳了一声："星河你跟我过来一下。"

贺琦年的脚步也停了下来。

盛星河跟随林教练走到一边。

在赛前发生这种事情对运动员的心理的影响挺大，特别是像盛星河这样有过"前科"的。

兴奋剂三个字就犹如笼罩在他身上的一团阴影。

林建洲是担心他的心理状态，安抚道："既然检查都做完了就别想那么多了，也不要去管那些恶意中伤你的人，你拿到成绩，就是对他们最好的回击。我说难听一点，这一行看的就是成绩，你看那些媒体，天天在那扯谁谁谁用药禁赛了，人复出比赛拿块世锦赛金牌，立马一通吹，禁赛的事情都不值一提了。"

"人不能总被过去捆绑，要多看看未来，你自己将来走什么路，成什么样的人，决定权都在你自己手里。"

盛星河消化完这一大碗鸡汤，点点头："我明白。"

"自从年初那场比赛结束之后，你对比赛的热情都没有以前那么高涨了。"林建洲看着他，"我说的没错吧。"

盛星河没有否认。

林建洲："有事儿别憋心里，我看你一声不吭都怕了，不开心的尽管宣泄出来懂吗？要是睡不着的话我可以陪你聊聊天。"

盛星河忙说："不用了，我又不是小孩子，能自我调节。"

"是吗，我看你就不怎么能调节。"

盛星河垂下脑袋，不知道该说什么了。

"还是你要跟那小弟弟一个屋睡？"林建洲问。

"啊？"盛星河一个激灵，猛摇头，"不是啊。"

林建洲拍拍他的肩："一起聊聊天也挺好，我怕你钻牛角尖里想不开，那小弟弟挺能聊的，还那么崇拜你，你多跟他接触接触——"

林建洲说到这里，略微停顿一下，笑出了声："你看他，都瞅咱半天了。"

盛星河顺着林建洲的视线望回去，看见贺琦年躲在一堆绿植后边，脑门上顶着片巨大的铁树叶，半张脸贼兮兮地藏在叶片之间。

被发现之后猛地向下一缩，被铁树的针尖扎到了脑袋，疼得龇牙咧嘴。

"蠢货。"盛星河忍不住乐了。

贺琦年说于顺平晚上打呼，申请和盛星河一个屋，盛星河一开始是不情愿的，但他是个典型的吃软不吃硬的人，贺琦年软绵绵地一撒娇，他就没辙。

当天晚上。

平白无故折腾了一晚上，盛星河毫无睡意，脑海中不自觉地浮现出赵天煜张牙舞爪的嘴脸。

——他之前就有过前科！为了赢，他什么事做不出来？

他拼命告诉自己，这只不过是赵天煜的胡言乱语罢了。

但是没用。

大脑还是不受控地联想到了很多事情。

刻板印象一旦形成，很难改变，在大多数不明真相的人眼中，他就是服用违禁药物被发现，禁赛一年多的运动员罢了。

大家的生活节奏那么快，这条信息就这么定格在了一群人的脑海之中，没有人会想要了解他为什么会被禁赛，过去和未来是什么样子，每当有人提起盛星河，总会有人接一句，"哦，那个被禁赛的啊。"

至于背后的原因，没人了解也无法深挖。

就像他刚进 T 大校园时，大家所津津乐道的一样，每个人都自以为了解真相，在传播真相，伸张正义。

他不敢想象这辈子如果无法跳过 2.31 米那道坎，该抱着怎样的心态退役，该怎么面对为他牺牲了那么多的边教练，该怎样度过接下来的人生。

自从年初的国际赛结束之后，心态就一直处于不太理想的状态，一次又一次地质疑自己的水平。

是不是真的跳不过去了？

其实以前也有不少人打击过他，试图从各方位各层面剖析，就为了告诉他，过了一定的年纪很难再有什么大突破，但他都没怎么放在心上。

直到被禁赛，直到身体状况有了明显的变化，直到过完了二十八岁生日仍然没有进步，他才开始惶恐。

如果有人可以很明确地告诉他，你能跳过 2.31 米，那中间受多少罪他都无所谓。

可是不会有。

是不是真的跳不过去了？

这个问题永远没有答案。

他只能在一片困顿和迷雾中摸索前行。

大概是天冷的关系，后腰的旧伤总是隐隐作痛，他开了会空调，贺琦年从浴室出来了。

他浑身香喷喷地钻进被窝，把被子拉到鼻梁位置，只露出一对眼睛，"嘶，为什么南方的冬天这么冷，我每次脱衣服都要巨大的勇气。"

盛星河淡淡地回应："我也不知道，我也不喜欢冬天。"

贺琦年转过头看向他。

人的情绪就算隐藏得再好，也会在不经意间向外释放，再加上贺琦年本身是个挺敏感的人，一下就察觉他的情绪不对劲。

"你不太开心？是因为赵天煜的事情吗？"

盛星河迟疑了好一会。

他虽然没有直接答复，但贺琦年已经接收到了信号。

"他那个人就是嘴比较贱，你看他那些话里有几句是真的，别放在心上，明天报告一出来，估计你都看不到他了。"

盛星河忽然想起来一件事："你是不是上回跟我说过，他在省运会上只能跳 2.13 米，在全国大奖赛上就跳了 2.23 米？"

贺琦年点点头："对，就是他，当时我就觉得挺意外，但因为药检过了，这个想法就被压下去了。"

盛星河很想说，这世上多的是你无法想象的黑暗。

可他不愿意把这些话说出来。

贺琦年的心灵是非常干净纯粹的，也只有这样的人，才能一直乐观地保持初心，保持良好的心态去迎接每一天，有时候知道得越多，反而越是失望。

盛星河说："不想那么多了，反正我们还是坚持底线，该怎么样就怎么样，用那些不正当手段取胜的迟早会被发现。你看过 ×× 年奥运会吗？"

贺琦年摇头："那会儿我还忙着上兴趣班呢。"

盛星河叹了口气："代沟啊……"

贺琦年急了："我可以回去查啊！那么大比赛肯定有视频纪录。"

盛星河说："当时有一场 4×100 的男子接力赛，牙买加队突破极限，以 37.10 秒的成绩夺冠，直到八年后，奥委会把当时的样本拿出来复查，才发现其中一名成员的样本内含有禁药成分。整整八年，当时新闻爆出来震惊了整个体育圈，当时的奖牌都被收回了。"

贺琦年也震惊："还能这样？"

"嗯，各部门的监管力度在不断增加，总有人站在正义这边。"

如果你相信这个世界是黑暗的，那它就是黑暗的；如果你还愿意相信这个世界是光明的，那它就是光明的。

第二天的跳高决赛名单上少了一个人的名字。

赵天煜退赛了。

贺琦年在热身时才听到有人在讨论赵天煜用药被举报这件事情。

大家聊到这个话题时，并没有太多意外，因为昨晚在酒店大闹一场，很多人目睹经过，一传十十传百的，大家都有预感。

人一旦被发现用药，免不了被质疑过去的成绩。

"他上次大奖赛的冠军估计也是作弊拿的，鬼才相信他能跳到 2.23 米。"

"太恶心了这种人。"

"就是，侮辱了赛场……"

盛星河走过的时候，一群人忽然又都安静下来了。

所有人都定格了半拍，又开始做自己的事情，只是有人会时不时地偷瞄一下他。

盛星河深深地吸了口气，告诉自己不用在意，马上比赛了，要全神贯注。

"哥。"

贺琦年不知道从哪个角落里冒出来，吓了他一跳。

两人一起在赛道上做热身活动，聊着比赛排序的事情，早上那股尴尬劲也逐渐消散了。

盛星河留意到贺琦年脚上还穿着他送的那双钉鞋。

"你怎么老穿这双鞋，大半年了，居然还没坏。"

"质量挺不错啊，而且它总能给我带来好运气。"

"是吗？"

"嗯。"贺琦年十分坚定地点了点头。

"吃糖吗？"贺琦年从兜里摸出几颗斑斓的水果糖。

盛星河捏了颗红色的剥开。

贺琦年笑着说："我就猜到你会选这个颜色。"

"为什么？"盛星河把糖果塞进嘴里，抿了一下，一股特别真实的草莓味在口腔中弥漫开来，他甚至觉得自己嗅到了草莓的香气。

"因为我喜欢蓝色的啊。"贺琦年咬住了蓝色的糖衣，用力一扯，糖果滚进嘴里。

盛星河略感茫然："为什么你喜欢蓝色我就喜欢红色？"

"哎，反正我就是知道！"贺琦年乐颠颠地跑步去了，还没跑出十米又回过头喊，"我杯子里有热牛奶，你多喝一点！可以长高高哦！"

盛星河望着他的背影，将糖果咬碎，更浓烈的果香充斥在口腔之中。

心中的不悦渐渐平息消散。

这世界上有很多不美好的人和事，但仍有一缕阳光会照耀进来，温暖着疲惫的他。

比赛在两点准时开始。

全国室内锦标赛是没有电视直播的，只有一些媒体记者会进行摄像或采访，看台稀稀拉拉地坐着一些人，很多都是学校的领导或是参赛者的亲朋好友。

决赛的高度是从 2 米开始往上加，每过一轮增加 5 厘米，2.25 米以后增加 3 厘米。

这次比赛大多数人都是从 2 米的高度起跳，秦鹤轩和盛星河选择 2.15 米，贺琦年选了 2.10 米。

"好神奇的感觉，去年还在看你比赛，今年就跟我在同一个赛场了。"盛星河笑笑说，"时间过得真快。"

我离你也越来越近了。贺琦年在心里接了一句。

或许是气温太低的缘故，很多运动员都没能发挥出平时的水平，到 2.15 米这个高度的时候，场上只剩下五个人了。

2.15 米对于盛星河来说还是很轻松的，助跑起跳一次过。

排在他后边的是秦鹤轩。

盛星河一眼就发现他的起跳动作有点不对劲，后来一问，才知道是不小心被行李箱砸伤了脚背，脚背到现在还是肿的。

"严不严重啊，要不行就别硬撑，之后还有大赛，先把伤养好是关键。"盛星河说。

秦鹤轩摆摆手："没事。"

在横杆升到 2.25 米的高度时，场上就只剩下贺琦年、盛星河和秦鹤轩三个人了。

盛星河依旧是一跳通过，全场掌声热烈，而秦鹤轩则卡在了这个高度没过去。

就连教练都在边上提醒，实在疼得厉害就别跳了，把精力留给下一场比赛。

2.25 米的前两跳，贺琦年和秦鹤轩都没有过，第三跳时，秦鹤轩选择弃权。

贺琦年在 2.20 米的高度时，落过两次杆，而秦鹤轩是一次过，这也就意味着，贺琦年要是能跳过 2.25 米就能拿到亚军，跳不过去，就是季军。

孔教练在一旁鼓励道："这是一次难得的机会，好好把握。"

贺琦年点点头。

不过他不是为了奖牌颜色更好看，而是想过了自己的 PB。

"加油。"他听见盛星河在边上喊了一句。

回过头，两人会心一笑，时间仿佛被拉回了去年那个充满蝉鸣与日光的盛夏。

只不过，这次盛星河站在了赛场的等候位。

他眼中那个意气风发的少年长高了、变瘦了、换发型了，跑跳姿势越来越漂亮了。

助跑看起来很放松，左腿膝盖微微弯曲，用力蹬地，修长的身躯一跃而起——

画面奇迹般地和去年的夏天重叠了。

手臂、肩膀、后背、大腿，依次越过横杆。

他忽然有种头皮发麻的感觉。

他想起那一天太阳很烈，贺琦年用自信满满的眼神看着他。

——你在的时候，我或许会超常发挥哦！

所有人的呼吸和目光都静止着，期待着。

横杆晃了好几下，终于奇迹似的停在原位。

"漂亮！"随着孔教练的一声嘶吼，观众席爆发出热烈的呼喊和掌声。

贺琦年从垫子上爬起来，两人在横杆两侧相视一笑，盛星河竖起大拇指。

这场比赛，盛星河以 2.28 米的高度拿到冠军，贺琦年则以 2.25 米的高度拿到亚军。

"只差 3 厘米了，"贺琦年说，"你要好好加油，我很快就追到你了。"

盛星河侧过头，小声说："我放慢脚步等等你。"

周围有点吵，贺琦年甚至怀疑自己听错了，还想再确定一下，就听见广播里宣布男子组跳高组的最终成绩，并请他们到颁奖台领奖。

竞技场的颁奖台往往是媒体和观众最多的地方，一台台摄影机对着他们，闪光灯不断亮起。

三人依次踏上领奖台，颁奖嘉宾给盛星河挂上奖牌，之后还有两个小姑娘送上鲜花祝贺。

"谢谢……"盛星河微微鞠躬。

"我喜欢你很久了，一直很期待能到现场看你比赛，"小姑娘显然有些激动，眼含热泪，声音都是颤抖的，"真的太帅了，祝你在下次比赛中发挥出更好的成绩。啊！这次也很棒了！"

盛星河笑了起来，单手抱着鲜花，同她握了握手："谢谢支持，肯定会继续努力的……"

他还在说话，忽然感觉有一只手从左侧伸过来，环在他的肩上。贺琦年提醒他："记者拍照呢，拍个造型。"

混乱中，盛星河也不知该摆什么造型，看见贺琦年抬手举过头顶，便也跟着做了同样的动作。

他转头，贺琦年挑了挑眉。

一幕幕全都定格在镜头之中。

盛星河虽然拿了冠军，但对这次的成绩并不满意。

他在赛场上听见了很多人的呐喊，但大家越是鼓励他就越觉得狼狈和难堪。

不知道为什么，曾经能跨过的高度，如今死活过不去。他感觉自己像是产生了某种奇怪的心理障碍，每一次跑跳心中都充满顾虑和杂念。

从前每一次退场他都怀揣着比较乐观的心态，总觉得还有机会，但现在怕受伤，怕跳不过，怕听见大家失望的声音。

心里越是恐惧就越是拼不了全力。

陷入一种死循环。

有不少记者在离场的通道口等待采访，有几位视线已经锁定在他身上，但他并不想多说什么，退到了贺琦年身后，想避开大家的视线。

第一个被揪着采访的是秦鹤轩，记者关心了一下他的弃权原因。

"就是早上起来的时候不小心被倒下来的行李箱砸了一下，脚肿了，我们队医帮忙处理了，我刚开始觉得没什么问题，但上场跑几次之后就感觉越来越疼了。"

记者道："那太可惜了，如果没有受伤的话相信能带给我们一场特别激烈的冠亚军角逐赛。"

秦鹤轩笑笑："没事，等五月份就有联赛可以看了。"

贺琦年走过时，被一名个子不高的女记者拉住了，他这一停，盛星河差点儿撞上他的后脑勺，赶紧急刹车。

本想在边上绕过去，一只手被贺琦年给拽住了："等等我啊你。"

盛星河被迫面对镜头。

女记者松开手："抱歉，能耽误你们几分钟做个简短的采访吗？"

贺琦年的脸上挂着绅士的微笑："当然可以。"

记者："你作为本次跳高决赛中年龄最小的一位，赛前有没有觉得压力很大呢？跟这么多前辈一起比赛。"

"还好吧。"贺琦年说完，感觉边上的人想走，就又用力拽了一把，小声道，"你干吗啊？美女姐姐还要采访你呢。"

"拿水，"盛星河无奈道，"我口渴死了。"

"哎你早说嘛。"贺琦年把手里喝剩的小半瓶矿泉水递给他。

两人的对面就是一台摄影机，盛星河拧开瓶盖，隔空往嘴里倒水，贺琦年一边看他一边笑："我嘴上又没抹毒药。"

盛星河一口水全喷了出来，扶着贺琦年的肩膀，咳得昏天暗地满脸通红。

边上的女记者和摄影师都忍不住笑了，镜头直抖。

"看来你们俩平常关系挺好。"女记者说。

"对啊，我们认识都快一年了。"贺琦年说。

"哪儿啊，明明才八个月。"

贺琦年笑了："你记得好清楚。"

盛星河这次直接对着瓶口灌了口水，余光瞥到贺琦年在看他，五根手指按住他的头顶，强行把人脑袋转到另一边去。

也不知道为什么，他一看见贺琦年就想笑。

女记者继续提问，贺琦年不再胡闹，因为个子太高的缘故，他双腿分开站立，双掌撑在膝盖上，好让对方能够平视自己。

女记者微笑道："你是第一次参加室内锦标赛吧，就拿到了亚军，大家都觉得你是一名特别有天赋的运动员，对此你有什么想法吗？"

"亚军是侥幸，因为轩哥的腿受伤了，不然也轮不上我。"贺琦年认真道，"其实体育这条路是完全没有捷径可走的，所谓的天赋只是一个开始，剩下的全都是汗水，荣誉都是用热爱和坚持换来的。"

女记者点点头，表示赞同："有没有想过会在这次比赛中刷新自己的PB？"

贺琦年："我想过能跳过 2.23 米，但 2.25 米没料到，我平常的训练里也没达到过这个高度。"

"那第三跳时，你在想些什么呢？"

"想着……"贺琦年瞥了一眼盛星河说，"想着晚上回去吃什么。"

女记者哈哈大笑，又将话筒递向盛星河："你认为以贺琦年现在的水准，在未来有可能会超越你吗？会不会因此感到一点压力？"

"不是有可能，我相信他肯定能超过我，"盛星河也微微弯腰，手握话筒，"我也希望我们国家田径队能迎来更多优秀的运动员，好站上更大的赛场。大家都是为国争光嘛，何必计较这种，大家都努力一把，肥水不流外人田哈哈。"

贺琦年满面春风，接过话茬："对，我们是旗开得胜组合，目标就是一起为祖国整点排面！多拿奖牌！"

盛星河愣了两秒才反应过来旗开得胜源于什么，乐得不行："白痴，谁要跟你组合啊。"

"Why not？我这么英俊，你又不吃亏。"

两人的对白惹得现场好几名记者都笑了。

"比赛完了是不是会有一个假期？"

盛星河点点头。

"那两位有没有想在假期里做的事情呢？"

贺琦年刚想畅所欲言，聊聊之前计划好的二人游，就被盛星河抢了先。

"他还得回学校上课，我的话还得准备接下来的钻石联赛，回基地休息两天然后继续训练吧。"

"那真的太辛苦了，预祝你们接下来的比赛能拿到更好的成绩。"

比赛结束，终于迎来自由时光。

贺琦年跟在盛星河屁股后边打转："哥，晚上一起吃饭吗？我上网查了，这附近有家超好吃的火锅店，你要是不吃辣咱们可以点鸳鸯锅。"

"不吃了，我得回 A 市了。"

盛星河定的是下午五点回 A 市的高铁，准备好好休息一晚上，顺带找边教练叙个旧。

边瀚林好几个月前就约他一起去茶庄喝个茶，一直都没逮到机会。

贺琦年愣住："你订好票了？"

"对啊，"盛星河看了一眼时间，脚下的步伐都加快了，"还有一个多小时。"

贺琦年立马说："那我也去！你怎么不早点儿跟我说啊。"

盛星河脚步一顿："你要跟我回去？"

"对啊！你上回不是答应我跟我一起旅游的吗？你忘了？"贺琦年见他眯缝起眼睛陷入回忆，急到跳脚，嚷嚷起来，"你果然忘了！你一点都没把我的话放心上。"

他气咻咻地轻哼一声。

盛星河满怀歉意："我没忘，不过你不是要回去上课吗，这都开学好几周了。"

"明天不是周六吗，我玩一天，后天再飞回去。"贺琦年说。

盛星河思忖片刻："行，那你自己安排就好。"

两座城市相距不算远，高铁一个多钟头，贺琦年收拾完行李立马订票，可惜盛星河边上的位置已经被订走了。

一个在第六节车厢，一个在第十二节，好在盛星河边上坐着的是个出公差的男人，在下一站的时候，两人换了换位置，贺琦年终于如愿以偿地坐到了盛星河身侧。

一通折腾，话题又绕了回去。

"我好饿，哥，晚上咱们吃什么？"

"你不是想吃火锅吗，带你去吃火锅。"

盛星河原本打算闭眼眯一会，结果兔崽子在边上嘀嘀咕咕个没完。

"晚上你要不要来我家住？我家离地铁口还挺近的，这样咱们出去玩也方便。"

盛星河有些震惊："你不是 L 省人吗？"

"我妈她……"嘴太快，想收住都来不及了，贺琦年觉得这事儿也没必要瞒下去，小声嘟囔，"有个事儿我没跟你说过，希望你不要介意。"

盛星河微微皱眉："关于什么？"

"关于我家里人，"贺琦年无声叹息，凑到盛星河的耳边轻轻说，"其实你上回见到的那个不是我姑姑，是我妈。"

"啊？"盛星河哑然，满脑子问号。

贺琦年点点头。

"那为什么让你喊姑姑？"盛星河结合所了解到的一些信息，恍然大悟，也压低了声音，"圈里没人知道她以前生过孩子？"

贺琦年有些惊讶："你真聪明。她怀我的时候还小，当时那个年代，这种事情传出去对名声很不好，她只能偷偷生下我，然后偷偷养大，我连我爸长什么样都不知道。"

盛星河的阅历让他在听到这样的故事时，显得比较平静。

娱乐圈里什么事情都有可能发生，大多数艺人都会在荧幕前戴上完美的面具，维持起码的体面。

有时候装着装着，连自己都信了。

接下来的一个小时里，聊的都是贺琦年小时候的事情。

盛星河挺能理解贺子馨当时的选择，但又觉得她这样的行为对贺琦年是种很大的伤害。

这世上终究难有两全之事。

盛星河推测贺琦年的父母应该是相爱过的，不然贺子馨肯定不愿意为了他生下这个孩子。

他上次见过贺子馨，他的长相并不随母亲，肯定是像父亲更多一点。

"我其实听人说过，我爸是个小地痞，经常跑外边很长时间不回家，估计是要债的那种吧，但我妈跟我反复强调过很多次他是好人。每次一提我爸她就哭得很伤心，后来就没人会提了。"

盛星河安慰道："那你就相信你姑……不是，你妈妈的话，怀揣着希望总比失望好不是吗？"

贺琦年应了一声，脑袋一歪："哎，我好困，我要睡觉了。"

"快下车了还睡！"

"我就是想睡。"贺琦年闭眼道。

出火车站时，已经快七点钟了，太阳落山，整座城市被无边的黑暗笼罩。

"咱们先回家还是先去吃东西？"贺琦年提议，"要不然去我家弄吧，我弄火锅给你吃！"

盛星河是个挺随意的人，点头道："都行啊，反正不要我动手就行。"

贺琦年伸手拦车："那咱们先去超市买锅底什么的，一会儿带你参观一下我的小家。"

"妥。"

一辆蓝色的大众在路边停下，贺琦年报了个家附近的大型超市。

盛星河来 A 市挺多年了，但去过的地方仅限于基地、博物馆、科技馆以及边瀚林家。

他一门心思全都扑在工作上，基本不会规划除了训练和比赛以外的事情，就算出去玩也是被队友拉着，而贺琦年则跟他恰恰相反。

贺琦年感兴趣的事情特别多，并且每一件都会认真去做，哪怕是吃顿饭，都怀揣着一百分的热情。

不知道为什么会有那么旺盛的精力。

在出租车上，贺琦年已经将一会儿到超市要买的东西记录在备忘录里。

他递给盛星河过目。

"你看看还有什么要加的吗？"

除去运动员不能碰的肉类，荤素加起来一共三十多种品类，都快和火锅店一样齐全了。

"或者有没有什么不吃的，你自己划掉。"

盛星河想把牛蛙给划了，但指尖快点到屏幕时又收了回去，反正他不吃的贺琦年都会吃掉。

八点钟的超市还是挺热闹的，一进门就是糕点类食品的香气。

二楼是生鲜区域，盛星河找了辆小推车推着，贺琦年负责采购，因为个子高的缘故，路过的人总是会转头来看一眼他们。

一个扎小辫的小女生原本正央求妈妈买膨化食品，一扭头看见他们，连忙扯了扯妈妈的衣摆："妈妈快看！是巨人兄弟！"

孩子的母亲从一排货柜前转身，冲两人友好地笑了笑。

贺琦年弯下腰看她："那你想不想变成巨人？"

小女孩点点头。

贺琦年双手掐住她的小腰，轻轻松松地举过头顶："你现在也是巨人了，上面的空气是不是很新鲜？"

小女孩脚丫子甩了两下，咯咯直乐："我都可以看到整个世界啦！"

贺琦年被小孩子的天真给逗笑了，放下后揉了揉她的小脑门："那你知道巨人长高高的秘密吗？"

女孩摇摇头。

"就是听妈妈的话，不可以乱吃零食噢。"

女孩的母亲笑了，而小女孩却似懂非懂地看着他："是真的吗？"

"那当然，"贺琦年拽过边上那位，"不信你问我哥。"

盛星河配合地点点头："对，要听妈妈的话才可以长高。"

小女孩发出质疑："那为什么哥哥没有弟弟高？"

盛星河："……"

贺琦年强忍着笑："因为他没我乖啊。"

盛星河被气走了，贺琦年推着车子追过去："哎，别不高兴嘛，在你们那个年代，你这身高算巅峰人物了吧？"

"你那是激素过量！"盛星河一脚踹在他屁股上，贺琦年哇哇直叫。

过了一会，他又幽幽地贴过去："你知道人其实可以二次发育吗？只要没过三十岁都能长高。"

盛星河将信将疑。

"我信你个鬼。"

盛星河铲了一些纯手工的牛肉丸装进袋子里，听见贺琦年问："你买的那个是撒尿牛肉丸吗？"

"是牛肉丸，撒不撒尿我不太确定，"盛星河隔着袋子捏了一下紧实的肉丸，"估计撒吧。"

内侧的工作人员笑道："你拿的那个不撒。"

"那就换会撒的。"贺琦年说。

盛星河憋了半天，还是忍不住笑喷了。

"笑屁。"贺琦年伸手捅他。

盛星河笑得更欢了，连带着里面的工作人员也跟着乐了，帮忙换了撒尿牛肉丸。

盛星河一直觉得环境会带给人很大的影响，在公寓他跟贺琦年可以打打闹闹，到了赛场成了很好的对手，而在这种充满生活气息的地方会让人感觉特别亲近。

"哥，"贺琦年撞了撞他胳膊，"菌菇汤底怎么样？还是你想喝鸡汤的？"

盛星河将菌菇的扔进小推车："还有蘸料别忘了。"

"啊！对对对！"贺琦年巡视一周，抓起一袋酱料包，"我一会调麻酱给你吃！"

菌菇海鲜采购完毕，贺琦年拽着盛星河往饮品区域走，中间路过一个酒柜。

贺琦年扭头问："哥，你会喝酒吗？"

"会一点，不过平常没机会喝，教练也不让，多喝酒对身体不好。"盛星河说。

"这不是比完赛了吗，偶尔一次没关系的，"贺琦年从货柜上挑了瓶样式不错的伏特加，"咱买一瓶助助兴吧。"

"助兴？"盛星河表情微妙起来，"吃火锅为什么要助兴？"

"就……"贺琦年把酒瓶放进小推车，"我们北方人吃火锅都要喝酒，你要不能喝可以兑点果汁和雪碧，我会调鸡尾酒，你想喝吗？"

盛星河眉梢一挑："鸡尾酒你也会调？"

贺琦年说："之前不是在酒吧打过工嘛。"

盛星河发现自己真是小看贺琦年了，这兔崽子还真是三百六十行，行行会一点。下次贺琦年要说自己会开挖掘机他都不会惊讶了。

回去的路上，两人并排走着，盛星河拎着两个大购物袋，贺琦年双手各推一个行李箱，肩上还背着背包。

身后一辆电瓶车按响喇叭，盛星河把人往侧面拽了拽，顺势想要交换位置。

天黑了，靠外侧的位置实在不安全。

"我喜欢靠左。"贺琦年坚持站外侧。

少年的固执令盛星河侧目，在路灯的照耀下，他细细地欣赏着贺琦年的侧脸，抿嘴笑了。

公寓离超市很近，走了不到十分钟就到家了。

盛星河留意了一下小区的名字，清风雅苑。

安保做得还挺到位，进出全都得刷卡，快递柜就设在保安亭边上。

看装修风格和墙面的颜色，大致能判断出是十多年前建造的，绿化面积比新推出的楼盘大多了，楼层与楼层间的间隔很大，平日里光照一定很充足，是个不错的地方。

贺琦年很久没回家了，差点儿连楼层位置都想不起来，眼珠转了半圈，按了个数字。

盛星河跟着贺琦年进屋，抬眼一看，有旋转楼梯。

"这居然还是个复式公寓，你妈他们也会来住吗？"

"不会啦，这边就我一个人住。"

公寓没有玄关，入目就是一间巨大的客厅，大概是常年没人居住的关系，屋里有股闷闷的潮气，像是很久没通风才有的味道。

贺琦年从柜子里翻了两双拖鞋出来，进屋开窗换气："你随便参观参观，我先去厨房弄东西。"

"好。"盛星河将手中的购物袋递给他。

客厅里的家具不多，一套淡色的布艺沙发配一张茶几，对面是一台液晶电视，地上铺着烟灰色的地毯，在沙发后是巨大的书柜，但看起来只是摆设，因为上面的书籍看起来都特别新。洁白的墙面上挂着几幅看不懂的壁画。

客厅的尽头是餐厅和开放式厨房，边上就是巨大的落地窗，盛星河能够想象出贺琦年坐在阳光中吃早餐的场景。

楼上是卧室，依旧是简单舒适的北欧风，书桌上摆着贺琦年小时候的照片，跟现在变化挺大，大约是上学的年纪，小脸看着肉乎乎，有点婴儿肥，鼻梁也没现在那么高。

卧室隔壁的房间也没上锁，风格和家里的其他地方完全不同，地面和墙上贴满了厚厚的消音贴，窗帘拉着，不开灯的话几乎看不清里面的东西。

这个房间相比其他房间来说并不大，但里面只有一架钢琴和一只凳子，所以显得有些空荡。

他想起上回在乐高店，贺琦年提过自己会弹钢琴的事情，看来还真不是胡扯。

贺琦年开了客厅的地暖，很快屋里就没刚才那么冷了，他脱下外套，撸起衣袖，准备大干一场的架势。

在此之前还打开了手机直播。

打过招呼之后，盛星河看着直播间人数从 25，慢慢涨到 2500。

难以置信。

在他眼里，这种无聊的吃饭直播根本就是在浪费时间，给他钱他都懒得看，竟然还有人刷礼物。

"大家都吃过了吗？今天我跟师哥去超市买了点菜，准备煮火锅来着，"贺琦年单手操作不方便，将手机递给盛星河，"帮我拿一下，我洗个菜。"

啊啊啊啊啊，好想你们啊！

哥哥出镜率好高啊，哈哈哈哈。

又是一起吃东西！

可可爱爱！

还会煮东西，好想要抱走年年回来给我做饭啊！

那我抱走哥哥吧。

会运动会剪视频会主持又会做饭，这是什么宝藏男孩！啊啊啊！

年年的手指好长啊。

盛星河看了一会评论，把手机搁在一边："要我帮你做点什么吗？我这闲着显得我很碍事。"

贺琦年把锅底倒进水里，又加了点大棒骨用大火熬煮。

"一会你看水里有血沫的话用铲子稍稍撇掉一些就行了，我切菜的时候可能注意不到。"

盛星河把这事情当成重要的任务来做，眼睛一眨不眨，像一只盯着金鱼缸的猫。

水沸腾之后，他立马揭开锅盖，但水面一直咕噜咕噜地冒泡，血沫四处飘散，他无从下手。

"哎，这个真的有点难度，"盛星河都快盯成斗鸡眼了也没能把血沫搞出来，"它老是乱漂啊。"

贺琦年无奈地叹息一声，没说话，直接把火给关小了，水面恢复平静，沫也不漂了。

盛星河说："你只要跟我说怎么做就行了，你这样显得我很那个。"

"你别不承认，你本来就很那个。"

弹幕都乐疯了。

真的好蠢哈哈哈哈！

这是什么样的家庭条件才能养得出这么傻的儿子！

贺琦年将蔬菜全都切好装盘，端上餐桌，盛星河也跟着把火锅端出去。

瞬间，空荡荡的餐桌就摆满了，锅里还咕噜噜地冒着热气，气氛尤为温馨。

最后一项是调制鸡尾酒。

贺琦年从橱柜摸出两只玻璃杯清洗干净："家里材料没有那么齐全，只能做个简易版。"

盛星河："你放心吧，我没见过复杂版。"

贺琦年大笑。

他将洗好的草莓丢进碗里捣碎，草莓汁过滤倒入杯底，加入雪碧，然后是养乐多和伏特加，此时，透过玻璃杯已经能看见两层不同的颜色。

盛星河第一次看现场版调酒，眼睛都直了。

最后，贺琦年开了瓶蓝色的 RIO，细长的手指捏着汤匙，贴近杯壁，酒精顺着汤匙的背面缓缓流向杯中，像是墨水倾倒入水中，四处漂荡，但蓝色的液体却没有完全下沉，而是静静地漂浮在最上层。

蓝白红，三层渐变。

"哇……"盛星河呆住，"这个好神奇啊。"

贺琦年将鲜柠檬卡在杯口："我就喜欢你这种没见过世面的样子。"

哈哈哈哈哈哈哈哈哈哈！笑死我啦！

我好爱听他们斗嘴啊。

两个都好可爱啊！

盛星河夹了两根海鲜菇，蘸了点贺琦年亲手调制的酱料，酱料味道不错，就是菇味道有点奇怪，仿佛还带着泥土的芬芳。

贺琦年也夹了一筷塞进嘴里。

盛星河看他吃得那么香，又夹了一根试吃，还是那个味道，怀疑道："你觉不觉得这个菇好像没熟？"

贺琦年抬眸，点点头："好像是吧，我是看你吃了我才吃的。"

盛星河："……"

哈哈哈哈哈哈哈哈哈，快帮我叫救护车，我快笑死了。

这是什么绝世奇葩组合。

实在太蠢了。

盛星河觉得不能再这么播下去了，自己苦心经营的形象毁于一旦。

遂，以吃饭应该专心为由勒令贺琦年把直播给关了。

盛星河抿了一口鸡尾酒，还没尝出味呢，对面就已经问："好喝吗？"

"还不错。"酒精的味道已经被雪碧和果汁覆盖，没有了苦涩和冲劲。

"哎，这又不是什么烈酒，得大口一点喝，你这一口一口得抿到什么时候去？"贺琦年一口就喝了大半杯，"你们南方人是不是喝啤酒也用抿的？"

"少瞧不起人啊！"盛星河直接一口闷。

"可以啊，"贺琦年夸完，又给他倒了点伏特加和雪碧，"我这儿还有红酒你想尝尝看吗？"

盛星河问："是能漂在上面的吗？"

"你想让它漂就能漂啊。"贺琦年说完，起身准备给他倒点儿红酒。

"那这个我来。"盛星河抢过贺琦年手里的勺子，学着他刚才的样子，将勺子抵在杯壁上。

"勺子背面朝上。"贺琦年提醒道。

盛星河依言照做，缓缓地倒入，酒精和雪碧相互交融，漂浮在上层，变成了淡淡的颜色。

贺琦年发现盛星河是个特容易知足的人，酒精成功漂浮之后乐得眼睛都快没了。

像小孩子。

吃火锅是件挺能消磨时间的事情，不知不觉地一个多钟头就过去了。

桌上的空酒瓶越来越多，贺琦年的话也越来越多，还拼命给盛星河夹菜。

"给你吃个鹌鹑蛋。"

"……"

盛星河不怎么能喝酒，就刚开始喝了两杯，剩下的几乎都是贺琦年喝的。

贺琦年喝酒并不上脸，好几瓶下去神色如常。

盛星河以为他还挺能喝，直到他说话开始反反复复，还结巴。

"我那个，那个那个……"贺琦年抓耳挠腮，"哎我刚想说什么来着，哦对了，那个鹌鹑蛋，你要多吃点，对身体好。"

盛星河："……"

贺琦年试图去夹鹌鹑蛋，但发现怎么夹都夹不稳时，面部表情有点凝重："不可以乱动听到没有？！不然哥哥我可要生气了。"

"……"彻底傻了。

盛星河扶着脑袋叹了口气。

锅里的水位线在不断下降，盘子里的东西都吃得差不多了，就锅里还漂着一些菜叶和鱼片。盛星河找到开关，旋转到红灯熄灭。

菜叶子静止了，整个房间都安静下来。

桌上的几听雪碧都空了，只有贺琦年的杯子里还剩点儿，盛星河觉得口渴，一仰脸，全都喝光了。

"你把我的都喝完了，我喝什么？"贺琦年小声嘟囔。

"我去给你烧点热水。"盛星河说。

"不用，厨房那个是直饮水，你帮我接点就行，"贺琦年把杯子推给他，"谢谢。"

盛星河接完水，开始收拾一桌子残局。

贺琦年边喝水边拽了拽他胳膊，唔唔唔好几声，好不容易咽下去说："我来就行了。"

"吃人嘴软，今天我来收拾。"

贺琦年起身时才意识到自己今晚是真的喝多了，红酒的后劲一下全冲上来，他差点儿没站稳。

他的双掌撑在桌面，神情恍惚，好一会才听见盛星河的声音。

"你没事儿吧？"盛星河放下碗筷换扶着他，"我送你上楼休息？"

贺琦年摆摆手："我去洗把脸，我有点热。"

贺琦年从来没喝醉过，所以也不知道自己的极限酒量是多少。

今天这种感觉是他生平第一次体会。

体温上升，晕晕乎乎，头脑发涨，看出去的东西都开始打转，有点像是跑完十公里躺在草坪上看天空时的那种感觉，身体和意识都不像是自己的了。

等他从卫生间出来时，桌面上的锅碗瓢盆已经清理得差不多了。

盛星河洗好锅子，抬眸问："这玩意儿搁哪儿？"

"搁台面上就行了，"贺琦年走过去说，"你都用手洗了啊？"

盛星河："废话，不然用脚洗吗？"

贺琦年抬手戳了戳："你身后有洗碗机。"

"……"盛星河说，"我说你们家为什么还买了只这么小的冰箱。"

贺琦年全然不顾形象，仰头哈哈大笑，半天都没停下来。

盛星河觉得他是真喝大发了。

收拾完厨房，盛星河擦干净手，披上外套："那我先走了啊。"

"这么快？"贺琦年的笑意顿时收住，"再玩会儿嘛，还这么早。"

盛星河抬手看了看时间："都十点半了还早？"

"才十点半，"贺琦年灵光一闪，"你想听我弹钢琴吗？"

盛星河回忆着自己上一次看见钢琴是什么时候，应该是中学时代的事情，高二文理分班之后，他就再也没机会上音乐课了，也没见过钢琴。

小时候大部分男生对音乐都没什么兴趣，他这种体育生就更是了，他记得有好几次他都翘了音乐课和同学出去打篮球，有一次被任课老师抓到，罚站了整整一个下午。

但他并没有拒绝贺琦年的邀请，也是发自内心地想要他弹钢琴。

琴房没装地暖，进屋时明显感觉到一阵凉意。

盛星河问："要不要穿件外套，我下去帮你拿。"

"没事儿我不冷，你冷吗？"贺琦年问。

盛星河点头："有一点。"

贺琦年把吊灯打开后，找到了空调遥控器，预热几分钟后，有了微弱的风声，他抬手确认是暖风后，放下遥控器。

盛星河依旧站在门口。

"你先坐。"贺琦年像是怕人离开似的，将盛星河推到椅子边，按住双肩向下一压，"我再去房间搬一只过来。"

钢琴是纯黑色的，太久没有擦拭，浮着一层淡淡的灰尘，盛星河刚想问有没有湿巾，就看见贺琦年搬了把椅子进屋，手里拿着块抹布。

擦过之后，盛星河在镜面中看清了自己。

贺琦年突然清了一下嗓子，换上低沉性感的播音腔："下面有请我国著名钢琴演奏家——贺琦年先生为大家弹奏一曲《星空》，大家鼓掌！"

说罢还自行鞠了个躬，盛星河乐得不行，配合地鼓起掌来。

平日里扛杠铃的双手搭在黑白琴键上，倒也没有违和之感。

盛星河原以为他弹的应该是首挺简单的曲目，但琴声一起，他浑身冒起了一层鸡皮疙瘩。

就像贺琦年第一次开口用播音腔说话那样，他第一次按下琴键，也令盛星河感到惊讶，还有惊喜。

修长的指尖在琴键上轻盈地跳跃着，让人眼花缭乱。

贺琦年弹的这首歌盛星河没听过，但旋律舒缓悠扬，很适合静下来聆听，就像它的名字那样，安静地治愈着心灵。

听现场版弹奏和听耳机里的轻音乐是完全不同的体验，人在戴着耳机时，通常都是在想其他的人或事，而现场版则恰恰相反。

时间仿佛被定格了一样，所有的情绪都在琴键按下的一刹那间被抚平了，眼中只剩下眼前的一切。

贺琦年弹得畅快，盛星河听得入神。

一曲结束，还有些意犹未尽。

"这就没啦？"盛星河转过头看他。

贺琦年也抬眸同他对视："你还想听？那我再弹一首别的，让我想想看我还会什么……"

他想事情的时候总是非常专注，一眨不眨地凝视着。

房间里安静得只剩下空调的暖风声。

晚上，贺琦年让盛星河留下。

家里的浴室一共有两间，楼下是用来淋浴和洗衣服的，另外还摆上了烘干机，相比较而言，楼上那间更宽敞些，淋浴泡澡都可以。

盛星河从行李箱里翻了套衣服和毛巾出来，不紧不慢地走上楼。

贺琦年笑得像个吉祥物，鞍前马后，无微不至地伺候着："哥，水我已经给你放好了，沐浴露洗发水都在墙上的那个小柜子里，浴缸可以按摩，右边那些按钮你随便试就行了，不过我觉得中间那个效果最好。哦对了，马桶上那个小红点不要随便按，会滋水出来，是洗屁屁的。"

"……噢。"盛星河囫囵地记了下来，到浴室后，先熟悉了一下里面的东西。

贺琦年同时打开了暖风和通风开关，又从柜子里拎出一个铝制的小箱子，里面全是面膜面霜之类的护肤品，大都还没开封。

他检查了一下日期，确认都没问题之后把东西放在水池边："这些都是跟我妈合作过的品牌方送的，我平常用得比较少，你需要的话都送你了。"

盛星河从小到大用过的护肤品就是大宝，洋洋洒洒数十种品类，他竟然一种都认不出来是干吗的。

最后，捏着一瓶神仙水问："这是定型水吗？"

贺琦年对这些东西该如何使用的概念也十分模糊，最后总结出四个字："拍脸上的。"

盛星河琢磨了半天，贺琦年也不说话，一直在边上眼巴巴地盯着。

"你怎么还不走？"盛星河提醒道。

"那个浴缸你……"

话音未落，被强行打断："赶紧的——"

贺琦年喊了一声。

盛星河的衣服刚脱完，浴室的门就被推开了。

一个脑袋贼溜溜地探进来："哥，需要技师免费帮你搓个背吗？带按摩的那种，保证舒服。"

迎接他的是盛星河的拖鞋和咆哮。

贺琦年揉着脑袋回到卧室，嘴角微微翘起。他坐在房间乐了一会，忽然想到泡澡以后会口渴，就蹦跶到楼下切水果去了。

心情是前所未有的畅快和愉悦。

他这一高兴，就忍不住想发微博哈哈哈哈一串，刚拿起手机，看到微信显示四十多条未读信息，弄得他愣了愣。

自从他离开学校训练之后，跟大器他们联络的少了，很少会出现两位数的小红点。

微信群里讨论热烈。

大器：哥，你又上热搜了。

刘宇晗：@N 你是不是买了热搜包年套餐？

谷潇潇：那小眼神，太不矜持。

贺琦年的醉意都给吓没了，立刻拉到顶端。

那是一张热搜截图，是他们在领奖台的照片。

热搜话题已经降到了三十多名，点进去，排在最靠前的是体育媒体发出来的一段颁奖视频和采访，文案看起来非常正常，就是公布了一下比赛结果，恭喜获奖运动员，但被一个博主转发后，评论破了万。

博主转发时配上了一张贺琦年的眼神特写，并附上评价：看他笑成那样就知道感觉肯定很不错。

两个都好帅，一静一动。

啊啊啊啊啊啊啊是贺贺和师哥！他们晚上还经常一起直播吃饭来着，超甜！弟弟的微博 ID：小贺同学今天吃了几碗饭。

好羡慕他们的哦，拥有同样的爱好同样的目标同样的梦想，是对手更是朋友，这样的感情很珍贵呢。

他们两个感情是真的很好啊，年年每次直播三句不离我师哥。

当然，有讨论度的地方就绝对不缺一些阴阳怪气的网友。

才 2.28 米而已，我们国家队水平就这些？

哗众取宠。

难道只有我一个人觉得那个盛星河说话很假吗？我就不信真有人希望别人能超越自己的。

幸好网友们相当理智地挡回去了：对！就你一个人！

夏虫不可语冰，贺琦年懒得回复。

没有哪名运动员不想赢，但比个人荣誉更重要的是国家的荣誉。

评论区还有人放出了从领奖台背后拍摄的照片，从清晰度来看肯定是某位观众用相机拍的，已经精修过了。

镜头聚焦在人像的表情上。

两人对视，一个一脸蒙，一个轻轻挑眉。

由于图片中央带了水印，这条热评里的回复出奇一致。

求原图！

大佬求原图！

求一张原图！

好人一生平安，求一张原图！

哈哈哈哈哈哈哈哈哈带感，求原图设壁纸！

呜呜呜，远来得及吗？求私信原图！谢谢！

第九章 新队友

隔天一早，青灰色的遮光窗帘被人轻轻拉开，清晨的阳光照进屋里，亿万浮尘在晨光中轻盈飞舞。

盛星河的嘴角还泛滥着明显的笑意，像是在做什么美梦。

过会儿翻了个身，意识逐渐苏醒过来。

"几点了？"刚睡醒的缘故，他说话时还带着浓浓的鼻音。

"快九点了，"贺琦年穿戴整齐，站在旁边，"你这一觉睡得够久的，我都跑完步回来了，做什么美梦呢，笑成那样。"

"梦见我跳过 2.31 米了，"盛星河忍不住把美梦分享出来，"还梦见养了一只狗和两只猫，特能黏人，还老爱跳上桌吃饭，我赶都赶不下去。"

贺琦年笑了起来："是吗，是什么狗什么猫？"

"就外边捡回来的小土猫，被你养得肥死了，狗子是萨摩耶，也很胖，我从来没见过那么胖的萨摩，肚子像个气球。"盛星河比了个很夸张的动作，略带抱怨的语气，嘴角却一直翘着。

贺琦年哈哈大笑："那狗子是公的还是母的，万一它是怀宝宝了呢？"

盛星河说："忘了，我没看，我就记得它特别胖，我在想等你退役了会不会也挺个大啤酒肚，我以前那些退役了的队友都发胖了，太可怕了。"

贺琦年乐了："我肯定是属于贝克汉姆那种类型的，越老越有味道。"

天气很好，充沛的阳光将人的皮肤晒成了淡淡的奶油色，盛星河脸上细小的绒毛都一清二楚，耳朵微微泛红，眼睛闪闪发光。

"哥，你想喝米糊吗？"

盛星河含着牙刷，口齿不清地问："什么米糊？"

"牛奶米糊，里面再加一点水果和冰糖。"

盛星河眯缝起眼睛，神情微妙："那能喝吗，乱七八糟的。"

贺琦年信誓旦旦："绝对健康美味又好喝，我上次做过的。"

"那行吧，你弄了尝尝看，不好喝你喝。"盛星河说。

贺琦年打了个响指："行。"

盛星河刚漱完口，听见下楼叮叮哐哐的，破壁机极具穿透力的声音一直传到楼上。

人和人还是很不一样的。

他在贺琦年这个年龄阶段的时候很少接触这些生活化的东西，要不吃食堂要不煮泡面，吃东西就是为了填饱肚子，基本不会讲究，最穷的时候吃了快半个月泡面也没觉得有什么。

那时候大部分同学都和他一样。

但贺琦年却是个特别会过日子的人，衣食住行都爱考究，倒不是说东西买得有多贵，而是活得比较精细，凡事都喜欢亲力亲为，就好像刚出生的婴儿一样，对任何没接触过的事物都很感兴趣。

这或许是从小培养出来的习惯。

用一句话形容就是太能折腾，不过这样的人通常都抱有非常乐观的生活态度。

盛星河还是挺羡慕他的。

过了一会，破壁机的声音停了，盛星河刚好刮完胡须，他洗了把脸，换衣服下楼。

贺琦年正在清洗破壁机，转头道："米糊里我只放了点冰糖，你要觉得不够甜还可以再加点白砂糖。"

盛星河"哦"了一声。

米糊的颜色像是大白兔奶糖，他端起小碗闻了闻，有股淡淡奶香味，质感浓稠，要是闻不见味道会误以为是酸奶。

"有点烫啊，你吹一下再喝。"贺琦年提醒道。

盛星河舀了一勺放到唇边吹了两下，送进嘴里，味道还挺令人惊喜。

米的味道已经被牛奶和冰糖给覆盖住了，基本就是甜甜的奶味。

"味道还不错，你这手艺都能开早餐店了。"盛星河忍不住夸赞。

贺琦年咧着嘴："那等你退休了愿意陪我一起开吗？"

盛星河抿唇笑了："行啊，我可以帮你淘米。"

贺琦年坐到餐桌前："名字我都想好了，就叫旗开得胜早餐店，你觉得怎么样？是不是很吉利！欸我发现咱俩名字取得真好，特有缘，你说对不对？"

"是特有缘，"盛星河说，"那为什么不叫有缘早餐店呢。"

贺琦年拍桌子："哎呀，你真是土死了！"

贺琦年回学校没几天，就收到了一个重磅通知——学校将他推荐给国家队了。

在回学校之前，盛星河就预测过一个月内一定会有国家队的教练联系到他们学校，因为他当年是在跳过 2.23 米这个高度后被国家队要走的。

一切早有预料，但没想到好事儿来得这么快。

孙主任推了推厚重的眼镜片说："你要不先跟家里人商量一下，看他们同不同意，同意的话学校就要把你的资料转过去了。"

贺琦年激动得热泪盈眶："不用问了！他们都同意！"

"进国家队可是大事儿不能儿戏。"孙主任说。

贺琦年哎了一声："您放心吧，我家里人真的都同意，之前已经商量过了，转进国家队都需要哪些资料？我现在就准备！"

孙主任："瞧把你给急的。"

贺琦年嘿嘿一笑："那边应该都有宿舍的吧，跳高队的都住一起吗？"

"宿舍都是分配好的，一人一间，但至于跟不跟跳高队住一栋楼我倒是不清楚了，"孙主任很敏感地问道，"你是不是要找谁啊？"

贺琦年大方道："找盛教练啊，那里面我就认识他一个，要是能住一起还能互相有个照应。"

孙主任笑着点点头："那我这先预祝你们都能拿到好成绩。"

贺琦年："保证拼尽全力，争取给学校争光。"

而与此同时，田径基地的宿舍楼里，有人连打了好几个喷嚏。

"你感冒了？"林建洲坐在床沿边，从盒子里翻出好几条肌内效裁剪成不同的长度，"这几天温差太大，你出门注意着点，马上钻石联赛了，一感冒你整个人状态就不好了。"

盛星河心说其实不感冒状态也不怎么样，这阵他一直受腿伤困扰，连日常训练都没法全额完成。

膝盖和足跟都有不同程度的刺痛感，练多了就跟踩在指压板上似的，苦不堪言，只能靠药物和理疗按摩缓解一下疼痛。

今天天气不好，窗外的天灰蒙蒙的，云层很厚，不像要下雨，但就是没有阳光。

盛星河很讨厌这样的天气，比下雨天更讨厌，他喜欢阳光，喜欢炽热的赛道。

"教练。"

"嗯？"

"算了。"盛星河往床上一倒，长叹了口气。

"有事儿就说出来啊，别闷在心里，说不定我能替你解解困惑呢。"林建洲扫了他一眼。

"您当年是几岁退役的？"盛星河问。

"二十九。"

"为什么，受伤还是？"

"因素很多，首先是家里面的经济负担特别大，我们那会儿比赛又拿不到几个钱，另外就是克服不了心理问题，我一米八五，是队里最矮的一个，连教练都不看好我。"林建洲说。

"那您后悔过吗？"盛星河又问。

林建洲放下手中的东西，无奈地笑了笑："其实我这辈子最大的遗憾就是当年没有拼死搏一搏，霍尔姆一米八一都能跳个奥运冠军出来，我那时候宁可相信别人说的话也不相信我自己。"

盛星河的神情恍惚："但练得久了就知道，霍尔姆是个奇迹，向往是向往，现实是现实。"

"没有谁比你更了解你自己，更了解你想要什么。"

林建洲顿了顿又说："当然了，如果当年我再搏个几年没有拿到什么成绩估计现在也该后悔，早知道就不该练什么体育，人就是这样，永远都不会满足的，永远都觉得另一种可能会更好，因为你不曾拥有。"

盛星河哑然。

他现在也说不清楚自己究竟为了什么留在这条路上，如果按经济学的说法，大概是沉没成本投入过多，不敢也不能轻易放弃了。

最近他经常想起十年前，什么都没有，每跳过一个高度就是值得庆祝的大事，空间里还留着许许多多照片，那些相片像素不高，但都记录下了当时的心态。

这一路上得到的越多，就越是不容易满足，幸福感也越来越弱。

他需要更大的突破，可身体却像是在警告他，差不多得了，你就这水平了。

随着时间的推移，他的内心多了许多不确定和恐惧。

一个视频框弹出来，扰乱了他的思绪。

贺琦年的头像在屏幕中央，教练就在边上，盛星河不知道该不该接。

"赶紧接，"林建洲拍了拍床垫，"你趴着，我给你后背也贴一下。"

"谢谢。"盛星河趴下后，点了接通，久违的萨摩耶式笑容出现在屏幕中央。

贺琦年回去的这几天又推了个干净利落的寸头，显得精神饱满。B 市的天气很不错，贺琦年只穿了件米色的卫衣，胸口处有一颗刺绣爱心，这颗心以彩虹的颜色组合而成，把爱心分割成了七道。

他忽然想到不久之前和贺琦年轧马路看到的一道彩虹，那时候贺琦年说，彩虹代表着希望，看见彩虹会有好运。

盛星河这辈子也就看见过那么一次彩虹，就说难怪自己的运气一直很差。

当时贺琦年说，那以后我就把彩虹穿身上，你看见我就当时看见彩虹了。

他现在才知道贺琦年当时说的不是玩笑话。

"哥！我有一个好消息要告诉你，你猜猜看是什么。"贺琦年的脸上漾着蓬勃的朝气。

盛星河不假思索地说："要进国家队了。"

"你怎么知道？"贺琦年愣了愣，"你真聪明。"

"除了这事儿还能有什么。"盛星河笑了笑，"大概什么时候过来，我看看有没有时间过去接你。"

"还不确定，刚刚填完一些申请资料，孙主任说很快的。"贺琦年眉飞色舞地说着，走路都带蹦，兴奋的情绪透过无线传输到了盛星河这边，扫掉了一切阴霾。

一想到马上就有人陪着，再痛苦的日子也没那么难熬了。

盛星河无比期待贺琦年到达田径队的那一天，每晚都会发消息过去确认一下时间。

视频聊天成了他们每晚的必修课。

草长莺飞的四月过去，气温总算是回升上来了。

盛星河坐在候机大厅，无聊地翻看着天气预报，上面还建议大家在夜间出行时带好外套。

眼睛忽然被温热的手掌覆盖，他笑了笑，抬手摸到了贺琦年腕骨上的那颗珠子。

"猜猜我是谁？"

"白痴。"盛星河起身道，"走了，领队还在车里等着。"

"我还以为就你来接我呢。"贺琦年撇了撇嘴。

"本来是他接的，我是硬跟来的。"盛星河解释道。

贺琦年嘿嘿一笑，心情澎湃。

后视镜里的风景不断变换，像是一个漫长的电影镜头，贺琦年从包里掏出一堆五颜六色的糖果递给盛星河。

"我同学出去旅游回来给我带的，很好吃。"

盛星河只挑了一粒红色的，贺琦年把所有的都塞到他手心里。

"你不吃吗？"盛星河问。

"我吃过了，这些都是留给你的。"

一路上聊着天，也没觉得时间过得多快，等贺琦年抬手看时间的时候，都已经下午三点了。

足足开了两个多钟头。

车子缓缓驶进训练基地。

贺琦年看着窗外，嘴巴不自觉地成了 O 型。

眼前的一切都令他感到震惊，惊喜，叹为观止。

这里拥有全亚洲最大的室内田径场馆，十分壮观，全国最顶尖的运动员们都聚集在这里。

贺琦年之前只在视频里看过，感觉也就是比省队大了那么一点，但真正走进去之后才发现，不光是场地大，器械多，整个运动氛围就很不一样。

这里器械看起来都非常高级，很多他连见没都见过，也不知道怎么用，教练基本不用说话，大家都十分积极地在运动，就像一些重点大学，就算老师不说，学生也是在抢着学习。

每个场馆的墙上都悬挂着抢眼的和大红色横幅——坚决抵制兴奋剂，拿干净金牌。

增强使命感、责任感、荣誉感，打造能征善战、作风优良的国家队。

这些标语让整个场馆显得庄重而神圣。

除了田径场外还有射击、击剑、游泳等等场馆，甚至还有专门用来放松的水疗馆和康复训练池，各个体育馆中间还设置了公交车站。

宿舍设立在基地旁边，类似单身公寓楼一样的配置，每栋都有三十来层。

贺琦年和盛星河都在第三栋第六层，一个607，一个609，中间隔了个秦鹤轩。

不过这对贺琦年来说并没有什么影响，只要身在一个队里，哪怕中间隔了一千个秦鹤轩，他也照样能摸到盛星河房间里去。

寝室里配备的家具不多，一张单人床，一个电视柜和衣柜，还有一张写字桌，浴室很小，只能站着淋浴。领队说可以自行添加一些生活必需品，宿舍附近就有超市。

熟悉完宿舍环境，贺琦年又在教练的带领下来到田径中心，领取一些新装备。

包括钉鞋、运动服、背包和行李袋等等，都是为运动员专门定做的。

无论是什么季节，国家田径队的队服都是国旗色，鲜艳夺目，自带神圣的光辉。

除了鞋子之外，每样东西上还印有国家队的独一无二的标志。

CHINA。

中国队。

仿佛到达了人生巅峰，贺琦年有些激动，当场就把外套披在身上，向众人展示："看！大红色的跟我是不是很搭！"

盛星河在一旁笑他："你以前不是不喜欢红艳艳的吗，老嫌学校队服丑，我都没见你穿过几次。"

"那哪能一样，"贺琦年跟古董收藏家见着宝一样，摸着身上的衣服，"这可是国家队。"

就像新书刚拆封时总伴随着一股油墨味，崭新的队服也带着一点点布料本身的味道。

这将会是贺琦年终生难忘的味道。

背包和行李袋是纯黑色的，统一定制，样式和做工都挺一般，中规中矩，但上面绣着一枚鲜红的中国国旗，国旗下绣的是他的名字。

贺琦年鼻尖一酸，眼眶逐渐湿热。

他忽然想到了盛星河很久之前说过的一句话——进入国家队，你代表的就是中国。

细密的针脚，严谨而郑重，全世界独一无二。

这是梦想和未来，是用再多钱也买不到的东西。

国家田径队的跳高运动员很少，教练员也很少。有些运动员虽然挂在国家队名下，但是不愿意来到 A 市生活，都是留在省队训练，每逢钻石联赛、世锦赛、奥运会这样的国际大赛才会聚集在一起，还有些明星运动员则在国外训练。

贺琦年跟的是林建洲。

跳高组里的几名队员和林建洲一起给贺琦年举办了一个简单的欢迎仪式，地点就在基地食堂。

四菜一汤，外加一份水果。

队里虽然没有明令禁止大家吃外食，但不到万不得已，基本没人会去吃外边的食物。

不安全。

兴奋剂检测一年比一年严格，前车之鉴又那么多，一条禁赛令少说也要一两年，没人敢冒险。

欢迎会一共六个人，盛星河坐在贺琦年对面。

林建洲给贺琦年倒了点果汁："仪式有点简陋，不要介意啊，大家都欢迎你的加入。"

贺琦年举起一次性纸杯，恭恭敬敬地跟前辈们碰了碰，到盛星河那边的时候，他抬眸笑了笑："希望师哥以后可以多多关照。"

吃过晚餐休息半小时，然后继续回田径馆训练。

田径馆划分成很多个专项训练的区域，进去之后很容易迷路，贺琦年屁颠屁颠地跟在盛星河后边。

八点多的时候，训练馆内仍然灯火通明，亮得如同白昼。

盛星河练跑跳的时候不需要教练带，林建洲便去教贺琦年使用场馆内的器械。

"你别看这东西用法简单，但如果姿势不对，发力的点就不会，容易拉伤肌肉。"

林建洲耐心讲解，贺琦年虚心接受，不过就一眨眼的工夫，盛星河的边上忽然多了个扎着马尾的女孩子。

那女孩的年纪看着不大，也就二十岁出头模样，黏糊糊地喊着"星河哥哥"，盛星河停下来和她聊天。具体聊什么内容听不见。

过了一会，又换了个更小一点的女生跑过去，一口一个"星河哥哥"，贺琦年在不远处直翻白眼。

盛星河旁边这两个是从体校转过来培训的，准备参加今年的世界大学生运动会，贺琦年也是冲着这个比赛来训练的。

队里教练屈指可数，忙得脚不沾地，带后辈这事儿都是他在负责，这也是在为将来退役之后做打算。不管是留在田径队带学生也好，回学校带学生也好，都是一样要把责任和信仰传递下去。

林建洲眼尖地发现贺琦年的视线总落在别处，也顺着他的目光看过去："看人小姑娘长得漂亮啊？"

贺琦年立马收回视线："没，就是觉得师哥好像很受欢迎。"

"他性子好，长相斯斯文文的，教徒弟有耐心又没脾气自然是受欢迎了，我要是女的我也喜欢他。"林建洲说。

"……"

五月初，田联钻石联赛的号角吹响。

今年的联赛一共分 14 个站，国内站设在 A 市，剩下 13 个站都在国外，运动员们要在各个分站努力拿奖牌刷积分，每个项目积分排名靠前的才能参加最后的总决赛。

贺琦年的成绩还没达到联赛的水准，没能入选，留在队内训练，准备六月份的大运会。

钻石联赛是有直播的，不过项目繁多，镜头切来切去，两个多钟头的比赛，留给男子跳高的全部加起来可能就两三分钟。

直播 C 位永远都是百米、接力之类的热血径赛项目。

贺琦年在电视上追不到，就干脆下了个体育 APP，结果发现这个 APP 贼难用，进度条拖一下就卡一下，退一下仍然卡一下。

更可怕的是，它到目前为止还没有开发出倍速功能，只能按照原倍速看，如果快进的多一些，画面就糊成马赛克，要等半分钟才能恢复到超清。

太神奇了。

快进的时候总闹脾气也就算了，会员费比别的视频网站贵一倍，不买不行，啥视频都不能看。

难用是难用了点，但卸了又舍不得，毕竟还要看教练比赛，每当解说员提到"下面是来自中国队的选手盛星河"，他就跟打了鸡血似的疯狂截图录屏传朋友圈。

最后，在这个 APP 上受的气全都化成了一股蛮劲。

他发誓一定要赶上盛星河的脚步，这样就能一起出国一起比赛，再也不用看什么赛事直播了。

不过老天爷大概是耳背了，只听见了最后那一段，并且满足了他。

盛星河在尤金站的赛场上受伤了。

当时他已经跳过 2.29 米，创造了新的 PB，准备冲刺 2.32 米的高度，结果在第一跳跃起时，整个人如遭雷击地停顿了一下。右肩撞落横杆，以一个十分狼狈的姿态摔倒在垫子上。

教练和裁判立马意识到不对劲，喊了场上的队医。

盛星河双手紧紧地护住脚踝，短短几秒之内，脸上浮出了一层细汗，五官已经疼到扭曲了。

这是贺琦年看到的最后一个镜头，吓得他头皮发麻，赶紧打了通电话过去。

并没有人接。

贺琦年看过那么多期比赛，知道 APP 上的赛事直播是有延迟的，国内比那边晚了大概十多分钟，也就是说，盛星河早就已经摔了。

他的眼前略过盛星河摔倒后的表情，眉头紧皱。大脑不自觉地联想到了很多可能性。

踝关节扭了、骨裂、肌肉拉伤……

练过田径的都知道，这些情况都已经算好的了，最可怕的是一些撕裂伤。

不管是肌肉也好，韧带也好，撕裂或断裂是最难愈合的，因为它们都是由无数纤维交织而成，撕裂需要很长的治疗期，断裂则是所有运动员的噩梦，就算做手术也很难恢复到原本的状态。

二十多度的天，贺琦年的四肢都冒出了一层冷汗，电话打不通，他越等越心慌，后来想起盛星河习惯在赛前调静音，又打电话给林建洲和队医。

又等了十多分钟，电话总算接通了。

"人还在医院做详细的检查，"林建洲叹了口气说，"我估计是韧带问题，不然不会疼成那样。"

贺琦年听完这句话，心脏像是被人用力拉扯了一下，不停下坠。

桌上的那杯开水凉透了，他的心也凉透了。

因为两边有时差，收到盛星河的语音是在第二天凌晨，贺琦年一宿没睡着，眼睛又酸又涨，在听见盛星河的声音时鼻尖酸酸的。

盛星河发来一句很谨慎的问候："睡了没？"

贺琦年立马弹了个视频过去。

盛星河的脸色比贺琦年预想中的要好一些，嘴角还带着笑意，问怎么还没休息。

"等你消息呢。"贺琦年皱着眉头，"什么情况啊你，严重不严重？"

盛星河不知道该怎么定义自己的伤到底是算什么级别。

跟腓韧带撕裂，不过比较庆幸的是还没有到断裂的程度，医生说有两种治疗方式，要么做手术，要么保守治疗，不过还是建议他接受保守治疗，能完全恢复，但是需要很长的康复期。

期间需要服药，理疗多休息。

其实对于运动员而言，受伤是家常便饭，养养就恢复，但对于一个二十八岁的运动员而言，撕裂伤还是挺要命的。

每一次受伤，要承受的不光是病痛的折磨，还有心理上的打击。

"很严重吗？"贺琦年从他凝重的表情里读到了些什么，忧心道，"你还好吧？"

盛星河一想到贺琦年马上就要参加大运会了，不想他分心影响比赛状态，虚报了病情。

"就是扭了一下，肌肉拉伤了，要等两周。"

不过纸不住火，盛星河这边刚回完，林建洲那边又发消息过去，把病情一五一十地交代清楚了。

他这一交代，贺琦年彻底乱了心思，可他没有护照，只能远远地叮嘱盛星河好好休息。

那一夜，贺琦年翻来覆去怎么都睡不着，他的忐忑不是没由来的。

盛星河这一伤，今年联赛是不可能比了，积分不够进不了总决赛，八月份的世锦赛选拔估计也够呛。

如果错过了今年的世锦赛，还要再等两年。

且不说韧带能不能完全恢复到之前的状态，这中间的心理状态一定也会大受影响。

这比他自己受伤更加煎熬。

盛星河也迟迟无法入眠。

林建洲很理性地跟他分析了一下目前的情况。

"你要想继续跳的话，队里肯定会帮你安排更好的医生问问，但以我个人的经验来看，就保守治疗，等它慢慢恢复。"

这句话加了个很特殊的前缀，令盛星河陷入沉思。

在教练的眼中，更大的可能性是止步于此。

"你不要有太大压力，走到这一步，我们都知道你不容易。"

在比赛结束后的第二天，盛星河跟随队伍一起回国。

出去时活蹦乱跳，回来时左小腿已经被石膏包得严严实实，还挂了根拐杖。

盛星河在秦鹤轩的搀扶下下了车，贺琦年见到他时有些惊讶。那张脸算不上憔悴，但眼神黯淡无神，像是找不到焦点。

贺琦年飞奔过去给了他一个大大的拥抱："师哥。"

盛星河拍了拍他的后背："帮我搬一下车上的行李吧，我腿不太方便。"

这时，有一些队员都围过来关心病情，盛星河随便应付了几句，挂着拐杖往宿舍楼方向走去。

"我先回去休息了，飞机坐久了，我有点累。"

如果没有记错的话，这是贺琦年第一次听到盛星河说累。

高强度的训练、日夜颠倒的比赛、放弃休息日去带比自己小的师弟师妹。

所有的一切，任劳任怨，从没有抱怨过一个字。

今天因为坐了会飞机，觉得累了？

天色渐暗，仅剩的一点余晖落在了错落的枝丫上，投下淡淡的影子。

有风吹过，盛星河的衣摆被刮起了一个角，露出深蓝色的肌内效贴。他的头发被吹乱了，身体微微弯曲，重心全都转移到了拐杖上。

走路时，他一直低着头，大概是因为个子太高的缘故，他拄拐杖的动作稍显笨拙，总像是要被风刮倒了。

拐杖与地面碰撞出沉重的声响，一下一下，敲击着两人的心脏。

电梯直达六楼，盛星河开门进屋，贺琦年帮他把行李箱拎了进去。

秦鹤轩进来交代了几句，临走前又问："想不想吃点什么，我去给你买。"

"不用了，我不太饿，你也赶紧休息吧。"盛星河说。

"那好，你要是饿了给发我信息，我下楼给你买。"

秦鹤轩出去时没有带上房门，贺琦年特意走过去关上，反锁了。

"你怎么不去吃饭？"盛星河看了一眼时间，正巧是食堂开饭的点。

贺琦年直接略过了这个话题："我妈认识很多医生，我可以帮你问问看怎么治疗恢复得更快一些。"

"保守治疗就那样，快不了的。"盛星河坐到床上，把拐杖靠在墙上，但他刚一松手，拐杖就往另一侧滑了下去，他反射性地蹬地，想要伸手去扶，下一秒就如遭雷劈地抱住了受伤的小腿。

贺琦年眼疾手快地奔过去接住，转身看向盛星河："你没事儿吧？"

"还好，"盛星河抽了口凉气，好一会才缓过劲来，"我已经不打算参加今年的世锦赛选拔了。"

"哐当"一声，贺琦年手里的拐杖还是滑了下去。

盛星河看着他将拐杖扶起靠到墙边，然后静静地站在窗边，他的身型高大，遮住了大半的余晖，因为逆光的缘故，盛星河看不太清他的眼神。

"医生有没有说要多久才能恢复？"贺琦年问道。

"三十天后才能拆石膏板，高强度的跑跳结合起码得等两个月后，不然很容易再次撕裂。"

贺琦年在脑海里粗略地算了一下，距离世锦赛选拔日也就剩下六十多天，要在那么短的时间内把体能和肌肉力量提升到巅峰状态，不太现实。

盛星河垂着脑袋，看似盯着原木色的地板，实则目无焦距。

"我没机会了。"他的声音和平日相比冷了好几度。

运动员受伤是特别被动和无奈的事情。

除了等待，别无他法。

"我总觉得老天爷在跟我闹着玩呢，"盛星河忽然笑了一声，他嘴角牵扯出来的笑容苍白又无力，"每当我调整好状态接近那个目标时，它总会给我点新的刺激，你说它是不是在暗示我，别比了，没用的，你就那样了。"

贺琦年也被刺激了，不过最刺激到他的不是这场突如其来的伤病，而是盛星河心态的突然转变。

错过了今年的世锦赛，要再等两年。

盛星河等得到下一次吗？

或者说，还愿意等吗？

如果有一天，盛星河真的退役了……

他不敢再想下去。

这就好比粉丝爱上某个歌手，观众爱上某个演员，读者爱上某个作者，当有一天，那个歌手不再唱歌，那个演员退出荧幕，那个作者宣布不再写作。

再也等不到一个人是一种什么滋味？

大概是，他的世界都要崩塌了。

"那说不定这就是老天爷给你的最后一个考验啊，"贺琦年半蹲下身，双掌搭在他的膝盖上，微微抬头，迎上了他的目光，"撑过去就好了，这次来不及就等下次，比赛那么多，明年还有奥运会呢。"

盛星河避开了他的视线，吸了吸泛酸的鼻子："别逗了，世锦赛的标都达不到，还奥运会呢。"

这一路是怎么咬牙撑过来的只有他自己知道，起跳腿一次又一次受伤，激光、冲击波，各种理疗都试过，紧接着又是被禁赛，等了一年半，好不容易挺到现在，又眼睁睁地看着前面的一道大门关上了。

等过两年他都已经三十岁了。

现在都不行，再过两年就行了吗？

他的脑海里满是对自己的质疑。

过去所有的不甘、怀疑、委屈、遗憾、愤怒、惆怅，没有可以发泄的渠道，一直积压在心底，今天终于爆发了。

"没用的，跳不过就是跳不过，我的能力就到这儿了，"盛星河闭了闭眼，双手遮住了整张脸，"我真的觉得自己好失败。"

沉默中，落日的最后一点余晖也消失了。

贺琦年觉得手背一热，低头一看，才发现那是盛星河的眼泪。

在短短的几分钟时间里，盛星河回顾起自己练跳高的这些年所经历的一切。

第一次摸杆；第一次起跳；第一次越过横杆；第一次获奖；第一次办护照；第一次出国比赛；第一次换上国家队的队服；第一次收到粉丝送上来的鲜花……

无数的第一次组成了一帧帧色彩鲜明的画面，像是电影镜头似的在他脑海中十分流畅而又清晰地掠过。

人在失意时，总会抱怨天命难违，而在真正决定放弃的那一刻，想到的却是曾拥抱过的光芒。

他真的不知道该不该再往前走了。

贺琦年坐到床沿上，凑过去："不会的哥，腿伤总会好起来的。"

盛星河闭着双眼，周围很安静。

不知道过了多久，已经没有眼泪可以往下掉了，但鼻子还是酸酸的，眼睛也有点涨。

贺琦年抽了好几张纸巾给他："你已经很优秀很优秀了，别乱想。"

盛星河有些哽咽："我真的控制不住我自己的脑子，我也想盼点好事情发生，但现实就是这么残忍。"

"你别把所有的心思都放在这上面啊，这样压力会很大的。"贺琦年安慰道。

"我没办法。"盛星河眨了眨眼，湿润的睫毛看着尤为可怜，声音也比平常委屈。

"要是真的不开心那就休息一阵吧，做一些你一直想做但没有时间做的事情怎么样？"

想做却一直没时间做的事情。

盛星河现在回想起来，才猛然意识到自己过去的这十多年里，竟然没有什么别的爱好。

吃的、用的、想的都和跳高息息相关。

贺琦年等了半天没有答案，主动提议："想去看电影吗？最近有一部不错的喜剧片上映了。"

盛星河点点头，这个确实是一直想做又没时间的事情，但很快，他的职业反射又出来了。

"现在不行，你马上就要比赛了，等你比完我们再……"

"不等了！"贺琦年拍了一下他的肩膀，"我们现在就兜兜风！"

"啊？"盛星河愣住。

"啊什么啊，走啦！"贺琦年生拉硬拽，把人从床上拽了下来，然后把拐杖递过去，"不过去之前咱们得先去食堂吃个饭。"

"上哪儿兜风啊？"盛星河一脸茫然。

"一会再说，我都快饿死了！"

贺琦年把盛星河拽到食堂喂饱了，然后跟林建洲打了个招呼，说要请假。

贺琦年到国家队之后一直积极参与训练，经常是最晚一个收工，难得说要请假，林建洲有些意外："干吗去啊？"

贺琦年想多陪陪盛星河，临时撒了个谎，说是奶奶走了，他的情绪酝酿得十分充沛，演得就跟真的一样，林建洲还挺替他伤感。

"那你节哀顺变啊，你奶奶是到另一个世界跟你爷爷团圆去了。"

贺琦年吸了吸鼻子："嗯，我也是这么觉得的。"

盛星河哑然，这家伙去演戏说不定能争个奥斯卡。

一走出食堂，盛星河就忍不住问："你奶奶什么时候走的啊？"

贺琦年："我小学的时候。"

"她老人家要是知道你拿她当挡箭牌陪我，以后去那边碰见了会不会生我气？"盛星河问。

贺琦年："她要生气也是生我的气。"

"那我们上哪儿溜达？"盛星河又问。

上哪儿好呢，贺琦年心里也挺愁的，但他知道人不开心的时候，第一步就是要将他带出那个不开心的地方。

盛星河现在不能跳高，最不能看的就是别人练跳高，不然总是会联想到自己的伤病。

反复循环，越想越郁闷。

贺琦年打了辆车，没有报目的地，而是让司机师傅开慢点，绕着人多的地方走。

"你有钱烧得慌是吧？"盛星河靠在后座，神情淡淡的。

街道上流光溢彩的霓虹灯照进车厢里，车内的一切忽明忽暗。

气氛融洽。

只不过，这份难得的气氛在码表上的数字跳到 65 的时候被打破了。

贺琦年瞪大了眼睛，惊呼道："欸欸欸，师傅，靠边停一下，我微信就剩 60 了！"

司机师傅："哎哟你咋个不早说呢？这里不好停车的，都是摄像头。"

"我就 60，要不您再退回去一些？"贺琦年扒着车后座说。

司机咆哮："你在开什么玩笑？！"

最终，两个人在一片陌生的街道被扔下了。

盛星河吃了满嘴的尾气，拄着拐杖蹦到人行道，夜晚的风凉飕飕的。

"这就是你所谓的散心？"

"船到桥头自然直嘛。"

贺琦年环顾四周，有便利店也有各种服装店和小吃店，这里与嘈杂的闹市区只隔着一个居民区，但确是完全不同的景象。

这里很安静，头顶的路灯泛着暖黄色的光晕。

有家工艺品店的门口摆着藤制桌椅，一只肥胖的橘猫蜷缩在椅子上睡觉，人走过去都没有睁眼。

盛星河试着伸手摸了摸它的脑门，胖橘慵懒地"喵"了一声，半睁开眼看看人，然后歪了一下脑袋，很享受地蹭了蹭他的指尖。

"它好乖啊。"盛星河忍不住挠挠它的圆脑袋。

"你坐会儿吧，我去买瓶水。"贺琦年把椅子搬到他身侧。

盛星河把拐杖捏在手里，一抬头，看见了漫天的繁星。

人在不断奔跑的时候，仍然感觉追不上自己的目标，总想创造些什么来提升自我价值，但偶尔放慢脚步，却发现周遭的一切依旧在有条不紊地运转着。

这世界没了谁，还是会转的。

那大家追逐的究竟是什么呢？

贺琦年从马路对面飞奔过来，手里攥着两瓶果汁。

橙汁和水蜜桃汁，盛星河选了前者。

贺琦年把瓶盖捏在掌心搓了搓："看我给你变个魔术啊。"

盛星河一边喝着果汁一边盯着他细瘦的手指。

搓了几下后，贺琦年突然说："哎你别盯太紧，我变不出来的。"

盛星河笑得果汁都喷了："不盯着叫什么变魔术啊？"

"魔术师都需要托儿呢，"贺琦年抬手向远处一指，"你看那儿！"

盛星河十分配合地顺着他手指的方向望过去，屁都没有，一回头，贺琦年掌心里的瓶盖变成了一枚爱心形状的巧克力。

"科学实验表明，人在吃到甜食的时候，心情会变好。"

很蹩脚的魔术，但盛星河还是笑了。

之后贺琦年又团购了两张电影票，订得太晚，只剩下最后的两排情侣座了。

盛星河得有八百年没进电影院了，第一次见到这种双人沙发，有些意外。

他们选的是最靠后的一排，身后就是墙壁和放映机。

"现在电影院都这么虐狗了吗？"盛星河小声说。

"还可以按摩呢。"贺琦年说。

盛星河更惊讶了："怎么按？"

贺琦年："我一会手动给你按。"

盛星河又笑了。

他忽然意识到，身边有个比自己小很多的朋友还是有很多好处的。

因为贺琦年还没那么成熟，所以不会用理性的方式来开导或指点些什么，而是用这种最最柔软的方式，以他为中心，不厌其烦地哄他高兴。

用个不怎么恰当的比喻就是一条小奶狗，黏在他腿边团团转，揉着揉着就觉得世界还是挺美好的。

走出电影院是晚上十点多，天已经完全黑透了，街上的车流明显减少，凉风掠过耳际，被吸入肺腑。

有一点冷。

手机上打不到车，得要到另外一个热闹一点的街区试试看。

盛星河拄着拐杖缓慢前行，一个没注意，踩空了一步台阶，好在贺琦眼疾手快，赶忙伸手护住。

"我背你吧，这边太黑了不好走。"贺琦年说。

盛星河下意识地问："你背得动我吗？"

贺琦年惊了："你都能背得动我，为什么我会背不动你？"

倒也是。

盛星河双手搭在他肩上："我要跳了啊。"

"别别别，你先别跳。"贺琦年弯下腰，反手抱住他的大腿根往上用力一抬。

"重吗？"盛星河问。

"还行吧，"贺琦年回过头说，"你抱紧一点啊，这样我省力一些。"

"你是白痴吗，不管紧不紧，我的体重全都压在你身上，你能怎么省力？"

"你的关注点为什么总在奇怪的地方，"贺琦年说，"麻烦你抱紧一点好吗？"

盛星河扑哧一笑，搂紧了。

刚开始贺琦年的脚步还挺轻快，但过了一个红绿灯后，就明显变慢了，气息越发粗重。

"放我下来吧，我慢慢走过去就好了。"

"我能背得动。"贺琦年加快步伐，说话时还带着明显的喘息声。

"哥。"

微风送来了某人轻柔的声音，盛星河应了一声："怎么了？"

贺琦年时不时地抬头看一下前方："如果跳高真的让你感到痛苦，那就放弃，换个快乐一点的活法，你做什么我都支持，如果找不到比跳高更让你着迷的事情，那就回来。你有时间，也有选择的权利，不要害怕，也不要丧气，更不要觉得自己是失败者。"

"能为了热爱的事情坚持十五年本身就已经是件很了不起的事情了，更何况全世界有多少人能跳过 2.29 米这个高度？屈指可数吧，你说的那个失败者的观点我不同意。"

盛星河被这番温暖的言论给逗笑了："你真会安慰人。"

"我说的是事实啊，"贺琦年笑笑说，"我觉得老天爷给每个热爱体育的人都设下了很多道坎，或许是亲情、友情、爱情、金钱的阻碍，也可能是身体的伤病折磨，我想没有哪个人的人生是顺风顺水的，有些人走着走着就停下了，去寻找更多的可能，有的还愿意坚守初心。你知道美国的加特林吧。"

当然知道。

加特林，美国男子田径队队员，奥运冠军、世锦赛冠军，还是两次国际田联钻石联赛大奖的获得者。

贺琦年："他被禁赛四年，复出以后又参加了两次奥运会和三次世锦赛，快四十岁了还能在世锦赛上夺冠，而你才二十八，怕什么？"

盛星河怅然。

他听见的终于不是"你都二十八岁了"，而是"你才二十八岁"。

满腔的血液都在沸腾，盛星河的眼眶再次湿润："认识你真的好幸运。"

"那是当然啦，"贺琦年嘿嘿一笑，"认识你也是我这辈子最幸运的事情。"

第十章 新征程

练体育的大多都是直性子，情绪来得快去得也快，盛星河那点打退堂鼓的心思在贺琦年的悉心安抚下逐渐消散了。

之前请的是事假，贺琦年干脆陪盛星河在外边多玩了一天，去的是海洋馆。

盛星河腿脚不方便，贺琦年还特意到医院租了个轮椅，一路推着他走。

盛星河脖子上挂着一台单反，那是他生平第一次摸相机，比想象中的重多了，按键边都是些图标和缩写，他就懂个 OFF 和 ON。

贺琦年蹲下，趴在他大腿上手把手教学："这个圆圆的按钮是拍照，这个 P 是自动曝光，TV 是优先自动曝光，AV 是光圈自动曝光，M 是手动曝光，这个框是全自动……"

盛星河一愣："等会，你说这个 AV 是什么？"

贺琦年掐了一把他："你就听见了这个是吗？"

盛星河大笑："也不是，我还听见那个 P 是自动曝光。"

"AV 是光圈优先自动曝光，"贺琦年捏着他的指尖，轻轻转动转盘，"这朵小花花是微距，你对着路边的花草试试看，就能感觉到效果了。"

转盘上还有个奔跑的小人图案。

"那这是什么？"盛星河问。

"运动模式，能抓取到一些高速运动的人或物，当被拍摄的物体进入画面之后，按下一点点快门按钮，会自动开始对焦，如果按住快门键不松就是连续拍摄。"

盛星河偏过头看了看他，心中暗喜："我发现你是个宝藏啊，懂这么多。"

"选修课上学了点皮毛而已，那个老师还经常给一些旅游杂志拍封面呢，贼牛，"贺琦年放下手中的单反，"以后你可以用这个来拍我跳高！"

盛星河笑了笑，调整到人像模式，眯起一只眼睛，看向取景框。

午后的阳光很是耀眼，贺琦年勾着嘴角看向镜头，他背后的绿植都自动虚化了一些，有亮光的地方都化成了一个个微小的光斑。

海洋馆晚上八点半闭馆，他们玩到七点多的时候出去吃了顿酸菜鱼，然后打车回基地宿舍。

贺琦年在保安室那取了三个快递包裹，盛星河拄着拐杖看他："你怎么跟女孩儿似的，天天有快递。"

"我粉丝送的啊，"贺琦年看了一眼快递单，两个备注着零食小吃，另外一个是衣服，"我上次不是在微博上说我进国家队了吗，他们大概上网查到了地址吧。"

盛星河"哟"了好几声："那你以后要是比赛成名了，会不会有人堵在这儿为了瞧你一眼啊？"

"那可不一定。"贺琦年得意地笑笑。

盛星河回到房间，贺琦年也跟着挤了进来，手里还拎着那三个破包裹。

盛星河扫了他一眼："要拆回自己屋拆去，别给我这儿制造垃圾。"

"一会我帮你倒掉还不成吗？"贺琦年蹲在地上拆了一个快递盒，里面是套黑色的休闲运动服，还有一封信。

盛星河的脖子不动声色地伸长了。

淡粉色的信封，开口处还贴着一个大红色的爱心。

信纸也是花里胡哨的，字迹倒是娟秀，这一看就知道是女粉丝送的。

贺琦年一抬头，盛星河脖子来不及收，差点儿拧了，他挠了挠后脑勺，伸手挥了一下空气："这屋怎么有股怪味。"

贺琦年抿了抿唇："是酸味吧。"

他将信纸捋平了捏在手里细看。

写信的是个高中生，说是在第一次上热搜的时候认识了他，从此便一直关注，打工数月，买了套衣服，希望他能喜欢。

后边的内容稍稍有那么一点肉麻，就跟看情书似的，贺琦年自己都有点不好意思。

"你要看吗？"他抬头问盛星河。

盛星河难得八卦一回，但想了想，又摆摆手："那是写给你的，我不看。"

"她说她想跟我处对象。"贺琦年说。

"啊？"盛星河愣住，"你说什么？"

"耳背啊？"贺琦年把信纸往他手里一塞，"自己看吧。"

盛星河犹犹豫豫，捏起又放下，来来回回数次之后，将信纸展开了。

第一句就充满冲击力——

请允许我喊你一声琦年哥哥。

呕。

你跳高的样子太帅了。

你是我第一个喜欢的男生。

我一定会跟你考进同一所大学。

盛星河看了个大概便放下了："真肉麻。"

纸箱边缘纤薄，贺琦年拆包裹时稍一用力，右手的中指便被划破了一道小口子。他低头盯着被划到的地方，两秒后，那口子开始往外渗血。

"哥，你这有创可贴吗？"他抬眸问，"我手划到了。"

"啊？"盛星河心头一惊，立马扭头看了一眼，"口子深吗？"

"不深，就一点点。"贺琦年抽纸巾擦掉了伤口上的血。

盛星河翻了一下床头柜的抽屉才猛地想起自己之前把药箱借给秦鹤轩了，老秦一直就没还。

"你等会，我去给你拿。"盛星河抓起床边的拐杖，往隔壁扭过去。

贺琦年站起身，跟在他后边。

盛星河敲了敲门，里面没人应声，房门并没有上锁，盛星河直接开门进去了。

屋里的东西很少，药箱就搁在书桌上，药箱旁边是秦鹤轩的笔记本电脑，屏幕亮着，中央是一个微信对话框。

盛星河无意间扫到"是新药"几个字，感觉不太对，又定睛细瞧。

秦鹤轩：我快退役了，不可能冒这个险。

盛星河记得秦鹤轩的微信头像是国旗，电脑上所登录的这个账号的头像是条狗，也就是说，这是个小号。

他滚动鼠标，可其他消息都被撤回了。

老秦怎么会?

盛星河扫了一眼门外,心如擂鼓,立马掏手机拍下了转账页面,又拍下了"黑科技"的微信账号。

贺琦年不明所以地挨过去,小声道:"你干吗呢,乱看人隐私。"

盛星河连气都不敢喘一声,推着贺琦年离开这个是非之地,回到房间才发现创可贴都忘记拿了。

"什么情况啊?"贺琦年不解道。

盛星河指尖发颤,翻出了相册里的账号,然后用自己的微信添加,对方的个性签名是:一切都是为了突破人体极限。

贺琦年有些着急地问:"这人谁啊?"

盛星河提了口气,几乎凝聚了全身的力量说道:"卖兴奋剂的。"

"你的意思是,他买药了?"贺琦年的脸上满是惊讶。

盛星河眉头紧皱:"还不能完全确定。"

盛星河并不能确定秦鹤轩一定用药了,但有点好奇的念头,肯定是真的。

认识这么多年了,他还想给秦鹤轩留点面子,没有当场揭穿,而是在隔天中午吃饭时隐晦地提了一句:"你是不是还有个微信小号?"

秦鹤轩夹菜的动作停顿了一下,抬眸道:"你说什么?"

学过一点刑侦或心理学的都知道,每个人在遇到有效刺激的那一刹那会产生微反应,它来不及接收到大脑的指令,不受控制,也无法伪装,精准地反映着人的心态。

盛星河从他短暂的迟疑中,捕捉到了他的冻结反应和逃离反应。

在他的大脑还没有来得及反应时,盛星河又追问:"你不是有个小号吗?买东西用的。"

秦鹤轩的瞳孔倏然放大:"你怎么知道?"

盛星河放下碗筷:"什么事情该做什么事情不该做,我相信你是很清楚的,别以为真的能够做到瞒天过海,你好自为之。"

这些话说不上难听,但字字扎心,秦鹤轩坐在餐桌前半天,餐盘里的米饭几乎没动。

他不知道盛星河是怎么知道这个号的,也不知道盛星河究竟查到了些什么,更不知道他接下来会做什么。

内心一番挣扎过后,他把盛星河叫到了自己的房间。

"咱俩就把话说明白了，你究竟想怎么着？举报我？"秦鹤轩站在窗前，单手插兜，语调谈不上愤怒，但和平常差别很大。

今天的天气并不是很好，没有一丝阳光能穿透进来，让整个屋里的气氛都显得有些压抑。

"我只想问你两个问题。"盛星河直视着他的眼睛。

秦鹤轩却避开了他的视线。

"你买药来干吗？"盛星河问。

即使是做足了心理建设，这么直白的问题抛出来，秦鹤轩还是略微僵硬了一下，避重就轻道："我没买。"

"不买你加那人干什么？！"盛星河的声调一个没收住，高过了他。

秦鹤轩拧着眉："你管好你自己就行了，你管那么多闲事干什么？！"

"每个人都会有犯错的时候，怕的是明知故犯，一错再错，"盛星河看着窗外，语调冷淡，"真以为你自己做过的事情不会有人知道吗？"

秦鹤轩的手心潮湿，没有接话。

盛星河挺直脊背，一副胜券在握的表情看他："前几天边教练跟我说，他早就知道当年的那瓶水是你换的，他不想揭穿毁了你才替你背锅。"

这个问题像是戳了秦鹤轩的神经似的，情绪顿时失控，瞪大双眼："那是你自己先拿错的！"他大声辩驳道，"我本来是想丢掉的，可你都已经喝一大半了我有什么办法！"

盛星河的心脏像是被尖利的针刺了一下，然后膨胀、剧烈地跳动，连带着血液流速都加快了，血压呈直线往上飙。

两人僵硬地对视了几秒。

最后，盛星河抽出兜里的手机，按下了停止录音。

秦鹤轩的表情解冻之后开始解释："我真的没想过害你，那次完全是个意外，国外一个选手鬼鬼祟祟塞给我的，你先把我的水给拿走了，我想偷偷丢掉来着，可你都喝一大半了。我那时候害怕了，也不敢告诉你……"

其实盛星河记不起事发当天的详细经过，他脑海中最深刻的就是有人通知他尿检结果为阳性，整个人完全蒙了。

秦鹤轩说的那些细节他回忆不起来，所以究竟是怎么回事真的无从考究，但有一点可以确定，秦鹤轩在两年前就被人利用了。

可怕的是，自己还一直拿他当兄弟。

盛星河内心的震怒难以平复，血气直冲天灵盖，气得浑身发抖，怎么压都压不下去。

盛星河几乎把前二十七年学到的脏话都用在今天了，最后还是憋不过去，上手开打。

秦鹤轩一点都不敢还手，肚子上结结实实地挨了两拳，差点吐了。

力的作用是相互的，盛星河的拳头也红了。

见他停下，秦鹤轩低头说："你打吧，我承认我很对不起你，随你打，打到你满意为止。"

盛星河："我还嫌脏了我的手呢。"

秦鹤轩自己扇了自己一巴掌，把盛星河给看愣了，随即，又是响亮的一巴掌。

"我对不起你！当时是我怕事不敢承认，也不想咱俩的关系就这么毁了。"

盛星河别开脸："谁跟你有关系了。"

又是一个利落的巴掌，秦鹤轩的脸以肉眼可见的速度红了。

"你知道我最讨厌哪种人吗？"盛星河问。

秦鹤轩看着他，挺有自知之明地接了一句："我这种。"

"我讨厌不守规则的人，"盛星河说，"这世上谁不想赢，可要赢也要赢得干干净净，一旦规则被打破了，比赛就失去了意义。"

秦鹤轩低吼道："你真的以为只要你付出时间付出精力就一定会有回报吗？有些事情是天注定的！你能不能清醒一点？你跳了这么多年，如果不是上次误服了药，2.31米的坎你过得去吗？"

从秦鹤轩口中说出来的每一个字都化成了锋利的刀尖，扎向盛星河的胸口。

他确实跳不过去，未来也不知道能不能跳过去。

无奈和恼火并存，不过他恼的并不是自己跳不过去，而是秦鹤轩这早已扭曲的三观。

盛星河胸腔发热，气急败坏地点了点他的胸口："要清醒的人是你！我有我的目标和理想，就算一辈子跳过不去我也不会用这种方式去赢一枚没有意义的奖牌！"

"可对我而言，对整个跳高队而言，这一步迈出去，意义重大。"

"你之前也用药了？"盛星河拧着眉毛，狐疑道。

"没有，我只是好奇。"秦鹤轩坦白承认，"但我想进今年的世锦赛，我已经错过四次了，真的不想，也不能再等了。"

在男子跳高这个项目上，国家队已经有几十年没有人冲进奥运决赛了，就连世锦赛冠军都没有，一旦这个时候有人拿块世锦赛的奖牌，势必会大火，这背后带出来的商业价值不是三言两语就能概括的。

就算将来要退役，也有更宽的路可以走，娱乐圈就是个不错的选择。

秦鹤轩是这么想的。

"你的真是无药可救了！"盛星河怒吼。

他原本还打算念在这几年兄弟情分上放过秦鹤轩一马，只要他肯悔改，就不把两年前的事情捅出来，现在看来没必要了。

盛星河攥着手机，转身往门口走去："这件事我是不会帮你隐瞒的。"

从秦鹤轩的房间离开后没多久，盛星河就给边教练打了通电话。

边瀚林沉默了好一会，似乎是不敢相信："他真买药了啊？"

盛星河实话实说："他就被人利用了，但后来那瓶水被我喝了。"

边瀚林："我没想到他会想着走这条歪路。"

盛星河虽然意外，但也理解秦鹤轩想要突破的那种心情，没有人不想在大赛上夺冠。

"我来打电话跟他沟通一下吧。"边瀚林说。

盛星河应了一声，挂断电话。

下午训练时，秦鹤轩还是和往常一样，完全不像是秘密被揭穿的样子，盛星河还是挺佩服他的，如果是自己联络那些人被发现，早就摸不着北了。

秦鹤轩似乎是笃定了他不会举报。

盛星河确实没有向上举报，但贺琦年属于沉不住气的类型，挣扎过后，把证据都交给了林建洲。

很快，秦鹤轩就被队里的领导给叫走了。

傍晚，有领导到秦鹤轩的寝室搜走了他的笔记本电脑和手机，经过一番查证对质之后，秦鹤轩无话可说，主动提出退出比赛，还扬言要退出田径队。

这些都不算什么，令盛星河比较意外的是一通异地电话——来自秦鹤轩的父母。

盛星河在赛场上见过秦鹤轩的父母，老两口年纪比较大，不知道是做什么工作的，皮肤晒得黝黑，特意从外地老家赶过来看儿子比赛。

隔着屏幕也能感受到这对父母对儿子的溺爱。

"小盛，叔叔阿姨在这里恳请你放过他这一次，过去的已经过去了，他知道错了，也不敢再犯，边教练也已经原谅他了。"

秦母说到这里，泣不成声："求求你原谅我们轩轩，你们是一起进队的，这么多年的兄弟感情，他亏欠你的，我们会尽量地弥补，求求你了，阿姨真的求求你……饶过他这一次。"

盛星河从小没有爸妈，从来没有体会过这种被父母护着的心情，但听到电话那端的哭声，眼眶微微泛红，百感交集。

除了憋屈、疲惫、无奈还有一丝怜悯。

他们还不知道自己的儿子的真实心境，所以还在拼命维护。

秦鹤轩的父亲放低姿态，试探性地开出了诱人的条件。

六万封口费。

希望盛星河不要把这件事情散播出去，让自己的儿子能够顺顺利利地退役。

盛星河开着扬声器，贺琦年也在边上听着，自己的好兄弟被人诬陷还不能澄清，气得他气血逆流。

"差你那六万块钱？你们就光顾着自己儿子的名誉，想过别人这一年半是怎么过的吗？别卖惨了，你儿子错了就是错了！凭什么让别人顶罪？"

"小盛？你是小盛吗？"

"是我，"盛星河凑过去，"刚才那个是我朋友，我也在听。"

秦鹤轩的母亲声音发颤："阿姨真的求你了，这个事情既然已经过去了，能少伤害一个就少伤害一个可以吗？"

"不好意思！不行！"贺琦年指尖果断地一戳，替盛星河挂断了电话。

盛星河有些茫然："是不是有点太不近人情了。"

"你傻了吧哥？"贺琦年瞪大了眼睛，试图去晃醒他，"别听两句软话就心软成不？犯错的人是秦鹤轩啊！跟你有什么关系？要近什么人情？你还真是好了伤疤忘了疼。"

盛星河看着他，指尖摩挲着暗掉的手机屏幕。

听见老两口的声音心软是真的，这两年来心里的那口气一直咽不下去也是真的，内心非常矛盾，这时候，他需要一个人坚定地告诉他，你是对的，不用怀疑，不要动摇。

而贺琦年是完全站在了盛星河的立场在看待这件事情，所有会伤害到盛星河利益的人就都是敌人，就算哭得再可怜在他眼里那也就是卖可怜的白骨精。

"你脾气可真大。"盛星河看了看贺琦年。

贺琦年撇了撇嘴："我只是看不过去，脾气好永远会被欺负，永远要忍让，凭什么？你不想当坏人那我来当好了，我说了我会保护你的，出了事儿我担着，你放心好了！"

按社会人士的角度来看，贺琦年这样的性子太烈，为人处世不够圆滑，不计后果，迟早是要挨现实毒打的，但如果换一种角度来看，现在的他很单纯、很勇敢、很倔强。

盛星河看着贺琦年，感觉他浑身上下都冒着一股傻气，但是又有点帅。

不不不，是很帅。

之后的那几天，秦鹤轩的家里人又想方设法地联络到了田径队里的领导，希望不要曝光出去。

至于两年前禁赛的事情，领导单独询问了盛星河的意思，问愿不愿意接受私了解决。

盛星河不愿意接受，并且要求队里能将事件的起因经过全部还原发布到协会官网和微博，就像当年发布禁赛公告的流程一样，还自己，也是还边教练一个清白。

领导万分头疼，当即给边瀚林打了电话："不是你干的你当年跑出来顶什么罪呢？你这不是瞎扯吗。"

边瀚林也是气急败坏："我不顶就是四年！运动员的四年耗得起吗！"

这破事儿扯皮了小半个月，最后终于下了定论。

协会发布公告澄清事件原委，解除对边瀚林的禁令，这就意味着只要他想回来，随时都能回国家队带队，同时以违反职业准则为由，停止发放秦鹤轩的补贴和奖金作为惩罚。

断掉补贴和奖金就跟变相开除差不多，秦鹤轩在公告发布的前两天就收拾包袱走人了。

时隔两年，总算是沉冤得雪，盛星河如释重负地给远在意大利的贺琦年通了个视频。

贺琦年正在国外备赛。

两年一度的夏季大运会，今年在那不勒斯举办，贺琦年已经过去三天了，要提前适应那边的气候环境。

"那他走之前有没有跟你说什么啊？"贺琦年问。

盛星河回想起了当时的场景。

没有阳光的通道，有些阴冷，秦鹤轩拉着个巨大的行李箱，经过他的宿舍，眼神茫然而空洞。

曾经热爱十年有余，一朝梦灭满身狼狈。

秦鹤轩站在他跟前，犹豫了好一会，嘴唇翕动，盛星河以为他会怪自己狠心，毁了他最后的念头，结果还挺意外。

"我也不知道从什么时候开始的，跳高已经无法让我感觉到快乐了。"

盛星河的左手攥紧了手中的拐杖，鼻尖有些发酸，因为他不光听懂了这话，还颇有感触。

体育这条路，越走越难，也越走越失望。

就像成年人拥有了足够买下几大箱零食的能力，却买不回儿时的快感一样，现在越过 2.28 米，没有尖叫也没有激动，只会觉得自己没有发挥出最好的水准。

"但不管怎么说，曾经的它带给过你快乐和满足。"盛星河说。

秦鹤轩嘴角的笑容淡淡的，看起来非常疲倦。

盛星河站得有些吃力，稍稍调整了一下角度："你接下来有什么打算吗？"

"要去考个裁判证，"秦鹤轩说，"你呢？还准备继续跳多久？"

临近别离，对话出乎意料的和平与冷静。

盛星河垂眸看向腿上的石膏："我也不知道，等伤养好了看。"

"上次是跟腱撕裂，这次是韧带撕裂，下一次保不齐什么时候来了，或许会更严重，你确定真要这么跳下去吗？"

盛星河皱了皱眉，秦鹤轩看着他："这几天我跟我家里人聊了挺多的，我突然发现我之前一直钻在一个误区里，觉得除了跳高我一无是处，但其实退出跳高队，还是有挺多选择，我还得感谢你，把我推出这个圈子里，让我有勇气去面对其他的选项。"

"你在跟我开玩笑吗？"盛星河觉得最后一句听起来不像是好话。

"你爱信不信吧，虽然不知道结果怎么样，但不会比现在更差了。"

秦鹤轩转身想走，但走了几步，又回过头，轻声道："那一年半，是我对不住你。"

第五次，还是与世界赛擦肩而过了，这大概就是传说中的造化弄人。

也怪他自己当初鬼迷心窍，一切有因有果。

"我走了啊，你保重。"行李箱的滚轮发出了声响。

盛星河望着那道快要消失在走廊尽头的背影，往前挪了两步："师哥……"

秦鹤轩猛然回头。

他比盛星河早入队一些，那会儿大家还不熟，称呼也是恭恭敬敬，后来热络了，就开始老秦老秦地喊，进门也不需要敲门，甚至挤过一个被窝。

这么多年过去，再次提起这个称呼，两人都颇有感触，像是魂穿回当年刚入队的时候。

记忆里的画面还是色彩缤纷的。

秦鹤轩笑笑，冲他挥了挥手："要是还可以，那就带着我的那份一起努力。"

贺琦年在电话那端努了努嘴："他还知道要道歉。"

"禁药这事儿疯狂了一些，其他时候他还是挺正常的。"盛星河说。

禁赛的事情告一段落，盛星河把心思重新放回跳高上。他去医院拆了个石膏，然后慢慢地进行康复训练。

教练让他不用着急，反正世锦赛也赶不上了，干脆好好休息，等明年的巡回赛和钻石联赛。

盛星河努力调整心态。

一周后，大运会结束，贺琦年从意大利飞回来了，他在这次的比赛上突破了 2.25 米的高度，把 PB 提升到了 2.28 米，简直是台风一样的追赶速度。

队里的人和粉丝们都给他换了新的昵称——年神。

每次比完大赛都是有休假时间的，少则一星期，多则几个月，再等待下一次比赛的来临，期间学生党回学校上课，结了婚的回老家陪媳妇儿带孩子，资历较深的去学校授课，没事儿干的可以接一些街头赛的活动，赚钱的同时又能将跳高运动推广出去，还有一种就是养伤。

每个阶段的运动员要操心的事情都不一样。

盛星河的二十八岁，除了陪老婆带孩子这一项没经历过，其他的都体验过了。

这次假期正赶上学校放暑假，贺琦年打算逮住这个难得的机会和盛星河去厦市玩一圈，放松一下心情。在回A市后的第一个夜晚就钻进盛星河的房间，聊旅游的事情。

盛星河有一年比赛去过厦市，但对这座城市的印象就是热，太阳毒得很，把他晒脱一层皮，隔天起来穿衣服，肩膀那一片位置剧疼，更别说越杆之后倒向垫子的那一刹那了，疼到眼泪直飙。

那是他第一次在赛场上发挥失常，之后对这个地方有那么些阴影。

不过贺琦年对那里很感兴趣，一整晚都兴致勃勃地趴在电脑前做攻略。

盛星河起身倒水，扫了一眼他的攻略文档："这太多了吧，五天来得及吗？"

"不知道，先弄着吧，到时候看，来得及就玩，来不及就下次再去。"

贺琦年将笔记本的显示屏微微转动了一点方向，上面是一个发布旅行攻略的网站。

"你看看你有没有什么感兴趣的地方。"

正聊着，房门被人敲响了。

"谁啊？"盛星河喊了一声。

"我，"林建洲在门外说，"看没看见小贺？"

贺琦年有些意外地看了一眼盛星河，起身去开门："教练，找我什么事儿啊？"

"怎么发你消息半天也不回，"林建洲径直走进屋，"又杵在这边看鬼片？"

两人默契地点点头。

林建洲往床沿上一坐，说明来意。

前阵有个大型竞技类综艺节目的策划联系到田径队，想邀请田径队里的运动员作为嘉宾助阵。

既然是上节目自然要挑拿过金牌名气响的，节目组那边总共列出了六名队员，不过田联钻石联赛还没结束，大家都出国比赛争积分去了，名单上的人就只有三个有档期。

一番沟通后，队里领导说再拣两个盘靓条顺气质佳的"小鲜肉"扔进去撑撑场面，策划刚开始还挺犹豫。众所周知，练田径的那都是风吹日晒雨淋的，晒得黝黑，再怎么鲜也都要风成"腊肉"了，但看过比赛视频之后，一拍大腿就同意了。

那确实是鲜，不仅鲜，还很牛，就像特警、医生这类极具职业特征的行业一样，运动员身上也自带一种刚劲野性的气场。

不管私下性格如何，只要站在赛场，就如同一头蓄势的猎豹，看对手的眼神都是杀气腾腾，粉丝们常用的一句话就是行走的荷尔蒙。

"于是就挑中你们了，让我过来问问你俩乐不乐意。"林建洲说。

盛星河对跳高以外的事情都表现得兴致缺缺："我就不了，过去也就尬聊，出糗了多丢人。"

贺琦年立马说："他不去那我也不去了。"

林建洲急了："那不行！都跟人节目组约好了的。"

盛星河撇了撇嘴："那您还过来商量什么？"

林建洲无所顾忌地说："那形式总要走一遍的，反正你俩现在闲着也没事儿干，出去还能捞点钱。"

贺琦年一听到有钱，就像是狗子听见了主人拆狗粮的声音，眉毛都挑了起来："多少钱啊？"

林建洲比画了一个手势，贺琦年倒抽一口气："六千？！这么多！"

"再加一个零。"

"去去去去去去去！"什么厦市全都抛到脑后，贺琦年一把按住林建洲的胳膊，"我肯定去！"

"那你呢？"林建洲看向盛星河，"还有意见吗？"

"啧，"盛星河神色淡然，"钱多少倒是无所谓，我就是想出去见见世面。"

贺琦年哈哈大笑。

两天后，合约以邮件的形式发送到了每位嘉宾的邮箱里。

贺琦年把文件打印完之后，送到盛星河的房间。

六万是节目组给田管中心的钱，运动员隶属于田径队，那就跟艺人跟经纪公司签约一样，得按合同上的规定分提成，然后再缴纳 30% 的税款。

税后三万三。

"这怎么就直接缩水一半呢！林教练这个骗子！"贺琦年签约时才知道还有这么多环节，心疼得滴血，有种煮熟的鸭子在往外飞的感觉。

他家里条件不差，但贺子馨从小管得严，真正能够供他使用的现金从来没超过四位数，成年后自己打工了才体会到赚钱的不容易，三万块对他而言是笔巨款了。

盛星河嗖嗖地在底下签上自己的名字和日期："慢慢赚呗，本来这个机会就是捡来的，有钱就不错了。"

"倒也是，"贺琦年忧伤的心情转换得很快，"我本来还以为是六千块，这样一来，白捡到两万多呢。"

盛星河笑了笑："不止，咱俩本来不是去厦市花钱的吗，还得加上花掉的那笔。"

"不不不，那笔之后还是会花的，"贺琦年说，"这样咱们就有六万多存款了，下次去的时候能定个豪华一点的酒店，我想住带泳池的那种。"

"你还会游泳啊？"盛星河是个旱鸭子，不懂他的快乐。

"会啊，我上小学就学会了。"贺琦年说。

"是吗？游得快吗？"盛星河问。

"那是，"贺琦年有点小得意，"想当年我还拿过市少儿游泳比赛的冠军。"

盛星河好奇道："那你为什么不去游泳队啊？"

贺琦年不假思索："为了遇见你，跟你一起比赛呗。"

吃过晚饭，他们缩在沙发上看了两期视频，熟悉了一下这档综艺节目的流程。

就是时下比较热门的大型户外竞技真人秀，每期都会邀请一些嘉宾和主持人队对战，顺着藏宝图找财宝或是找拼图碎片找回记忆。

每期都会换城市和景点开启一段新旅程，讲述一个新故事。

盛星河是第一次看这档综艺，不过看播放量和弹幕量感觉这节目还挺火的。

这次一共敲定了五位队员上节目，时间挺赶，合同一签完就发来了嘉宾版节目大纲。上面不仅列明了详细的故事线情节、游戏规则、注意事项，还有主持人采访的一些问题，嘱咐大家提前做好准备，以免上镜尴尬。

这次取景的地点在一个大型游乐园内，据说是斥巨资包了一天一夜。从基地过去需要三个小时，节目组凌晨四点就派车来接。

换服装、化妆、做造型，一系列准备工作弄完已经八点多了，这中间盛星河打了不下十个哈欠，眼角红通通的。他昨晚一共就睡了两个多钟头。

九点钟的时候，主持人那边也全都弄完了，大家相互认识了一下就开始录制节目。

这期的任务比较简单，就是在规定的时间内游玩一些刺激的项目，从工作人员那拿到提示，最后将所有收集到的提示拼凑起来，寻找到开启宝箱的钥匙。

为了制造节目效果，自然是什么刺激就玩什么，跳楼机、摇摆锤、过山车、蹦极、猛鬼屋。

前边的贺琦年全都没问题，一听到要过鬼屋才能拿到提示，整个人都不好了，他开始后悔自己一上午喝太多酸奶，有点尿急。

"要不然这样，你们进去，我先去蹦极那边把剩下的提示给解决了。"贺琦年说。

工作人员提示道："这个项目最少要有五个人进去才可以哦，否则是出不来的，而且提示都在里面，人越多越容易找。"

贺琦年："……"

鬼屋的外形像是一家医院，但墙面斑驳、门窗破旧，略显凄凉，人还没有进屋就已经能看见靠在窗口的骷髅和窗帘上的血手印。

工作人员给大家分发了求生道具以及一个小手电，贺琦年试了一下，灯光微弱，能见度只有一米多点。

"怎么这么暗啊？这能看清什么。"贺琦年小声嘟囔。

盛星河笑着说："够你看清鬼的模样了。"

贺琦年立马关掉手电，往盛星河身侧贴过去。

工作人员将他们带到一个窄小的通道口，门口悬挂的那个骷髅头忽然掉了下来，刚巧落在贺琦年的面前，瞳孔泛着幽幽绿光，发出诡异的笑声。

贺琦年吓得大吼一声，本能地抓住了盛星河，原地跳起踢踏舞。

看鬼片和进鬼屋完全是不同层次的恐怖，上回看片都能吓得半死，进去就更惨了。

贺琦年也顾不上后期怎么剪了，抓着盛星河的胳膊死活不撒手，嘴上还念念有词："你不要怕，我会保护你的。"

盛星河心说到底是谁保护谁。

"你手别掐那么紧行不行，我胳膊疼。"

贺琦年稍稍放松了一些："一会跟着我，别走散了。"说罢又回头找队里的其他师哥："咱们聊聊天吧。"

师哥 A："聊啥？"

贺琦年："随便，你想聊啥就聊啥。"

一条逼仄昏暗的通道望不见尽头，头顶的小灯忽明忽暗，飞快地闪烁着，像是随时要断电的样子。

师哥 B："你觉得会有鬼突然出现吗？"

贺琦年骂了一声："不是让你聊这种啊！"

盛星河往头顶戳了戳，幽幽道："你看上边有只断手。"

贺琦年光听见断手俩字就吓得一个哆嗦，根本不敢往上瞧，手上的力度也加大了几分。

盛星河的皮肤被他掐出了很明显的指印。

几个大男人背靠背，紧紧地贴在一块儿，小心谨慎地观察着四周，身后的木门"吱嘎"一声被什么东西给关上了，下一秒就是带着脏字的惊声尖叫。

贺琦年心跳加速，他越是害怕，眼睛就越是跟兔子似的，瞪得滚圆，防备地望向四周。

一路走过去，脏话跟扫机关枪似的从嗓子眼儿里蹦出来，后来被盛星河捂住嘴巴不让发声。

突然，一阵女人的哭声响起，由远及近，断断续续，再搭配上诡异的背景音，简直凄凉至极，令人寒毛直竖。

音响似乎是环绕式的，不知道装在哪个角落，那声音就在大家耳畔回响，幽怨又惊悚。

恐怖的气氛渲染出来，所有人都放慢了步伐。

贺琦年差点儿跪在地上爬着走，嘴里嚷嚷着一首欢快的歌："今天是个好日子，心想的事儿都能成，今天是个好日子，打开了家门咱迎春风——"

这首歌被他唱出了颤音的特效，唱到一半被一条断腿吓得心梗，忘词了，又自动切歌。

"好运来祝你好运来，好运来带来了喜和爱，好运来我们好运来，迎着好运兴旺发达通四海——"

师哥们也跟着瞎唱起来："北京欢迎你，为你开天辟地——"

里面扮鬼的都乐得不行，盛星河拿起小手电时，眼见着病床上一个装死尸的工作人员笑得胸口起起伏伏鼻孔放大。

拿到线索，重见天日，贺琦年整个人都快虚脱了，这项目对于他而言，比训练累多了。

不过经历了这么一遭，之后的过山车和蹦极都不算什么了，但妙的是盛星河恐高，跨上蹦极台后跟贺琦年在鬼屋的德行如出一辙。

工作人员给他戴上安全绳索："你放轻松一点，也就是几秒钟的事情。"

"不不不不……"盛星河浑身颤抖，一路往回走，"容我再酝酿一会儿。"

"别怕，"贺琦年抓紧了他，"你一会抱紧我就行，我试过的，真的不恐怖，相信我。"

盛星河坐在地上酝酿了几分钟，调整呼吸，贺琦年站在他跟前，阻挡住他的视线："你别往下看就不会害怕了，你看我。"

盛星河还是忍不住往下瞟。贺琦年强迫他看向自己："看我，别看下边。"

贺琦年的双眼晶亮，不停安抚。

又等了几分钟，盛星河缓缓地站起身，一点一点地挪到蹦极台的边缘。

"闭眼。"贺琦年轻轻拍了一下他。

盛星河闭了闭眼，耳边是呼呼的风声，还有工作人员倒计时的声音。

恐惧只增不减，心脏疯狂加速。

他就像是抓着救命稻草一样，紧紧地抓着贺琦年，就在心脏快蹦出嗓子眼儿的那一刻，右臂被人狠狠地推了一把。

刹那间，他的脑海闪过最惨的一种死法，就是绳子断裂，他们摔得脑浆迸射，尸骨不全。身体失去重心往一侧栽倒，他"啊"了一声，身躯不自觉地想要蜷缩起来，后脑勺被一双大手紧紧扣着。

"不怕。"

低沉的嗓音裹挟着剧烈的风声，盛星河怕被甩出去，指尖倏然收紧。

绳子自然收缩，他们在空中晃荡了几下，盛星河的一颗心仍然怦怦直跳。

"哥，可以睁眼了，我们还活着。"贺琦年说。

底下是一片巨大的人工湖，像是被颜料染成了墨绿色，波光粼粼的。

盛星河的心率极快，瞬间失重的感觉犹在，大脑还处于缺氧状态，听不太清边上的声音，耳朵嗡嗡响。

有工作人员划着小船靠近他们，伸出一根长长的竹竿，贺琦年伸手握住，两人一起被拉了过去。

太阳快要落山了，天边一片橙光。

贺琦年踏回地面的第一件事情就是掀起 T 恤，回过头，发现自己的后背生生被抓出好几道手印，小声嘟哝："你力气真的很大。"

摄影师眼尖，逮住机会就给他紧实的腰腹来个大特写，盛星河两眼一翻，扯下他的衣摆，不允许他在镜头前这么骚包。

摄影师的取景框里都是贺琦年嘴角的笑容，像初春的微风，带着一股暖意，招人喜欢。

节目录制完已经快十二点了，碰巧下起了雷阵雨，统筹部的小助理立马联络经常合作的酒店，给大家安排住宿的房间。

度假区内的双人套房，一晚上价格不菲，不过环境也对得起这个价格。

卫生间里甚至还整齐地摆上了卸妆和洁面用品，洗衣机、熨烫机、烘干机，一应俱全，就算只带了一套衣服也不用发愁。

盛星河跑了一天，内裤都快拧出水来了，回屋第一件事情就是洗澡，见浴缸可以按摩，边放水边刷牙，准备好好享受一番。

贺琦年趴在床上看电影，看到主角吃泡面馋得不行，也想吃面。

条件好点儿的酒店一般都会准备一些小点心，他抱着这个念头，拉开了床头柜的抽屉。

里面确实备有一些充满当地特色的小零食，还有一个还未拆封的小盒子。

贺琦年满脸尴尬地把抽屉给推回去了。

第十一章 新突破

　　盛星河浸在按摩浴缸里看喜剧电影，情节逗趣，看得入神，外边的人也没有催促，不知不觉地泡了半个小时，起身时感觉浑身的肌肉、骨头都被泡得软绵绵的。

　　浴室里的空气没有流通，有点闷，他放下手机，快速地洗了个头，然后套上纯白色的浴袍。

　　外边一直没动静，他举起吹风机之前，特意问了一句："贺琦年，你睡了没有？"

　　一般像这种情况，贺琦年没有回应，他就不吹了。

　　"没！还、还没！"像是被他吓了一跳，贺琦年有些结巴。

　　"我好了，你进来洗吧。"盛星河按了一下开关，风呼呼地灌进耳朵。

　　他刚从浴缸里爬起来，浑身沾满热气，湿漉漉的黑发往下滴水，白色的浴袍松松垮垮地覆在身上。

　　贺琦年和他并排站在水池前刷牙，含着满嘴泡沫。

　　盛星河冲他笑笑，说："我先睡觉去了。"

　　"唔，"贺琦年飞快地漱了漱口，"你等等我。"

　　盛星河："干吗？还要我给你讲睡前故事啊？"

　　贺琦年答不上来就卖萌："哎，等我上床了你再睡，我冲个澡很快的。"

　　盛星河没想太多，撂下一句那你赶紧的，头也不回地走了。

　　贺琦年祭出了闪电侠的速度冲了个澡，还好他这阵剃了寸头，都不用吹干，擦两下就完事儿。

　　回屋时，盛星河正斜斜地趴在大床上刷视频，单手托着下巴，小腿跟随背景乐的节奏前后摆动。

"你在看什么？"贺琦年也爬上床，脑袋凑过去。

"就你在网上发的那些 Vlog 啊，"盛星河稍稍往右挪开，"随便看看。"

贺琦年经常会用手机或相机录制一些吃饭训练的日常，后期简单地剪辑一下加段配乐就放上网，收藏量不少，基本都是嗑颜的，有一波固定的老粉。

盛星河关注过他，每次有视频就自动推到首页上来了，不过他很少点开这个 APP，刚才看的是贺琦年好几天前发布的内容了。

那会儿他们正在商场闲逛，准备买双运动鞋，贺琦年一直举着手机录制："哥，我给你讲个笑话吧。"

盛星河嘬着刚买的酸奶，"嗯"了一声。

"有三只小兔子到森林里拉屎，第一只拉的是圆形的，第二只拉的是长条的，第三只拉的是三角形的，大家问它为什么，它说，我用手捏的。"

盛星河满嘴的酸奶全喷了出来，呛得满脸通红蹲在了地上，半天没起来。

贺琦年嘎嘎直乐，继续说："但是小兔子拉的屎都是圆的，第二只肯定也是搓的。"

盛星河好不容易缓过来，又笑岔气了。

隔天清早，盛星河从漫天的香味中苏醒过来，下意识地瞅了一眼手机，五点五十。

回国修养的这段时间，他的生物钟被养准了，六点左右必醒。

他提前把闹钟取消，环顾四周，贺琦年人没在屋里。

昨晚换下的脏衣服整齐叠放在床上，盛星河拿起自己的 T 恤闻了闻，浸着洗衣液的清香。他根本就忘记还有洗衣服这回事儿。看样子是贺琦年在他睡着后弄的，已经洗过烘干。

怪不好意思的。

窗边的茶几上摆着好几样早点，闻味道应该是粥和汤包，这座城市最有名的就是鲜甜的汤包，空气中还冒着一缕缕热气。

盛星河刚吃完，节目组的小助理过来敲门，大家带着一丝不舍，告别了这座城市。

归队之后，贺琦年被上头叫去开会，要他近期好好准备，等八月份随队一起到外地参加世锦赛的选拔。之前秦鹤轩退队，盛星河又重伤，跳高组一下少了两个人，只好叫新人一起往上顶。

林建洲交代贺琦年千万不要有任何压力，能不能进决赛都没关系，这就是一次小小的尝试，了解一下自己和对手之间的差距，提前感受一下世界级大赛的氛围。

世锦赛每两年一届，世界各国都争相参与，汇聚的那都是每个国家最顶尖的运动员，选拔赛的标定在 2.31 米，过这个坎直接晋级总决赛。

如果没跳过去，那就要看总排名，如果在十二名以内，也可以晋级决赛。

盛星河一共参加过三次世锦赛的选拔，第一次的最好成绩是 2.27 米，没进决赛，第二次 2.29 米，勉强挤进决赛，但决赛成绩是最后一名。

在前年的世锦赛上越过了 2.31 米，当时在所有人员当中排名第六，那是他历史最好成绩。

但因为药检呈阳性，他很难判断是凭借着自己的实力跳过去的还是依靠药物的辅助才跳过去的。

这是他心里永远的一道阴影。

特别是受伤之后，他反复怀疑自己这辈子还能不能跳过这个高度，甚至到了一个病态的地步。

每一次助跑起跳，脑海中总是回荡着一个残忍而又清晰的声音："你过不去的。"

起跳脚的撕裂处像是没好透似的，一用力就泛疼。

贺琦年去外地参加选拔赛的这段时间，他又开始失眠，有时候半夜三点忽然被噩梦惊醒。

他梦见过自己跟腱断裂，又梦见过膝盖骨折，醒来时大汗淋漓，睡衣都是黏糊糊的。

他在夜深人静的夜晚，冷不防想起秦鹤轩离开时说过的那句话——不知道从什么时候开始的，跳高已经无法让我感觉到快乐了。

他觉得自己现在也是如此。

从快乐、期待、满足变为一种痛苦的折磨，疲惫、无奈。

每一次落杆，都像是往他身上套上重重的枷锁，一层又一层。

他不知道自己是怎么了，就是高兴不起来。

贺琦年忙着比赛，田径队的好友们都去参加世锦赛的选拔，唯独他在退步。

2.25 米的高度，他跳了一天都没过去。

前所未有。

身体里的每一颗细胞都在抗拒着跳高。

脑海中经常闪过一个念头——再练下去也是浪费时间，要不就停在这里算了。

他没有可以倾诉的对象，也没有时时刻刻能握住的温暖，伤感日积月累，终于冲破皮相，显露在了眉宇之间。

边瀚林是第一个发觉盛星河不太对劲的。

刚开始他只是觉得盛星河休息太久，体能没有跟上，所以将训练时长重新调整了一下，但等了两周，盛星河仍然没有过 2.25 米，并且变得不爱交流，逃避理疗，甚至逃避训练，就猜想他多半是心理方面出现了问题。

于是带着他去看心理医生，结果没出意外。

PTSD，一种比较常见的创伤后心理疾病。

当伤患再次碰见令他受伤的那种情况，脑海中会不由自主地涌现出当时的情境和痛感，导致警觉性增高，不敢使出全力，怕再次受伤。

通俗一点的解释就是一朝被蛇咬十年怕井绳。

难就难在，这种心理类疾病没有什么药物能够完全根治它，全靠自我意志去支撑和克服困境。

运动员心理一旦出现问题，整个人就会陷入自我怀疑的状态。

自信是一切行动的原动力，没有了热情和自信，还谈什么拼尽全力呢。

盛星河的沮丧难掩，在车上一言不发。

边瀚林安慰道："心态放平稳了，别着急，刚才医生也说了，用时间去克服，你知道吗，很多NBA球星伤后都有这个情况，有些要一两年时间才调整过来。"

盛星河转头望着涌动的车流，给自己定下了最后的目标："要是今年年底再跳不过 2.30 米，我就退出了。"

边瀚林没有劝他留下，只是轻轻地应了一声，作为教练，他没有权利去要求运动员离开或是留下。

他既然没有能力预测到盛星河的未来如何，自然也不敢随随便便决定他人的人生。

世锦赛的选拔赛结束，贺琦年跟随队伍回到 A 市，他虽然没能顺利进入总决赛，但在现场见到了许许多多的世界冠军，兴奋得无以复加，刚一下飞机就把照片一股脑儿地分享给盛星河。

黏黏：我跟男子跳高世界纪录的保持者握了握手，到现在还没洗，回去给你摸摸，沾沾他的仙气儿！

贺琦年的愉悦溢出屏幕，盛星河忍不住笑了。

盛星河：你什么时候握的啊？上厕所也没洗手？

黏黏：我用左手解决的，右手没洗。

盛星河：白痴，他要是知道自己跟一个上厕所不洗手的人握手了估计得疯。

黏黏：逗你的！我上飞机前跟他握手的，还热乎着呢，我还问他要了张签名，回头供起来。

半小时后，大巴抵达基地，贺琦年也顾不上跟领导敷衍，直奔宿舍，行李箱的滚轮在地上拖出了巨响。

那动静由远及近，伴随着轻快的脚步声，盛星河觉得那节奏十分耳熟。

拉开门，一道庞大的身影冲他飞扑过来："哥！快快快，跟我握个手，握完我要去上厕所了，憋死我了！"

盛星河笑得不行，伸手握住贺琦年的右掌，感觉他掌心里有东西，展开一看，是这届世锦赛的吉祥物挂件，绣工不算多精巧，但胜在可爱。

"送你了。"贺琦年说。

盛星河愣了愣："那你呢？还有吗？"

"我的就是你的咯！"

贺琦年把行李箱往屋里一推，对着空调吹风："大巴的空调坏了，这一路回来热死我了！"

盛星河拎住他的衣领往边上拽："那也不能对着风口这么吹。渴吗？我去给你倒杯水。"

正说着，林建洲也推门而入，跟盛星河聊起了近况。"你边教练说你最近不高兴啊，心理医生怎么说的？"

贺琦年怔然，脑门一拧，问："你怎么了？"

盛星河把大致情况说明了一下。

贺琦年记得曾经有位球星说过：最难愈合的往往不是身体的伤病，而是心里的缺口。

旧伤未愈，又添新伤。

盛星河曾经的自信、阳光、乐观都顺着那一道又一道的缺口流失了。

贺琦年为这事儿问了群里的朋友，也查了不少文献，最多的答案就是脱敏治疗。

哪里跌倒哪里爬起来。

不敢跳就越要跳。

半天的训练下来，他发现盛星河也不是完全不敢跳，只是左脚不能像以前那么用力蹬下去，总是收着点力气。

"休息一会吧。"贺琦年把保温杯递过去，"喝点水，我在里头加了点好东西，你闭眼尝尝看再告诉我什么味儿。"

盛星河笑笑，抿了一口，半眯起眼睛："枸杞子吧？"

"对，"贺琦年嘿嘿一笑，"教练说可以补肾的。"

盛星河一肘子顶过去。

径赛场上的教练正指着新进来的运动员骂："你左右手不分吗？谁让你拿左手跟人交接了？"

贺琦年顺着声音来源望过去。

那是跑男子百米接力的，有个队员是左撇子，新来的教练不知道，让他改回右手交接，那名队员一脸憋屈说自己一直练的左手，根本改不回去。

"谁惯的你这破毛病？！不能改也得给我改，我就没见过谁用左手交接的！你顺手了你的队友顺手吗？"

刹那间，贺琦年的脑后仿佛有一道闪电劈过，整个人顿住，气血逆流一般的激动，他猛地抬手晃了晃盛星河的胳膊："哥！你右腿完全没问题吧？！"

盛星河正喝着温水，被他这么一晃，洒了一地，皱眉道："没什么问题，怎么了？"

"那你试过用右腿当起跳腿吗？"贺琦年一激动，分贝就自动放大，引来了边瀚林的视线。

背越式跳高确实有两种起跳方式，国内的跳高运动员基本都以逆时针方向起跑，右腿摆动，左腿发力起跳，在那一瞬间，左腿需要承受住全身的压力，那就像是一根弹簧，突然爆发，所以扭伤受伤的基本都在左腿的各个关节。

不过放眼国际赛场，也会有运动员采用顺时针起跑方式，也就是完全相反的方向，起跳时利用右腿蹬地，左腿则成了摆动腿，减少了很大的压力。

像加拿大男子跳高选手就是利用右腿起跳，在奥运会上，他成功超越国际名将，以 2.38 米的成绩夺冠。

盛星河听后有点蒙，回道："我从来没试过。"

他练跳高都快十六年了，身体的所有肌肉都已经形成了完整的记忆，他可以闭着眼睛跑跳，越杆，这就好比让一个每天用右手吃饭的人换左手拿筷。

一切都得推翻重新来。

脑子说着你行你行你一定行，手指却说，不，我不行。

贺琦年拍拍他的肩膀鼓励道："不怕，你就试试看，你看人苏神，换了起跑腿，直接跑出一个亚洲百米纪录！"

盛星河咆哮："那可是苏神！"

贺琦年也咆哮："你可是盛星河！"

"胡闹！"这是林建洲听后的第一个反应，"他都跳这么多年了，你让他怎么改？我们国家就没有右腿起跳的先例。"

林教练年纪大，作风保守老派，换起跳腿的事情他想都不敢想。

盛星河心里头冒出的那一簇小火苗瞬间就被这一大盆冷水给浇灭了，换起跳腿的这个想法确实有些离谱。

贺琦年是初生牛犊不怕虎："就因为没有所以才要尝试看看啊，之前这世上还没有背越式跳高这项技术呢！"

"你不要偷换概念，星河现在最大的障碍不是技术不是体能而是心态问题，且不说肌肉记忆的重塑需要很长一段时间，没有先例你让他上哪儿学技术去？"

"和左腿一样啊，只是需要一点时间去调整他的肌肉记忆，没有不代表不可行。"

两人就这个问题争论了好半天，贺琦年劲头足，直接上杆，粗略地测算了一下步数，绕顺时针助跑起跳，2.20 米的高度是一次过的。

林建洲抱着胳膊："你再跳个五次看看，要不落杆我跟你姓！"

其实贺琦年在第一跳时就已经感觉到身体越杆的角度不对，左脚起跳时，身体很轻，在空中是平稳的，换了方位，整个人的重心更偏向于左侧，他的大腿是擦着横杆过去的。

果不其然，第二跳就落杆了，之后几次连续失败，助跑的步伐大小和弯度确实很难把控，就像是回到了刚练跳高的那个时候。

刚开始练习，大部分靠的是瞬间爆发力和运气，只有练久了才会形成肌肉记忆。运动员的身体就像是一台经过精密加工的仪器，步伐的把控、起跳的力度、越杆的角度每一项都精确到一个完美的标准，这标准难以塑造，难以打破。

就像球星能够闭眼投三分一样，凭借的就是肌肉记忆。

林建洲转身离开，边瀚林却道："先试试看吧。"

意思就是死马当成活马医，就像贺琦年说的那样，不放过任何一个突破可能性。

盛星河去找了测算的仪器和胶布，蹲下测量，在每一个助跑步点以及起跳位置贴上标记。

他莫名地想起了自己刚加入学校田径队的那天。

夏天，阳光刺眼，温度极高，教练也像这样蹲着，用粉笔在地上加深每个标记点的印记，脑门上的汗水顺着鬓角哗哗哗地往下淌，背心都是湿的。

教练说："其实人生就像跳高一样，总会遇到各种各样的坎，你别看这横杆的位置定得那么高，可当你勇敢地跳起来，会发现它根本没你高。"

运动员这个职业和大多数职业不一样的地方就是失败多过于成功，他们的青春被汗水和泪水浸泡，糅杂着迷茫、孤独和痛苦，反倒是铸就出一副副钢筋铁骨，他们坚韧、执着、不遗余力。

问他们累吗？

十秒入睡很简单。

问他们疼吗？

拉伤撕裂常相伴。

问他们还要继续吗？

盛星河重新站回起跳点。

只要还有一点可能，就不想给青春留下遗憾。

为了让肌肉形成新的记忆，不管刮风下雨下冰雹，盛星河每天都坚持训练，就像谈恋爱似的，跟新的起跳腿慢慢磨合。

从早到晚反复练，凌晨还能听见训练馆内横杆落地的声音。

边瀚林的评价是四个字：走火入魔。

盛星河确实有些走火入魔，他已经很久没有尝过这种快感了，短短的两个月时间，他看着自己从 2.20 米的高度，一点一点地往上爬，爬到了 2.25 米的高度。

每天练完，畅快淋漓，甚至连做梦都在训练场上奔跑起跳。

贺琦年陪他一起看比赛，查文献，搜各种跳高方面的资料，同时研究国外对手的起跳方式。

虽说跳高有一套相对标准化的助跑起跳模式，但针对不同的运动员，训练时的侧重点是不同的。

有些运动员身体轻盈，有些则魁梧健硕，有些跟腱细长，有些特容易掌握跃起时的平衡感，每个人的优缺点不同，训练的模式不同，所以并不是所有跳高选手的起跳姿势都是一模一样的。

总之各有千秋，各自发挥。

在换腿训练之后，盛星河的起跳姿势也略有调整，原本是最后一步爆发起跳，现在在最后第二步时就试着将身体重心往上送。

林建洲虽然嘴上不满，但当盛星河真正遇到难题时，他也跟着操心，甚至联络到了自己在乌克兰的同学，咨询技术上难以攻克的问题。

他的同学现役于乌克兰田径队，那边有运动员是采用顺时针起跑、右腿起跳的方式来跳高的，并且成绩斐然。

盛星河期间还飞过一次乌克兰，在那人生地不熟的地方一待就是好几个月，就为了学习技巧。

冬至过完，一年接近尾声，盛星河赶着回国，贺琦年定了五点多的闹钟，一大清早赶地铁去机场接机。两根电线杆在人来人往的机场大厅拥抱，备受瞩目。

"你怎么剪头发了？"贺琦年看了看盛星河，就连刘海都给剪没了。不过盛星河的骨相好，颧骨不突兀，下颌窄而顺，下巴略尖，推成寸头倒是显精神。

"你粉丝不是说这样比较 man 吗。"

贺琦年跟看宠物似的又瞅了他一眼。

A 市接连几天下雪，路堵，回家的路也变得格外漫长，路边的灯柱，广告牌上挂上了红彤彤的灯笼，过年的气氛浓厚。

这是两人第一次一起度过跨年夜。

贺琦年早已备好了火锅和饺子，都是他自己包的，牛肉、虾仁、荠菜、白菜馅儿的都有，样子千奇百怪，都是跟网上学的，什么元宝饺、金鱼饺、玫瑰饺，下出来基本都一个德行，圆滚滚的，不过味道还不错。

窗外冷风呼啸，白雪皑皑，他们窝在沙发，守着跨年演唱会开始。

难得的享受。

盛星河跟贺琦年歪在沙发看电视，又看他和同学在微信群里聊天。

大器交了个女朋友，圣诞节就带回家吃饭了，谷潇潇找到了一份不错的工作，刘宇晗接到了国家队的通知，过完年会来 A 市参加集训。

有些人去寻找另外的可能，有些人还在坚持。

当初那个"今年不过 2.30 米就退役"的约定被盛星河抛之脑后。

因为不舍、不甘，就算新的一年仍然越不过去，他想自己还是会留下来的。

二十九不行就三十嘛。

梦想和同伴都在，这个冬季没有往年那么寒冷。

漫长的春训期结束，万物复苏。

三月，迎来了新一年的室内田径锦标赛。

盛星河阔别赛场半年，再次上场，有点紧张。

这是他第一次在赛场上以顺时针方向助跑起跳，连解说员都惊了，不过训练的时间不久，跑跳结合的部分没发挥好，只跳出了个 2.27 米的成绩。

而贺琦年却成功突破自己的 PB，以 2.31 米的成绩夺得冠军。

也不能说是奇迹，贺琦年这半年来确实练得很猛，只要方向对，付出总会有收获，外加上他先天条件就不错，这成绩迟早会来的。

显示器上刚放出排名，贺琦年就挑眉道："2.31 米咯。"言下之意是要奖励。

盛星河咬着后槽牙，从牙缝挤出三个字："知道了，回去给你按摩。"

相似的天气，同样的比赛，熟悉的领奖台，时间仿佛将人拉回了一年前。

而这一次，贺琦年站上了冠军位，盛星河站在季军位，不过和去年一样的是，冠军仍然占着季军的便宜。

对外，他们不遗余力；对内，友情胜过一切，谁输谁赢都会为对方高兴。

运动员们的离场通道会经过观众席，几名记者和摄像师已等候多时。

贺琦年和盛星河的步伐很大，他们生怕错过似的，蜂拥而至，一位记者还轻轻地拽了一下贺琦年的运动背心。

盛星河跟贺琦年并排，贺琦年脚下刹车，他自然也跟着转过头，女记者身形矮小，他只闻其声未见其人，一低头，才发现她犹如一只嗷嗷待哺的小雏鸟，仰着脖子，手中高举贴有电视台标志的话筒。

他认出这位就是去年在赛场上采访过他们的女记者。

贺琦年也很快回忆起来，长腿微微分开一点，弯腰接受采访，嘴角始终挂着淡淡的笑意。

记者操心完盛星河的换腿缘由，又将话筒举到贺琦年前边："来比赛之前有没有想过自己今天会拿到这么出色的成绩？"

贺琦年立刻回神："我一整年都日思夜想地想着要过 2.30 米这个目标。"

"你现在才二十一岁吧，在田径队历史上就很少有在这个年纪突破 2.30 米这个高度的，你是真的非常非常优秀。"

记者的马屁拍完，又忍不住问："那现在你们两位的水平处于一个旗鼓相当的状态，会不会有竞争压力，毕竟金牌只有一枚。"

贺琦年不假思索道："不会，我的就是他的，他的就是我的。"

这话一出，不光是记者，就连观众席都心领神会般地"啊"了一声。

盛星河心底是暖的，但瞥见观众席那么多手机对着自己，还是略窘，怕再出现什么可怕的热搜，赶紧救场："因为我们是一个队的，不管谁获奖，都是衷心地为对方感到高兴，我们的最终目标其实还是国际赛，假如我和他一起上，拿奖的概率不是更高一些吗？"

"对，"贺琦年再次捏住话筒，豪言壮语，"我们是'旗开得胜'组合，目标就是为中国队争光！"

这话如此耳熟。

盛星河这次没再嫌弃，甚至很给面子地应了一声。

记者笑了起来："那在大赛前你们一般都是怎么激励自己的呢？"

这个问题又让贺琦年浮想联翩了，怎么激励，跟盛星河打赌呗，但要是这么回答，记者肯定又会追根究底地问赌什么。

他转头，将话筒递向盛星河，期待对方的回答。

盛星河想了想说："我们都是互相激励，在我左腿受伤，情绪低迷的那段时间，小年经常鼓励我，给我不少的动力。我一直觉得很幸运，能遇到竭尽心力带大伙儿的教练们，还遇到了肝胆相照的队友。"

贺琦年嫌他官方，主动靠近话筒："他这次输了，回宿舍以后要给我按摩了。"

记者哈哈大笑。

比赛结束，大家各自回家。

高铁列车在轨道上飞快地滑过，留下沉沉的轰鸣，盛星河困得要死，吃了点水果，枕在贺琦年的肩上睡着了。

抵达 A 市火车站已经是晚上九点多了，火车站外的天色已完全黑透，贺琦年轻轻捏了捏盛星河的下巴："哥，醒醒，我们到了。"

盛星河皱眉嘟囔："这么快。"

贺琦年问："饿吗？咱们去吃点夜宵？"

刚睡醒，饥饿感并不明显，不过贺琦年既然问了，就说明他自己肯定是饿了，盛星河点点头，起身去拿架子上的行李。

A 市是终点站，待他们下车时，列车基本已经空了。

随着人潮涌出大厅，贺琦年伸手打了辆出租，报上家附近一条商业街的地址，盛星河在车上昏昏欲睡。

贺琦年提醒道："你别睡了啊，一会就到了，想想看一会吃什么？"

盛星河"嗯"了一声："要不然叫外卖？我美团上还有好几张券没用完呢。"

贺琦年摊了摊手："那你把手机给我吧，我来看。"

APP 自动推送出一个情人节优惠的广告。

"今天是情人节啊！"贺琦年像条惊喜的萨摩耶。

司机八卦的眼神扫向后视镜，盛星河差点被自己的口水呛死："俩大老爷们过什么情人节，我要回家睡觉了，累了一天，困死了，你自己一个人约吧。"

话虽这么说，但一下车，盛星河就被贺琦年拽去轧马路了，从小学聊到高中，又从比赛聊到未来。

情人节，街上人挺多，商铺基本都开着，还有推着破三轮车卖玫瑰花的，几个大老爷们在那吆喝。

贺琦年看了一眼微信余额，经过水果店时，没忘记买盒车厘子。

这条街并没有多长，从街头到街尾总共也就一公里左右，腿长，没走几步就感觉到头了。

街头靠近商场和住宅区，很热闹，快到街尾时，明显感觉人流稀少，有些店铺已经准备打烊了。

盛星河准备往回走，无意间看见一家男装店亮着灯，透明的橱窗内立着个男模，上身赤裸，下身套着条海绵宝宝图案的卡通内裤。

男模的脚边有一张黑色的广告牌，上面歪歪扭扭地写着：文身、文眉、采耳、理发、修指甲请上二楼。

业务还挺齐全。

盛星河的脚步停在门口，贺琦年顺着他的视线望过去："怎么，你要买内裤？"

"不是！"盛星河说，"我想文身。"

"啊？"贺琦年打了个哆嗦，"文身很疼的。"

盛星河很镇定："我不怕疼。"多痛苦的事情他都经历过了，这点小疼算什么？

店内只有一个梳着大背头的男人在，盛星河在门口踌躇了一会，推门进去。

男人很热情地招待："喜欢的衣服裤子都可以试穿一下。"

盛星河："这边能文身？"

男人点点头："可以的啊，你们想文什么？大概多少面积？"

"翅膀，文……"盛星河想了想，"文我的肩胛骨上可以吗？"

贺琦年"哇哦"一声。

男人从柜子里翻出几本厚厚的画册，上面印有各式各样的文身图案，平面、3D、中式、日式、泰式、欧美。

盛星河一眼就看中了一对黑色羽翼，从脊椎延伸到肩膀，画工精细，栩栩如生，看着像是动态的，还有几片抖落的羽毛。

咨询完价格之后，老板将他们带上二楼。

文身师看起来比老板年轻一些，裸露的腕骨和脚踝处都文有青色的图腾。

挺酷炫。

老板问他们需不需要吃的和饮料，因为图案比较复杂，起码要几个钟头才能文好。

盛星河要了杯柠檬水，贺琦年坐在沙发上，接连啃了好几块面包。

盛星河怕他无聊："要不然你先回去睡觉吧，我一会自己走回去就成。"

"不要，回去一个人也无聊，我待在这儿陪你。"

贺琦年凑近了，坐在一只小矮凳上，不打游戏，也不刷微博，眼神直愣愣地盯着盛星河后背的皮肤，那两片微微突起的肩胛。

仿佛是一个幼儿园的小朋友，看见了有趣的事物，专注的视线里再无其他。

针尖顺着翅膀的雏形走动，流出的颜色染上皮肤，由深到浅一点点勾画，羽毛显得更为生动立体。

刚开始疼得咬牙，但越往后，神经系统的反应似乎越来越迟钝，两片肩胛骨跟打了麻醉似的，已经没多大感觉了。

凌晨两点半，文身工作还只进行到一半，贺琦年打了个大大的哈欠，眼尾微红，瞳孔在灯光下闪着一丝光亮。

"困了就早点回去休息。"盛星河说。

"我不要，"贺琦年固执道，"我在这儿陪你。"说完又打了个哈欠。

这个点，整座城市都很安静，只剩下机器嗡嗡的声响。

贺琦年翻开茶几上厚重的图案画册，每一种图腾边都有详细的介绍和象征的东西，各种外文边上也配有对应的翻译。

我眼中的耀眼星辰。

一串精心设计过的花体德文，形态并不复杂，字母微微倾斜，首尾连笔的部分接得十分流畅，看着赏心悦目。

"这玩意儿文一下要多久？"贺琦年指着那串德文问。

房间里另外三个男人的视线同时投过去。

老板说："这简单，你要文吗？我一小时之内帮你搞定。"

贺琦年几乎没犹豫地答应了，盛星河抬眸问："你不是怕疼吗？"

"你都弄了，我也要。"

"你三岁小孩儿啊。"

老板撸起袖子，亲自上阵，准备工作十分钟，然后问贺琦年准备文哪儿。

盛星河说："屁股吧，那儿肉多，不疼。"

贺琦年"喊"了一声："屁股那么隐私的部位能给人随便看吗？"

盛星河笑得埋进臂弯。

贺琦年一开始说要文手腕上，但一想，这地方太容易被镜头拍到，就改文到胸口。

待针尖刺入皮肤，房间里回荡着某人凄厉的哀号："盛星河你这个骗子！"

太，太太太——疼了啊！

贺琦年满眼都是泪花。

等盛星河后背翅膀的颜色全部上完，已经是第二天早上了。

贺琦年缩在角落的沙发上睡着了，阳光从窗帘缝里流入，覆在他的皮肤上。

文身师傅收拾完工具，伸着懒腰下楼了，盛星河起身穿好衣服，脚步轻快地走到沙发边。

贺琦年睡得正熟，多大动静都没闹醒他。

他睡觉的姿势看起来特别没有安全感，双臂交叠，搭在胸口位置，整个身体呈蜷缩的状，像是婴儿的睡相。

盛星河视线落在那串漂亮的德文上，字母边缘缀了两颗星星。

"偷看我。"贺琦年一睁眼就笑了，"好不好看？"

盛星河点点头："好看，我特别喜欢。"

贺琦年腰腹一用力，猛地从沙发上竖起来："那你的呢，让我看看。"

盛星河藏着掖着："回去再慢慢欣赏吧。"

回来时路过超市，买了点面包和蔬菜，贺琦年准备做三明治，再打点牛奶米糊。

一进客厅，贺琦年就迫不及待地要求看盛星河的文身。

图案搬到皮肤上，比在画册上看到的更为立体真实。

为了防止组织积液风干过快，文身师在盛星河身上裹了层保鲜膜。

"疼不疼啊？"贺琦年再次关心道。

盛星河嘴角勾着："你不动手就不疼。"

贺琦年轻哼一声，转进厨房倒腾早点去了。

破壁机的动静太大，盛星河拿着牙刷上二楼洗漱，顺便冲了个澡，文身的师傅说隔三到四小时可以冲洗，他掐着时间，扯下那层保鲜膜，钻进淋浴房。

浴室的椅子上堆着贺琦年攒了好几天的脏衣服，比赛期间住酒店，嫌人家酒店的洗衣机太脏不敢用，自己又懒得手洗，就这么攒了好几天。

还好这阵天气不热，不然都捂臭了。

盛星河一件一件地拎起来检查裤兜，确定没东西后一起扔进洗衣机。

"哥！"楼下的人喊了一声，"你牙刷好了没有！帮我出去买瓶沙拉酱！"

"早就刷好了！"盛星河在楼上嚷嚷，"在洗衣服！你再等等！"

"啊！"贺琦年很意外的样子，"你放着就好了嘛！"

盛星河怕惊扰到楼上的住户，没再陪他瞎嚷嚷。

在这间隙，贺琦年已经小跑出门买好沙拉酱了。

厨房离落地窗很近，漫天的阳光照射进来，屋里的温度都随之升高。

盛星河下楼，见到的是贺琦年宽大的背影。

这场景令盛星河怔愣了数秒，充沛的阳光、温暖的客厅、活力四射的小朋友，还有米糊浓郁的香气……

温馨、治愈，每次一靠近，神经都自动舒缓下来。

盛星河脚步放轻，一点一点地靠近，贺琦年这会儿正聚精会神地煎鸡蛋，完全没注意到他。

贺琦年将鸡蛋翻了个面，然后拿筷子轻轻戳了一下，琢磨着有七八分熟就盛进餐盘。

盛星河动手能力不行，嘴巴倒挑得很，不爱吃全熟蛋，嫌干巴。

这次的休假只有两天，太短，没法出去旅游，两人吃过早点后在家附近遛了遛，运动员的娱乐活动也十分健康，跑步、爬山、上公园玩花式跳绳，静下来和公园老大爷玩几盘象棋。

晚上窝房间看电影。

刚洗过澡，盛星河浑身软趴趴地瘫在沙发。

贺琦年知道他的腰和肩都有不用程度的劳损，一边为他按摩一边问："要是将来你退役了，要留在这边工作吗，还是去学校带队？"

盛星河想了想："留在这边的可能性大一些，怎么了？"

贺琦年撩起眼皮瞅他："那你要不要搬过来跟我一起住？房租全免。"

盛星河乐了："还有这种好事？"

"那当然，我读书的时候你不也帮我很多忙嘛，要是没有你，我这会儿可能还在发传单呢。"

　　"那倒不至于，你还是很懂事的。"

第十二章 新冠军

时间总是悄无声息地溜走，眨眼便要入夏。

大四的最后一个学期，贺琦年需要抽出大量时间准备毕业论文，放弃了出国比赛的机会，回到学校。

贺琦年这一走，盛星河的注意力就全部投回比赛当中，三月末就出国参加巡回联赛。

之前几次成绩都一般，维持在 2.26 米左右的高度。

很多人质疑他当初换脚的这个决定，甚至连他自己也怀疑过自己能不能做好，因为没有前辈的经验可以参考，一切都得依靠自己日积月累地摸索。

很可能这些时间、精力、努力换来的只是一个失败的结果，但是新的肌肉记忆在慢慢形成，他已经无法回头，必须一路向前。

贺琦年也给了他不少鼓励，几乎每场比赛，贺琦年都会守着直播，在赛后跟他分析出错的地方。

跳高运动很难靠意识去控制起跳点的位置，或是起跳高度、角度，运动员能做的，就是坚定信念，调整心态，然后风雨无阻，日复一日地训练，练到最后，一定是依靠神经反射去控制角度、弧度。

练到能够闭眼过杆。

曾经跌落至谷底，如今不畏惧深渊。

不管别人多不看好，盛星河还是相信自己，相信这是老天爷设下的最后一道大坎。

他就想要越过去，不光是证明自己，也希望自己有朝一日能用成绩来告诉后辈，"梦想"并不是一个遥不可及的词汇，只要你愿意努力，愿意尝试，就一定是在靠近它。

这一路有伤痛有失落有迷茫，但他没有放弃，也不舍得放弃。

终于，在五月末的亚运会上，他成功越过 2.31 米的高度，为中国队摘得一枚金牌，且达到了曾经用左腿起跳时的最好成绩，也就是那个令他面临禁赛的高度。

然而这一次，药检通过，金牌稳稳地收入怀中。

这一突破对他来说意义重大，甚至比自己第一次跳过时还要兴奋。

这个成绩，证明了他是可以做到的，他的努力没有白费。

年初刚答应贺琦年住一起时，他们买过一个透明的玻璃柜，展柜一共五层，里面收纳了他们在运动生涯里拿到的所有奖章、证书、奖牌、奖杯以及参赛时拿到的吉祥物。

如今又添上一个新的奖杯和纪念物，柜子都快摆不下了，他准备等贺琦年回来之后，再添个新的。

在国际大赛上获得金牌，爽的肯定不光是他一个人，而是整个田径队乃至全国上下所有关注体育项目的观众。

田径组的各大官微齐送上祝贺，各路媒体争相采访，就连综艺节目都邀请他上，不过除了几个采访，其他节目他都委婉地推掉了。

做任何事，最怕的就是分心，而综艺节目会将人三百六十度无死角地推到大众视野里，优缺点都被无限放大。

遥想去年和贺琦年上的那档综艺，他仍然心有余悸。

印象最深的就是几位网友的冷嘲热讽：腿受伤还有精力出来捞钱啊？上综艺能让你成绩提上去呗？

总有那么一些人在网上肆意宣泄着负面的情绪，无法阻止，也没工夫去解释。

他不想因为这些干扰而分心，只得推掉一些机会，就连在记者的采访中，他都很明确地回答：今后不会考虑进入娱乐圈。

他最爱的永远都是赛场，能让他兴奋起来的，也只有赛场。

有了亚运会的那次突破，盛星河整个人的比赛状态都被调动起来了，之后两次比赛，一次过了 2.28 米，一次过了 2.30 米，总之发挥得还算稳定，教练也夸他这一赛季的竞技状态越来越好。

另一边，贺琦年的毕业答辩非常顺利，在毕业典礼那天，还受邀上台演讲，向青春和梦想致敬。

典礼结束之后，又被同学拉着去唱歌吃饭，他和别的同学还不一样，班上的叫去吃了一顿，田径队里的老队友们也拽着他谈天说地。

心情好，在 KTV 玩游戏，结果被一大帮同学给灌醉，张大器和秦沛一起将他送回公寓。

隔天下午清醒后，贺琦年便收拾起公寓的行李，他爱臭美，衣服特多，收拾出整整四个大箱，打包寄往 A 市，让盛星河帮忙签收，回头再装回家里。

飞机穿透缭绕的云层，从一座城，飞往另一座城。

三月到九月是田径赛事最密集的一个阶段，过完十月，运动员们就进入冬训状态，为来年的世锦赛做准备。

盛星河曾参加过一次奥运会的选拔，三次世锦赛选拔，都没有获得理想的成绩，第四次就是去年，因为韧带撕裂而弃权。

回首过往，失败了无数次，这对他的心理打击十分巨大，但相比其他因伤退役，或是因为家庭原因被迫退役的队员，他又觉得自己还算幸运。

起码能够为自己的未来做一次选择，管它成功还是失败，先做了再说。

时间在指缝中流过，直到收到圣诞祝福的那天，盛星河才恍然间意识到，他的二十九岁要结束了，从明年开始，他就是三字开头的人了。

有点不真实。

他的记忆还停留在一个蝉鸣聒噪的夏天，有位非主流少年抱着一堆男性专科医院传单，问他有没有需要，第二人可以半价。

一切都是那么不可思议。

其实男人和女人一样，对年龄的增长也有压力，这个从二字跳到三字的跨年夜，贺琦年起码听他叨叨了七八次"好不想长大啊，我真的好不想长大"。

前所未有。

这种焦虑的情绪不断地往外传递。

贺琦年在厨房煮着一锅汤圆，安慰道："年龄只不过是一个数字罢了，其实就跟平常一样，日落日出，明早起来一切照旧，你也可以永远十八岁。"

盛星河蔫蔫地趴在餐桌上，勾了颗草莓塞嘴里："真想跟你换换，我想回到二十三岁。"

贺琦年把汤圆盛出，端上桌："你还是想想今天该怎么度过，明天才不会后悔吧。"

今天该怎么过，明天才不会后悔？

这答案注定无解。

不过贺琦年说了一个最靠近标准答案的，那就是愉快地度过。

"该吃吃该喝喝有事儿别往心里搁。"

盛星河舀了颗汤圆塞嘴里，芝麻馅儿的，很甜。

短暂的春训结束之后，盛星河和贺琦年一同归队。

先是一场全国锦标赛试试水，把竞技状态调动起来，接着就是室内赛、钻石联赛和世锦赛。

盛星河今年的目标非常明确，就是破了 2.33 米的高度。

贺琦年的想法自然也一样。

两人从场上斗到场下，吃饭要比谁吃得快，训练要比谁练得多，跟两幼稚园小孩似的，没完没了。

在场上时不时给对方一记眼神杀挑衅，在记者采访时更是声势浩大地宣战。

有不少网友认定这两人私下关系不融洽，从"抢了对方女朋友"一路猜到"抢了对方的资源"。

八卦从不缺席。

大家开始相信，之前那么兄弟情同事爱，都是假的、演的，总之一看就是关系破裂！

甚至还有热心网友分析，之前是因为两人的 PB 相差太远，都不把对方瞧在眼里，现在真轮到要挣一枚金牌，就如同一对撕破脸的冤家，谁也不让谁。

吃瓜群众强烈附和：说得简直太有道理了！利益果然能泯灭人心！竞技圈哪来的友爱可言？

然而，在他们见不到的地方，贺琦年正卖力地给盛星河做拉伸训练。

五月，钻石联赛第一站开赛。

联赛每年一届，是一项覆盖全球的系列赛，总共 14 个站点，需要运动员们飞往世界各地参赛赢积分，每个项目总积分排名第一的选手不仅能获得巨额奖金，还有一枚价值八万美元的钻石。

去年，贺琦年忙着赶毕业论文没能参加，今年得跟盛星河在场上拼个你死我活，不过他非常享受这种感觉。

第一站多哈，因为温度气候、水土不服等各种原因影响到了竞技水准，贺琦年发挥不稳，只跳个了 2.25 米，只排到第八名，盛星河是 2.31 米，季军。

自从上回越过这个高度之后，盛星河整个人的心态有了很大的转变，这已经是他第三次在竞技场上达到这个高度。

自信发挥着它无穷的力量。

运动员只有在比赛中获得胜利，才能够真正地信任自己。

第二场比赛的地点在上海，运动员们提前几天出发到比赛场地。

自家领地，没有语言障碍，要比在国外轻松许多，但依旧有一些体型健硕的外国选手会用一种轻飘飘的眼神打量中国选手。

那眼神透着几分倨傲与不屑，就像是博士生看中专生，最强王者看倔强青铜，总有种从骨子里泛出来的优越感。

其实说简单了，竞技场就和考场一样，作弊的会被所有人鄙视、谩骂，成绩烂的会被看不起，甚至被嘲笑。

成绩牛然是拿来炫耀的。

如何才能打破这种"中国人很逊"的观念？

那就只有比他们更强。

比赛共分三天举行，二十多个项目的比拼，男子跳高的预赛安排在第一天上午，决赛安排在第二天晚上七点半。

这次进入总决赛名单一共是 13 位选手，盛星河和贺琦年都在列。

自家地盘，要是输了可比在国外丢人，队里的领导在决赛前一天晚上临时跟大家开会，下达死命令，在跳高项目上是保三冲一，必须得拿枚奖牌，不然回去有惩罚。

另外还特别叮嘱贺琦年："你在低高度的地方也千万不能掉以轻心，我之前跟你说过的，每一跳的过杆率都非常重要，如果到最后打平，比的还是你们的过杆率，你上回就是在 2.26 米这个不该失误的地方失误了。"

贺琦年点点头："明白。"

边瀚林捏着小本子跟大家分析："你们别看那俩黑人 PB 比你们高，但他们都是热带地方过来的，没办法适应这边的气候环境，就像我们没办法适应他们那边的气候环境一样。他们一过来也起码掉个五六厘米，跟你们水准扯平。这对于你们来说是非常有利的反超机会。"

贺琦年"嗯"了一声："要是明天的温度能再降一点就好了。"

他喜欢十五度左右的气温，最好是刚下过雨的那种，空气潮湿，带点微微的凉意，没那么容易出汗，而盛星河则跟他恰恰相反，喜欢二十多度的气温。

最好阳光充沛，空气干燥，有阳光的地方会让他心情变好，即使是炎炎夏日他也喜爱太阳，不喜欢阴天。

看似没什么关联的事物，其实都在影响着运动员们的心态和发挥。

当晚凌晨时分，正如贺琦年所盼望的一样，下了场大暴雨，隔天气温骤降十多度，还有点儿小雨。

许多热带地区的选手都无法适应国内的梅雨季，整体水平有所下滑，从上午的径赛中就可以明显地感觉出来。

盛星河的皮脂非常低，最怕阴冷，除了 T 恤之外，还带了件运动卫衣和好几双袜子，因为万一下雨淋湿了，袜子也会增加重量，影响发挥。

一系列准备工作结束后，陆续排队做检录，比较幸运的是，在跳高决赛开始之前，雨停了。

盛星河在检录处的弯道场地热身，贺琦年去帮忙接水。

休息处的椅子上坐着两老外在聊天，其中一个的视线扫向盛星河所在的位置，说了句"He took drugs（他是嗑药的）"。

金发老外一脸惊讶："Really？"

另外那位点点头："I thought he will be suspended for 4 years, but unexpectedly only 1 and a half year."（我以为他会被禁赛四年，没想到才一年半。）

贺琦年知道他们在聊盛星河的那段黑历史，假装听不懂，还挺友好地冲他们笑笑，继续接水。

金发老外年纪很小，第一次在赛场碰见贺琦年，将他错记成了某位韩国选手，便放心地嚼起舌根："There are all rubbish in the Chinese team."（中国队里的都很垃圾。）

一腔怒火冲上头，贺琦年气得差点摔了杯子，怒目圆睁地瞪回去，指着那金发老外："Who are you talking about? Say it again！"

老外被他吓愣住了。

盛星河注意到休息区那边的动静是在两分钟之后，好几名运动员和工作人员围在一起，闹哄哄的，贺琦年也在中间，跟一老外推推搡搡，骂骂咧咧。

　　"山里没通网还是怎么着！公告不会自己看啊！谁跟你说他吃药了？"

　　盛星河赶忙跑过去，贺琦年正在向工作人员解释："是那个金毛先骂人的，说我们中国队都是垃圾。他骂人我就要忍着吗？我为什么要忍？在我们的地盘骂我们中国人，我凭什么要忍？"

　　翻译询问老外，老外摊摊手："I don't know what did he say."（我不知道他在说什么。）

　　贺琦年气得心率飙升，暴躁地抓了抓头发，连彪好几句英文脏话。

　　工作人员防止矛盾激化，赶紧拉住他："就算他骂人那你也不好去推人家，大家都是来比赛的，人家说什么就让他说去了，你赢他不就好了。"

　　"是他先动手推的啊，"贺琦年的情绪十分激动，胸腔里的一团火怎么压都压不下去，"他骂人在先，我问他骂什么，让他再说一遍，他突然站起来推我，还挑衅，我不回敬点什么难道谢谢他骂得好吗？"

　　老外一副受到了委屈的样子，重复说着听不懂。

　　盛星河虽然没怎么弄明白起因经过，但他太了解贺琦年，不会平白无故地招惹人，但要是别人先招惹他，就跟个炮筒似的，立马炸毛。

　　赛前的心理波动有极大的可能性会影响到竞技水准。

　　这样吵下去绝对不行。

　　盛星河拽住贺琦年的胳膊："还有半小时不到开赛了，赶紧跟我一起热身。"

　　贺琦年看了一眼那位金发老外，老外也看看他，并且明目张胆地竖起了一根中指挑衅。

　　贺琦年骂了一句，气得声音都打了个弯，胳膊抬起来的那一刹那，被盛星河猛地按住拖着走。

　　"你又想跟人打架？"盛星河钳住他的胳肢窝往椅子上一按，"想把事情闹大？然后一起被禁赛？

　　贺琦年愣住："当然不是。"他扯了扯被弄乱的衣服，"我只是气不过，他说……"

　　说到这里，话音断了。

　　他怕提起整件事的起因会影响到盛星河的赛前情绪，顿了两秒，摇摇头：

"算了，不说了，你就当我不懂事吧，我以后不会了。"

话虽是软话，但完全听不出一点歉疚的意思，反倒有种孩子般稚嫩的委屈。

盛星河蹲下身，抬眸看他："贺琦年，我相信你不是那种挑事的人，我拉开你不是觉得你不懂事，是因为马上要比赛了，你得把注意力全都放到比赛上，不能够分心。"

贺琦年紧皱的眉头放松了一些，不过心脏还是跳得挺厉害。

那老外确实影响到了他的好心情。

盛星河拍了一下他的手背，继续说："别人说什么无所谓，我们管不住他们的嘴，你要做的，就是在赛场上超越他，不断地超越他，打击他的自信，让他憋屈，却又无可奈何。在此之前，你一定要沉住气。"

打击一名运动员最好的方式就是在赛场上胜过他。

贺琦年把那一股气咽回肚子里，去向工作人员询问那金发老外的PB（个人最好成绩）和SB（赛季最好成绩）分别是多少。

盛星河笑笑，知道他已经成功将悲愤化为力量了。

这次决赛从2.20米的高度起跳，之后是2.25米、2.28米、2.31米、2.33米。

金发的那位名叫维克多，和贺琦年同岁，也是第一次参加钻石联赛，PB2.30米、SB2.30米。

贺琦年PB2.31米，SB同样是2.29米。

可以说是旗鼓相当的水平，不过贺琦年占据主场优势，对环境熟悉，且今天的温度也让他感到舒适。

雨天湿滑，还有一点风，选手们需要根据现场的风速、场地湿度来调整自己的起跳步伐、起跳点，该更快一些还是慢一些，助跑长一些还是短一些，都得依靠运动员和教练员的经验来判断。

边瀚林和林建洲坐在离赛场最近的那排观众席，负责在每轮结束，分析起跳过程中的一些小缺陷，然后告诉他们。

这场比赛，13位选手全都选择从2.20米的高度起跳，所以每一跳的过杆率将直接影响到最终名次评定。

贺琦年上回就在过杆率这上边儿栽过跟头，他和一位美国选手的落杆高度都是2.33米，但是因为那位选手在前边的高度全都是一次通过，而他在2.26

米上掉过一次杆，所以裁判判定那位选手获胜。

只有吃过苦头，才知道不能掉以轻心。

这次，他从 2.20 米到 2.28 米的高度，都是一次过，和他同样一次过的还有盛星河、维克多、来自韩国的修鸣，以及一位黑人选手赖特。

其中赖特的 PB 是 2 米 38，超场上所有选手一大截，不过很明显，他非常不适应国内的气候，身体肌肉一直绷得很紧，在 2.28 米的高度竟然第三次才跳过去。

边瀚林看了两轮起跳，侧身跟林建洲说："这次最大的对手其实就是维克多和那黑人，那韩国人不行，完全就是靠那最后一下起跳发力，最后助跑那四步的力量都没带上去。"

"确实。"

林建洲在贺琦年 2.28 米的试跳结束，递上温水："你的前几次起跳绝对是没有问题的，角度也掌握得很好，接下去 2.31 米，最重要的就是背弓和收腿，收腿一定要快，别担心过不去，你刚才 2.28 米的时候，背弓弧度完全超 2.31 米的高度了，一定要放松知道吧？放轻松，注意步伐节奏。"

林建洲的点评和夸赞给予贺琦年很大的自信心。

到目前为止，他和盛星河还有维克多的成绩是完全一样的，过杆率 100%。

两位裁判员将横杆上升到 2.31 米的高度，韩国队那位明显紧张过头了，双手握拳，指尖不停地摩挲着皮肤，胸口起起伏伏。

贺琦年注意到他的左腿有道很长的疤，很显然是动过手术，估计是和盛星河当初一样的情况，惧怕起跳。

显示器上开始倒计时，最先试跳的是盛星河。

助跑、起跳、收腿，一气呵成，轻松越过，贺琦年立马冲他竖起大拇指。

场内一片欢呼。

"太牛了你！"贺琦年过去摸了摸他的手，"快给我蹭点好运气。"

盛星河不仅握了他的手，还赐给他一个大大的拥抱，鼓励道："祝你好运。"

紧接着是韩国的那位和赖特，俩都没过，一个是后腰蹭杆，一个是小腿蹭杆。

"就冲这状态，我估计是过不了杆了。"边瀚林说。

贺琦年排在维克多的前边，起跳时背弓幅度拉到最大，起跳点离杆近，臀部稍稍蹭到了一点横杆，但他收腿速度极快，只见横杆上下跳动了几下，稳稳地落了回去。

观众区内瞬间爆发出一阵强有力的欢呼。

裁判举起小白旗，示意成绩通过。

不过出乎所有人意料的是，维克多竟然也是一次过杆，直接刷新 PB。

"我……"贺琦年气得牙痒痒。

另外的两位选手没有过杆，前三是稳了，接下来就是争一环节。

横杆上升到了 2.33 米的高度，显示器开始倒计时，由于场上人数只剩下三人，所以倒数时间也从一分半调整到三分钟。

选手必须在这规定时间内起跳，超过则视为失败。

盛星河排在第一位。

2.33 米的高度，他只有在一次训练中越过，是他目前为止能所达到的极限。

极大的心理压力令他心跳加速，久久不能平静。

场上的计时器倒数到最后三十秒时，他深吸一口气，缓缓助跑，最后四步冲刺起跳，在空中时他已经感觉到肩胛骨的位置蹭到了杆子。

"啪"的一声，横杆和人同时落垫。

"啊——"观众席内皆是惋惜的声音。

只要是在国际赛场上，国人的心脏、拳头都是紧紧地揪成一团，和场上的运动员一样兴奋、焦虑、紧张。

哪管你之前有什么黑历史，有多少花边新闻，只要身穿那套红色战服，就是代表了中国，就想要看你赢。

盛星河一落杆，大家又将希望投到了贺琦年身上。

林建洲的身子都快越过安全线外了，极力安抚贺琦年的情绪："没关系的，你尽管放松跳，你跟盛星现在二对一，概率比他大，咱们少了一次还有五次，他只有三次。"

维克多的教练也在同他说着什么，距离太远，听不清。

贺琦年从没越过 2.33 米的高度，明明才上升了 2 厘米的高度，可他视觉上望去，就跟增长了 5 厘米似的。

怎么就那么高呢。

第一次试跳，背弓依旧拉到最大，但他起跳点靠横杆太近，大腿蹭到了杆子，试跳失败。

不过庆幸的是，维克多也一样失败。

林建洲喝了口水："三个人不会打成平手吧？"

在一些田径赛中，确实有两人并列冠军这种情况，但三个人并列，估计是不太可能。

边瀚林说："我估计到最后都不过的话，肯定要加赛。"

第二轮的试跳又开始了，盛星河还是没能越过，不过他的状态已经比第一次好很多了，肌肉没那么紧，边瀚林提醒他，最后四步踏跳必须要更果断一些，将身体的力量带上去。

贺琦年第二次试跳节奏很稳，按照教练的指点，调整助跑节奏，起跳的那一刹那，全场屏息凝神，攥紧了拳头。

腾空、越杆、收腿，修长的小腿擦杆而过。

三秒，未落杆。

裁判举起了小白旗。

"哇哦——！"全场观众惊呼，边瀚林的大腿都拍麻了。

过了这个坎，这已经是冠军预定，接下来就看盛星河和维克多谁能拿到银牌。

贺琦年松了口气，第一时间将视线投向盛星河，就像几年前那场省运会一样。

如今换了赛场，但他的习惯总是没有变，一拿到成绩就忍不住看向盛星河。

这一次，盛星河张开双臂抱了抱他。

他们谁都没发现，贺子馨就坐在最高处的一个角落，头戴一顶黑色鸭舌帽，口罩遮住半张精致的小脸，左手举着望远镜。

儿子的一举一动都牵动着她的心跳，听见场上那些欢呼呐喊声，她终于真正体会到了盛星河当初那句话时的心态

——在赛场上发光发亮的他，一定会成为您的骄傲。

确实骄傲，她和所有观众一起振臂高呼。

可当所有人都认定，贺琦年的冠军肯定拿稳了的时候，维克多的第二次试跳，戏剧性般地过了。

一帮外国观众兴奋得嗓子都喊哑了。

中国队全场蒙了。

贺琦年被嘴里的矿泉水呛到，恼火道：“这都行！”

赛场上总是会出现各种奇迹。

这样一来，盛星河的名次就从并列第二滑到了第三名，他 2.33 米的高度还剩下一次试跳机会，就算过去了，他也是第三名，因为他的过杆率不如另外两人。

所以这一跳对他来说已经没有意义了，他必须要去挑战下一个高度，2.35 米。

跳得过，就是第一，跳不过，那就是第三。

比赛有规定，选手可以在任何一个高度申请免跳，但是在下一个高度只能使用上一轮剩下的试跳次数，所以他在 2.35 米的高度，只有一次试跳机会。

两位工作人员在测量升杆高度。

贺琦年远远望出去，那高度已经快赶上起居室的净高度了。

视觉告诉他，以他自己目前的水平是不可能跳过的，只能祈祷盛星河跳过，或者很被动地盼着维克多也跳不过去。

观众席里，几名田赛教练的注意力也都被吸引过来，议论纷纷。

“太高了，星河平常跳过这高度吗？”

林建洲摇摇头：“他最好成绩 2.33 米，还是在大晴天里跳出来的，今天温度对他来说太低了。满身是伤，这成绩已经不错了。”

“那贺琦年呢？”

林建洲还是摇头：“小年平常训练都没试过这高度，不过看那老外的状态，我估计也上不去，他上一跳都是靠运气过的。”

计时器上的红色数字缓慢地跳跃，但对于运动员而言，它跳得太快了。

盛星河还没缓过劲儿来，就只剩下三十秒不到的时间了。

观众席里都是为他加油的呐喊，他们不顾一切，传达着微小的力量。

盛星河跳了这么多年，心里有数，自己这一跳能越过去的概率有多低，但他很享受这种奋力一搏的感觉。

“师哥，加油！来趟漂亮的！”贺琦年喊了一声。

奇迹似的。

天空骤然放晴了，整片田径赛场都被阳光包裹，盛星河的眼睛里也盛满光亮。

“盛星河——加油——”

倒计时还剩二十秒。

盛星河深吸一口气，开始助跑，他的步伐由小变大，因为腿伤的缘故，他的每一步都很艰难，就像是踩在刀尖上，可这种痛苦在观众的呐喊声下减轻了不少。

他在光芒中蓄力，起跳，越杆，离他最近的裁判甚至都能看见他小腿上密布的经络。

这一跳，他的背弓幅度拉到最大，林建洲瞪大双眼，这样的爆发力虽然能保证臀部不碰杆，但收腿速度一定要快，否则很容易导致小腿擦杆。

贺琦年大气都不敢喘一声，心脏怦怦的，手里的矿泉水瓶已经被他攥扁了。

只见盛星河越过横杆落垫，杆子在半空中小幅度地晃了两下。

掉了下去。

"啊——"全场爆出惋惜的声音，就连贺子馨都直拍大腿。

距离最近的几位运动员都看得很清楚。

如果横杆高度再低那么一点点，哪怕一厘米，这一跳就过去了！

虽然结果不尽如人意，但盛星河自觉无愧于心，特别是听到教练的夸奖以后，心里也没那么难受。

这次有点小遗憾，下回再努力。

贺琦年也第一时间冲上去，给他顺顺毛："你太帅了！"

盛星河拍了拍贺琦年的肩膀，此时此刻，他更担心贺琦年的心理状态，因为现在已经不是二对一了。

他不想给贺琦年增添心理负担，只给他捏捏肩膀放松一下，没有多说什么。

2.35 米的高度，贺琦年和维克多都没有过。

一方面是强大的心理障碍，另一方面是大家的体能已经到达极限。

这时候，裁判给出了两种选择，一种是继续加赛，从 2.34 米的高度起跳，第二种就是并列冠军。

遇到这种情况，主要还是听取运动员们自己的想法。

裁判还在"冠军"二字上加了重音，暗示贺琦年，希望他选后者，省得让人家拿去了，但贺琦年偏偏就是死不认输的性格，果断而坚决地做出决定："我不要并列！我要赢他！"

维克多本来是犹犹豫豫的状态，见贺琦年这么果断，也不好选另一种，怕被看不起。

决定好之后，计时器上的红色数字再次滚动起来。

由于场上只剩下两个人，所以休息时间延长到了五分钟。

贺琦年的心理压力达到了一个前所未有的高度，心脏都快蹦出嗓子眼儿了。

他站在场上，四周都是声音，可他还是能清晰地感受到自己超乎寻常的心跳。

不是扑通扑通，而是怦怦怦怦怦！

他的掌心、后背、脚底，全都是汗。

起跑前，他还特意换了双袜子和钉鞋，然后将大半瓶矿泉水拧开，洒在脸上降温，用毛巾擦干后，提了口气，开始助跑。

全场屏息等待。

结果跑到横杆前，还是提不起勇气起跳，绕了个弯又缩回到了助跑点。

观众都跟着紧张。

盛星河的小心脏也已经被他吊到了嗓子眼儿，大声吼道："贺琦年！加油！"

观众的情绪也被调动起来，一起喊加油。

外国观众那边一阵骚动，听起来是在诅咒他落杆，被我方观众的声浪盖了过去。

于是那边又开始为维克多加油打气。

但这是什么地方。

中国。

中国观众的比例远超于外国观众，有几个男人起身摇旗呐喊，紧接着所有观众都高高扬起手中的小国旗："贺琦年——！加油——！"

"贺琦年——！加油——！"

此起彼伏，声浪震天，回荡在整片场馆，观众席的里旗帜连成了一片红色海洋。

气氛热烈高涨，完全不亚于明星开演唱会，就连裁判都跟着喊加油。

贺子馨坐在人堆里，听着众人的嘶吼，鸡皮疙瘩爬了满身，随后，她也放下明星架子，扯开嗓子，跟着节奏呐喊。

声音盘旋在场馆上空，贺琦年的肾上腺素飙升，血液沸腾。

倒计时还剩下三十秒。

他闭了闭眼，最后一次调整呼吸。

盛星河就和当年省运会比赛一样，转身面向观众席，比了个暂停的手势，然后冲下挥手，示意降低音量。

运动员需要凝神静气，掌声有时候会影响到他的助跑节奏。

所有观众收到信号，立刻配合地收音。

贺琦年睁开眼睛，目视横杆，想到盛星河之前说过的一句话——当你勇敢地跳起来，会发现它根本没你高。

他迈开大步助跑，最后四步踏跳充满了猎豹般攻击性，速度又快又猛。

左膝微曲，用力蹬地。

那一抹中国红一跃而起，在空中划过一道漂亮的弧线。

贺琦年迅速收脚，但还是感觉到自己的右腿似乎擦到了横杆。

横杆是有弹性的。

在摄影机镜头里，那横杆直接从中央位置向上弹了起来！

靠前的观众看得清清楚楚，所有人的内心都是两个字——完了。

刹那间，震动的幅度从横杆中央传递到两侧，整条横杆像条脱水的鱼儿，在杆托上疯狂抖动。

一秒。

两秒。

三秒。

四秒。

时间从未有过的漫长。

贺琦年都已经从垫子上爬起来望向横杆，它还在不停地抖。

五秒。

没掉。

裁判笑着扬起手中的小白旗，宣告过杆。

"啊啊啊啊啊啊啊啊啊啊啊啊——！"无数中国观众齐刷刷地站立起身，高举手中的旗帜尖叫呐喊。

盛星河的眼眶蓄满热泪，胸腔胀胀的。

为什么这小子这么帅？

贺琦年猛捶了几下垫子，整个人兴奋得弹跳起来哈哈大笑，他飞奔到盛星河边上，语无伦次："我过了我过了！2.34米我过了！哥！我过了！哈哈哈哈哈哈哈哈哈——！教练——！我过了！"

盛星河差点儿被他带倒，笑着说："你太棒了。"

对手的试跳结果最容易影响到参赛选手的心理，维克多皱着眉头起身，心态已经崩得差不多了。

与此同时，贺琦年冲观众席的大伙打招呼，甚至把自己刚换下来的T恤扔了出去，众人疯抢。

边瀚林递给他早已准备好的国旗，准备领奖去了。

十分钟后。

场馆最右侧的电子大屏幕上滚动播放出男子跳高的最终成绩。

NO.1 CHINAQinian HE PB 2.34 SB 2.34

第十三章 完结章

颁奖和采访一结束，盛星河和贺琦年都累瘫了。

钻石联赛，高手对决，比的不光是高度、速度，还要比谋略和胆魄，一点点微小的失误或是胆怯心理都会影响到最终的结果，不管是肌肉还是神经都处于高度紧绷状态，结束之后，一口气松下去，就像是徒步旅行了好几天，身子骨都软趴趴的，一点儿都使不上劲。

甚至还有点儿晕眩。

一回到酒店，盛星河顾不上洗澡换衣服，往床上一倒，困意袭来。

房间密码贺琦年是知道的，没过一分钟就听见"嘀"的一声。

盛星河微微仰了一下头，恍惚间，仿佛见到了一头巨型阿拉斯加飞扑过来。

贺琦年滚了半圈，落回松软的被子里："你要睡觉了吗？"

盛星河半眯着眼睛点头："我快累死了，腿好疼。"

贺琦年起身给他按了按小腿，盛星河舒服得两分钟不到就睡着了。

醒来已是晨光熹微。

贺琦年起身活动活动筋骨，他没有拉开窗帘，蹑手蹑脚地跑回自己房间冲了个澡，然后收拾好所有的运动装备和换洗衣物，到三楼餐厅打包好早点，最后再回到盛星河房间。

盛星河也已经醒了，正在浴室洗漱。

领队在群里催促大家起床收拾东西，一会要赶上午十点五十的飞机。

贺琦年回了一句：收到。

领队又问：盛星河呢？醒了没？

贺琦年又立马回：醒了，在洗漱。

飞机准点起飞，经过三个多小时飞行时间，安稳落地，然后又迅速投入到枯燥的训练当中。

之前那场比赛给贺琦年带去了一波又一波的粉丝，综艺广告纷纷找上门。

趁着休息的空当，他上过一期综艺和几次独家专访，目的是为跳高项目做宣传，当然，还有挣钱。

贺琦年平日里的工资真不高，就够吃吃喝喝买钉鞋，他现在已经体会到养家糊口不容易，能挣一点是一点。

随着综艺的播出，网友们对贺琦年的关注度不断提升，向他示爱的人也越来越多，很多粉丝会买机票飞国外看他比赛。

那状态就跟追星一样，评论留言，发私信，想方设法地寄礼物，最疯狂的一次是直接堵在酒店房间门口。

在某次专访上，主持人问："你觉得你这一路过来，最想要感谢的人是谁呢？"

贺琦年的瞳孔微微向上一抬，认真回忆："要感谢的人太多了，不管是学校的教练还是现在田径队的教练，或者是一些观众，都很感谢，虽然很多人注定只能陪伴我度过一个阶段，但那个阶段，会因为有他们而感到温暖、精彩，我会永远记住那段时光。最后还要感谢我师哥，在我最困难的时候，拉我一把。"

节目录完，贺琦年同主持人一起走出录影棚，节目的副导演是体育迷，拉着他闲聊好一会，还说要请他吃饭。

"我让我助理上饭店订位，晚上我请客！"副导演踮着脚，拍拍贺琦年的肩膀，"你可别不好意思啊，我好几个朋友都爱看田径赛，一直说想见你。"

"倒不是不好意思，今天家里还有事情，得早点赶回去。"贺琦年说。

副导演问："家里什么好事情啊？"

"也没什么，"贺琦年抓抓脑袋，"我已经约了我师哥一起吃饭，不想爽约，我们好久没见了。"

副导也很大方："成，那你赶紧回去吧，下回有时间了我们再一起吃饭。"

"谢谢导演！"

贺琦年连蹦带跳地下楼梯，听见导演在后边喊："怎么不坐电梯啊？"

楼下传来了清亮的嗓音："电梯还没我跑得快！"

落日西沉，将天边的云层染成了渐变的颜色，像是一幅巨型油画，天热，小区的蝉鸣有些聒噪，偶尔送来几声猫叫，不知道是野猫还是家猫。

盛星河推开厨房的窗户透气。

今天是贺琦年生日，他准备倒腾一桌饭菜，特意下了个APP学做菜，结果一道糖醋里脊差点儿把家里给点着了。

事情非常简单，他正在厨房做菜，接到了边教练的电话，要找份资料，他就上楼开机翻资料去了。

半小时后，锅里的水烧干了，肉和锅成功连体，怎么铲都铲不下来，他一用力，锅就穿了。

厨房客厅都弥漫着一股火灾现场的味道。

"我的妈呀。"贺琦年在门外就被这股异味给呛到了，着急忙慌地开锁进门，看到盛星河还活着，松了口大气。

他迷茫地走向厨房："你在干吗啊？室内烧烤吗？"

盛星河横了他一眼："我在弄糖醋里脊。"

贺琦年只看到一口破了洞的锅，拎起来，透过那个大洞望向盛星河："那么请问里脊呢？"

盛星河一把夺过他手中的锅，扔进垃圾桶："你们家的锅质量也太差了，铲一下就破了，里脊全漏了。"

贺琦年笑得不行："还有肉吗？我来弄吧。"

盛星河求之不得，把围裙摘下往贺琦年脖子里一套，绕到身后系上一个蝴蝶结："肉都在冰箱里。"

落日的余晖铺洒在餐桌上，角度一点点倾斜，减淡，最后落到地上，消失不见。

夏日的天色暗得特别快，等贺琦年的几道菜弄完，天已经完全黑了。

四菜一汤，数量不多，但胜在量大，贺琦年家的餐盘顶得上盛星河两张脸那么大，盛汤用的瓷碗可以用来洗脸甚至养鱼。

佳肴上桌，盛星河从冰箱里抽出一个淡粉色的蛋糕盒。

他剪断绸缎，揭开盖子，贺琦年把脖子伸得老长。

里面是一只造型精致的小蛋糕，一股奶香扑面而来，蛋糕以白色为主色，中央用巧克力酱勾出了一幅简笔画。

骄阳，横杆，垫子，还有两个小人。

粗糙的画工，一看就是出自盛星河之手。

小人的衣服上还分别画着两字母，"QN""XH"。

"我明明比你高六厘米呢，"贺琦年戳着蛋糕上的两个小人，"为什么你把你自己的腿画那么长？"

盛星河有些惊讶："你怎么知道是我画的？"

贺琦年老实道："因为丑。"

盛星河"喊"了一声："我画得可用心了，还特意打了好几通草稿才敢下手。"

贺琦年舔了舔嘴唇，笑笑说："你画得那么用心我都舍不得吃了。"

"可拉倒吧，你口水都快流出来了好吗？"

贺琦年仰头大笑。

等他们吃过饭，天色已经完全暗下来了，盛星河点亮数字蜡烛，接着把灯关了。

"许个愿吧！"

贺琦年忽然想起什么，笑得眉眼弯弯的："你还记得咱俩刚认识的时候吗？"

盛星河也笑了："当然，那会儿你跟我待在一起是不是很尴尬啊，我还记得你在那看方便面的配料表。"

贺琦年仰着脑袋哈哈大笑："你怎么记那么清楚，我都不记得了。"

"那会儿你看起来很傻，"盛星河顿了顿，又说，"虽然现在看着也挺傻。"

贺琦年轻哼一声，趴在桌上，透着暖黄色的烛光看他："其实那会儿我还挺感动的，我妈都从来不陪我过生日，你是第一个呢。"

"是吗。"盛星河支着腮帮子，"那明年我还是陪你一起过生日。"

贺琦年大方道："那我的愿望借给你，你先许我再许。"

盛星河无比虔诚地合掌："我希望下一次联赛时能拿冠军。"

愿望撞了！

贺琦年一拍桌子："那我许愿跟你并列冠军吧！然后跟你一起参加世锦赛、奥运会！"

此起彼伏的笑声传出屋外，盖过了没完没了的蝉鸣，落在窗台上的两只小麻雀向着远方的星光振翅高飞。

贺琦年撕开藏在蛋糕盒内的一枚淡色信封，里面是一张小小的贺卡。

追梦的路那么远、那么难、那么累，但是有了你的出现，就连最痛苦的那段记忆也只剩下美好的画面，谢谢你来到我的世界。

生日快乐！

——盛星河

番外 双子星小采访

主持人：你们从小个子就很高吗？

盛星河：对，从小学开始都是坐最后一排，直到踏入田径队才遇到比我高的同学。

贺琦年：我小时候不高，初中开始蹿个子，最多的一年，长了大概八厘米吧，记得有一年春天买了条新裤子，结果到秋天没法穿了，脚脖子露一大截。

盛星河：脚脖子露出来不是一种流行吗？

贺琦年：哈哈哈哈，那时候还不流行。

主持人：年年现在有多高了？

贺琦年：一米九八，我师哥还是一米九二，哈哈哈哈哈！

盛星河斜眼瞅他：多嘴。

主持人：什么时候喜欢上跳高的？到现在有多少年了？

盛星河：初一，那时候十二岁，现在已经十八年了。

贺琦年：你不是十八岁吗？

盛星河：对，十八，我还能再跳几年哈哈哈。

贺琦年：我是大学时候开始练跳高的，到现在……（掰手指）也有六七年了吧。

盛星河：什么记性，我二十七岁时候认识你的，你那会儿刚练了一年，我现在三十，你自己算算看几年？

贺琦年：五年多点哈哈哈，可能因为枯燥吧，感觉练了好久了。

主持人：中途有想过放弃吗？

盛星河：那肯定有过啊。因为腿伤做手术的时候，被宣告禁赛的那一刻，腿伤反复发作的时候，不过还是有一股更强大的信念支撑着我坚持下来了。我记得我第一次做手术，医生建议我不要从事跳高这个项目了，教练也说可以给我安排其他工作，但我没有一丁点如释重负的解脱感，当主治医师宣布，我的腿伤恢复得很好还可以跳高的那一刻我心底是雀跃的，我就知道，我还爱跳高，还想跳高。禁赛第一年的心态也是比较糟糕的，对未来的不确定性有些恐惧，那时候是我的教练一直鼓励我，安慰我。最后一次崩溃是在比赛的时候。

贺琦年转过头看他：是国外那次吗？

盛星河点点头：那是我第一次在赛场上摔倒，那会儿疼得我都已经没法从垫子上站起来了，像被人用针挑了所有的神经，大脑缺氧，我睁不开眼睛，只感觉眼泪不受控地往外冒，我太害怕那种刺痛感了，这辈子都不想再体会第二次。

贺琦年：所以他那会儿患上 PTSD。

主持人也半张着嘴巴，惊诧道：创伤后遗症吗？这个对心理影响应该挺大的吧。

盛星河：嗯，据我了解，很多 NBA 球星都患过，主要还是需要克服心理问题，心理的伤口比身体的伤口更难愈合。

主持人：是的，那后来是依靠药物还是？

盛星河：都有，最重要的还是年年提议的换腿训练，我就是那年换的起跳腿。

主持人点点头：难怪都说你们感情深，那小年呢？有过放弃的念头吗？

贺琦年：暂时还没有，只要师哥还在，我肯定也在哈哈哈哈哈哈。

盛星河：什么叫我也在你就在，我不在还能上哪儿？

贺琦年：我的意思是，只要你不退役，我就不可能放弃，你退役以后，我都没目标了。

盛星河：弟弟，咱俩一个队的，你拿我当目标？你眼光能不能放远一点。

贺琦年：哎，你这人一点都没温度，我的意思是，我希望你一直待在队里，别退役，我舍不得。

盛星河：知道了。

贺琦年：嘿嘿。

主持人：比了这么多次，有印象最深的一场吗？

盛星河：其实都挺深刻的，每一场比赛不管输赢，都有收获。

贺琦年：官方，我印象最深的是大学参加省队田径赛那次，那是你第一次看我比赛，我拿了第一。

盛星河嘴角一翘，耳朵尖微红。

主持人：有粉丝问，心情不好的时候，都怎么解决？

盛星河：运动啊，释放内啡肽，会产生愉快的感觉，日常的话，跳绳跑步都可以。

贺琦年：我一般都是吃东西，吃饱就没事儿了。

盛星河：你好像小孩子。

贺琦年：那如果吃东西和运动的效果都一样，你怎么选？

盛星河无奈妥协：那就吃吧。

主持人：这边还有粉丝问，出去比赛的话，最喜欢和哪个队友一个屋。

盛星河和贺琦年对视一眼，一起笑出声来。

主持人：为什么？

盛星河：他不打呼，我队友好多都打呼。（迅速捂嘴）哎，我是不是说错话了，其实他们也很乖，都是爱干净，勤洗澡的，然后大部分都是单身……

贺琦年：主要是我勤快吧。

盛星河瞳孔放大。

贺琦年：可以给你洗洗衣服袜子什么的。

盛星河：嗯……

主持人：平常除了跳高以外，还会关注什么比赛呢？

盛星河：径赛，游泳之类的，都挺刺激，我以前有当短跑运动员的梦。

贺琦年：我喜欢看球类运动，乒乓什么的。

盛星河大笑：那还需要看吗，不是冠军预定吗？

贺琦年：啊，对，所以我都看全国赛，国际赛没什么悬念。

主持人：两位都有什么爱好？

盛星河：跳高啊。

贺琦年：废话，她问的肯定是除了跳高以外的爱好。

盛星河：那就……看书吧。

贺琦年：不是睡觉吗？

盛星河：这爱好上不了台面。

贺琦年：本来我想说吃东西的，但现在换一个吧，我喜欢烹饪、旅游、摄影。

盛星河狂笑：不就是吃喝玩乐。

主持人：像你们这样经常需要出国比赛的，肯定有很多时间都在飞机上，在飞机上的话，一般是怎么度过的呢？

盛星河：听歌，看会儿电子书，跟队友聊天。

贺琦年：睡觉啊，不过也要看跟谁坐一起。

主持人：那如果是跟你师哥呢？

贺琦年：那肯定睡不着了啊。

主持人：为什么？

贺琦年挠挠头：他会跟我闲扯，然后聊着聊着就到了。

主持人：揭露对方一个坏习惯。

盛星河想了好一会，贺琦年抢先：他没什么坏习惯，都挺好的。

盛星河：你这么一说，我是不是就不能说你有坏习惯了，显得我很坏。

贺琦年大笑：不会啊，你想说就说，我又不会生气。

盛星河再次垂眸思忖：不怎么克制情绪吧。

主持人：有偶像吗？

盛星河：没。

贺琦年：马龙，我也好想要大满贯哈哈哈哈，奖牌奖杯摆满家里的柜子。

盛星河：你还真不贪啊。

贺琦年笑得更欢了：我还不能有梦想了？

主持人：比赛的时候，会带一些比较特殊的小物件吗？

盛星河扬起手：手绳吧，已经戴习惯了，摘下会觉得缺了点什么。

主持人：手绳哪里来的，女朋友送的？

盛星河：贺琦年送的。

主持人：是有什么意义吗？

贺琦年：没什么意义哈哈哈哈哈，随便买的，因为当时看到标签上贴着，一根叫星河，觉得适合他，就买了，我这儿也有一根。

主持人：赛前会失眠吗？

盛星河摇摇头：太累了，不会失眠，只有睡眠不足。

主持人：休息期间喜欢做什么？

盛星河：吃饭睡觉旅旅游，最近家里养了只猫，要给它铲屎喂饭什么的。

贺琦年：我们住一起，一般他在干什么我就在干什么。

主持人：打游戏吗？

盛星河：消消乐，斗地主。

贺琦年：我高级一点，绝地求生。

盛星河：哪里高级了？

贺琦年：两个手的比你一个手高级。

盛星河：那我还开赛车呢。

主持人：平常的生活会有仪式感吗？

盛星河：我没有，他比较有仪式感，吃饭都讲究。

主持人：训练了这么多年，心态上有什么转变呢？

盛星河：最早踏入这行是因为挣钱，后来是为了荣誉，学校的荣誉，省队的荣誉，再后来是国家队的荣誉，当你通过不懈努力，换回一枚金牌时，那种满足感是无法用金钱或是其他东西来替代的。这几年，一直饱受伤病困扰，我所追求的已经不是众人眼中的荣誉了，而是我自己对自己的一种认可，我能勇敢一点，再进步一点，对我而言都太珍贵了。

贺琦年：我……还在为了国家队荣誉奋斗的阶段。

主持人：训练那么枯燥，那在日常生活当中，是痛苦多还是快乐多呢？

盛星河：能够做自己喜欢的事情，这已经是很幸运的事情了，痛苦不值一提。可能有很多观众因为各种原因，无法从事自己喜欢的事业；又或者说，暂时还没有遇到自己热爱的、愿意为之付出一切的职业，所以很难体会到我们运动员的心情。其实痛苦会转换成能量，我们所承受的那些压力、不甘、屈辱，又或者是疼痛，在赛场上都会释放出来，成为我们最后的能量。

贺琦年：就目前而言，我比我师哥幸运太多了，也没什么好抱怨的，生活嘛，大家其实都不容易，努力去做好眼前的事情，别让将来的自己后悔就成。

主持人：接下来有什么目标吗？

盛星河：备战奥运，最好能拿个名次什么的。

贺琦年：我也是，给咱们国家队整整排面。

主持人：那最后有什么话要送给观众的呢?

盛星河：身体第一。

贺琦年：记得看我们比赛。